哄自己玩

李爱婷 著

華齡出版社

责任编辑：李梦娇

责任印制：李未圻

图书在版编目（CIP）数据

哄自己玩 / 李爱婷著. -- 北京 ： 华龄出版社，2018.6

ISBN 978-7-5169-1222-5

Ⅰ. ①哄… Ⅱ. ①李… Ⅲ. ①随笔－作品集－中国－当代 Ⅳ. ①I267.1

中国版本图书馆 CIP 数据核字(2018)第 116907 号

书　　名：哄自己玩
作　　者：李爱婷
出版发行：华龄出版社
印　　刷：济南大地图文快印有限公司
版　　次：2019 年 3 月第一版　　2019 年 3 月第一次印刷
开　　本：880×1230　1/32　　印　　张：11
字　　数：294 千字
定　　价：40 元

地　　址：北京市朝阳区东大桥斜街 4 号　邮编：100020
电　　话：58124218　　传真：58124216
网　　址：http://www.hualingpress.com

目 录

吃的快乐

古人总结的人生四大快乐其实挺难碰见的：久旱逢甘露，只能维持高兴一阵子；盘缠贵，有人从不出门，也体会不出他乡遇故知的惊喜；洞房花烛夜嘛，只要领证就能体验一回，可为求此乐而频繁进出围城者罕见；“独木桥”难走，多数人没被金榜题名过。唯有吃，一日最起码三餐，日复一日年复一年，达官显贵抑或布衣平民，顿顿不能少。在英国还得加上第四餐下午茶，在香港夜店及大陆闹市，睡前再来一餐丰盛夜宵。美食入口，一切腌臜事抛脑后，先爽了味蕾再议。

连那刚做了妈妈的也知道，出门买菜前定要交给丈夫一个塑料奶嘴，前脚出门，后脚卧榻里娃娃准时哭闹，奶嘴送到嘴里，立马停止哭叫。虽说是场骗局，那也好歹吃上了。怕就怕不领娃意的大人，硬是抱起来晃啊颠的，怎么安抚也抵不了吃的快乐，只能换来娃娃的是拳打脚踢。日本电影《第八日的蝉》里，女人偷抱回不属于自己的婴儿，婴儿啼哭不止，女人也抱着哄着，甚至拿出刚兑好牛奶的奶瓶喂他，但婴儿更加嘶喊，束手无策后她掀起衣角，把没有生育过的乳头喂给他，顿时抚慰对了，婴儿静静吮吸，“吃”的十分满足。

不一定非吃山珍海味就快乐，粗茶淡饭一样给人欣喜。作家黄蓓佳在《没有名字的身体》里写：我有个简陋的电炉，偶尔偷着用一用，煮几个鸡蛋，下一碗面条，冒险的快乐比吃的快乐更多。作家石磊写过：吃东西从来是保守为好的。你看，上海人吃来吃去，最钟意的一碗面，还不是大排面和雪菜肉丝面？半个世纪不曾进步过。康熙年间“白面包公”李慎修得罪皇帝削职回乡，并未一蹶不振，还写成了《归田赋》——石底摸螃蟹，山窝扑蚱蜢，钓的鱼儿四指大。面里拖，油里炸，客来有啥咱吃啥。不必东啰嗦，西刮镭，随时待承莫矜夸。

吃，能催生、巩固爱情。我有个女友，订婚前一晚恰巧有机会跟我促膝长谈。问她为何看上资质平平的翔，她说可能是翔投其所好吧。每次翔等她下班都要在街上寻些可口小食物送她，冬天是一只甜热烤地瓜一杯温暖奶茶，夏天是冰西瓜盐水菠萝。下班时她总饥肠辘辘口干舌燥，而翔的小零食滋润了她的胃，感动了她的心。一个大雪天，翔骑着小三轮车来接她，她诧异他哪来的车？他说向单位老门卫借的，车后面裹着一床棉被，翔说给你个惊喜，掀开看看？被子裹得紧紧的，她掀了半天才找到埋进去的一个保温饭盒，打开是扑鼻香的鲜鱼汤，当即她就泪光闪闪芳心暗许。凡人用美食酿制爱情，艺术家也如此。画家达利在其自传《一个天才的日记》里联想：爱情是绿色的小苹果组成的小雨。小说家卡夫卡在致密伦那夫人的一封情书中这样写道：总是在阴凉的园子里给你放上一把躺椅，在你的手够得着的地方放上 10 杯冰牛奶。

吃，还能抵御坏情绪。作家迟子建说过：消沉的时候，回家煮一锅香喷喷的栗子，情绪马上就会缓和过来。再比如作家钱红丽在《当秋天遇到美食》中写：美食就好比日子的缝隙里遗漏下的小欢乐，一路走来，它总在你颓废的时候蹦跳一下子，显示着生活的温度与力度。

一句“走，请你吃饭！”的招呼比“走，请你唱歌！”来的更亲切实惠，快乐温饱。

(2012 年第八期河南《现代养生》杂志 P63；20120515《苍梧晚报》B8 海州湾.头条)

麻鸭蛋

上世纪 90 年代初期，我妈在老家务农养过十来只鸭子，不知道品种是不是汪曾祺笔下他家乡高邮的著名麻鸭，鸭子活泼善泳，整天浮在水上的快乐叫声让妈津津乐道。最为关键的是，鸭子能生出青白色大鸭蛋，缺鱼少肉没香没辣的年月里，鸭蛋蒸了吃、煮了吃、炒了吃、煲汤吃都可以解馋。见过几个农村叔辈男人围坐闲聊，不知不觉聊到了吃蛋的话题，有个叔愣愣地咽口水，憧憬未来："我现在恨不得一口气吃下十个蛋别子！"蛋别子是开水锅里打入蛋再放作料，几粒盐一点葱花就可以香飘万里勾人涎水。贫穷年代蛋别子在农村被当作珍馐一样招待稀客，抚慰病人。

有一种吃鸭蛋的方法每年端午前后都能品尝得到，让人难忘，那就是用盐水和了黄泥腌得冒油的咸鸭蛋。初夏，洗好澡扫了院子，点了蚊香放了竹床，干了一天农活回来的男人还有孩子老人都过了水，清清爽爽地坐下来歇歇。这时，家庭主妇就变得迷人起来，因为她才是"舌尖上的美食"的主厨。清汤白粥坐在炉子上煨，神秘的黑灰色坛坛罐罐里，有新腌的还未能吃的鸭蛋，有再早一批的，有日子恰到好处的，坛上没记号，但主妇心里自有一本账。坛上石头搬开，塑料纸掀了，手伸进去准确挖出带泥的鸭蛋，数数人头，勤俭节约，不多不少，一一放进箩里，拿到小河边一顿轻拿轻放地狠狠搓洗，白亮亮提回来，水灵灵下锅煮，大多数鸭蛋都完好无损地出锅，散发特有的蛋香，个把有裂纹的鸭蛋却是奇葩，没下锅时就传出难忘的独特"臭味"，煮好了，它像口吐白沫的大螃蟹一样裂纹周围都溢着煮开花的蛋白，没人敢吃这种臭咸鸭蛋。这时男人总大度地说："好的你们吃，臭的我来吃！拿点白酒来！"白酒就咸鸭蛋，这是我从小就经常见到的佐酒黄金搭档。捏着鼻子的小孩给大人拿来了烧酒，满院子的臭鸭蛋味儿久久不散，只有一个办法可以驱散，那就是把脸埋下，靠近刚盛好的白米粥，粥香四溢，自然忘了臭。老人笑眯眯地把冒油的红蛋黄省下来，送到孩子嘴边，自己则一片咸蛋白搭一碗稠糯的白粥，吃完再添一碗粥，多养胃，盐也不超标。

老人吃咸鸭蛋，太斯文，没看点；家庭主妇吃咸鸭蛋，守着粥锅，照顾全家吃粥的进度，好随时起身替人添粥，吃得断断续续，不连贯；小孩吃咸鸭蛋，狼吞虎咽囫囵吞枣，才进喉咙却下肚；只有男人手边的一枚，坦坦荡荡磕了剥开来，咬一口松花蛋颜色的蛋黄，味蕾的紧张探索、诸多的小心翼翼，全显露在面子上，出于对异味的非比寻常的好奇，一家人都不由得用眼角余光在探寻，男人随即搬起小酒杯咂了口烧酒好一番惬意的龇牙咧嘴……这一系列“舌尖上的表演”耐人寻味。只有小朋友忍不住流着口水大大咧咧地问老人：“爸爸为什么吃臭蛋还吃这么香？”

从来没有勇气像老爸一样勇猛大无畏地吃一回，实在是吃货的人生败笔！

(20140629《新民晚报》夜光杯 · 十日谈)

积极包装

最近《科教新报》刊登一则漫画，觉得耐人寻味，作者叫大橘子，是个起的随意而有个性的名字。漫画题目叫《人真正喜欢的是假的》。内容是一只尖嘴猴腮的真熊穿上卡通熊的服装，摘下卡通熊的头盔的定格。

在动物园看过熊，真熊没有卡通漫画熊好看，首先是尖嘴和长獠牙让人心里哇凉哇凉的，尤其是痴迷卡通熊的女孩子，好像一直粉着的熊，形象嗖的一下变得不可爱了，完全没有卡通熊那种脑圆嘴笨、憨态可掬的意思了；其次是真熊凶猛，伴随真熊的永远是代表它心情的野兽嘶吼声；再次是因为游客扔吃的不均衡，有失偏颇，两只熊叫骂着站立起来厮打的恐怖声，叫人退避三舍。

真能戴上面具，我们又回到喜欢熊的状态来，这种喜欢当然是寄予了人对美好的渴望，我们希望接触的熊是可亲近并且彬彬有礼的熊，作者给起的名字就是“人真正喜欢的是假的”，这个假，从人类文明的角度，我理解出好几个含义，一个是为了自身发展的有意包装，一个是适应社会、提高素质的去硬撑。

我想说，不管是装还是硬撑，如果是对社会和个人前途有益的，那就尽可能去做吧！因为我们需要文明与向上。不管不顾的袒露个人的缺憾面，破罐子破摔，那才是损人不利己。

谁愿意跟衣衫不整口齿不清的人共事？谁愿意跟咬牙切齿怒目圆睁的人谈天？衣着整洁，语言亲切，面带微笑，表情自然，这就是面对社会的一种积极包装。为什么下班后钻进家里，人们会认为自由自在了，因为无需向社会展露包装后的自己了。在家里，你可以打沙袋发泄情绪，可以随便扔东西，可以蓬头垢面，可以连续几个休息日吃住在床上……没关系，只要你上班时打起精神，装扮自己，收起自私而放纵的那个你。

读过一本老书，《死的怀念》，对小说里的一位奋发向上的聪明小人物念念不忘——蒂芬·法拉德，7 岁时的史蒂芬就自己悟出双亲对他想往上爬这一宏图大志帮助为零，他母亲对她嫁的建筑小运营商父亲后悔不已，得了异食癖，每天喝科隆香水浑浑噩噩度日，就算乖的像猫，父亲也嫌他口吃和女里女气。史蒂芬在亲情冷漠和自卑的双重打击下强颜欢笑，越挫越勇，看看他的表现：“无声无息地，史蒂芬怀着日益坚定的决心，为自己规划好了一生。他要成为胜利者。作为对自己意志的第一次考验，他决心改掉口吃的毛病。他练习慢慢地讲话，每个词之间都要稍微顿一下。他的努力终于成功，他再也不口吃了。”就这样，一步步，艰难的，他苦学知识拿到了奖学金获得了老师的尊重，老师来鼓动父亲培养他，父亲对他也刮目相看、资助他上大学，从牛津大学毕业，既有演说家的口才也有娴熟的文笔，同时热衷政治，广交有用之人，最终机会垂青于有准备之人，他在人们的交口称赞中当上了议员。更有包装意味的是，他克服了腼腆的性格，变得谦虚友善，健谈而开朗。包装难度越大，扳离自私小我的决心越大，成功的机率就越大！

《生命时报》报道，在英国，无论是公立医院还是私人诊所，医疗机构都会硬性要求护士带着微笑面对家属和病患工作。而且这项硬性行规，上级坚持定期打分测评，这对医患关系的改善大有裨益。不想微笑也得微笑，为了谁？说大了，是为了人民为了社会，说小了，是为了自己，当你习惯了职业性的微笑，你本人也将从工作中受益匪浅。

对了，每天看书读报，获悉一些新鲜资讯，算不算积极的自我包装？

(2014 第六期《江宁文艺》)

“妈牌”江都菜

多年前就流行去饭店定制年夜饭了，但我依然推崇在家吃年夜饭，而且是吃江都土著“妈牌”年夜饭。

不光年夜饭，我家一年四季都只有老妈一个人掌勺，而且她也是上班族，不是全职太太，光这一点，就能把她所有缺点给弥补了，只剩勤劳主妇光环。以前看过汪曾祺的散文写吃，大概意思是说愿意给别人下厨烧菜的，不会是坏人。家里日子最紧的时候是我和姐上大学期间，那时我学美术，学杂费更贵。两个女孩的大学学费一交，家里的存款几乎都没了，爸妈的工资刚打卡，就都汇款给我们当生活费了。等我们毕业工作了，妈松口气说，有次老爸把工资转账给你俩的时候，兜里就只剩三十块钱，打了半辈子的麻将都自动戒了。听到这话，我觉得很惭愧，可就算这样，老妈也能在每年除夕准备一桌丰盛的饭菜，基本是一年中的“家庭满汉全席”，她的爱好和追求就是认真且隆重地过好年轻人通常觉得麻烦和头疼的传统节日。

我家年夜饭虽然不如饭店的摆盘那么精致，可冷热菜条理清晰明朗，老妈在厨房一喊“来人啊，都出来给我端哪！”马上，爸、姐、我三人就宫女伺候格格吃饭似的一个个往返穿梭于厨房与饭厅之间——端盘子，先上八到十碟子冷盘，分别是猪耳朵片、香菜拌醋海蜇、酱黄瓜与萝卜丝、牛肉片、咸鱼片、切片松花蛋、手撕咸鸡肉、手撕咸鸭肉、地方土特产昭关盐水老鹅和邵伯香肠，有时，还买点儿“隔壁”镇江的三怪“香醋摆不坏，肴肉不当菜，面锅里煮锅盖”之一：镇江肴肉来装盘，因为冷菜过于丰盛，怕浪费，我们都大声疾呼，叫老妈不要再烧菜了，她不答应，必须再烧好几样儿像样的热菜，还说过了除夕不宜动刀，不管是菜刀还是剪刀，必须初一吃到初五，所以只能任由她继续“炒作”下去，烧够五天的美食才罢手。热菜大致有：青椒虾仁炒松子玉米粒、蒜叶牛肚、红烧带鱼、糖醋排骨、鸡蛋卷烩竹笋鹌鹑蛋、羊肉炖胡萝卜、江都狮子头、荸荠茄汁鸡丁、青椒牛柳、香干炒芦篙……有些菜吃了之后我们评价不高，老妈就撤了这菜，来年换个花样。当然，最最不能少的是传统江都人家在年夜饭桌上都会出现的两样菜——平安菜和路路通。平安菜是清炒豌豆嫩叶尖，江都话豌豆不叫豌豆，叫安豆，用意就是吃了会一年到头平平安安；路（百）路通是清炒水芹菜（管状），吃了很多油腻的荤菜，来两口爽口润泽的水芹菜，绝对好吃！

蹄子汤太油腻，通常我们吃了年夜菜都要来一碗榨菜三鲜汤结束这顿饱含母爱的年夜饭！

(20150217《新民晚报》夜光杯十日谈)

捞食堂的汤

每周五天班，单位食堂准备了五种汤，给我们轮换着吃，美其名曰“均衡膳食，营养搭配”。哪五种呢？一是紫菜蛋汤，二是番茄蛋汤，三是冬瓜海带汤，四是萝卜豆腐汤，五是大白菜汤。五种汤，光看菜谱，也就大白菜汤推板（次）了点儿，其余几个不都很好嘛。但是，这汤坐在饭厅里，一大桶，热气冒冒的，却一点儿香味也飘不出来。有同事来吃饭，刚进门就情不自禁地捂着鼻子说：“饭虽然热气腾腾，但没闻着菜香，只有一股股的油烟味绕梁久久。”油烟味就油烟味吧，凑合吃吃得了，走！去打捞点儿汤“料”尝尝，今天恰逢冬瓜海带汤，汤勺被一个同事握着，好吧，让她先打。

同事屏息凝神，身子一动不动，手上的沉重勺子端得特别稳，这架势，似乎不是捞汤“料”，而是在水里逮鱼。只见她动作稳准狠，而且还分了几个步骤，先来个海底捞月，用勺子潜入桶底搅得风生水起——其实每一片冬瓜都被厨子香汗淋漓地切得薄如蝉翼，搅起来银光闪闪还挺好看，而海带呢？只能说是海带丝儿，细如面条，还是那种沉底儿的断面条——搅得沸沸扬扬的，然后用勺子缓缓“潜伏”到料最集中的汤水下面，慢慢“滤”上来，不是漏勺，是同事的功底好，慢慢等料们在“小小勺池”里沉淀下来，把最上层的清汤滤走，再心满意足盛进汤盆，如此这般三四下，料儿果然乖乖上岸，静静卧在她的汤盆里，冬瓜是冬瓜，海带是海带，厚厚的一大盆。我叹为观止，赞道：“你真有耐心！做什么事情都要有耐心，不像我，有时轻飘飘随便舀两下，什么都没舀到，连汤都喝不到浓的！”她得意地嫣然一笑：“哈，学着点儿！”披肩发这才肯滑到肩前来。

(20150120《新民晚报》夜光杯；20150107《台湾好报》西子湾；20150318《安源工人报》绿茵)

乡愁在别处

大学毕业前，不大的美术学院内熙熙攘攘的，有的人已经开始打扮的人五人六，去四处发简历积极应聘，有的人照旧花前月下的约会，这些大多数是当地人，他们好像潇洒的不愁毕业没地方投靠，有的已经兼职打工很久了……不知是因为心智成熟太晚还是天生乐观，我根本没有多少“毕业即失业”的压力，依然每天松松散散，白天上上课，晚上看看小礼堂的一块钱两场的盗版电影，饿了就吃，困了就睡，浑浑噩噩不知自己几斤几两。

忽而有一天，班上一位无锡籍贯的女生返校回到女生宿舍，说要请客，缘由是她实习的那两个月回去顺利考上了教师编制，我们都被这一消息震惊了，当时她应该是班上第一个还未拿到毕业证书就已经端上“铁饭碗”的师范生了。于是一个个的都着急了，纷纷去备战周边院校的招聘会或者去网上投简历。我也凑热闹，去网站胡乱投了简历给好几家外地的教育机构，后来，都石沉大海，我就渐渐忘记了这回事。再加上毕业逼近，招贴设计创作组的老师是系主任，严厉且高要求……每天都苦恼于交设计稿和等待创意被枪毙。有一次，一个组的七八个男生女生把系主任的桌子围了个水泄不通——当然是他要求一起听课的——讲了很久才发现时间已到下午快一点了，他硬是要同事拿他的卡去食堂打饭，就打二十个包子，一人俩徐州大包子“就地解决”算作午饭。我的天哪，那是我吃过的唯一难堪至极的午饭，看着系主任那张因为不满我们的设计而愁云密布的脸，简直无法下咽。从那时起，我好像意识到生存的一丝艰难。好在，毕业设计虽然一筹莫展，可好消息还是有的，就是我投简历的那家南京的教育机构给我打了电话，通知去面试。电话里的负责人是个东北口音，他说看我发来的实习时备课笔记字迹工整，还有就是文笔很好，发表的报纸级别不错，看着挺有希望……云云，可是他在电话里就提出质疑，说我的口音实在太重了，这？还是面试一下好了，负责人叹气说，觉得是块好料，就面试看看吧。

周末，到了南京，跟在宁上学的姐姐一起找到了周围有重要院校的小楼上的教育机构，里面规模不大，办公室坐着一位中年女管理员和一位年轻的外地口音女老师，上午十点了，她玩似地在啃作为早饭的大煎饼，表情相当的油滑，当时我心里想“这样的人是怎么被招进来的？我这个时间是绝不会在悠闲吃早饭的”。负责人说这是他和妻子一起打拼的教育机构，还买了辆轿车负责出去招学生。我面试前，东北负责人跟他妻子开车出去办事，中年女管理员跟我们搭腔，当她得知我们是扬州那边的人时，本来随意搭讪的懒洋洋的样子改变了，正襟危坐起来，眉毛一跳一跳的说：“哎喂！其实说起来我也是扬州那边的呢。”看语气好像有点“让你们见笑了，我其实不是南京本地人”。听了她带有明显搭讪的话，我和姐面面相觑，并很有兴趣的追问：“您是扬州哪里的人啊?说不定我们熟悉这个地方。”也不是攀亲，而是面试前有点紧张局促、无聊，才问的。中年女管理员探头咬耳朵般说：“是下面的小县城，江都的！”似乎泄漏了江都这个秘密，会给对面的那个女老师看不起，她把身子也往我们这边挪了。我更惊讶了：“对啊，我们俩也是江都的！”“也不是江都街上的，我老家在更远的乡下，几十年不回去，都没亲戚在了呢。”她不好意思的说。“江都有十几个乡镇，你老家在哪个乡镇？”这回，我们更好奇了，说不定是老乡。“叫‘杨庄’，认识吗？”女管理员怯怯的说，那语气，“杨庄”仿佛是地球缝隙里一个无人知晓的芝麻绿豆。我和姐惊奇而笑，笑的大气都出不来，一齐说：“我们也是杨庄的啊！”瞬间，找到组织似的，三个女人拍腿叫绝，对面的那个女老师愣着，老乡见老乡，两眼泪汪汪，她算是看到了现场播报。南京城这么大，每天流动人口几十万，能碰到一个杨庄老乡，不是碰，是攀谈时无意问出来的，这是什么概率？

女管理员为什么不一下子就说自己是杨庄人呢？难道是怕说出来也无人知晓？我不知道。但问出她是杨庄人时，我们是挺惊喜的。接着，女管理员又高兴地爆料，她老家是杨庄朱楼村。朱楼也是我的出生地，陌生的大城市，问到故乡如此挨近的老乡，真的头一次遇到。她也在心里一遍遍思念老家，才会在初次见面的应聘者那里如实而清晰的道出自己的老家吧？也许是第一次向在南京的外地人倾诉自己曾经是个“村里人”。

那次面试，负责人说，见面后你的口音又奇迹般消失了。我说可能因为紧张，口音这玩意儿，又自卑的缩回去了，语言功能恢复了“职场”意识。

再三考虑，我打消在外地“漂”的念头，回家乡参加工作。负责人还曾来过电话，最后追问我是不是再考虑一下去上班的事。我打趣说，为了怕“近乡情更怯”，就干脆呆在乡下好了。乡愁对我来说，就每天来那么一点点好了，不需要多年积压之后的“怯”。

(2015 年 4 月刊江都《芦柴花》)

逗闷儿

逗闷儿，也叫斗闷，旧时指剧场在演出间隙演员给观众逗乐解闷的穿插表演。

反正爱写东西的我，闲着也是闲着，不如把家里发生的一些芝麻小事串联起来写成逗闷小段子吧，供给所有掌握一点小空隙又不想玩牌吹牛侃大山的朋友看了玩玩。

第一个闷儿，逗的是嘴小的不好。通常中国人的审美是樱桃小口一点点为美，阔大的嘴，看着总有点那个。家里新买了个暖水壶，光迷上它外表清纯漂亮了，挑的时候没仔细，壶嘴儿特别小，每次冲开水都很费事，不是撒了一地就是溅了一身烫点子。

老妈冲好开水脸上蹦好几下开水星子，嫌恶地看着它说：“跟那‘花瓶明星’似的，摆设一个！也跟长着一张樱桃小嘴的人一样，活该吃东西比别人慢，大嘴巴的人一口吞下的饭菜，他非得分三四口才能吃完，急死个人！”说完白了老爸一眼，这顿午饭，家人已经鸟兽散了久久，就剩他一个人看新闻看的迟了，不急不躁得坐餐桌前细嚼慢咽呢。老妈就等他空出碗来收拾桌子，谁知高低她还是等不及先去冲开水，哈！偏偏又遇到个讨厌的“小嘴”!

第二个闷儿，逗的是女孩在饭桌上是先埋头吃还是先装斯文。吃午饭时我夹了一筷卤味盐水鹅。是老妈下班在楼下熏烧摊上买的现成的。谁知每一块都比平时大很多，一看就是老板忙于生意胡乱切了几刀，没切细致也没切到位，有的还是筋骨连着皮的“连刀块儿”，我这一筷夹起两连块儿，差点拖到菜汤里，赶紧向姐求助：“喂，老姐！帮我拽开这块儿鹅肉！”

姐应声着，呼的一下把两块鹅肉全部拽走捺入口中仰着脑袋直喊好吃！我生气地嚷道：“不是搛给你吃的，是叫你拽开，一人一半！”

“哈哈别装淑女啦，周围又没目击证人，有必要一口做两口吃吗？”姐说着又吃了一筷“连刀鹅”并吐出鹅骨头，那碗里的鹅肉已然下去一个坑，再争两三句，自己的那份就没啦，我只好凌乱着一颗心，马上也搛了一块“连刀筷儿鹅肉”。也不管它是否大了小了连着断开……

第三个闷儿，逗的是误解其实也算难得糊涂、大肚能容吧！家庭聚餐，去小饭馆吃饭，点了一海盆洒满胡椒、香辣四溢的鱼汤。店小二是个胖婶，呵呵笑着将满满的一盆鱼汤从厨房窗口往我们桌上端，一路还跟旁桌的客人说话打岔，真是步步惊心，全家都替她捏着把汗。

好容易胖婶擦着人群过来了，老爸一看胖婶那连指甲缝里都黑黢黢的大拇指一左一右、一边一个全按进了滚烫的鱼汤里，不由皱着眉对她说：“哎呀，不得了不得了，你看你噢……”

胖婶把鱼汤往桌上一顿，沾了油汤的大拇指分别往自己嘴里叭叭两下一吮，嘿嘿这么一笑，带着感激的说：“没事的老板，我都烫习惯了，不碍事的！”

第四个闷儿，逗的是怎样动脑筋把不理你的人调动起来。还是关于吃的！去外面吃火锅，店里生意特别红火，服务员不够忙的。许多摆餐具递茶水的活儿都我们自己动手，难免手忙脚乱，一乱，把汤勺掉地上了，桌布老长的，埋头下去捞半天没捞到，等捞到了，也是几只脚来来往往踩过了的样子了。只好劳烦服务员来。喊了六七遍："服务员，6 号桌换只汤勺！"愣是半天没人应，只见服务员穿梭于其他桌。

"服务员，6 号桌买单咯！"老妈忍不住喊了一嗓子。顿时，很有效果，蹬蹬蹬南北方向各来了一位服务员，南边这人提着计算器，北边那人提着抹布准备收拾桌子。两人齐崭崭来到桌前。"才吃上，账过会儿才能结。那个什么，拿个勺儿来吧，我们的掉地了刚才，拿俩也行。"我绷住笑，淡定的下了令。

如果每天都能逗会儿闷子，那得有多乐观开朗，积极向上啊！

(20140505《江都快报》文艺版)

擤鼻子

一直觉得鼻涕是个公平的东西，不会因为你有钱了，有权了，它就缩回肚里让你继续体面。一年四季，尤其冬季，你稍微有点抵抗不住，它就哧溜从你的脸面上的中央位置华丽丽钻出来，弄的你猝不及防。

写这篇文章其实是偶然中的必然，偶然是今早在公交上等红灯时，看到拐角处一个衣袂飘飘的西装男在边等车边擤鼻子，他先四下搜纸巾，可惜没有，这一点从他懊恼的样子可以明辨，只得伸出大拇指和食指夹住鼻管——从这一点可以看出鼻涕不是经常找他麻烦，他的动作完全是很少擤鼻涕者的——"噼……"的一擤，两腿离的远远的再用劲一甩，肯定有啪的一声传出，麻烦又来了，残余的鼻涕黏在两个指头上绝对是个大麻烦！怎么办？怎么办？我好像在为他配画外音，他又环顾四周，连一堵可以擦鼻涕的墙都不给他准备，我看到他骂了一句，从唇形上看是"奶奶的"，急中生智，他把手握成"7"的造型，一下子揣进了西装裤的口袋，了结了这桩小麻烦，那么，鼻涕将不为人知的揩在口袋布里面，万事大吉，他拿出手，表情平静的看了看，仿佛麻烦已经随风而去。偶然串联出必然，勾起我的诸多联想，况且擤鼻涕这件事实在是隔三岔五的“小事业”，要经常去完成，还记得最好笑的是感冒了去医生那里，她头也不抬的写啊写，偶尔也抬头问问情况，比如“鼻涕是黄的还是白的？痰是黄的还是白的？”通过鼻涕色彩来判断病因，正是所谓的望闻问切之望和问。

人生阅历让我感悟到最优雅的擤鼻子达人，应该是那种到哪里都准备一个大包的女孩，包里有各种需求，钱、卡、钥匙、眼药水、晕车药之类应急药、面巾纸、湿纸巾等等，什么时候有鼻涕，什么时候掏出面纸捂上，轻轻一擤，折叠，扔向垃圾篓，“兵来将挡水来土掩”，早有准备，根本不是个事儿；最稳准狠的擤鼻子达人，应该是中老年男人，没那闲工夫和闲钱天天带条帕子或者带包面纸，鼻涕来了，不怕！只需要侧低头，采取各个击破的战术，大拇指按紧其中一只鼻管，气沉丹田，猛一“发射”，鼻涕喷到地上，干净利落，手指也不脏，另一只鼻管也如法炮制，这一方法必须有足够大的“气量”，还要恰到好处，我记得自己学过，气喷小了，鼻涕无法整个的发射出去，反而会四下逃窜，弄的很狼狈，气喷大了，顶到上颚，戛然而止，会难受半天；最窝囊的擤鼻子达人应该是刚会走路的小孩，小脸冻的通红，还冷暖不知的在屋外玩的不亦乐乎，扬州江都一片的农村人形象的称呼这个年龄段的小孩为“小蛆虫”和“小畜生”，其实是跟北方叫小孩狗蛋、狗剩不一样的意思，里面饱含着一种对无知幼童既爱又恨的复杂感情。饭点了，大人呼唤“小蛆虫”回来吃饭，家来是家来了，一身泥猴样，鼻子下赫然拖着两条“大青龙”，大人哭笑不得的拿一块纸巾，边用纸巾掐在他鼻翼两侧边逼近呵斥小孩，：“（枯）擤！用劲！”小孩明明用劲擤了，可气短啊，“清淤”效果还是不够干净彻底，大人又一声：“下劲！”，“呼哧！”又一下，终于通了，松开，鼻头揪红了，小孩哇的哭了，人中那儿还烤有清晰的鼻涕槽痕，大人拽着委屈的“小蛆虫”到穿衣镜前一照，小人儿又破涕为笑了。

烧给猫吃的小鱼，五脏六腑都只有一点点，清理起来就简单粗暴，直接用指甲在小鱼嫩嫩的肚子上掐和挤，这样，很快就能把一堆小鱼给收拾出来了。我们这边把替“小蛆虫”擤鼻子形象的称为“掐小鱼子”。

擤个鼻子也能废这么多字，这事，我也没想到。

(20140731《台湾好报》西子湾)

“不讨喜”的福克纳

村上春树喜欢读美国作家福克纳的作品，大概是因为福克纳相当不受束缚。不过一个人自由惯了，自然不太受一般人的喜爱，何况他还写书来延展他的不讨喜。

福克纳不讨喜在尽写人性阴暗面。有通读他小说的人说他是位思想相当复杂的小说家，因为他很多小说都在刻画对生活失望之后人们的一系列变态心理，他还擅长并且时不时露两手对精神恐怖症的细致描写。福克纳出身于南方密西西比州某庄园，所以他的很多小说都带有浓烈而灼热的南方腐烂气息，如同夏季死亡带给人的感受。难怪萨特评价他:“福克纳运用他出众的艺术来描写一个年老垂死的世界。”

福克纳的不讨喜欢在于生活随便，玩世不恭。首先他是作家中酗酒的那种。其次，他常常为了挣点糊口费才干活，而不是为了事业。他当过船老大、粉刷匠、飞机驾驶员……每个职业都干不长，他说“我不需要很多钱，因为那时在新奥尔良生活费用不大，我只要能弄上个地方睡，混上口饭吃，烟酒不缺，也就满可以了。干上两三天，就能混上个把月，这样的活儿还是不少的。论性格，我是个浪子懒汉。”各位读者您瞧瞧，这号人，要不是写点文章，谁把他当正经人看？

福克纳还不讨喜在不喜欢接受采访。1949 年福克纳获得了诺贝尔文学奖，成名后，他不得不接受《巴黎评论》记者的访谈。照很多务实派作家的想法，访谈就大大方方谈嘛，况且那一定是名利双收的一次语言亮相，其引起的轰动效果一点不比如今利用“胸器”亮相的女明星，那访谈背后的“产业链”也着实可观。比如福克纳可以将这次获奖以及锦上添花的访谈录作为敲门砖，去各大院校大肆作文学讲座报告。到时还需再干粗活打短工糊口吗？好比 1976 年诺贝尔文学奖获得者、尚健在的高寿美国作家贝娄所说：“大学虽为那些需要庇护的文弱人提供庇护，可那里也有它的一些时髦的所谓艺术家和废话连篇的推销员。”

扯远了，还是说说为什么福克纳要不得不去接受访谈吧。在记者还未发问前，福克纳就摆出一副不愿意被谈的姿态。这些对话并未收录于册，但记者第一句就问：“福克纳先生，刚才你说你不喜欢采访。”他回答：“我之所以不喜欢采访是因为我似乎对个人问题反应强烈。如果问题是有关作品的，我尽力回答，如果是有关我的，我可能回答也可能不回答，但即使我回答，如果明天又问同一问题，答复也可能是不同的。”言语中充满对自身隐私的保护欲还有对所回答问题的不负责任。

重墨丑化年轻人，是福克纳又一不讨喜之处。人多数喜欢充满朝气的年轻人，但福克纳总是不待见他小说中的年轻人——也就是 20 岁到 40 岁之间的那种人物——他把他们写的很暴力，处处招人厌恶。对此，马尔科姆·考利先于记者写文指出这一点。当记者问到此事时福克纳解释说，“这个年龄段的人本来就不惹人喜爱，小孩子有股干劲却不懂事。等到懂事了，劲头已经没有了——已经过了四十岁了。”还有这句，“那些希特勒们、拿破仑们……这些都是人类受苦遭难的标志，他们全都在二十岁至四十岁之间。”

也就是干劲加不懂事会在身强力壮的年轻人身上形成危险，如果再有外来的压力，甚至会酿成很多悲剧，这就是福克纳不待见年轻人的根本原因。1925 年福克纳就开始写作了，虽已是上个世纪的论断，但其蕴含的深刻反思到今天仍值得警示。你看 2011 年 8 月广州荔湾区的一场家庭悲剧，16 岁的女儿向母亲要求买苹果电脑被拒，竟对母亲大打出手，而母亲怒极之下将女儿绊倒压住，未料不慎将她捂死……16 岁的女儿，41 岁的母亲，严格意义上虽不处于福克纳所说的年轻人范畴，却也算是在其左右，看罢新闻，痛心的同时，也佩服福克纳文字背后流露出的不讨喜却穿透人性的前瞻性。这一点，法兰西女作家尤瑟纳尔其实也跟福克纳一样睿智，她说，要学会准确估算自己与上帝的距离，是非要到四十岁不可的。

福克纳还不讨喜在自负。1947 年 4 月，福克纳应密西西比大学学生的请求，列出了一个当代最重要的美国作家的名次，排名为：一、托玛斯·沃尔夫，二、威廉·福克纳本人，三、多斯·帕索斯，四、海明威，五、斯坦贝克。（李文俊《福克纳传》记载）别忘了福克纳两年后才获得诺贝尔文学奖，以此为前提来看福克纳这个人，还真是发自肺腑的自信以至于自负，而不是得了奖后才有勇气来自负。

当然你也可以反过来看，把福克纳的不讨喜归类为真诚写作，不矫揉造作，随遇而安，淡泊名利，为人低调还带有冷幽默，善于站在俯视的角度审判包括自己在内的曾经年轻过的人们，以及对自己擅长的兴趣和写作能力表现出难得的自信自大。我之所以要起这个不讨喜的文章标题，就是想夸一夸福克纳的“不讨喜”。

(20140814《台湾好报》西子湾)

今日不宜逛店

独自逛街心痒想买春装，手上捏一只甜筒进了一家女装店，厚重的玻璃门仿佛拒人千里之外，推开需要足够勇气。进去了之后环顾一周竟没发现有店主，只有韩剧欧巴的对话声，原来店主沉浸于网络电视无心迎客。也罢，自己先看看衣服好了，只见几乎所有吸引人的衣服旁都设有警示语，什么非买勿动谢谢、我怕脏谢谢、内有监控，请微笑谢谢、请勿触摸谢谢、扔垃圾请出门向左 50 米谢谢、本月会员卡不可积分谢谢……满眼都是规矩，我只好将甜筒包装纸团起来放进裤兜，手也用湿纸巾擦干净。

“老板，这衣服能试试吗？”我忍不住指着相中的一件漂亮衣服请示。

“没大号，你穿不了。”老板头稍抬后继续看剧，回答干脆犀利让人不寒而栗。

“那，这件呢？”我实在是被气到了，指着最宽大的一件衣服问。

“样品，不卖！”老板说。

“难怪好多实体店都倒闭了，还是网购的店家热情啊！”落荒而逃时我小声嘀咕。

“小店做到月底转让不干了。”老板抢在我出门前甩出最后一句。

突然，我脑海里蹦出迷信日历里什么“今日不宜出门、不宜栽种、不宜搬家”等劝诫，今天，典型的是不宜逛店啊！

(20140722《台湾好报》西子湾)

丢鸡

周五临下班时赶上两件事，一件是单位突然发了两只光鸡（已杀好褪毛），一件是同事生病急着要去挂水，正好也算是邻居，他请我顺带把他家俩孩子都接回家。我那小电驴真挺能耐的，车龙头上挂两只沉甸甸的鸡，前面踏板上站一个小点儿的孩子，后书包架坐一个大孩子，我跨上去稳住龙头隔开俩孩子，他们就伸头在我肩膀那儿叽里呱啦地吵吵。

天色已晚，路灯“唰”的一齐亮了，我吃力地驮着“一大家族”，像大篷车一样跟着下班车流艰难地往前挪。十字路口恰巧遇上红灯，只好刹车等待。也许是天黑导致我看不清，也许是系鸡的扎口松了，反正绿灯亮时，我发现电动车被路上什么东西硌了一下，当时以为是路面垃圾没理会，到家送走孩子们才发现，鸡丢得干干净净，龙头上一点痕迹都没有留下，估计就在红绿灯那里给摔了下去。

丢了鸡，我倒觉得没什么，可家里其他人都埋怨我是个马大哈，正好最近家里在搞装修，油漆工和木工中午都要管饭，一顿鸡肉大餐没了怪可惜！

第二天是周六，我在家休息，心情有点沮丧。油漆工小王破天荒早早地来开工了，见到我就神采飞扬地说：“哎！告诉你一件特别幸运的事！我昨天晚上下班在路上捡到两只光鸡，可真是天上掉馅饼！哈哈，还是新鲜的呢，拿回家给我妈炖汤了！”我惊得掉眼珠，赶紧问：“天哪，你在哪里捡到的啊？”

“就在红绿灯那里，告诉你啊，那鸡还是草鸡，可香了……”

小王的回味无穷被我打断，有点气急败坏地问他：“我问你！那鸡是不是红色塑料袋装的？”

“没错啊，你怎么知道？袋子豁了，估计是谁车上掉下来的……”

“妈呀！那是我们单位刚发的鸡！红袋子装的！单位短信平台通知我还没删呢！”我哭笑不得！

(20140928《大江晚报》A13 版众生)

翌日

博客上的文友井明一直以每日写若干文学素材为生活点缀，深受粉丝追捧。有次她写自己受父亲喜爱样板戏的影响，看了样板戏中《杜鹃山》的戏词儿“翌日”，觉得翌日一词很新鲜，而且由于好奇查字典来追索这个词的意思，当得知其意思不过就是“第二天”的时候觉得很不解，后来自己想通了，解释为“其实，一个意思多种表达，这也是汉语的丰富性、趣味性之一，汉语的美之一”。我给她文后的评价是：诸如“翌日”等故作高深的词汇无非是执拗于咬文嚼字的文人之间仅限于作品交流时流通的、用来隔绝“非文人”的“vip 会员卡”，是不是秘密的秘密。

据我所知，除非迎接中考、高考的学生，为了语文考试基础知识部分不丢分，否则“非文人”是不会有闲情雅致去为了“翌日”还是“第二天”一定咬着不放去查字典并思考一番，还觉得不过瘾，硬要为此浪费周末大好时光，低头用“一指禅”打字写成一篇没有稿费的咬嚼、探讨类博文的——根本没必要。翌日也好第二天也罢，都行，看书一目十行囫囵吞枣的人也已经稀有了，大多数疲于奔命，压根不看书。

但“翌日”的意义在于小众内的惊艳，内行中的低调奢华。就好像十几年前，许多大陆人也刻意学会几个繁体字，签名时必须来点儿繁体签名，其目的不是叫你轻易认出他的名字，而是通过给看签名者设置认知障碍来达到“哦此人比较知识渊博学富五车”的“高级”效果。

(20141118《宿迁晚报》段子 · 头条)

因暑得乐

炎炎夏日，情绪中暑的人可不少，但更多人选择积极消暑，因暑得乐。

暑期在家，偶尔出去买根冷饮称个西瓜，戴着墨镜行走在路上，更容易观察有趣的路人而不会彼此目光直射，看到一位老大爷慢吞吞骑自行车优哉游哉听着戏，自己也扯着嗓子学唱，好像晒软了的柏油马路蒸腾出的热浪对他构不成威胁；还有一位老爸骑车驮着儿子，一大一小一前一后，头上都戴一顶圆圆的西瓜帽，边缘还切得齐齐整整，西瓜帽既当了太阳帽又把内部果肉的凉快传递到头部，给脑袋降温，不失为避暑妙招，就是头发遭了殃，不过，回去冲个凉，又干干净净了。

家里有条聪明狗，有次我在房间午睡，忘了请它也一起进来享受空调纳纳凉，当我昏昏沉沉睡到夕阳西下，打开房间时，聪明狗还挤在门口打呼噜呢，而且它为了吸纳些微从门缝里冒出的空调凉气长时间挤着门缝，多毛的脸已经成了方形，连脊背和尾巴也直挺挺地一齐变方，可谓门缝有多长，它就铺展成多长，堵着那点儿丝丝缕缕的凉气，也可以消暑去燥，做做美梦呢！

消暑，很多人直接选择去水里扑腾。不管是大海边的乌泱泱“下饺子”，还是泳池边熙熙攘攘“下馄饨”，人山人海，勇气可嘉。旱鸭子的我很怕水，尤其怕游泳池里被许多人扑腾起来的水浪，一不小心溅入眼中，手忙脚乱自己就秤砣般无奈下沉，多喝两口“蓝水”。小时候在上海的一处水上乐园玩过，记忆犹新，那水深不过膝盖，趟水而走，非常凉快，也不用担心会浮力变大成了“入水秤砣”，人工池水有趣而辽阔，有狭长甬道，也有开阔的滑梯，一不留神就直接栽倒在塑料的滑梯自上而下被滑走，又抛出被另一通道滑回来，来来回回像过山洞，水花四溅，周围都是些相邻孩童碰腿碰头后的快乐尖叫，滑梯结束后直接被“顺”到一张张冰爽的水床上，水床周围有一些热带鱼、章鱼、甚至鲨鱼的模型漂浮着，水床底还有海草和珊瑚的图案，好像自己真的到了海底世界，恐惧又刺激。

爱好写字的人，都多少喜欢读些书吧，书里也有让人心旷神怡的消暑办法，当你投入进去，就淡化了炎热的暑意，心定自然凉。日本清新风格摄影师滨田英明 2010 年开始用相机记录只有 4、5 岁的两个儿子无忧无虑的日常生活，有几个画面是属于夏季的：两个小男孩对着家里仰头送风的电风扇呐喊唱歌的瞬间；两个小男孩面朝大海，都抓着海边栏杆相视交谈，海风吹起他们柔软的短发；一个男孩的特写镜头，他穿着蓝白相间的海魂衫，认真执着地横握着比自己还大的吉他在学着弹奏，背景淡且虚，是家里的书架；另一个男孩的背影，穿着短袖短裤和拖鞋，他在玩儿秋千，荡得高高的，前方是漂亮的白色长椅和凉亭，再前面是原木建造的弯顶小楼；还有一幅是两小儿爬坐在高高的大树上，兴奋地一起扭头看，头发汗津津地贴在额上，腿好像还微微晃荡着，阳光被茂密的绿叶遮挡，星星点点，树干像两条慈祥的手臂，一左一右，呵护着他们。滨田英明的摄影带给我的是家庭的温馨，亲情的滋润，夏日的清新，往往普通平凡的东西，最能洗涤心灵。

(20150804《新民晚报》夜光杯 · 十日谈)

狗狗的流线型坐姿

下班回来又冷又饿，身上直打哆嗦，热了中午的剩饭剩菜吃下肚觉得好多了，家中小狗见我吃得香，也去“狗狗家小厨房”那边角落埋头对着狗粮和水碗吃吃喝喝一番，吃罢，舔嘴咋舌，水汪汪的大眼睛巴巴的盯着我，毛毛脸上写满了“我要出去放风”的焦躁。算了，还是看在它无怨无悔每天在家苦等我下班的份子上，带它出去玩一会儿吧，虽然这时候外面下着霜，气温零下六度，寒气逼人。给小狗穿上毛衣之后，我也全副武装只露眼睛，就牵着它出门了，又折回去，骑上电动车，散放了狗狗，我悠着车，狗狗在小区绿化带欢快的独自与小草玩耍。等它玩了二十多分钟，我已经在电动车上手脚冰凉，冻得快受不了了，就按车铃叫小狗快快回到踏板，驮它回家。狗狗一听就乖乖回头，口中哈着热气，一个箭步冲到车前，熟练蹦到踏板上坐稳了，头抵着我的脚踝，感觉它的小脑袋还挺有力气，不一会儿小狗的体温传递到我腿上来，暖呵呵的。

我小心翼翼把着车笼头，控制着方向，没怎么关注狗狗，等快到车库时突然意识到狗狗好像不在腿边上了，我一边紧盯路况，一边用腿寻找狗狗，好像依然没感觉到它毛茸茸的身体，啊？不会是行驶中狗狗不小心滚到车下去了吧？半年前狗狗长大变胖之后，曾经有一次狗脚支的太开，没地方放，滑倒在车踏板下，幸亏我刹车及时，不然就碾压到它了，惊出一身冷汗来。此刻我感觉不到狗狗的存在，赶快刹住车，低头寻找狗狗，哈！不看不碍事儿，一看差点笑岔气了，狗狗在踏板上早已从刚上车时“横着的一字狗”挪成了“竖着的阿拉伯数字1”：它紧闭双眼，背对着车把手，鼻子贴着车大杠，尾巴毯子般盖在后腿上，整个身子缩成笔直的“流线型”——前圆后尖，表面光滑，略象水滴的形状。具有这种形状的物体在流体中运动时所受到的阻力最小，所以汽车、火车、飞机机身、流线型流线型等外形常做成流线型——难怪我的腿碰不到它了，它是为了最大限度的少受风吹霜打啊！这小狗的智商情商，都杠杠的！

(20150101《台湾好报》西子湾)

逆袭

——《这善变的世界，难得有你》读后感

逆袭，百度解释——《逆袭》是中青宝公司出品的游戏，“逆袭”一词符合一种正能量的传播，传递出“自强不息，以弱胜强”的精神信号。拿它作为我的读后感标题，是因为，我从这本书里面看到了若干年轻人华丽逆袭的奋斗故事。

一开始翻翻书，发现怎么全是爱情故事？读进去之后，释然，爱情故事的浮光掠影之下，满满的，都是北漂南漂的80后、90后职场打拼的励志故事。与他们一样的年纪，自然会吸引我多多阅读了解，书中自有黄金屋，读书似“镀金”，这样的美事，乘胜追击，说不准，自己也能被激励着做出几件于人于己有益处的事来。

先说说此书作者，“一路向北”网络电台的女主持人，小北，从小学六年级操着方言浓厚的普通话主持儿童节晚会，得到师生极大赞美为萌芽，到“打了鸡血”参加大学各类杂志社、文学社团、广播台，一路的慢慢锻炼、打磨，朝着电台主持的梦想去努力，经历了海选主持人被淘汰，幕后打杂，默默看着其余 20 多名播音员忙碌，觉得自己被遗弃，后来拿出“此处不留爷自有留爷处”的决心与魄力，自己开创网络草根电台，一点点将星星之火得以燎原。既然普通话夹杂方言不利于主持，就得纠正，小北就不断的请教前辈，积极参加节目嘉宾主持，一句话，凭借着不服输的劲头，小北把不可能变成了可能，她终于实现了从璞玉自我雕琢成良玉的蜕变。现在，小北不但是国内知名播客网络电台台长，也是播音圈内小有名气的文艺青年。

在这个靠家庭、靠关系，靠这靠那的浮躁社会，小北，就靠自己的勤勉好学，硬是做出了一番事业，让人刮目相看。读了小北在书里的自传散文《感谢你们心中的那份不甘心》，我由衷的为她鼓掌，并摘要了她文末的高浓升华段落，作为我近期的座右铭——

“我们真正需要做的就是把这个世界当作是自己的，要为自己而活。我们只是他人世界里的过客而不是主角，我们要当自己世界的主角，用我们内心小小的坚持、小小倔强、小小的不甘心成就我们最终的大大的梦想。”

近些年，由于网络的发达，媒体的渲染，很多草根有了发展的舞台，也有很多著名人士因为网络而倒台，网络是把双刃剑，关键看你怎么去正确使用它。小北，在网络电台的耕耘，无疑是积极向上的，她的辛勤工作，换来的是听众的支持与褒奖。小北在书中写道，在网络电台也不是一帆风顺的，有知名电台说小北的电台在模仿他们，预测小北的电台不会长久。后来，小北电台竟然超过了他们，甚至成了网络电台界小有名气的独立播客。由此我想到了一些经典的告诫——长江后浪推前浪，前浪死在沙滩上。逆水行舟，不进则退。在竞争的激流中，需要的是果敢的奋进，不断的创新。套用一个书中故事的标题“只要永不妥协，生活依然美好”。

联系到自己的教师职业，我想，接下来的日子，暑假的闲适之余，得为自己的心灵之屋添砖加瓦了。一些经典的书籍，适时重读，温故而知新，一些新购的书，不能束之高阁，得放在触手可及的地方，随时的翻一翻，读一读。流水的日子里，能孜孜不倦的学习，才腹有诗书气自华，为教师的那一桶水，时时更新，用学识添水，换水，切不可让一桶水成为陈年老水，而是在不断的学习进步当中，使自己的一桶水永葆优质活水，才能桃李不言，下自成蹊。

逆袭，不是神话，而是脚踏实地践行之后的回报。

(2015 年 11 月《逆袭》一文荣获扬州市教科文卫产业工会征文一等奖；2015.7《逆袭》一文荣获江都区教育局“中国人寿杯”教职工读书征文三等奖)

泡芙

记不清是哪一年吃的泡芙，总之是被西点店门口的“特价酬宾”给吸引进去了，发现特价的唯有“泡芙”，淡黄色，像一朵朵小云，层层叠叠，整齐地装在透明盒子里，泡芙顶端带有诱人的白色奶油。从没吃过泡芙，也没听说过泡芙名字的我，买到手，拿起迷你的一小只，天！重量惊人的轻飘飘，皱眉感叹难怪特价；咬上一口，牙齿舌头完全陷入“甜蜜沼泽”，又一惊，原来泡芙内藏乾坤，那么香浓美味的奶油是钻在肚里内秀的，本来就爱吃奶油的我，因此成了泡芙粉儿。

好奇心使然，去百度了泡芙的历史，发现果然是西方吃法，源自意大利，蓬松张孔的奶油面皮中包裹着奶油、巧克力乃至冰淇淋。传说泡芙 16 世纪传入法国，是法国皇后凯瑟琳·德·梅第奇发明的。

其实说起泡芙这种曲折离奇的做法，跟我们中国菜里的不少菜相似，比如作家汪曾祺自诩发明了很有意思的“塞肉回锅油条”，“油条切段，寸半许长，肉馅剁至成泥，入细葱花、少量榨菜或酱瓜末拌匀，塞入油条段中，入半开油锅重炸。”一道油肉重彩的菜，有作家掌勺的独特口感，尝起来有“酥脆沼泽”的意思，外层是油条的酥脆和嚼劲，内里是肉馅的软滑与嫩香。据说徐州还有个土菜叫“辣椒塞肉”，就是把大甜椒开个盖儿，肉馅加作料调好塞进去，盖上辣椒盖油炸。这道菜和“塞肉回锅油条”制法类似，味道却大相径庭。同样是加塞做法的西点泡芙，却不适合眯点小酒嚼一盘花生米的老作家的口味，而更吸引热爱西点的甜食控们。

(20151029《新民晚报》夜光杯)

过期

电影《重庆森林》里，金城武主演的阿武失恋了，因为失恋那天刚好是4月1日愚人节，所以他就当女朋友阿May在开玩笑，从分手那天起，他每天都买一罐5月1日到期的凤梨罐头，因为凤梨是阿May最爱吃的东西，而5月1日又是阿武本人的生日。阿武告诉自己，当买满30罐的时候，阿May如果还不回来，这段感情就会过期。4月30日那天，因为很多店把快过期的罐头提前两小时处理了，因此阿武费尽周折才好不容易买到最后一罐凤梨罐头，但在五月一号早晨，他还是失望地领悟到，自己失恋了，于是当天晚上，他当着家里一缸金鱼和一只狗的面，把30罐凤梨都吃了。阿武边吃边感慨：“还好，她不是喜欢吃榴莲，不然我完蛋了。”与爱情有关的过期，就算细节琐碎不堪，搭上大导演王家卫，再搭上一帮耀眼明星，足够引领潮流。

2014年陶虹和郭晓冬主演了一部家庭片《忘了去懂你》，在片中，陈雪松（陶虹）是个在重庆白沙镇开小杂货店的老板娘，而老公蔡伟航（郭晓冬）则是个不得志的木匠，两人磕磕碰碰遭遇七年之痒。陶虹每天把店里卖不掉的过期面包带回家装在果盘里端到饭桌上，再给她跟老公各自倒一杯袋装牛奶，两相组合就是每天早上的早饭，她还劝他：“多喝点，牛奶补钙。”每天吃过期面包吃得够够的郭晓冬终于有一天咽不下了，发飙说:“陈大夫，我真是服了你了!让我喝过了期的牛奶补钙。你就不能起个早啊，帮我熬点粥?天天牛奶面包，咱中国人吃不惯那些洋玩意儿!”陶虹的回嘴也是杠杠的:“过期两天吃不死人，再说，我这不也吃呢么!你看人家外国人，牛奶面包吃得多，身体壮。”郭晓冬气的面包一撂，头盔一拿，去街上找早点铺喝粥去了。与婚姻有关的过期，就算食物再营养、洋气，也难敌日复一日柴米油盐的磨折，最终自然是无止境的猜忌和疏离。

畅销书《东京不热》的作者蒋涛，书中主要介绍自己曾在亚洲第一大城市求学打拼的一些所见所闻所感。蒋涛课余打两份工，第一份工时四点半爬起来骑自行车去一家很小的面包店做豆沙面包，这个好像并不难，但马不停蹄做了两个小时的豆沙面包之后，还要赶去学校学习，学完了一整天的课，再去别处继续打工到夜里十点，凌晨回宿舍，洗漱之后只能睡几个小时又得四点半起来做豆沙面包了。面包店老板会在蒋涛来上班之前就把面用和面机器发好，也会在他临走前把昨晚卖剩下的一袋豆沙面包给他当早餐，尽管这样，蒋涛还是在没过多久之后辞去了面包店的工作，因为薪酬低，更因同时两份工太辛苦以至于用来学习的课桌成了瞌睡的天地。与生存有关的过期，就算励志又省钱，又能撑到何时？身体是革命本钱，扛不住了自然就会放下。

爱情、婚姻、生存……乃至生活中的方方面面，或许都有自己的有效期，不知不觉，顾此失彼，防不胜防。过期，就表示遗憾已产生，提醒我们是取，还是舍。

(20151125《新民晚报》夜光杯)

红与绿

近来一句短短的史上最难绕口令火了——红鲤鱼与绿鲤鱼与驴。不信您可以试试念几遍，保证绷紧的神经得以放松，继而在错误百出中陡增笑料，其实这句话画面感也是相当强，因有红与绿颜色相撞，再加灵动鲤鱼和蠢笨毛驴，似乎动物们各自栩栩如生就在眼前，由此，对红与绿，十分着迷。曾买过一套《世界名画欣赏之达利》的明星片集，可作为画册翻阅，也可拆分成一枚枚漂亮的明星片，正面是一幅幅达利的著名画作，背面有创作年代、画种、尺寸以及馆藏地址等简介，可以贴上邮票写满祝福，寄给朋友。不舍拆开，一直当做画册欣赏，尤其喜欢达利依照爱妻加拉为原型而创作的油画，名叫《里加港的圣母》，红衣与绿垫相呼应，让人想起中国特有的服饰风格，穿红着绿，鲜艳华丽；又能扯上“红花还需绿叶配”、“母以子为贵”之类的联想，读着一幅西班牙画家的画，心里随想的却是我们老祖宗流传下来的一些典故，红与绿，竟是那样的炫目惹眼，叫人一看二想三回味。红与绿，搭配好了，有时候就像多才多艺的人一样难能可贵。写作出名的张爱玲，第一笔稿费竟是画画得来的，她自己写：“生平第一次赚钱，是在中学时代，画了一张漫画投到英文《大美晚报》上，报馆里给了我五块钱，我立刻去买了一支小号的丹琪唇膏。我母亲怪我不把那张钞票留着做个纪念……”我上高中时开始学画素描，时间紧凑还偷偷看书，买过一本由陈子善图文编纂的《流言》一书里，俯仰皆是张爱玲画的漫画小头像，非常传神有趣，有空就拿出来翻阅，画室的美术老师几次收走这本书，又被我悄悄搜回身边。工作后，还是忘不了张爱玲的文字，渐渐的，把她的小说杂文都买齐了。作为读者不得不佩服张爱玲，把酒瓶内外红与绿的微观世界幻化成女人的心海底针，仅用了四两拨千斤的几行极简文字。红与绿，其乐无穷。

（20160606《新民晚报》夜光杯）

杀死无聊

谁都不想变得无聊，但谁也阻止不了无聊。再显赫的人也得不时应付着无聊。你看苏东坡“无事此静坐，一日当两日”，舒婷“百无聊赖始读书”。米兰·昆德拉在其《身份》一书中甚至总结出了三种无聊——消极的无聊：那个边跳舞边打哈欠的女孩；积极的无聊：那些风筝爱好者；还有反抗者的无聊：那些烧汽车、砸商店玻璃门的年轻人。照此逻辑，苏东坡的无聊是消极的，舒婷的无聊是积极的。文人大概都不至于无聊到去搞破坏吧。

人生中最先感触到的彻骨无聊是高考结束至发榜前。考完所有科目经过一个下午加一整夜的死一般的熟睡，身心得到最大限度的放松，解恨的彻底甩掉劳碌的高中时代。然而接下来等待发榜的那段日子，正如阿乙《隐士》一文中所述“高考结束，每个学生都像分娩好但看不见孩子的产妇，空虚而恐惧”，为了抵制这种无聊焦虑和害怕，我整天蓬头垢面心神不宁，时而无休止昏睡，时而一集又一集看那些根本记不住情节的泡沫电视剧。折腾到快崩溃时，从不打游戏的我去电子城买了只酷似大翻盖手机的游戏机，没日没夜的打起游戏来。吃饭时如厕时躺着时，只要稍感空虚无聊便掏出游戏机闭着眼都能翻找出喜爱的那款游戏，忘乎所以的打起来。一天一天熬日子，某天成绩总算揭晓，仿佛尘埃落定，我终于舒了口气，拿着并不理想的成绩单奔走母校填志愿。那只“手机”游戏机寂寞的闲在床头，上下左右键都被磨掉了漆，翻盖折叠处由于长期频繁开合，已经裂开，露出红绿电线。那应该是我最绝望的一次无聊，它持久而无法摆脱，像一场顽固的疾病。

有一次与老妈聊天，得知我幼年一些糗事，才咂出自己最无聊可怜的境地恐怕还得追溯到婴儿期。物质贫瘠的一九八八年，爸妈整日外出劳作以养活一家。而仅一岁出头的我和姐，刚学会站立便要时常忍受无人逗弄嬉戏的一整天！眼睛一睁开被赶时间的大人胡乱套上衣裤小鞋，嘴巴里左一勺右一勺塞满食物。被快速吃饱穿暖后，忙了一头汗的大人要走了，突发奇想将我们抱离有轮子的婴儿车，分别放进倒置的方凳里，遥遥相望。方凳倒置后有底板没轮子，四周还都有“栅栏”，婴儿站在上面推不开也摔不下来，自身重量正好阻碍进一步移动，对于刚会站立的婴孩来说，无疑是最保险的“无人看管式囚笼”。呆在同一间屋子里的我和姐，由于都被囚住，又能在看到对方的安全距离里不能像平时一样互相抱团撕咬取得快乐，仅从精神上以眼神交流的形式鼓励对方：要杀掉没有大人照顾的无聊时间，气恼发蛮哭闹绝望都是无效的，企图跨过围栏抓到远处地上的玩具也是行不通的……时间出奇难捱，熬不住的我俩开始又哭又喊又叫，不住的流口水，接着尿裤子、屙屎，眼鼻红一阵白一阵，绝望和愤怒还有伤心无法排遣时就红了鼻子和眼圈，不住的哭闹，哭累了就暂时平息了呆呆望住对方……晚上大人们拖着疲倦的身体回到家，一开门见到我和姐均老老实实站在倒置的凳子里尿了一地，拉了一裤子，脸哭皱了揉黑了，两双大眼睛充满泪液，见到亲人顿时又哇哇大哭，手臂不约而同高高扬起，迫切需要踏实的拥抱与解救。

听了老妈带有滑稽成分的描述，我是又气又笑，气自己的幼年如此“惨烈”，笑自己那么小时却已如此坚强，没有因为这种无聊的“酷刑”哭昏哭晕，而是好好的忽闪着水亮的委屈眼睛，固执地寻求期待已久的母爱。

袁枚《随园诗话》收有清代常州赵仁叔一联，曰：“蝶来风有致，人去月无聊。”哈哈，人都散了，月亮竟也无聊极了，躲进云里睡大觉？！赵仁叔真真可爱，他无聊的发起癫来，替月亮也无聊起来。

这么说杀死无聊的最佳方法就是做无聊之事来反抗无聊。

（扬州市江都区文联刊物《芦柴花》9 期）

又过小雪

小雪是 24 节气中的第 20 个节气，小雪时节（11 月 22 日），也代表一年到了尾声。年关岁末，出门多数时候缩手缩脚，透露出一种冬季特有的萧瑟，小雪将至，天气暗淡光照时有不足，是个囤积抑郁情绪的时节。而美食的温补，恰巧调节了人们的脾胃，统领一天的心情，四条腿的牛羊猪，大量地被消耗，或成了热气腾腾面条上的美味浇头，或被赤酱红椒地大烹大煮，大快朵颐，小雪时节，人又渐渐成了贪吃坚果的小松鼠，瓜子、花生、腰果、杏仁、栗子、白果、核桃……从土地里被采集、挖掘，直至炒熟，由一片片小钞票购得，从各个购买渠道纷至沓来，填补了我们饥渴的胃，充实了每天的闲暇时光。

唐代的陈羽曾经在《夜泊荆溪》中描写过小雪节气，“小雪已晴芦叶暗，长波乍急鹤声嘶。孤舟一夜宿流水，眼看山头月落溪。”古人如此亲近大自然和野性的小动物，把它们与时节的变化记录在诗句里，是最美的日记。

（20161127《新民晚报》星期天夜光杯）

鸟文化

这几个月都在家带孩子，漫长的夜本来可以睡美容觉的，现在被分割成一小块一小块的，有时半夜起来给孩子热奶喂奶，再安抚安抚，这样，凌晨四点半左右，我就准能听到鸟儿们清脆的起床声，人有起床被窝气，它们似乎没有，叫声特别活泼欢快，听叫法不一可见窗外鸟儿品种也多，好像你一句我一句在拉家常，热闹非凡，小区里花草树木特繁密，生态好，给鸟儿筑巢提供了方便。我家狗还在灌木丛发现过一只大刺猬，赖下身子对它汪汪叫又逃走。每当安静的房间刚透点儿亮，鸟儿此起彼伏的亮开嗓子，都不用看时间，就知道准是四点半到了。

古人也爱鸟儿，写了很多关于鸟儿的诗句，还充满画面感，比如王维的“春去花还在，人来鸟不惊，”比如杜甫的“两个黄鹂鸣翠柳，一行白鹭上青天，再比如，孟浩然的春眠不觉晓，处处闻啼鸟”……不胜枚举，好些朗朗上口的诗句曾经是小学时期必背古诗文，入脑三分，真是伴随了我二十多年，每当听到鸟儿叫，心里就会联想到这些美好的，歌赋一样的诗句，它们填充了我单调乏味的生活，让鸟儿也变得诗情画意起来，谁叫鸟儿的声音太好听呢，谁叫诗人的心思够细腻呢！

书柜里的书绝大多数都看过了，新书陆续买回翻阅，旧书不再去动，但偶尔会抬头眼神掠过一本本书的脊背，类似养鸭人数鸭子，老师数学生，有限的生命长河里，书也是长久的陪伴，读过的书，与鸟儿有关的书名也有一些，比如村上春树的《奇鸟行状录》，阿乙的《鸟，看见我了》，泰戈尔的《飞鸟集》，考琳·麦考洛的《荆棘鸟》。

鸟儿，改变了我对弱小生命的看法，它们也能撼动人心，不仅是金嗓子一个优点，曾经看过一段视频，是鸟妈妈为了保护幼鸟拼命扑闪翅膀与来偷吃的大蛇对峙并用喙狠命啄蛇身，最终成功吓跑了它，鸟妈妈还趁胜追击，勇气可嘉。

(20170511《新民晚报》夜光杯)

行为艺术

昨晚路过那条老路，发现烧烤店在给一头成年的羊剥皮，几个男人吃力抬它，抬不动就在地上拖。羊血已经放干了，只剩惨白的裸露的皮肉。羊闭着眼睛，唯一看出它生前活得不错的是颈部还没拔干净的羊毛，亮亮的。我认真看了一眼，然后骑车走了。跟在我身后的朋友，看了半天才追上来。她说真残忍。我立即回应，可是羊肉鲜美啊，它生来就是一盘菜。

烧烤店无法从后厨直接冒出许多羊来做原料，必须进货。进了货，还得从正门进，免不了要被人看见。说血腥也好，不雅观也罢，把它看作是烧烤店的行为艺术好了，至少间接证明，有一部分羊肉货真价实。只是，我知道我的朋友要有一阵子远离这家烧烤店了。

(20170526《现代快报》青石街)

光线

同事沈美眉在朋友圈晒了一株发财树的特写镜头，那叶子油亮油亮的，每一片个头还特别大，煞是好看。我在下面评论两个字：肥美。同事戴美眉看见评论，回复我：的确美，我一开始以为是假的。

我联想到了什么，又回复她：光线好。很多女明星都私下贿赂灯光师呢，曝光效果遮盖脸上很多内容，遮瑕膏再厚，不如光线充足……

如果黑灯瞎火的，哪怕光线有一点点不足，就容易拍出叶子上隐藏着的暗斑，色调不均……

橱窗里的昂贵珠宝，汽车，衣服等等奢侈品，移除了那些灯光，也许人们不再驻足欣赏，垂涎。

阳光下，连池塘里再普通不过的鲤鱼，也会偶尔因搅动池水，鱼鳞随身体的扭转而折射出闪闪耀眼的光芒。

(20170611《新民晚报》夜光杯)

“涵”的感悟

我教八个一年级新生班级美术，对八个班级姓名的感悟，首先，又认识了新人、新名字。姓“步”，第一次面对面接触，还是四个字名字，模式是父母姓加名字。然后就是这一届新生普遍名字里带“涵”的特别多，男女生都有，看来，父母对孩子的期望，大多数都是朝涵养，有内涵等方面进行畅想和憧憬。殊不知涵养内涵、可不是一朝一夕养成的，要想成为小淑女小绅士，得从点滴做起，持之以恒，稍不留神，就“原形毕露”了。人的天性有时是与内涵、涵养背道而驰的，当你饿了渴了怒了伤了的时候，内涵涵养这些好不容易积攒起来的品质最容易马上离你远去……蒙田就说过，人最难做的是始终如一，而最易做的是变幻无常。可能这也是学校以及老师的难题之一，就是让学生不断地提高，不断地完善，渐渐趋近于大家都想得到的“涵”。这么一想，似乎自己作为老师的担子又重了些。

(20170926《新民晚报》夜光杯)

茶食惊动天神将

把一罐无人问津的肉松（一斤重）全倒给车库里的流浪狗吃了，为防尘，铺了一层塑料纸。它俩一公一母，都瘦条条的，大口大口地吞咽，公的还抢着不给母的吃，倒两摊，母的才吃到嘴。看它们吃得欢，我又上楼装了一大碗水下来，怕它们吃咸了，会渴死。目的就一个，非常单纯，不要冷不丁地躲在暗处咬我，搞好邻里关系。

恐怕每个小区的车库都盘踞着那么几条聪明的懒惰流浪狗，不搞好关系，后果将很严重。狗也很通情达理，只要喂过它一次，下回它不但不会咬你，还会微微期待地注视着你，尾巴摇一摇，忐忑地等着下一顿。难怪家里老人常说：茶食惊动天神将！何况流浪狗。

(20171013《现代快报》青石街)

民间“书法”

看到网络一些有关书画的话题，我想起自己的趣味，爱看“民间书法”，不是书法大师的那些书法，而是诸如办证啊，配钥匙啊，或者其他那些本无意写字，却因为要活下去混口饭不得不写字的所谓粗犷人写出来的字，我爱看，特别迷恋，能看很久，从中品味出别样的人生——如同大作家乔伊斯写的都柏林的小人物一样闪光——他们的字诠释着当下的一切，苟延残喘苟且偷生也好，雕虫小技自作聪明也罢，有可能还蕴含着更为复杂的况味，都是在那几个字的字面上表达出来了。那些民间“书法”，一个字就是一幅缩小的画，就是一个活生生的时代缩影。

曾在家附近母婴店门口看见两个并排的摇摇乐，就是那种投币一块钱把孩子坐里面摇着带音乐的玩具，有许多卡通造型，左边店是大黄鸭，右边店是月亮船，一店家在月亮船那醒目的大脸上贴了一张大纸片，上书两个既没有劲道又骨瘦如柴的大字——“不响”。聪明绝顶吧？也省力气，又不是书法家，字不好，但意思到了就可以，只要带孩子来的一看，就不会再把孩子往月亮船上抱了。而且简约到不能多一个字少一个字，谁也不想投币进去了听不到响。

还有一家配钥匙的店，把旧的铁皮剪成钥匙的形状，用白色油漆写了“配钥匙”三个字，字给人的感觉就像杰克逊的机械舞，所有笔画硬邦邦的，也是啊，配钥匙的过程可不就硬碰硬，想到这里，不由地对这类招牌刮目相看，一叹再叹，高手在民间。

民间书法，其实也是民间百态。

（20171125《新民晚报》夜光杯）

女猴子

女儿不知不觉上了小学一年级，还喜欢学大人说话。接送她上下学路上，她总是小嘴巴呱啦呱啦说个没完。前两天班主任约谈，对我说，你女儿可不能跟猴子再坐一块儿凑一对儿了，得调整位置，跟老实宝宝坐一桌，人家会憋着不说话，你女儿自然无话可说了。

猴子就是指代调皮捣蛋的孩子。一般是男孩居多。

没想到我和班主任悄悄沟通的话被女儿在旁边给偷听了。“散会”后，我又急忙带她奔到二年级散学点，帮忙接邻居家的东东，刚见了东东，女儿好像打开了话匣子，马上跟东东说：你知道吗？我们班还有女猴子呢！女儿真不笨，大人的话她能全部猜对，还知道猴子借代男调皮鬼，所以她在前面冠名“女”，好让东东知道她就是女猴子之一，也许女儿的面部表情过于神秘，东东睁大眼睛，好奇关切的回答：女猴子？！抓住了没？！

（20171211《现代快报》青石街）

查岗

因为老公在单位部门里面资历最嫩，工龄最短，领导喜欢电话差遣他节假日额外去做事。这天是周六，老公周五晚上同学聚会喝大了酒还没完全醒，领导电话来了，一接，原来是一件小的不能再小的事，就是去办公室把领导桌上的文件袋里的一个存有资料的光盘取出来放在门卫那里，然后领导的车就在单位大门口停下拿走光盘，等于省去了上下四楼奔波的时间。但要知道我们家离单位有三公里，路上单程要过五个红绿灯！老公不敢不答应，在电话里嗯嗯了半天。但我怕他这种状态骑车不安全，就说还是我去吧！反正你们领导只要光盘也没别的事，再说他人还在路上没到呢，我早点取了放在门卫处，领导不会知道。

老公只好答应了。我赶紧去车库骑上车直奔老公单位，也许是偶尔也替老公办事，门卫已经认识我了，所以在大门门禁的时候没拦我，我径直走到老公的办公室，找到领导的桌子，顺利拿到光盘，蹬蹬蹬马不停蹄的下了楼，到门卫那里说明情况，把光盘放在抽屉里，刚转身离开，那领导来了，见我一个陌生人在动门卫的抽屉，领导一阵不快："请问你是……？""哦，我是某某的爱人，这是他让我取了给您的光盘。他今天有点不舒服就委托我来了。"我涨红了脸一通解释。领导微微一笑说："真谢谢你了，还麻烦你来跑一趟。"我赶紧拿着自行车钥匙逃也似的一路小跑走了。

十几分钟后，我回到家，老公告诉我，刚刚跟领导通完话，领导说："你小子！老婆来查你的岗了知道吗？！"我和老公相互一对视，这领导，八成是对老公此举有意见，才故意电话向他"通气"的。

（20140527《宿迁晚报》B3 城事）

盐水鹅

吃午饭时，我夹了一筷子卤味盐水鹅，这是老妈在楼下熏烧摊位上买的。

谁知每一块都比平时大很多，一看就是老板忙于生意，胡乱切了几刀，没切细致也没切到位，有的还是筋骨连着皮的"连刀块儿"。我这一筷子夹起两连块儿，差点儿拖到菜汤里。我赶紧向姐求助：

“喂，老姐，帮我拽开这块儿鹅肉。”姐应声呼的一下把两块鹅肉全部拽走，塞入自己口中仰着脑袋直喊好吃。我生气地嚷道：“不是夹给你吃的，是叫你拽开，一人一半。”“哈哈，别装淑女了，你男朋友不在这儿，没必要一口做两口吃的样子嘛。”

姐说着，又吃了一大块“连刀鹅”，并吐出鹅骨头。我见桌上那碗里的鹅肉已然下去一个坑，如果我再争辩两三句，自己的那份儿就没了。我只好凌乱着一颗心，马上夹了一块“连刀鹅肉”，也不管它是否大了、小了、连着，还是断开。

(20140505《京华时报》胡同头条、配图)

买瓜

瓜贩在小区门口兜售最早一批红瓤西瓜，就那么十多个，有种“数量不多售完为止”的紧迫感。

看着一只只圆滚滚绿得发亮的带叶子西瓜，我只恨手里的零钞都奉献给了对面菜市场的菜贩。我挑了一只各方面“鹤立鸡群”的西瓜，一称重，35 元。我跟小贩套近乎：“嘿嘿，钱没带够，我马上去拿。这瓜千万别再卖给别人了。”小贩在紧盯挑瓜的居民，只对我“嗯啊”了一声。

我赶快提溜着菜噌噌上楼，开门后在零钱盒子里抓了一把零钱，也没数就下楼了。小贩一见我，就无奈地摆手说：“你的预订瓜被我藏在别的瓜下面，还是被人挖走了，货好拦不住呀。”我“啊”了一声，两眼一瞅，车里仅剩两个歪瓜，小贩称了一下说：“本来两个瓜一起要 42 元，就收你 30 元吧。”我扒了扒手里的零钱，算上毛票，不多不少正好 30 元，巧得让人无法拒绝。

小贩接过一大把零钱，打包西瓜时充满哲学意味地对我说：“这就叫是你的跑不了，不是你的再快也撵不上。”

(20140519《京华时报》胡同头条、配图；20140607《北方新报》15 版)

字宝宝

昨天旁听赵老师的课，听她在班上对订正语文写字作业的学生说："你对得起你的字宝宝吗？"我一愣，以为听错了，问她："字宝宝？"赵老师跟我相视一笑。她解释，写字比较枯燥乏味，就编点儿故事让低年级学生感兴趣。她对学生说："你们就是字宝宝的爸爸妈妈。"学生惊呆了，说："啊？我们这么小，都可以当爸爸妈妈了？"但是他们掉入了赵老师的"陷阱"，赵老师说："字宝宝不好看了，是你们的责任。"于是学生们开始重视起来，负起了"做父母"的责任，写字果然认真不少。

（20140606《京华时报》胡同）

一次闲聊

夏天的中午，在食堂吃饭，吊扇底下通常是抢手位置，同事老秦也因吊扇而破天荒地坐到我对面来了，近距离的，低头闷吃似乎有点尴尬，我就没话找话的问他："喂，你的蓝色车还继续开吗？"

"啊？什么？"老秦猝不及防，没听清。我又问了一遍。他哦了一声，点点头，随后扑哧笑了，我觉得挺奇怪，说："笑什么？"

他学我："蓝色的车。呵，你不记车的牌子，倒是记得颜色呢。"原来是笑我记忆方法独特。

过了会儿，老秦又打破沉默："你怎么知道我的车是什么颜色啊？你见过？"他的车从不开到单位，只在周末接送在校寄宿的女儿上下学。

"哦……"我搅动着盆子里的紫菜汤，"上次见你在洗车的。"

"在车站那儿的店里啊？"老秦继续盘问。

“不是，你家大门口。”我也忍不住笑了。天天下班坐公交要经过他家门口的站台，一台蓝色的车，既然不在车店洗，肯围着它弯下腰擦来洗去的可不就是主人了。

老秦若有所思，我感觉有个词虽然对这次闲聊来说不够准确，但某种程度也相对贴切，那就是——不怕贼偷，就怕贼惦记。

(20140613《新民晚报》夜光杯)

狗狗与桃子

买了点水果回家，跟妈说桃子吃吗？狗狗对“吃”的发音特别敏感，听到后能从家里随便什么角落里立即奔过来，这次也不例外，直接跑到装桃子的袋子底下仰脸舔嘴，我拿出一只散发果肉芳香的桃子对准狗狗动来动去的鼻，它果然耐不住馋嗅了嗅，都不用考虑直接失望撤退了。

我跟妈一人一个桃慢慢享用时狗狗冲到狗盆前生闷气一样大口大口嚼着狗粮，好像在用行动告诉我们：“哼，别以为就你们有东西吃！”

20140625《呼和浩特晚报》文娱茶坊31版)

更新毛巾

老爸昨晚拿了一条新毛巾到卫生间来对我说：“闺女，你用这条新的毛巾吧，我的旧毛巾就淘汰掉了，我用你的。”我愣了一下，回过神儿后说：“不啊，我的毛巾刚换没多久，你要更新毛巾就直接用新的嘛。”他这才哦了一声，用新毛巾替换了他的旧毛巾。

难道是爸就该用女儿的旧毛巾吗？这什么逻辑？我把他褪色的旧毛巾直接扔垃圾桶里了，为了防止我妈检查垃圾桶又捡回旧毛巾，我赶紧把口袋扎紧，打了死结后扔外面垃圾箱了。爸妈的节俭持家，有时候会让人心酸，有时候让人哭笑不得。

(20140711《京华时报》胡同)

狗狗洗澡

夏天天气炎热，我们都懒得动，除非迫切需要，一般能不做的事情就先拖着。

这天，该给狗狗洗澡了。一般都是老妈给狗狗洗澡，可看到老妈下班很累而且有脾气不好的迹象，我不敢惹她。我很自觉，打算自己给狗狗洗澡。

我好不容易把狗狗搞到卫生间。我刚把狗狗全身的毛用淋喷头打湿，转身挤沐浴露的工夫，狗狗怕水，一阵折腾。我被它拽得差点儿跌坐在地，一大摊沐浴露也给挤到地上了。我急得大喊一声：“哎呀，你动什么动？害的我浪费了这么多沐浴露！”老妈闻声过来嘴里嘟囔：“这倒霉孩子，你说你能做什么事啊？”说罢，老妈麻利地按着狗狗的毛绒爪子煎饼蘸酱似的蘸走了地上大部分沐浴露。看着地上还有些剩的沐浴露，老妈又拉来狗狗的大尾巴拖把似的把残留沐浴露来了个一扫光。

(20140723《京华时报》胡同有配图)

吃货替身

天气炎热，我和姐统一口径，只想吃点重口味的。中午按老妈吩咐，我在家烧了青椒炒黄瓜片、青菜香菇汤和鸡蛋炒韭菜三个素菜给老爸老妈吃，作为回报，老妈买了四斤龙虾倒在盆里急忙上班去了，本来剪龙虾任务是下达给我的，可稍稍靠近龙虾盆，一对对大赤螯刷刷刷全部举起来愤怒指向我，仿佛要钳断我的手指头，吓得我连连败退。无奈，老妈中午下班一阵奚落之后，她亲自“大开杀戒”，剪、刷、冲洗，下锅，足足烧了两大海碗红彤彤的麻辣龙虾犒劳我们。将近一点钟，终于开饭了，仨饿扁了的女人把两盆龙虾都嚼了。当然，忙着网上下棋且远庖厨的老爸吃的最少，他是一会来搛一只，一会又去房间杀两盘。我和姐五爪金龙，吃的那个干净啊，连龙虾汤也泡饭吃了。

下午上班我很满足的改写了QQ签名：“在吃货的家里，龙虾要四斤才够吃呢！”姐一看点了个赞，在下面评论提议说：“除了龙虾，其他三个素菜我们根本不爱吃，要不晚上去吃火锅？”我发了个愉快的“嗯嗯”直点头的表情过去。约定好之后我给妈发条晚饭不回家吃的短信，妈回复：“哇！你们是橡皮肚子啊？去吧去吧！天热早点回家。”没想到火锅也这么好吃，又咸又辣，很开胃。看到我埋头大快朵颐，姐忍不住叹了句：“喂，看你吃那么香，我都怀疑你中午的龙虾大餐是替身替你吃的，一大堆壳儿！”“嘿嘿，你还记得在去西安的火车上吃盒饭，我俩吃完不够本，又一人泡了碗面的事吗？后来被同卧铺的曹小哥尊称为‘大胃王’。”我边吃边举例论证。

(20140801《呼和浩特晚报》文娱茶坊31版)

立秋称体重

我们这里立秋除了有吃西瓜“啃秋”的习俗，还要称体重，看看一个夏天胖瘦如何。

妈拿个体重机放客厅，叫我们一个个站上去称体重。我们随便一站，称完回房吹空调。

最后，轮到老爸了，他其实刚准备出去采访，不过时间还绰绰有余，没想到他居然这么“重视”结果，先是进房间脱了长裤、皮鞋还有短袖，只穿背心短裤来到体重机前，老妈笑着说：“就称个大概，你这是干嘛呀？”老爸一副“切，你懂什么”的样子说：“要称就称准了，得净重才行。”

“哦，对了体重机是防水的吗？我想拿去洗澡间，把衣服都下掉，再称一下。而且拖鞋也好重呢，得赤脚。”

老妈嘴张成“O”型：“算你狠，行为艺术家！拿去吧，防水。”

（20140812《忻州晚报》4 版.秀客聊斋.秋）

自食其力的狗狗

小区隔壁是条美食街，晚上食客走光了会留一地没啃干净的肉骨头。虽然家里狗粮管够，但我家狗狗还是最喜欢去那儿捡东西吃。我们每次都得使劲拦着它才行。

这天晚上散步，狗狗又犟着要去美食街。僵持了一会儿，我只好陪它去“寻宝”。三闻两嗅，它找到一大块肉，赶紧欢天喜地卧倒，两只前爪紧紧抱着肉骨头，歪着头忘情地啃起来。一起散步的老爸总结说：“看来狗狗也有不想摇尾乞怜、自食其力的时候。”

(20140821《京华时报》胡同；20140812《呼和浩特晚报》文娱茶坊31版；20140815《青岛早报》T7版五月的风)

等公交

起个大早赶个晚集是上班族最不愿意碰到的事了。可今天让我遇到了。

我在公交站一等二等三等，就是看不到车的踪影。我掏出钥匙串上的指甲剪，打发时间。十根手指的指甲都剪干净了，车还没来。我又等许久，车还是没来。我气得发型都乱了，打电话给住在始发站附近的同事，问他那站发车了没。他有气无力地接了，说："别提了，我也等半天车了。我早上顺带在早市买了两斤毛豆。我在站台边等边剥，两斤毛豆全剥好了还没看到车站发车。我估计是半路上堵车，车都回不到总站。"

(20140814《京华时报》胡同；20140814《青岛早报》30版；20140815《宿迁晚报》B3版)

情感复杂的狗狗

男朋友每次来我家，我家狗狗都一副"一夫当关万夫莫开"的架势冲到最前面，对他一阵吠咬。我呵斥狗狗，它也丝毫不肯让步。然后，男朋友就像过安检一样惴惴不安地被狗狗闻裤脚、查包包，全部合格后方可让进屋子。更可怜的是，男朋友坐着吃饭，只要稍微动一下身子，裤腿还要被疑心极重的狗狗"假咬"一番，吓得他连添饭都要我代劳。

随着做客次数的增加，还有他贿赂狗狗搭进去的一根根火腿肠，今天，男朋友来家里，狗狗第一次开绿灯免检放行，既不吠也不闻裤脚，悄无声息地端坐在门边上脸色平静地让他进屋。虽然不像迎接家人一样摇头摆尾，但男朋友已经很满足了。他蹲下来小心翼翼地伸手想摸摸它的脑袋，可狗狗发出了“别碰我”的呜呜声，傲慢地走开了。男朋友说：“虽然混了个脸熟，可我依然不被待见。这真是一只情商很高，情感复杂的小狗啊！”

(20140820《京华时报》胡同有配图；20140815《呼和浩特晚报》文娱茶坊30版；20140822《内蒙古晨报》B05叨拉)

不能做狗肉

在桂林旅游，导游介绍自己的时候说，我姓秦，你们可以叫我秦导游，也可以叫我秦狗肉！我们听了张大嘴巴，这不是骂人吗？导游笑着解释，说在他们这里要入乡随俗，见面说声张狗肉李狗肉，亲切。因为狗肉在桂林的意思是好闺密，好兄弟，好朋友。互相称对方为“老狗肉”则是相知多年的老朋友了。团里有几个孩子，他们喜欢学大人说话，顿时狗肉长狗肉短的在车里大呼小叫，嘻嘻哈哈。

这时一位才上小学的小女孩对着自己后座一位五十多岁的严肃派驴友叔叔喊了声：“狗肉你好，哈哈！”驴友大叔顿时尴尬摆手：“别别别，我跟你既不是闺密，又不是兄弟，年龄相差又太大，喊了折寿呦。”

看他那较真的劲儿，我们都乐不可支。看来方言俚语也可以活跃陌生驴友之间的气氛，拉近彼此的关系，大家都是来自五湖四海的狗肉嘛！

(20140822《呼和浩特晚报》文娱茶坊)

数学老师

快上课了，我捧着书往班级紧走几步，突然平时不拘言笑的数学老师笑容可掬的拦截住我，问：“哪个班的美术课啊？要检查美术材料吗？”我点点头说：“7 班的。刚开学，开个好头，肯定要检查。怎么啦？”我还没问完，他闪身走了，我只好先进班发书。

新书发好了，我开始检查学生开学第一节课带绘画材料的情况，一调查，百分之三十都没有带，面前课桌上空空如也的学生自然面带惭愧，等待我的“苦口婆心”。

突然，数学老师冲进来，啪的一声朝第四组第一桌的女生桌上掼了一盒子水彩笔，这女生一下子从窘迫中放松下来。我心想：“这数学老师！从哪个班同学那里临时借来的绘画材料？这么偏袒个别学生可不好！”数学老师啥也没解释，直接又从后门走了。搞得我都不晓得从何说起。

给学生讲完新课，布置完绘画内容，我默数了班级人数，并备注在工作笔记上。班主任来教室查看学生纪律，看到我记下的人数说：“你少记一个，第四组第一排小女孩是刚转学来的，我们班数学老师家的千金。有一个学生缺席看病去了，所以你数的人数跟上学期一样，没变。”

我在心里“哦”的恍然大悟，难怪数学老师问我上几班的课，原来是确认好了就给自己闺女借材料去。可这样一来你闺女解围了，我的威信何在啊？教师子女带来的特殊“歪风”将给大部分单纯的学生带来哪些不好的影响？！

(20140905《台湾好报》西子湾)

狗狗吃醋

家里的宠物狗牛牛十分小气，爱吃醋，一天晚上出去遛弯，它十分开心，蹦蹦跳跳走在路上。

迎面走来一条博美犬，它家人唤它“贝贝”。我也贝贝长贝贝短的呼唤，贝贝果然很听话的过来舔我的手，谁知牛牛醋意大发，先是追着贝贝屁的股咬，把贝贝吓跑到它认为安全的范围外，再掉头找我，我蹲着饶有兴致的看牛牛“表演”，牛牛气呼呼的一个劲往我怀里钻，钻好之后把头转到前面，对着贝贝一阵威胁般的撕咬，逗的贝贝家人乐呵呵的说：“这小狗！豆大点儿的东西居然还会吃醋呢！”

(20140522《黔东南日报》5 版休闲生活；20140907《台湾好报》西子湾)

替母鸡叫冤

老妈从超市采购回来，提着一袋鸡蛋说：“不得了了，鸡蛋又涨价了，现在一只鸡蛋就将近一块钱，吃不起了都快！”老爸搁桌面翻看报纸，说：“这有啥奇怪的，大热天，你上班知道索要高温费呢，母鸡也不高兴生蛋了啊！也没个加班费、高温费啥的。”

老妈反驳：“你懂啥呀?现在鸡舍都高科技的，带空调，热不着。”老爸又说：“反正我要是母鸡，肯定不乐意大高温的天天生蛋！有空调，整日整夜吹也受不了啊，也不让鸡出去活动活动，天天蹲那里生蛋，想死的心都有了。”

老妈一听，摇摇头：“在家你吃蛋最凶，今天外面刮什么风啊，居然替母鸡叫冤了！”

(20140912《青岛早报》T07 版)

原来你也在这里

家里装修，兵荒马乱，又适逢开学了，我恢复上班，陪同狗狗的溜达时间大大缩水，狗狗整天卧窝不起，“以泪洗面”，臊眉耷眼的不高兴。这天下班较早，我赶紧哈拜愁眉苦脸的狗狗，一到家水都来不及喝一口，马上给它套上颈绳，牵出去散散心。

没走几步，狗狗居然抑郁加上犟劲来袭，一步不肯挪动，还死命往家的方向拽，我怎么劝它哄它都无效，僵持之下狗狗居然一缩脖子钻出套绳绝尘而去，我撵它不上。

到处寻找呼喊不见狗狗踪影，我只好先回家忐忑的等着，半小时后手机铃声大作，是老爸的罕见电话，他说在小区后面的桥上惊恐又惊喜的碰见了自家的狗狗，在这大千世界，车水马龙的桥头，熙熙攘攘行色匆匆，一人一狗，迎头相望，双方都经历了跳跃思维时空转换，惊诧莫名，皆大欢喜：哇！原来你也在这里！

结局是我挂了电话在家拍手抚慰。而狗狗则翘着尾巴一蹦三尺的跟着桥头意外偶遇的老爸回了家。

(20140912《台湾好报》西子湾)

混得不错

我经常在河边树林遛狗，结识了一只二货哈士奇狗狗，它家主人就住在河边一高档小区。哈士奇名叫海宝，为啥起这萌名字，主人说因为海宝出生在世博会那一年。那天在河边遛狗，因为最近都没见着海宝，我就扯开嗓子喊：“海宝，你在哪里？”没想到邻河一栋高层住宅的六七楼附近传来海宝兴奋的“汪汪汪”回应声。同行的老姐略带讥讽地说：“哈，混得不错嘛，原来你连这富人云集的地方都有熟人（狗）啊。”

(20140924《青岛早报》T06 版；20141027《京华时报》胡同)

瞎猫逮住死老虎

付老师不在家，我替她看堂。这是一节语文课，我叫学生拿纸笔做摘抄，课前还特意收集了很多好词好句放大在投影仪上。上课了，学生工工整整在底下摘抄、学习，我就在过道走动巡查，走到林林面前，笔头快的学生已经认真抄了半页纸，他才挑着写了一句歇后语“瞎猫逮住死老鼠”。我刚想说他，再低头仔细一看，就这简单的一句，他还错抄成“瞎猫逮住死老虎”了。真是一字之差，谬之千里！

我生气地说：“林林，猫怎么能逮老虎呢？食物链中，老虎是百兽之王，谁都怕它呀！你摘抄很不认真，而且拖沓偷懒。”林林忽闪着无辜的大眼睛望着我，振振有词地说：“老师，反正是死的，逮谁不是逮啊？下棋时老鼠还能吃掉大象呢！您不是叫我们凡事要有创新意识吗？”

（20140822《忻州晚报》4 版民俗天地）

吃腻了

假日，我和姐买了大包小包的牛奶、水果、八宝粥、饼干……回乡下看望家中唯一健在的老人——外婆。

正好表哥家的儿子洋洋也从城里回乡下过节了。外婆有点重男轻女，对曾孙子是含在嘴里怕化了，捧在手心怕摔了，她一看东西买得蛮多，就赶紧鼓动我们把送给自己的一大盒子饼干让洋洋拎回家。

洋洋睡完午觉揉着眼睛就奔到外婆的小屋来了，因住得近，虽然这个小屋不如自己家的敞亮，但知道时不时会有点好吃的被送来。外婆看到洋洋，笑得合不拢嘴。可洋洋撇了撇嘴："哎呀，这个牌子的饼干我都吃腻了！"我和姐面面相觑，这饼干你吃腻了？我们可是自己舍不得吃惦记着给外婆享用的哪！5 岁的洋洋虽然嘴上说吃腻了，还是乐颠颠的把饼干一拎，歪歪拽拽地回家了。

(20141030《新民晚报》夜光杯)

裂开有理

一大清早老妈就坐在客厅缝衣服，我问她缝什么，她拿着呢子大衣说："胳肢窝。"原来是大衣有点儿紧，衣服内衬裂开了。

晚上下班进门，老妈把大衣一脱，翻过来一瞅："哎呀，白缝了，又裂开了。"一旁的姐姐悠悠地来了一句："费那老鼻子劲干吗？它在那里裂，自有它的道理，空间越缝越窄小，当然缝得越凶裂得越快。"

(20141116《京华时报》胡同)

跟狗狗一个味儿

下班回来，狗狗跟屁虫一样黏着我，不忍拂了它的热情，我就抱着它长满银色毛毛的脑袋一个劲地摸，突然闻到狗狗头上一股潘婷洗发水的味儿，我大吃一惊，使劲闻了闻，真的是潘婷味儿，还跟我洗了一个牌子！这下走出去，风一吹，气味钻进别人鼻子里，我不是跟狗狗一个味儿了吗？

我嘟着嘴，奔到厨房，问正在烧菜的老妈："您今天给狗狗洗澡啦？用的难道不是它的专用洗发水？"爱狗如子的老妈立即"做贼心虚"的朝我打哈哈赔笑脸，还学港台腔："李小姐，不好意思的啦，今天狗狗的洗发水用完了，只好偷用了你的潘婷的啦，这么小的芝麻事儿，你就多多包涵的啦！你看狗狗现在全身的毛多顺溜儿，你去摸摸，货真价实！"

敢情以后商家直接找狗狗代言洗发水得了！省不少钱呢！

（20141122《台湾好报》西子湾）

人狗大战

结婚后老公来家里吃饭由原来的每周数次改为每日两次，因为我俩不爱下厨。但老公没有因为混了脸熟而被家里的狗狗看得起过，它见到他还是要拿出一点"我才是元老"的派头，对老公又是吠咬又是"望闻问切"，态度相当公事公办。

老公恼怒窝囊却又无可奈何，狗狗太灵巧，打它不着。咋办呢？他想到一个妙招，还在成功对付了狗狗后也如法炮制，对我也测验了一次，虽然他的下场是"跪搓板"，但一石二鸟也值了。

其实方法就是蹲在狗狗经常站岗的门口鞋垫周围，慢慢培养耐心，让狗狗对他失去警惕，趁狗狗打哈切正投入时，把自己的手指头伸进狗狗嘴巴里，狗狗正大口换气，猝不及防塞上一嘴巴的手指头，只好先用劲把它们吐出来，等狗狗气恼地反应过来，老公早就溜之大吉躲一边笑去了。这场景感觉像动画片汤姆猫和杰瑞鼠的实拍版。

（20141213《台湾好报》西子湾）

有毛孔的锅

回娘家吃中饭，老妈准备了边烧边吃、热气腾腾的大骨汤火锅，饭后我抢着收拾洗碗。

老妈看我把一摞子碗都洗好了，就提醒："别忘了灶台还有两口锅没洗。"我扭头一看锅沿上一圈已经凝结了的火锅辣油，赶紧提起洗洁精要往锅里挤。老妈急着说："孩子，别用洗洁精洗锅！我给你拿瓶热水来就行。"我说："啊？光靠热水肯定洗不干净，这么多油呢！"

老妈说："你不懂，洗洁精还是少用为妙，那锅跟瓷碗不一样，锅的纹路粗一点儿，有毛孔，会吸收残留的洗洁精，你以为冲洗干净了，那洗洁精沫沫儿还渗透在锅的毛孔里呢，再加热炒菜时它们就被释放出来了，长期吃肯定对人身体不好……"一席话说的我茅塞顿开，瞬间觉得一口口的锅也拟人化了。

(20141213《台湾好报》西子湾；20141218《呼和浩特晚报》31 版；20150422《安源工人报》绿茵)

豁边的碗

中午，给一家五口盛饭，其中一只碗豁了个口，想再换一只，老妈堵在柜子门前炒菜，算了，将就着用吧，反正本人不想用有豁边的碗。我寻思家里老爸和老公都挺能吃，就独独把两个碗里盛得小山似的，其中一个就是豁边的。

饭菜一一地端上桌，喊齐了人，我把两碗“小山”分别推给老爸和老公，说："你们饭量大，给。"老爸连连摆手："不行不行，今天起床迟了，一个半小时前才吃的早饭，现在为了团圆饭的效果我才硬坐这里来撑场子的。我只能象征性吃两筷子。”他拿了五碗饭里盛得最松最少的碗。我把豁边的“小山”推给老公，他居然也敢反抗：“刚才见菜没烧好，我早饿了，就偷偷带着狗狗下楼一人啃了俩鸡大腿，现在肯定吃不下这么多饭。”为了拒绝这碗饭，老公宁可当爸的面儿“招供”，真不省心。

推来推去，这会儿工夫老妈和姐都吃上了，我只好享用起豁边的碗，心里那个不爽啊！

（20141222《京华时报》胡同配图加头条；20150104《汕头都市报》10 版闲适；20150227《安源工人报》绿茵 3 版）

炒咸菜

昨晚吃晚饭时，老爸嘟囔着质问老妈为什么最近早饭吃不到毛豆炒咸菜了，并且野蛮发飙：如果明天早上再见不到咸菜，就给老妈这个“看似老实忠厚的家厨”记大过一次。

今早，我妈起得特早，在冰箱里一阵的翻找，我问她翻什么，她说翻冷藏的一袋毛豆，我说那袋毛豆不是已经煮鱼给吃了嘛。老妈只好作罢，转身去切咸菜了。我则去卫生间洗漱。没多久，厨房又传来老妈急躁的声音“啊呀！坏了坏了！”我满嘴牙膏沫子跑过去，原来是打不着火儿，没煤气了！“哈哈……”我忍不住叉腰笑个痛快。老妈生气的说：“你笑什么？”我带着余笑答：“农谚说‘老奶奶，炒咸菜，炒不着，蹲在（柴灶）锅塘门口哭’。你现在活活就是那老奶奶！”老妈扑哧一笑，抄起围裙口袋里的智能机就拨了个号：“喂，充煤气的大哥吗？马上送瓶小罐的煤气给我烧早饭用，家里的煤气瓶你拿去充，多少钱，我给！”看来，什么“记大过”、没柴烧，都难不倒老妈。

（20141121《忻州晚报》民俗天地 4 版）

狗狗给捂脚

老公小唐比我小两岁，也许是年龄还没到我这么老成，也许天性顽劣，总之，他就是能让你时不时的啼笑皆非。节假日我们经常一起坐公交出门，上了车落了座，我基本就规规矩矩的两腿并齐，把手搁在膝盖上，他则一会儿翘二郎腿一会儿扭头看窗外看四周围一会儿对着我打瞌睡的脸拍照，反正一刻不得闲。他还喜欢把单只手硬塞到我放膝盖上的手掌下，我大多数时候为了反抗他“塞手”行为，就故意用力把手粘在膝盖上，他来了兴致，使劲把两只手都往我手心里塞，搞得我坐车都坐不安生。

回到家，我晚饭后习惯去客厅看一会儿新闻，他也跟过来坐我旁边，中间留一条很窄的空隙，然后把在我脚边蹭腿撒欢的狗狗也抱上来，坐在我们之间的窄空隙里，狗狗第一次上这么高的沙发，拘谨的坐着，他就逗着狗狗，我看电视入迷就没在意他们，好半天，广告来了，我伸个懒腰，看到老公把自己的两只大手一边一只，硬是塞在狗狗小小的爪子下面，我哭笑不得的问他：“你干嘛？难道狗狗也能给你捂手？”他嘿嘿一笑，既而脱了拖鞋，拎起自己的一只脚，塞到狗狗毛茸茸的肚子底下了，说：“还可以捂脚呢。”狗狗因为怕沙发的高，嘴里虽然嘟噜着，高低是不敢反抗，那表情生动极了。

(20141222《台湾好报》西子湾)

有关吃零食的反击

老公自诩从不像我一样馋嘴，每天不住嘴的吃那么多零食。只要看到我吃零食，他就跑过来嘲笑一番。为了惩治他这个“恶习”，我决定悄悄试验一把。客厅茶几的抽屉里的水果糖还有牛皮糖、铜锣烧什么的，因为藏得太好，不但老公基本不吃，连我有时都忘了吃。正好房间里老公使用的笔记本电脑旁有个小果盘，我就拿着小果盘在抽屉里挖了满满一盘零食，专门放在笔记本电脑右边，看他吃不吃。当然，做这些的时候，老公自然是不在家的。

他下班回来了，我坐在床头看书，他自顾自去厨房倒了一杯白廾水，坐下来上起了网。我偷偷观察了一下，他没看一眼小果盘。没事，咱等着。他连接了网络，顺手从书架子上拿了剃须刀往脸上刮起了胡子……左手刮胡，右手打键盘，瞧给忙的。一会儿的功夫，剃须刀退场，喝一口茶，人家发话了："哎呀！这什么破网，打开个新闻视频都这么慢！"手往头上一背，伸起了懒腰。又一会儿，网还是不行，人家一个劲地摇头咂嘴呢，"嘶啦"一声，铜锣烧被撕开了，"吧唧吧唧"嚼起来。我差点没忍住笑开了。继续。"嘶啦"又一袋什么东西给"消灭"了……就这样，伴随着各类新闻的急促播报声，一袋接着一袋，一颗接着一颗的噼里啪啦在老公的嘴里忙活开来。终于，我装着不经意地瞥了一眼，嗬！小果盘里啥都没了。随着一声水蜜桃味道的饱嗝，幽幽传来一句抱怨："喂，老婆，晚饭咋说啊？！你怎么坐的住的！"

哈，我偷着乐了，这回扯平了！有了这顿有目共睹的零食之大吃大喝，看我以后怎么数落你，嘲笑你！

(20141222《台湾好报》西子湾)

斗嘴

昨天气温骤降，外面寒风凛冽，已经零下五六度了。早上等公交 20 多分钟才来，我受了风寒，立即咽痛感冒了，中午在学校送队结束后去药店买了白加黑，吃饭时吞了两粒，下午四节课连上，感觉到嗓子火辣辣的。天黑了我才完成一天的工作，爬上公交车回家。休假在家的老公一看我不高兴，也不敢惹我，吃完晚饭顺从的洗碗抹锅去了。他还哄我去外面散了会儿步。快到小区门口时，我突然想起来中午有个快递哥打电话让我在门卫处拿快递的，就停下脚步说："你先回家，我去门卫那里把快递找一下。"老公这下终于忍不住数落了我："你看你，家里塞满了你买的各种东西，还每天不停的往家里买！难道你是大款啊，还是购物狂？！"被他一说我也很无语，就没顶嘴，径直去门卫那里找满地的快递盒子了。等我领了快递到了家，拆开包装，是无色含鞋油的鞋刷到了，这个鞋刷是海绵的，里面蓄满了亮晶晶的鞋油，只要轻轻在鞋面一擦，不仅除了灰尘，还给鞋顺便也打了一层油，我赶紧蹲下，把我俩刚换下的，风尘仆仆的皮鞋都给打理的锃亮，齐刷刷摆在鞋柜上。老公从厨房烧开水回头，看到两双焕然一新的鞋，愧疚的看了我一眼，说："你不是还要吃黑片儿的感冒药吗？水开了，我给你把杯子端来。"这个木头，还知道个好歹，看着他笨手笨脚的背影，我偷偷一笑。

(20141218《台湾好报》西子湾)

误会

快过年了，每天公交车上顿时好挤，今天下班挤到什么程度人，想给老人让个座儿，老人都过不来，中间儿连条缝儿都没有！这时候角落里突然传来一个巨大的"嘎嘣"声，像是什么东西裂了，大家都循声望过去，看到后排里面座位上一位穿得鼓鼓囊囊的大胖子挤的面红耳赤，都以为是他把塑料座椅给挤裂了，都憋着笑扭开头不看他了。大胖子急眼儿了："你们都看我干嘛？挤坏座位的绝对不是我！"人群中一阵抑制不住的爆笑。这时他旁边一个留小胡子的瘦子掸了掸胡子上的碎干货渣儿，不好意思的说："你们误会了，刚才是我用掌心跟座椅下面的铁腿儿一起压核桃吃的。”顺着他的眼神，往下一看，座椅下果然少许核桃壳的渣儿。众人纷纷嗟叹，咱站着的，给挤的气儿都喘不匀了，嗨！这位吃货，愣是“没条件，创造条件也要吃！”瞬间服了！

(20150415《安源工人报》绿茵；20141225《台湾好报》西子湾)

听进去了

最近给闺蜜阿媛介绍了一位老实憨厚的帅小伙儿，姓施。一周后，阿媛甜蜜地告诉我，她跟施帅哥顺风顺水，聊得很投缘。

隔天上班，阿媛告诉我施帅哥想去见家长，她还邀请了我和老公一起参加家庭晚宴。老公本来就是个闷葫芦，叫他来是过目长眼的，他却坐在那里不合群，表现得让我很失望。离开阿媛家，一上车，我就各种数落老公，他倒好，闷声不响地玩起了手机游戏。

临睡前，老公“唉”了一声说：“这个月我歇了这么多天的年假，下个月发工资时，我都没那个姓施的工资高了。”我愣愣地问他：“你怎么知道他工资多少的？”老公这下“十年风水轮流转”了，指着我笑骂：“好意思一个劲儿数落我呢，人家姓施的介绍工作、家庭的时候，你光顾着跟阿媛挤眉弄眼了，我可是一字不落听进去了。”好家伙，这人，不但听进去了，还比较起高低来了。

(20150124《京华时报》胡同；20141226《台湾好报》西子湾)

碗爷爷

下班回来我渴极了，可惜杯子口太小，散热太慢。我翻柜子里盛汤的大碗，想把水“过继”到大碗，可柜子里只有一潔“牛眼睛大小”的碗。失望转化成急躁，抱怨脱口而出:“怎么尽是些孙子啊。”隔壁房间传来外婆答话:“傻孩子，爷爷在头顶上柜子里呢。”我一听，翻开头上的柜子，笑了，一溜大海碗。这外婆，悟性忒高。

(20150109《台湾好报》西子湾；20150206《京华时报》胡同)

头顶秃了

这周连续下雪，天气湿冷无比。老爸不小心冻感冒了。他在家一个劲儿搓手跺脚说:“冷哇冷哇真冷哇！马上就去澡堂捂一捂吧！”说完了见没人搭理他，他就去房间骚扰正看电视入迷的老妈，央求她给整理去澡堂的换洗衣服和搓澡巾、肥皂之类的东西，几分钟，老妈就把家伙什收拾好了，老爸低头换鞋准备去澡堂，我正好在玄关旁边的桌边打电脑，只见老爸头顶一片白光闪现，我惊讶的说:“老爸，你头顶好像秃了耶！”他很不高兴的回答:“怎么可能？你老爸头发最浓密了！”我不信，说:“头低下来我看看！”老爸把头一低，头顶的白光原来是一滩白色洗发水。我忍俊不禁:“你怎么把洗发水挤在头上？”他得意的说:“那么大那么重的一瓶洗发水，带来带去多费力！”好吧，我对老爸的懒和聪明，也真是看醉了。

(20150130 贵州《石阡报》4 版；20150223《京华时报》胡同有配图)

酸菜鱼

终于下班了，我坐了一个多小时的公交车赶到老妈家蹭饭。

进门直扑沙发，我打开电视闭着眼睛听个响。不一会儿，老公也赶回来了，端着手机打起了游戏。老妈第三个到家，她单位发了条大青鱼。老妈把剁好了的大鱼块儿拎到我们鼻子底下，问："想怎么吃？红烧？清蒸？还是酸菜鱼？还是剁椒鱼头豆腐？"老公埋头打游戏，置若罔闻。我只好费心想了想，说："第三种吧。"老妈点头去烧鱼了。

等了半天，我饿得慌，弯腰拿起地上纸箱里的椰子汁打开喝。刚喝一口，感觉好像有点儿自私，就拿一瓶递给老公。他腾出手一推："不要，一会儿留肚子吃酸菜鱼。""敢情您没聋啊？刚才岳母问话还装聋作哑的。"我对他拒绝椰汁的理由哭笑不得。

(20150221《京华时报》胡同)

领导抖 QQ

跟博友小葱是摄影方面的好友，暑假在家几乎天天跟她在 QQ 聊天，我说你真大胆，上班时间玩 QQ。小葱发个哭脸说："这个是工作 QQ，因为领导在八楼，她在一楼负责接待，领导为了省电话费，一直用 QQ 遥控她做事。"怕我不信，小葱发来了她跟领导的聊天记录，我一看，惊的都乐了，领导每下令一件事前先用 QQ 抖动功能狂抖她三下，以至于小葱的蜗牛电脑一度死机趴窝，短短一个小时内，领导一共抖了她 18 次。而且领导不但会使用 QQ 抖动功能，还会用手机"响一声就挂"的招数，让小葱"迅速听命"。我笑个不停。小葱说，以前不知道领导的用意，误接了领导的"响一声就挂"，让领导给埋怨了 N 回。我说小葱，你真命苦，还让我跟着开了眼界。

(20150217《安源工人报》绿茵 3 版)

脱毛鸡

在三(2)班上课。男孩小伟问我："老师，可以画鸡窝吗？"

为了适应孩子的天真，我只好说："可以。"

走近一看，我问小伟："你为什么在鸡窝旁边画一群脱毛鸡？"全班乐了。

小伟认真的说："快过年了，他们集体出去理个发，还能打折弄个团购价！"

我惊讶的说："你怎么这么懂行情？"

他同桌小雨抢答："报告！他妈妈是开理发店的。"

(20150304《安源工人报》绿茵 3 版)

吃出来的好头发

外面刮起了大风，而且还降温到了零下六度，老姐回来之后一个劲的抱怨天气太冷，把她的头发都冻的因为静电而贴到了脸上，很难受。

她洗了把脸，坐在桌前开始梳头。梳着梳着，老姐说："怎么搞的，被风刮过的头发，怎么梳下来这么多断发？"我安慰她说头发更新很快，你这么浓密的头发，一天掉了百八十根的，没事。她很夸张的说："哎呀！我花了多少钱吃出来的好头发啊，为什么被风一刮就都给我夭折了！真是的！晚上再吃点核桃补一补吧！”对她的一番“花钱吃出好头发”的自言自语，我感到不可思议的搞笑。

(20150304《安源工人报》绿茵3版)

土的士

数九寒天，冷空气刺骨，大清早我在阒无一人的空荡站台等公交，等的焦心，车也不来——联想到昨天也是大清早，急着赶班，活活等了二十多分钟车才慢吞吞地摇过来，每经过一站，乘客数量都暴增，大家挤挤挨挨，纷纷跺脚抗议，离始发站近点儿的人说等了二十多分钟不来，远的直接等了三十四分钟。售票员打招呼说，之所以耽误时间是因为驾驶员突然肚子疼去蹲厕所了，几乎冻僵了的人们听说这“人有三急之一”的理由，都无奈唏嘘——那我今天可不能再傻等下去了，于是赶快招手拦车，可惜我家住城郊，这里不但公交车路线拽到仅此一条，连出租车也难觅踪影，拦了半天，没一辆合适载客的车，货车私家车什么的根本不理不睬，嗖嗖的从马路中间疾驰而过。好不容易远处红绿灯那里停了一辆小房子似的、带玻璃罩的红色老人电动三轮车，一看就像我们当地的土的士，我跟见到救命稻草一般使劲朝小三轮挥手，唯恐绿灯亮了再错过搭载。谁曾想，绿灯亮了，小三轮开过来了，里面的老人头发全白大概有八十多了，居然轻蔑的朝我翻了翻白眼，那表情告诉我：“你才是土的哥呢！咱这是自己的车，谁要挣你的几个铅角子（扬州方言，硬币的意思）！拜拜了您哪！”他潇洒的呼啸而过，留下我在风中惭愧凌乱。

(20141227《台湾好报》西子湾)

饭太硬

外婆来我家做客。周末，我开始负责掌勺，菜会换花样，饭则是几乎每天一样会淘米去煮的。外婆叮嘱饭一定煮烂些。她快八十了，吃不了太硬的饭。大米饭其实很“涨”的，吃水厉害，要做到对电饭煲里水位的拿捏准确，必须经常练习手感。如果是偶尔煮饭，就没个准头，不是水大就是水小。水大了饭很烂，像厚粥似的，水小了甚至会夹生，多难吃！今天我妈结束了旺季全日班，又回到倒班制，每天 6 到 8 小时的班，空闲多了，她就让我歇会儿，她来做饭。因为吃了几天的烂饭，老妈很是光火，特意烧了一顿非常实诚的硬饭，我只是吃了七成饱，还难受到下午 4 点才好受些。原以为只有我一个人胃难受，外婆等我妈去上班，悄悄对我说：“今天你妈的饭煮的怎么样？”我实话实说：“特别硬！”外婆说一点儿也不消化，胃很难受。你看，我和外婆年龄相差五十岁，却在“愿意为了胃好受而吃烂饭”这件小事上达成一致了。

晚上老妈下班袖子一撸，箩一拿，又要淘米，我跟外婆异口同声的“捺”住她：“别煮太硬啦！”

(20150228《台湾好报》西子湾)

屁股对你

去重庆旅游，在朝天门附近看到有卖小狗和小猫的，忍不住上前逗它们玩儿。一只幼年波斯猫，黄白相间的漂亮毛色，关键它透露出比其他小动物的活泼调皮来，我伸出手指挠它的小脑袋，它积极做出反应，把前臂长长的伸出笼外，隔着笼子拍，抓，嗅，玩儿我的手指头，可没多久它就“不经逗”了，屁股对着我，怎么呼唤都不理人，我“喵呜……喵呜”地唤，它也不回头，姐背着旅行包叉着腰，累兮兮的说：“还逗？谁傻啊一直挨逗不给好吃的？再不走，连我都快屁股对你啦！”

(20150228《台湾好报》西子湾)

带薪嗑瓜子的女售票员

去乡下的中巴车，一路上挤进来很多出门做客送礼的乘客，鸡鸭鹅农副产品很热闹。女售票员皱着眉一个接一个的收票子。终于还有半小时到终点站了，这时已没人再上车，女售票员从座位底下拿出一个酸奶桶子，不过里面装的看上去不是酸奶，而是透明的液体，车子颠簸，里面的液体也剧烈震颤撞击桶壁，大家紧张的望着她的奇怪举动，只见她从靠后门的座位上奋力反转身子，跪在椅背上，拧开桶盖，一只手吃力的举高那只桶，另一只手放在桶口下，哗啦啦，里面倒出了——水！人群松了口气，原来她是要洗手，就这样，她洗完左手洗右手，水在车的颠颤下呼而喷溅到下客楼梯上，呼而喷溅到椅背上，因为人多而避让不及的乘客的脚上，她不管不顾且畅快淋漓的洗了大半桶水。我想，这时候急着洗手莫不是嫌钱脏嫌到一刻都受不了？！不至于吧，肯定为了马上吃好吃的。果不其然，她收拾好水桶放在脚边，从卖票的抽屉里用布擦好手，把一袋瓜子铺在腿上，美美的嗑起来。我知道肯定有人目睹后像我一样在心里无奈折服的笑了，上班时抓紧时间吃点零食，这也是"带薪享受"，就看你如何把握时机了，而且这样我行我素无畏眼光的奇葩女子，本身就是寂寞旅程的一大看点。

(20150228《台湾好报》西子湾)

在家管账的女同事

下班高峰期，我有幸坐到个靠窗的空位置，坐定后，打开侦探小说美滋滋看起来，正看得起劲，下一站遇到女同事上来了，挤到我旁边，正好旁边的乘客下车，位置空了，她轻巧落座。半天过去了，她只顾跟我说说闲话，腰还笔直挺着，我觉得纳闷，就说："你倚在靠背上嘛，这样挺着很累的，上一天班精神还这么足？"她略带优越感的叹气说："你没发现我的衣服很怕脏啊？"我说："看到了，正想夸你白色羽绒服既仙气又时尚呢。"她得意洋洋的说："我买回去之前去店里侦查了好几回，是年后 6 折才敢下手的，年前一分钱也不降，急死我也！"我把书塞进包里，索性跟她聊起来，由衷夸赞："呦，可真会过日子啊！"她更得瑟，说："你猜我老公看到我穿这件新衣服说什么？"我摇头。她又急着表演她老公的神态口气："不丑不丑，穿起来好看……多少钱啊？这面料，这品味，估计……600？"她靠船下篙顺势骗老公："是的，你眼力不错，就是六百。"她老公被肯定后，乐颠颠看电视去了。我惊诧："那你老公没给报销啊？""豁！在家我管账好吧！"她鼻子一翘。我佩服的点点头。她终于忍不住喃喃耳语："其实衣服价钱 600 乘以 2 啦！而且……哈哈！我老公过年的衣服才 150 元就打发了！"

这回，不但我惊着了，周围的乘客也频频回头瞻仰这位"管账的小贪"。

(20150303《台湾好报》西子湾)

生日蛋糕

我过生日，老公迟迟不肯把他买来的生日蛋糕拆开给我品尝，非说要饭后吃才隆重。晚饭我只吃了半碗，主要是留着肚子好多吃蛋糕。

老公非要等饭后半小时，消化得差不多了才拆开蛋糕让我吃，看着白白胖胖的奶油蛋糕露出庐山真面目，我的口水哗哗地流啊，迫不及待要扑上去咬一口。老公却不紧不慢地说要有个仪式才能开吃，我急得说没必要，可他已经插好蜡烛朝电灯开关走去，准备熄灯。我刚想用手指挖一点儿蛋糕花儿尝尝，老公在黑暗中大喊：“你可千万别在我熄灯时用手挖蛋糕吃啊，我要拍照纪念呢。”我瞬间僵住，怎么跟我肚里的蛔虫似的，我想啥都能琢磨得这么及时。

(20150406《京华时报》胡同有配图)

画麻花

今天是教班上孩子画花儿，孩子们很兴奋，有的嚷着要画玫瑰花，有的嚷着画梅花，有的要画菊花，有的画茶花……层出不穷的想法一一举手向我要肯定。男孩贝贝急得脸红耳赤，因为他能想到的花名儿都被其他人抢着说光了，只见他霍地站起来，生气的说：“我要画麻花！”众生果然被他雷倒，个个笑得前仰后合。

(20150408《安源工人报》绿茵3版)

美狗计

老爸每天忙兮兮的不着家，周末还经常加班。家里的狗狗都是老妈陪遛、陪玩，久而久之，狗狗跟老爸的关系相当疏远。

这天是周末，老爸破天荒地闲了下来，一时待不住，到玄关处穿鞋想出门走一走。他嘟囔着说一个人走无聊，于是用话逗狗狗，想牵着它一起出门。老爸温柔地呼喊："狗狗，你来。"家里任何旮旯没有回响。老爸又唤："吃火腿肠喽。"他知道狗狗对"火腿肠"这个关键词重复听了多次有了条件反射，但狗狗依然躲在暗处不理不睬。

这回老爸急了，嘴里涌出诱惑语调："狗狗，小广场上最近来了很多漂亮的小母狗，跟我去啊？"谁知，心有灵犀的狗狗居然真的听懂了似的，随着叮铃咣啷的狗铃铛声响起，老爸的"三顾茅庐"起效果了，好色狗狗终于"动身"冒了出来，甩着头摆着尾，一派跃跃欲试的模样，逗得老爸哈哈直笑。

(20150413《京华时报》胡同)

大蒜茶

老妈偶感风寒，剧烈咳嗽，除了吃药，她还自制了一碗刺鼻的大蒜茶，说可以"蒜到咳除"。

因为难以下咽，老妈龇牙咧嘴地咂着大蒜茶，可不得了，吸引来了一帮吃货。先是听着吧嗒嘴的狗狗百米冲刺到老妈面前，老妈用筷子蘸了大蒜茶，狗狗一闻，打个喷嚏溜了。接着是看电视的老爸来倒茶，一看老妈品着什么，头一伸问道："老婆，一个人闷头吃啥山珍海味呢？"无需回答，老妈把碗从他鼻前飘过，老爸做个"难吃"的鬼脸跑了。站在阳台择菜的老太太我外婆也听见我妈品咂的声了，扔下菜来瞅瞅。老妈夹起一颗生蒜说："老太婆，尝尝。"老太婆信以为真地凑上前尝了，生大蒜把她呛得咳了起来，吐老远地说："你个死丫头，害死人。"老妈憋着笑说："还不是好奇害死猫？"

(20150425《京华时报》胡同有配图)

名字

一年级的学生既幼稚又天真烂漫，常因为互相比较和模仿闹出笑话。

有一个全名叫毛英诚的女孩，在美术本上姓名一栏写的却是“毛毛”。因刚带这个班级，我还不熟悉，发本子时拿起毛毛作业本说：“请问谁叫毛毛？”这一稚气名字引发笑点，下面很多孩子哧哧笑。有个男孩站起来说：“是毛英诚，她跟我幼儿园就是同班同学，而且我们班就一个姓毛的。”我赞许地点头，毛英诚脸红腼腆地跑到讲台夺回本子，还来了句：“在幼儿园大班，老师和同学们都叫我毛毛。”

下课，我收画好的作业本，惊奇地发现，班上有十多个孩子的本子封面名字都有涂改：吴晨改成了晨晨，李霞改成了霞霞，陈东改成了东东……还有个奇葩孩子，名字是三个字，他改成了晴晴梓梓煦煦。

(20150504《京华时报》胡同；20160507《赣西晚报》春台)

满血复活

连日阴雨，阳台上积压N多潮湿衣服，老妈怅惘地抬头看天，恨恨地说：“鬼天气，还不放晴，衣服都不干。”老妈回身望了望盛竹衣夹的塑料盒，用不可思议的语气说：“呀，百十个竹夹子都用光了，天儿都没亮堂起来。”

下午，终于雨过天晴，太阳只晒了个把小时，衣服就都飘飘然干脆脆了。晚上收衣服时，我、姐、妈，仨女人联手将两大排衣服都收起叠好。那塑料盒就放在茶几上，砰砰砰，三双手往里面扔摘下来的竹夹子，不一会儿，几十个竹夹子把盒子塞得满满当当。姐显然听到妈上午的嘀咕，对她说：“瞧，天儿一好，竹夹子又‘满血复活’了。”

(20150510《京华时报》胡同有配图；20150517《汕头都市报》闲适10版；20160523《赣西晚报》春台)

外婆的好奇心

网购时店家送我一把一次性锉甲刀，两面都可锉。我试着锉了两下，表面有锉过的白色指甲痕，随后把锉甲刀丢桌上了。外婆正坐桌边愣神，我心想：一向好奇心强的外婆肯定会拿起来看看。

等我从厨房出来，发现外婆正用鼻子闻着锉甲刀，然后说：“这该不会是你锉过脚指甲的吧？”我哭笑不得地说：“没，是新的，我就锉了一下手指甲。”外婆哧哧笑了，说：“你们年轻人都汗脚丫。”随后她把袜子脱了，边用锉甲刀锉起了脚指甲边说：“要是你锉过脚指甲，我就不锉了。你只锉手指甲，我就可以锉脚了。不能上下不分，懂吗？”对外婆的任性辩解，我一脸黑线地说：“尽情锉吧，反正一次性的，锉完记得丢垃圾桶里。”

(20150511《京华时报》胡同有配图；20150517《汕头都市报》闲适10版)

人狗大战

结婚后老公来家里吃饭由原来的每周数次为每日两次，因为我俩不爱下厨。但老公没有因为混了脸熟而被家里的狗狗看得起过，它见到他还是要拿出一点“我才是元老”的派头，对老公又是吠咬又是“望闻问切”，态度相当公事公办。

老公恼怒窝囊却又无可奈何，狗狗太灵巧，打它不着。咋办呢？他想到一个妙招，还在成功对付了狗狗后也如法炮制，对我也测验了一次，虽然他的下场是“跪搓板”，但一石二鸟也值了。

其实方法就是蹲在狗狗经常站岗的门口鞋垫周围，慢慢培养耐心，让狗狗对他失去警惕，趁狗狗打哈切正投入时，把自己的手指头伸进狗狗嘴巴里，狗狗正大口换气，猝不及防塞上一嘴巴的手指头，只好先用劲把它们吐出来，等狗狗气恼的反应过来，老公早就溜之大吉躲一边笑去了。感觉像动画片汤姆猫和杰瑞鼠的续拍版。

（20150506《安源工人报》绿茵）

睡裤归队

某天从娘家吃完饭坐公交回家，发现竟然穿了睡裤出门，不过好在这睡裤花纹不明显，不注意看不出来。尽管这样安慰自己，我还是不由得面红耳赤，感觉车上的人都在看我。此后我就忘了这事，放娘家的备用睡衣就与这条睡裤“分居”长达一年之久。

又一年春暖花开，我倒腾换季衣服，偶遇这条睡裤，由此想到放在娘家被冷落一年的睡衣，赶快穿身上，又给老妈电话，通知她今天本姑娘要回去蹭饭。为了睡衣、睡裤的“鹊桥会”，我愣是把它又穿在外面出了门。因为依我的性格，如果将睡裤打包带回娘家，这个过程中极可能就会遗忘它，只有穿身上了才会随时提醒自己睡裤该“归队”了。

(20150516《京华时报》胡同)

狗狗看车

老妈喜欢带狗狗去菜市场买菜，让它坐电驴前挡风踏板上。去过几次后，狗狗积累了经验，菜市场里人山人海踏来踩去，地上也动不动就水迹斑斑，容易弄脏狗狗的“毛绒鞋”，再去时它死赖在电驴上怎么拽都不肯下车。

有一次老妈大意，连“缰绳”也未给狗狗系好就步入菜市场。老半天回来一看，狗狗既没挪窝也没逃跑，稳稳端坐踏板，看似自由，实则忠诚，老妈爱死狗狗，立即奖励给它一片刚买的酱牛肉。从此狗狗伴随老妈去菜市场全年考勤百分百。附近摊主老大妈看在眼里，非上去故意拍打车坐垫，狗狗如同触发了报警器，昂头抬脚拼命汪汪把老大妈吓走了。老大妈站在她的摊位前被逗得哈哈笑，说：“这狗不简单，贼精贼精的。”

(20150517《京华时报》胡同有配图；20150610《安源工人报》绿茵)

一片肉

懒得做饭，我跟老公出去吃简餐。我点的鱼香肉丝盖浇饭，先上来了，我就吃起来，老公只好看着。

一会儿，他点的牛肉拉面也端来了，服务员没给他拿筷子，又“跑二趟”去了，老公的眼睛无聊地追随他而去。我趁机把老公碗上覆盖着的两片大牛肉偷走一片，塞进嘴里快速吃了，边吃边在心里偷笑。

老公的脸调转过来，似乎没发现碗里少了一片肉。这时，从后厨传来店小二的喊声：“谁的牛腩盖浇饭？好了！”虽然不是我点的，但我还是馋兮兮地扭头去看，随即老公的嘀咕声也钻进耳朵：“快，快躲进去，等她转脸又来偷吃。”我赶紧回头，老公正在用筷子把剩下的那片牛肉戳进面条里埋起来。逗得我前仰后合，这呆子，原来并不像看起来那么呆嘛。

(20150522《京华时报》胡同头条加配图；20160528《赣西晚报》春台)

蛋黄不安全

每天吃早饭狗狗都准时来到桌肚，俩前腿准确的扒在我膝盖上，鼻子和嘴够的老长的，大眼睛眨都不眨专门勾着我。只好“割爱”，把一个蛋黄丢在地上给狗狗吃，它走近闻了一下，不大敢吃呢，有点烫。谁知道老妈大拖把扫荡过来，把蛋黄扫荡得滚滚的，我急了，说：“哎！别弄脏狗狗吃的东西啊！”狗狗见它的食物有点不安全，也不管烫不烫的，啊呜一口吞了。

(20150527《安源工人报》绿茵)

卖废纸

卖废纸的声嘶力竭在小区叫卖，我妈站在我家楼底下攒半年的一蛇皮袋废书废报前。

妈：喂喂，多少钱一斤？

卖废纸的：3 毛。

妈：太低贱，等于送给你啊？

卖废纸的：不卖我走了。

妈：卖！卖！卖！留着也是个垃圾。

卖废纸的：称过了，二十五斤，七块五，给你八块，找我五毛。

妈：你这人！小气鬼！五毛就算了呗？我身上没带钱。

卖废纸的：不行。五毛不是钱啊？超市袋子还卖三毛一个呢！我等你拿来！

妈抬脚上楼：算你狠！

上了楼，妈故意翻出了五枚一毛钢蹦儿，朝楼下喊话：躲开，砸你头上别怪我！卖废纸的：弄张纸包一下啊，砸阴沟里你赔！

我目睹了二人的对话，不由感叹，与人斗，真的是其乐无穷啊！

(20150527《安源工人报》绿茵)

小狗嘴刁

每天一家四口围桌吃饭时，狗狗也准时驻扎桌肚开工了。跟站台乞讨的人不同，乞讨人从谁那儿讨了大票子，一般不好意思再向他讨，狗狗正相反，从谁膝盖上扒等到好吃的，就找到了“心善好主顾”，会赖着等第二块第三块的。而且给吃的时，狗狗的表情与饥渴程度也不一，白糖红烧肉伸给它，它闻一闻，嘴不肯接，得铺上纸，放它面前，才阴沉着脸食之无味弃之可惜的慢慢吃了，冰糖红烧肉，则不顾狗男人的独特自尊，急忙馋喇喇一口衔住吞下，开心的舔嘴咂舌回味无穷。酸奶伸给它，闻一下打个喷嚏扭头就“换主顾”，谁用吸管喝纯牛奶，它第一时间扒你腿上，脑袋够到你脸前，爪子来扒拉，不给喝不罢休！有时鉴别买回来的牛奶纯不纯，倒一点儿让狗狗品鉴，掉头就溜乃不纯。

(20150604《安源工人报》绿茵)

收快递

网购确实方便，但收快递却矛盾重重。地址写家里，因上班家里没人，地址写单位，没时间逛街选择网购的同事太多了，门卫室里的快递盒子堆积如山，往往满面灰尘两手黑黑都找不到自己的。

那天我在论坛抛出了这个头疼的问题，网友翔翔支招：“亲，你可以在地址上括弧备注一下‘请放窗台醒目位置’。我都这么写的，找起来稳准狠。”我依葫芦画瓢以后神奇般再也不用埋首苦翻快件堆了。可问题又来了，每次快递员打电话通知我时都惊醒我的午觉，不接电话还拼命打，已经闹得我快神经衰弱了。网友翔翔又支招：“亲，继续备注，‘耳聋，请短信通知到货’。”接下来几次陆续收到的快递改成了既放窗台，又短信告知的暖心模式。我大赞翔翔：“您真是当代一休哥。”翔翔回复：“不谢，我就是快递哥一枚，这些经验都是送快递时被刁钻客户逼出来的。”

(20150605《京华时报》胡同)

温馨提示

下班后经常饥肠辘辘，单位附近一家“甜心糕点”是我的“肠胃加油站”，虽说老去买蛋糕面包充饥，可我口讷，顶多付钱走人，不擅长寒暄，长久观察发现老板也是这一款。这天下班，暴雨之后空气清冷，刮着风，我感觉到自己都受凉了。蛋糕店老板在我结账时破天荒的温馨提醒了一句：“天凉，你回去用微波炉转一下再给孩子吃！”我瞪大眼珠低头默默想：“明明是我自己享用，而且本人还年轻，怎么就这么武断判断出我一定已经是孩子妈了？”随后又一念想划过脑海：“难道老板再没见过比我还馋的大人了？”一滴冷汗从脑勺后悄悄漫出。

(20150624《青岛早报》T6 五月风；20150710《京华时报》胡同有配图)

狗狗的台阶

在娘家吃完晚饭，把老妈的宝贝狗狗带下楼遛两圈，回来时发现不早了，我得回自己家了。

我直接到旁边的车库推出我的电驴，狗狗亦步亦趋，压根不理会我一直叫它自个儿上楼睡觉。感觉狗狗好像意识到我要走，陡然不太开心了。我推车站在楼下，望见老妈恰巧洗衣服刚端出来晾，我说：“快催狗狗上楼，我要走，它死活跟着。”老妈赶紧趴在栏杆上轻声喊：“狗狗，回来吧，你姐姐那里不好玩，既没有狗粮也没有红烧肉，连个带毛的小伙伴都没有。”狗狗仰脸看着老妈，依然惆怅不动。老妈干脆对我说：“你快骑走。等它口渴了，自然摇着尾巴上楼了。”

我骑出去一点点远，又停下回头看，狗狗还忧郁地站在墙角，歪着脑袋看我远去，好像在说：“刚才还陪我玩耍，这会儿怎么不带上我呢？”我架好车，对狗狗张开双臂，呼唤道：“快来，带你到我家的小区玩儿。”狗狗听了这才大耳朵一甩，蹦蹦跳跳毅然决然上楼了。原来，它是需要一个台阶下。

(20150628《京华时报》胡同；20151028《安源工人报》绿茵)

惊动卫星

给信用卡还款 800 元，因为没办理 3 元短信提示，所以还真不知道到底还上了没。登录网银查一下交易明细和欠费余额，一看，800 元到账了，最后一栏“交易地点/附言”写着“XX 卫星分理处”。我把截图发给闺蜜美媛看，美媛阅后批复：“就这点儿小钱就惊动卫星了？”

(20150707《青岛早报》五月风；20150731《京华时报》胡同；20160801《赣西晚报》春台)

瘦子和胖子

办公室里三个人，两位都是瘦人，一位是任先生，快五十了，身材保持得很好；另一位是倪女士，快四十了，身材苗条。可气的是，两人整天当我这胖子的面儿分享蛋卷、桃酥之类的高脂肪零食，还时不时诱惑我拿一块，尝一尝。我的减肥计划总是在他俩不断的美食蛊惑中粉碎。

这天下午，任先生请我们喝外卖的红豆羹。他边喝边感叹：“我女儿最近减肥，家里的大米过剩，水果脱销。唉，她呀，心思不在学习上。”倪女士也在喝红豆羹，接茬儿说：“我弟弟也是，这两年工作了，有钱了，吃得很胖，脸都肿了，肚子像啤酒桶。家里人急死了，他还没谈对象，怎么能再胖下去？得赶紧叫他减肥。”我被他们说得低下头，红豆羹也不敢喝了，怕话题引到自己身上来。嗐！这叫什么事呀，还让不让人愉快地喝下午茶了？

(20150711《京华时报》胡同；20160716《赣西晚报》春台)

点个赞（又名《舆论的监督》）

刚买的铁锅，老公做菜之后简单刷好它，就水淋淋的任其氧化，等水分干了，锅里也是锈迹斑斑。每次都是我处理“后事”，给他擦锅擦铁锈，说他，他就点头，点完也不改正。今天，我下班直奔厨房，铁锅还是锈了一把，锅底一片铁锈红。气的我拍照发朋友圈，上书“刷完铁锅不擦干，大家快点儿来围观。”老公看了居然还在下面点赞。不过，接下来几天，我悄悄观察，他洗完锅，都要用布擦干锅底，明显是受了“舆论的监督”，哈哈，走群众路线就是有效！

(20150714《青岛早报》31 版；20160810《安源工人报》绿茵)

微信被工作

闺蜜美媛跟我 QQ 上正互动着，她哀怨道：“真想换个微信号，把原来那个账号给搁置不管了。”我说：“用着好好的，都有感情了，干嘛换呢？”

美媛说：“你可不知道，本来微信没多少同事知道，可自从单位强制我们‘入股’加了单位的群，并定期要求赞和转单位的一些宣传，很多同事也挤进来了，现在我那朋友圈里，不是‘晒孩狂’，就是‘露富狂’，要么就是‘网店托儿’，使劲拉拢我们去赞和转他的网店……我快崩溃了，一打开朋友圈就唰唰唰全来了……”

我满不在乎地说：“那你把他们都清理出去好了，眼不见为净。”美媛叹气说：“平时抬头不见低头见的，删了，还怎么在单位混？”“这倒也是。”我也无奈回复。不过，过一会儿，我就从度娘那里找来了答案，“如何个人申请第二个微信”，也就是把之前注册时的手机号先在“设置”里面解绑，然后再申请，就 OK 了。

这下美媛谢了我，赶紧去注册新微信了，美媛的那些充满工作气息的微信，就让它在信息爆炸的空间里，暂时消停，随处飘着好了。

(20150721《呼和浩特晚报》23 版下午茶; 20160824《安源工人报》绿茵)

赠送纸巾

盼星星盼月亮，终于把网购了快一个礼拜的云南特产玫瑰饼给盼来了，快件单子上还盖着航空件的章，一想到这饼还在飞机上呆过，就有种弥足珍贵的感觉了。

急着拆开，不小心掉出一片东西，捡起来一看原来是卖家赠送的小玩意，看说明是湿纸巾。我诧异道：“啊？湿纸巾？怎么航空快件还有点学航空那一套？一盒饭，搭一塑料勺和叉，然后一片湿纸巾吃完擦嘴了事……”说着我自己乐了。

老妈从我身边经过，点着我的脑袋说：“人家这是让你这个小馋鬼先把哈喇子擦了再吃饼！”

(20150807《都市女报》23 版 20160413《案源工人报》绿茵)

雨·狗·澡

又下雨了，雨量不大不小均匀有力。狗狗苦着脸坐在脚垫上望着雨叹息，它讨厌雨天，把爱玩的它困成了“宅男”。老妈拎着洗涤剂和刷子走过来对狗狗说：“起开，刷垫子去。”

狗狗如获至宝，终于有人陪，它欢蹦乱跳地紧随其后，老妈打伞在雨里刷脚垫，二货狗狗也冲进雨里一边兴奋地汪汪，一边以老妈为圆心绕圈奔跑、甩水，气得老妈大吼：“过来，让你也洗洗澡。”不一会儿，狗狗全身被涂满泡沫，呆呆地站在雨里，严肃地眨巴着眼，傻萌傻萌的。

(20150810《京华时报》胡同有配图)

录音吆喝

用手机录音功能录下狗狗的乳名“牛牛”，单曲循环在阳台上播放，三遍之后，果然隐约听到狗狗脖子上熟悉的铜铃声越来越近。

狗狗怯怯地在楼下出现了，一副自知理亏的样子。它下午没陪咳嗽的老妈去门诊挂水，而是自私地独自玩耍去了。现在狗狗一身泥汗，怕训斥，就不敢回家了。一般我都在阳台手拢成喇叭喊狗狗回来，今天我嗓子哑了，就用录音循环喊它，没想到还挺管用。姐隔着纱窗对我说：“你这一招‘录音吆喝’是跟街上卖老鼠药的小贩学的吧？”

(20150925《京华时报》胡同有配图；20150814《呼和浩特晚报》文娱）

怕生

带狗狗去地下车库取车。狗狗第一次来，眼里尽是孩子般好奇，走路都直蹦跶。

连日阴雨，地下车库的日光灯更加惨淡，越远离出口越黑漆麻乎的。黑，加上地下室特有的阴森，我怕怕的，狗狗也被感染了，蹑手蹑脚不说，听到滴水声也怕得叫了起来。

好不容易走到车库门口，我借亮在包里找钥匙，狗狗则东嗅嗅西闻闻。突然，前面不远一个出口打来车灯，摁响喇叭，狗狗一个急转弯把脸对着出口，先是狐假虎威大吠两声，接着扛不住夹着尾巴躲柱子后面去了。来的是对门女邻居，她刹车后说："听见狗叫，我还担心怎么下车呢，没想到它倒先怕起我来了。"我俩笑着回头看它，狗狗愣是还躲柱子后面，露出俩可怜楚楚的眼睛。

(20150815《京华时报》胡同有配图；20150823《汕头都市报》10 版闲适）

五十岁的宝宝

快 50 岁的老妈要去乡下看望快 80 岁的外婆，我把刚买的全脂奶粉托老妈送给外婆喝。

老妈预见性的嘀咕："饥肠辘辘地到了外婆家，午饭多半得等老妈掌勺，而且全是素菜，偏远农村没肉铺，有钱都花不出去，素菜吃了不顶饿。"我说："老人吃素蛮好的。再说，你每次带回去的肉放冰箱，快坏了外婆都吃不完，她老了胃口也小了。要不，你到时候饿了就冲杯奶粉喝。”老妈不屑地说：“我是饭宝宝，不喜欢吃这些零食。你是零食宝宝，整天喜欢吃些垃圾食品、膨化食品，所以长得胖。”我讶异地说：“全脂奶粉怎么会是垃圾食品？而且，你都快 50 了，咋还叫自己宝宝？”老妈嘿嘿一笑：“只要你外婆还在世，我就是她的宝宝呀。”

(20150821《京华时报》胡同)

在哪儿捡的

自从成了按揭房奴，我每月都捉襟见肘的，虽不至于吃了这顿没下顿，但日子紧巴巴的，过的那叫一个寡淡呀！离发工资还有一个礼拜时，是我最难熬的一段时间，口袋里常常差钱用。近来阴雨天多，衣服都干不了，今天，出门前穿了一件压箱底的短裤，在我散步到快渴死了的时候，一摸兜，居然掏出了一张洗的皱巴巴的五元大钞，激动的我仿佛中头彩了，赶紧跑到最近的超市，欲买一听饮料解渴。冰箱里的橙汁诱人，小超市没贴标价，但根据以往经验再看那熟悉的包装，大差不差的也就值个两三块钱吧，我就大大咧咧的拿去结账了，谁知收银员手一伸：“六块八！”我惊讶的说：“这么贵？”收银员眼一翻：“十块不到还嫌贵？！”我嗫嚅着说：“可我今天就‘捡’了五块钱啊，还差个一块八呢！”收银员杏眼圆睁：“什么？！捡的？在哪儿捡的？”我气的指着头顶上的监控说：“你可以调监控，我是在自己口袋里捡的！”说完不顾收银员像看外星人一样看我，赶紧攥着五块钱灰溜溜的拔腿就跑。

(20150821《青岛早报》40 版)

袜子连连看

下班回来，我习惯性地先去外婆房间喊一嗓子："外婆，我回来了！"没见着外婆在房间，她的床上却铺满了五颜六色、大大小小的袜子，棕色我的、黑色姐的、肉色老妈的，白色老爸的，花纹色外婆的……

外婆在阳台翻箱倒柜，回应我："看见我的老花镜了吗？"我奔过去说："茶几上有没？你床上铺那么多袜子干吗？"外婆点我脑袋，笑着说："你们四个人天天上班，也没人洗袜子，都我洗，一人两只脚，袜子太多了，都是混着洗，只有等晒好了收回来再慢慢捉对打结整理好。"我哈哈一笑："外婆，人家花钱上网打游戏'连连看'，你这不花网钱也不花电费，倒是天天袜子'连连看'。"外婆听了嘿嘿笑，又作势要点我脑袋。

(20150822《京华时报》胡同有配图；20150830《汕头都市报》闲适10版）

化解整蛊

看到狗狗从狗盆边离开，脸上洋溢着心满意足的表情，还舔嘴咂舌，肯定这一顿吃爽了。我决定让它莫名其妙享受一回从天而降的"五星级待遇"。

我用比平时嗲且柔和很多倍的声音朝狗狗喊话："亲，快来我这里，姐姐保证再也不以揉捏玩具的手法欺负你，也再不故意捉弄你，让你心灵受到伤害，再也……"抒情还在忘我中，狗狗已经深信不疑地款款踱步到我膝下，像冬天蹭暖似的依偎着我，小脑袋还天真无邪地仰视着我，好像感动地说："姐姐，你今天这一席话说到俺心坎里去了。人家真的怕没人保护呢，你平时都凶巴巴的有没有？”

狗狗大眼睛里蕴含的倾诉瞬间把我萌化了。本想先给它个甜枣，再给个整蛊，没想到呆萌小狗也吃软不吃硬，活生生给了我平时罕见的一份信任，让我愣是没好意思“出怪招”。

(20150908《京华时报》胡同有配图)

求拍照

暑假，我一个人出门，在家附近一处景区游玩，自由也自在呢，但拍照是个麻烦，需要“勤动嘴”，我看到一个石雕很漂亮，想跟它合影，面前来来往往的游客闪的比兔子还快，连有些慈眉善目的游客也仿佛揣测到我想找一个人拍照的念头，躲闪的较为迅速。好不容易逮着一位年龄相仿的女游客，人家摆摆手说自己不会拍照，说完没等我反驳，就走远了。终于有个老人同意给我按快门了，但教了他好几遍，他还是不太掌握要领，端着相机给我草草按了一下就还给我了，生怕把我手里的机器给弄坏了似的。结果谢了老人，我回放一下拍摄内容，居然是空白，也就是说老人根本没拍，不知道他刚才使劲按了什么？一点效果都没有。唉！走着走着，轮到我被别的游客拉着请求拍照了，联系到刚才自己的一番遭遇，决定做一次好人，这对游客是小情侣，我逮着机会，对他们是横拍、竖拍、仰拍、俯拍……把手里的机器当机关枪似的向他们“扫射”，嘴里还劝：“多拍几张，总有几张满意的！”结果，这对小情侣生气的从我手里抢过相机，说：“叫你拍一张，拍这么多，我们摆造型都累了！嘴笑抽筋啦！”

这回，我总算体会到网上的自拍杆为什么会卖这么火了！

(20150909《安源工人报》绿茵)

好狗不挡道

都说“好狗不挡道”，我家狗狗偏要挡。大高温天儿，狗狗霸气地躺在空调房出入要道，赖着吹冷气，谁在它身上跨过，它都像爱攻击的鹅似的作势要咬人，其实谁要真的一跺脚，它又吓得钻床底了。

眼神不好的外婆愣是被狗狗这一招欺负到了，临睡前，她总要试探着一寸一寸摸排着走向床头，让人忍俊不禁。外婆边摸排边朝着地板上嘟囔：“我可没想踩你啊，你这坏蛋大尾巴狼。”

（20150913《京华时报》胡同有配图）

顺风车

参加完同事的婚宴，天已经非常晚了，这饭店虽高大上，可地址偏，已然到了城乡接合部，在荒芜的街上站了老半天愣是没一辆的士经过。

这时，一同参加宴席的，别的部门的朱同事见我打不到车，过来爽快地说：“大晚上的你一个女孩子自己回家不安全，我去取车，咱顺路，等着哈。”我只好说：“麻烦你，谢谢了。”随后我边等边想：取车，不是推车，应该是四个轮子的吧？

等车时我已经被野外的毒蚊子咬了好几口。这时路上恰巧来了辆去市里的拼车，使劲儿鼓动我上车走人，可我怕朱同事说我不守信用，就忍着蚊虫叮咬，打发车走了。谁知等朱同事从停车场那边把车真的取来，我傻眼了——两个轮子的自行车，还是除了车铃不响，其他地方都响的古董级。

事已至此，我只好坐在他生了锈的车后架上，由他慢慢蹬回市里，有时上坡特陡，我还要跳下来帮他推上制高点再坐上去，然后利用重力快速滑下坡——还是挺拉风的。

(20151005《京华时报》胡同头条有配图；20161017《赣西晚报》春台配图加头条)

小品三则

麻烦的宠物狗

老妈不在家，宠物狗牛牛失了宠一样坐在我怀里叹气。坐了半晌，我嫌它味儿大，就搬它下去，它不肯走，硬是睡在我脚下，地板很凉，我只好起身把狗窝端来给它睡。它踩进去又退出来，踩进去又退回来，巴眨眼睛看着我，想了想，还是睡在我脚下。我只好把它抱起来捂一捂，看着它瑟瑟发抖，觉得小动物怎么这么可怜楚楚的，又十分黏人，真是个可爱可憎的大麻烦！

咸阳与咸菜

下班，接到电话，来电显示是咸阳，我在咸阳没亲戚朋友，八竿子打不着啊，懵懂中接了，才知过年报团去西安延安一带旅游的游客身份证登记错误，要核实一遍。为了防止再打过来又觉得莫名其妙，挂了电话，我干脆把咸阳的固话号码存手机通讯录，输入时发现打出咸这个字后立即跟进了一个“菜”字。证明“咸菜”使用率比“咸阳”高多了。不怪哉！不怪哉！民以食为天的又一佐证。哈，至少我每天都吃咸菜喝小粥。

暗斗

老公在外地上班。而且上班的地方是一处湖中岛，网络信号差，恰巧这次上班时间特长，带过去的网卡里余额用光了，他用手机 QQ 向我抱怨："还有十天才能放假，我的笔记本却成了聋子耳朵——摆设，没网上的晚上真痛苦，四周都没人烟，怎么活啊！"我只好安慰他，不行只能借助智能手机上上网，跟家里联络联络了。他发了个哭脸过来。一个礼拜过去了，我关心地问老公："7 天没网上是不是很难受啊？"他反驳我："没网络难道日子还不过咯？！"噎得我一口茶差点喷屏幕上，我也随即打了一行字过去："就像我，没老公难不成还不过咯？！"现在，剩他在那头抑郁了。

(20150213 陕西市政文苑论坛)

大演讲家

我下班回来抱怨：今天公交司机吃枪药了，开那么快，在铁架桥下面差点跟一辆皮卡撞个脸贴脸，摔倒几个乘客。外婆听了说：行船走马三分命。我又说：今天单位两个同事拌嘴，其中一位居然愤怒到踹门而入，破口大骂。外婆一笑置之：人不犯我，我不犯人。人若犯我，我必犯人。老爸一听，老太婆又在外孙女跟前发表重要言论了，赶紧忽悠她：咱妈是演讲家变来的，凡事爱总结。外婆听老女婿的言外意不大像是赞美，甩出一句：说话是银，沉默是金。说完，外婆的小脚连走几步，回房间了，哈！

(20151009《青岛早报》段子)

看堆儿

去超市买米买油，狗狗硬是挤在我的电驴踏板上，非要跟着去。

停好车，我把它安顿在踏板上看车。等我买好了东西搬出来，狗狗却没了位置，电驴踏板摆上了大米，车篓里放了油桶。我只好让狗狗站在大米口袋上，小心翼翼地推回家。

到了楼下，我架好车，准备先把油搬上楼，让狗狗看着车和大米，遂对狗狗说："看好大米啊，麻烦你了。"它老老实实地站在米口袋上，很乖的样子。我噌噌快速地提着油上楼，心想快点儿开门放下油就下楼。

带上门，走到楼梯口，从镂空的阶梯缝隙看到电驴和大米还在，狗狗却没了，我心里咯噔一下，三两步冲下楼。原来，狗狗只是挪到了电驴对面的屋檐下，那儿有唯一的一小片阴影可以乘凉。瞧见我来了，它欢蹦乱跳地结束了短暂的乘凉跑过来。

(20151011《京华时报》胡同有配图；20151018《汕头都市报》10 版闲适)

淹水蛋

家母喜欢在粥锅里放一只小碗，碗底是香油、盐和胡椒，磕入两枚新鲜鸡蛋，等锅开了，就成了美味"登蛋"。

每天早晨老妈和我上班前吃得很开心，唯一麻烦的是锅漕后蛋还嫩，得继续给火，那就要看锅，不能让锅里发大水淹了蛋。如果看不好锅，漕锅多次，碗里的香油可要染一锅清粥，粥油不分，油腻不堪，也让蛋泡了水，"丑其曰"：大蛋淹水。这下肯定没人愿意吃了！

昨天早上我起迟了，老妈急促地喊："闺女，快洗脸刷牙，这里剩有一枚‘淹水蛋’，但没淹太深，只有一点点水，是银汤米脂，喝了对身体好，不用喝粥你就可以两全其美，撑到中饭前。”我被她说得食欲又上升了，把“半淹水蛋”给囫囵吞枣般吃了，随后赶紧换鞋子去上班。关门时听到老妈拍手自叹：“哈，骗她吃下去才不浪费鸡蛋呀！”

(20151016《京华时报》胡同头条有配图)

食堂喝汤的小勺

食堂喝汤的小勺反复用了多年，很多都歪七扭八不成样儿，如果前一天是在西餐厅享用过，次日上班吃食堂，对餐具好坏的那种落差感就更明显了。舀好了汤，我随便拿了一把小勺子就吃去了，可一起盛汤的同事小肖到现在还没落座，抬头看她似乎在挑挑拣拣地选汤勺呢。小肖坐下来之后舒口气：“终于找到一个不怎么歪斜的汤勺了。”我俩开吃起来。又来个同事，头伸老长地说：“肖儿！我说咋找不到我汤勺呢！昨天刚买来吃了一天，就找不着了！今天先紧着你用呗，吃完还给我，省得明天又找不到……”小肖脸一红，赶快把汤勺从汤盆捞起，放桌上，不敢再用。我感叹：“还正纳闷为何食堂多了这么高端大气上档次的勺儿，还独苗一个！”

(20160120《新民晚报》夜光杯；20151027《呼和浩特晚报》23 版下午茶)

蟹生缘

金秋，赶上吃螃蟹的好时节，老爸买了十几只大闸蟹回来犒劳一家老小。

妹妹一向嘴刁，也挑剔，看到精美的包装盒上“蟹生缘”三个烫金大招牌，朱唇微启，杏眼一翻，“毒舌”之话跟着来了：“来生缘篡改成‘蟹生缘’？这老板有大师风范，一只只大闸蟹被五花大绑焖在锅里蒸熟，继而被大卸八块蘸着姜米醋咬了吃，蟹们命丧黄泉，可不就是跟馋嘴的人有来生缘嘛，而且缘分很多，隔年菜市场里又会冒出 N 多的蟹。”

(20151103《青岛早报》29 版倾诉)

网购卫生纸

准备在网上买卫生纸，送货上门，方便，有个盒子包着，也体面。谁知我要的牌子由于薄利多销，卖家规定 30 包才包邮，天哪，那要用到猴年马月？刚准备放弃，老公分析说，其实用起来也快，家里人多，四五个月就差不多用光了，只要保质期长，可以买。一看保质期两年呢，我放心买了 30 包。

恰逢过节，快递爆仓，慢如蜗牛，就在我把这事忘得一干二净的某天，一快递员在我家楼下声嘶力竭地喊着我网名“扁面条”：“207 室扁面条，你快递到了！咳……救命啊，快点儿来接啊……”我奔出来打开防盗门，快递员抱着小山一样庞大的特制蛇皮袋，头脸被挡住，只能看到一双脚从楼下艰难挪上来。我正琢磨到底谁寄来的，快递员生气地重重放下大袋子，喘着粗气说：“大姐，今天光您一个人的一件快递就让我跑了一趟腿。没事买那么多卫生纸，用得完吗？”我恍然大悟刷的脸红之后，快递员把背朝着我，气哼哼地走掉了。

(20151106《京华时报》胡同有配图；20151109《大别山晨刊》B6 桃坞；

20160601《安源工人报》绿茵；20161119《赣西晚报》春台有配图）

狗狗大跳广场舞

家里搞装修，黏人的狗狗终于忍受不住工人轮番的凿墙、敲钉、安装等等喷溅出来的巨幅灰尘，连连喷嚏之后，节节败退，识相的躲在阳台角落里，只剩一张毛茸茸的苦瓜脸，一对水汪汪大眼睛隔着玻璃门跟着“监工”老妈的身影转悠，生怕一个闪失自己被抛弃了一样。阳台西晒得厉害，不一会儿它就舌头拖地往外吐热气，可打开防尘玻璃门，它又不肯进屋凉快凉快，四只大毛脚跳探戈似的进进退退犹豫不决，前脚遇到扑面的灰尘想往后缩，后脚忍不了蒸笼一样的西晒阳台又不自觉的往前拱，前后脚打架，弄的踉踉跄跄，如同醉汉大跳广场舞，那个活宝的样子实在让人忍俊不禁。

(20151111《安源工人报》绿茵）

数钱

最近单位黎主任开始给我安排新的任务，是数钱，数客户成交之后的现金。其实谈业务、陪吃喝等风光且有油水的活儿哪个主任都不带我，而收钱、数钱，对于黎主任来说，有点掉档次，贬身价。把我培养好了之后，黎主任在成交时就完全可以大手一挥，颐气指使的对我吆喝：“来，把这些点一点！”自己当甩手掌柜，多好。这天儿，我手忙脚乱理着账目，冷不丁的，黎主任甩给我一沓钞票，说：“数数，客户给的八千。”我接过钱，笨手笨脚的一张张捻开来小心翼翼的数。黎主任还笑话我一看就知道不大会点钞。我委屈的想："俺又不是专业学财会的！"点到最后一张，发现才 7900，少一张？不会吧，偷瞄一眼黎主任，他在接电话，我赶紧再数一遍，临了，心里咯噔一下，还是少一张。我诚恐诚惶的把这沓钱还给黎主任，只好说："数来数去都少一张，您路上有没有掉了？"黎主任哈哈一笑："对喽，还有一张在我这儿，数钱这一课，你算是过关了。"

(20151118《安源工人报》绿茵)

卖废纸的老妈

国庆节在家休息，除了大扫除，还在网上买了不少东西，换季的衣服、零食，还有一些读卡器啊棉拖鞋、耳机之类的小物件，过了节，上班时，快递的短信、电话陆续都来了，下了班我把从门卫拿到手的几个快递盒子纷纷拆开，东西掏出来，盒子都摞、叠在一起，搬了放老妈手上，故意冷冷的说："你发财了。"老妈嗤之以鼻的说："当你给我什么大礼物呢，这么一堆的！别看体积这么大，顶多卖几毛钱！"平时家里废纸废瓶子都老妈总管，她被誉为"家庭美容师"，如果卖废纸也能评职称的话，老妈绝对可以评上高级职称，她会跟小贩争论斤两，不全是为钱，就为公平二字，小贩常常被她的诸如回去拿称复称之类的恐吓给惊吓到，从而乖乖改价，久而久之，卖废纸绝对成了老妈的专项绝活，家里一有人"生产"出什么废旧纸张鞋盒，就会交给她，还会装大方的说："妈，你拿去换钱买小菜"。老妈也会毫不示弱的回敬一句："这点儿废纸，只能买一根小菜好不啦？！"

(20151125《安源工人报》绿茵)

狗狗救急

外出购物，回来后发现楼道里居然有大量积水，蔓延到了水泥路上。顺着水流出的方向，发现是靠近楼梯口的隔壁一户人家，水正漫出大门的门缝，敲门无人应答。

由于这户人家是新租住的，又是早出晚归碰不了面，至今不熟，无法电话通知他们紧急抢救。我只好先回家向打盹的老妈求助。老妈灵机一动说："以前的邻居不是把房子挂在楼下中介代为出租的吗？那中介老板旺旺妈不就是咱狗狗的熟人。我去找旺旺妈，她定能找到隔壁女主人号码，让女主人再通知租住的客户回来关水不就结了？"说完，老妈牵着我家狗就去中介"攀亲"去了。

喊来了旺旺妈，旺旺妈居然还知道隔壁家门前的自来水总阀在哪儿，撬开盖子给关了，才停止了水流声，然后掏出手机一一联系。这可真是因狗而熟，由狗牵头办了件"邻里好赛金宝"的大实事。

（20151128《京华时报》胡同；20151206《汕头都市报》闲适10版）

备用热狗

趴着看韩剧时，棉被似乎太短，盖到头就露出脚指头，盖到脚就露出头，总是有一股阴冷小风窜来窜去，剧情精彩不愿起来加床被子的我只好凑合着蜷缩在短小的棉被里。

不知何时，忽觉肚腹乃至腰腿部但凡与床单接触的部位都被温暖包围，我掀开床单一看，不知是谁替我铺好了一块电热毯，我不由得心生感激之情。没想到才两分钟，头发洗得湿漉漉的老姐就进了房间，并拽走我身上大半块棉被把她自己裹起来："好冷！早上我被褥拿出去晒了，所以才趁你刷牙的空隙把我的电热毯拿你床上铺好，我得暖暖身子。”

错愕的我只好揪着棉被一角，让“强盗”老姐占用我的床，吹干头发，惬意刷手机。我哼哼着对老姐说：“有电热毯了不起啊？俺有‘备用热狗’。”说完，我抱起床边蹭坐的狗狗，手插在它温暖的厚毛里，狗狗用舌头舔了我的手，好像支持我的做法。

(20151219《京华时报》胡同有配图；20151227《汕头都市报》闲适10版）

恼人的冬瓜汤

单位廖姐嗓音洪亮，每次食堂吃饭她都是人未到声先至，绝对引发99%的抬头率。今天，带孩子来吃饭的廖姐一看有她喜爱的冬瓜海带汤，就吆喝她的儿子多盛点儿料儿，还没等儿子盛好汤，她又急急吩咐：“儿子我去卫生间洗个手，汤你打好了端来先吃。”等廖姐洗好手回头品尝饭菜时，她笑眯眯的说：“儿子有用了，能帮我打汤了。来，多吃点润肺的冬瓜片儿。”吃着喝着，半天，廖姐突然咋呼起来：“天哪天哪！”旁边同事问怎么了。廖姐用筷子点着汤盆，又扭头指了指食堂打饭的台子，脸上一阵嫌恶的表情：“妈呀，吃了半天，吃的是别人剩着不要了的汤，我们的汤，儿子给忘台子上了......”她儿子低头小声辩解:“又要拿筷子又要拿勺子又要端饭呢！”周围同事都忍不住笑了。

(20151009《忻州晚报》4版）

运包裹

网购的用于过冬的棉花胎垫被、盖被和毛毯都到货了，由于当时我不在家，又因是年底小区戒备森严，所以快递员只好把三床被子一股脑儿都扔小区传达室了。

下班后，我嘴里叼着拎包，俩手臂一边夹一床大被子，后面背一袋毛毯，整个儿像闯关东的。到了电梯口，我弯腰甩下后背上的毛毯，俩手臂松开两床被子，这才腾出手按电梯按钮，把嘴里叼着的拎包松开，电梯门开时，我一脚一个把三个庞大包裹踢进了门里，惹得电梯里的小男孩都不顾他妈妈反对，也用脚踢我的被子包裹。

四楼到了，我手忙脚乱地往外踢着其中一个包裹时，小男孩率先踢向另一个包裹，帮我把它运出去。一个站在角落的小伙子也加入“踢队”，用手扒着电梯门不让它关闭，一脚把最后一个大包给我踢了出来。电梯门关上的一瞬间，汗流浃背的我还诚惶诚恐地对两个年龄悬殊的陌生男士连连道谢。

虽然目睹他们暴力“分拣”我的快递，可这也算怜香惜玉助人为乐了。我擦着汗，醉了一般偷笑刚才的电梯脚力一幕。

(20160102《京华时报》胡同头条加配图；20160110《汕头都市报》闲适10版）

缺斤少两

每次买水果，那家小摊的外地大叔都短斤少两，有时亏五毛钱，有时短一两块钱，回头找他吧，又因为差额太小犯不着，不找吧，心里不平衡，毕竟被坑了钱，积沙成塔也不少，去别家买，被宰的金额就不止他那点儿“洒洒水”了，有的少十块，有的少八块，我这样拿死工资的，吃点儿公平买卖的水果容易吗？这天，我又不得不选择外地大叔的水果摊买梨子，鼓足几次勇气，终于憋出了一句劝告："你每次结账都多多少少刮我几毛钱呢，老顾客，咱就不能规矩点儿吗？"大叔黑黄色的脸唰的变红了，马上语无伦次的说："下次不了……这次肯定给你算准了！"对他的被动态度，我叹了口气。没想到，他居然捕捉到了我的不快，怏怏不乐的说："大姐，你有所不知呀，生意难做！我拿货时，在地头（水果批发市场）也是一样被人刮一层，个个短斤少两呢！"我心想，你倒不呆，他们刮你，你掉头也一个个刮我们消费者。那，良心何在？冤冤相报何时了？

(20150925《忻州晚报》民俗天地)

换拖鞋

外婆不服老，没事就擦地，而且擦之前先把家里大大小小的房间地上、地毯上的头发、碎屑都用吸尘器吸干净，可谓用心良苦。每到家里下班高峰期，外婆就"蹲守"玄关，在她雪亮的眼神注视下，我们一家四位上班族不敢怠慢，必须换鞋底干净的拖鞋才敢踏足客厅。唯有一只出入自由的小宠物狗，外婆拿它没办法，总不至于让它四个毛茸茸的脚丫也一一套上棉袜和臃肿大棉鞋吧？

每次小狗进门都眼皮耷拉胆怯地看着外婆，好像在说"老巫婆，你这一关好难过哦！"外婆也喜感十足、怒目圆睁地呵斥狗狗："就剩你不换鞋！踩脏地毯就把你炖了！"说完把眼珠对准狗狗踩在地上的四个小脚，狗狗就像走在滚烫的炭火上一样，一蹦一蹦地逃之夭夭。

(20160115《京华时报》胡同)

辣鸡爪

晚饭后，仅吃了半饱的我拿了一大包辣鸡爪准备拆开啃，老妈与外婆还坐在餐桌边闲聊，她们都劝我不要吃，怕已经上火的我火上浇油，口疮愈发严重。

作为一枚资深吃货，我不赴汤蹈火怎能过了嘴瘾？不管不顾地拆开了包装袋，顿时泡椒鸡爪独有的辣香四溢，我忘情地啃着，忽然发觉外婆和老妈都盯着我看，于是给了老妈一个鸡爪，老妈推托了一下后欣然接受，一边吃，一边很不厚道地对外婆说："看看，多辣啊！只能我们年轻的胃承受得了，你都 80 岁了，还是不要吃得好。"此话还未讲完的时候，我已经递给了外婆一个鸡爪。

只见外婆用最快的速度捏起鸡爪，努力调动嘴里仅剩的 8 颗牙齿一阵大嚼……惊愕之余，我和老妈只好纷纷打圆场："老人胃口好，就吃个把个也没关系。"事已至此，外婆吃了一个鸡爪解了馋，但伴随而来的"惩罚"是因辣而咳嗽了两天。

(20160117《京华时报》胡同头条加配图)

小金库

临睡前开衣柜拿睡衣，发现老公把过年穿的新皮鞋塞柜子角落里了，我生气地说："一股皮革味，会熏着我大衣的。"快睡着的老公说："放外面会忍不住先穿它。"只好由他去。

次日，我发现皮鞋里另有乾坤，居然藏着一千多元私房钱，于是我毫不客气地抽出两张用了。接下来几天，里面时不时就又增加几百元，似乎老公并未发现他的钱渐渐少了。

我正花得暗爽，某天，手伸进皮鞋里，钱没了，掏出一张叠起来的纸条，猛然间冷汗就冒出来了，展开纸条，老公画了一盆浑身绿刺的仙人球，还附写了一行字："老婆，你把咱过年出去旅游的启动资金给提前花了。"

(20160208《京华时报》胡同头条加配图)

"蒜"你狠

老爸感冒了，作为一个爱打夜麻将的老头，不感冒是不正常的。他怕吃药，于是回来把厨房腌制的糖醋大蒜头生生嚼了两颗下去。刺鼻的蒜味让奔来厨房也想分一杯羹的狗狗节节败退，即使是也感冒了的狗狗，也闻出了这是讨厌的蒜味而不是惹口水的红烧肉味，于是果断放弃在厨房蹭吃，喷着鼻子溜走了。老爸边咳边把蒜硬吃进肚，吃完窸窸窣窣拿衣服准备进洗澡间沐浴，往常这时候，看肥皂剧的老妈会过来抢占厕所刷牙洗脸然后睡觉，今天，老妈离半米远就嚷嚷："臭死了啦！你居然大半夜吃蒜啊？让不让人呼吸啦？！"老妈捏着鼻子仓促而逃，老爸带着重鼻音得意的说："哈，都被我的蒜味打败了！没谁敢抢地盘咯！""嗵！"客厅沙发被扔了一床夏被，明显是斗不过就躲的老妈下了"逐睡令"，蒜气熏天的老爸得在客厅晚安了。

(20160217《安源工人报》绿茵)

买油条

跟单位的大媛在去食堂路上碰见，一前一后排队买早饭。

师傅夹了一个畸形的油条，就是那种没炸得太饱满，缩成一长条的油条，狡猾的大媛怕吃亏的心理占了上风，赶紧透过玻璃窗口向师傅喊话：“不要这个，要那个大的。”师傅吓得一抖，差点儿把畸形油条掉地上，随后夹回去，换了一个炸得胖鼓鼓的油条给了大媛，大媛满意地端着稀饭和一碟大油条走了。

被她一闹，师傅看我也指着油条，诚惶诚恐地用夹子在一个个油条身上游走：“那么，你指定要哪一根呢？”

(20160220《京华时报》胡同有配图;20160220《新民晚报》夜光杯;20160228《汕头都市报》10 版闲适)

被嫌弃

散步回家后，我才发现又把太有主见的狗狗丢路上了。回头去找，一边走一边吹口哨，寄希望它能主动现身。楼道口两位一天不落打羽毛球的退休老阿姨听见了，急忙指认：“这儿，这儿，它就躲在你妈妈那车旁边呢，早就躲这儿了。”

我跑过去一看，狗狗果然躲着不理我的呼唤。只好捧着它屁股，把它往家的方向推。老阿姨又一次以击穿我自尊心的犀利点评来佐证她的旁观者清：“你跟狗狗的关系远远不如它跟你爸妈。你爸妈老远的还没见到人只听到谈话声，它就嘭的弹出去了，别提多热情。”

好吧，到底是每天楼下打羽毛球的，明察秋毫有发言权，说得完全符合，我黑着脸慢慢哄狗狗一步步挪了回去。

(20160313《京华时报》胡同)

防晒

这两天月亮特别大特别亮，恰巧房间里的窗帘都拆下来洗了，上班忙，没来得及安装。月光照进来，连灯都不需要开了。我捞起枕头上自己的一捧长发，遮盖双眼，闭目养神准备入睡。出差刚回来的老公突然坐起来，不满地发话：不行，刚从黄土高原晒黑回来，不能再黑了。老婆，你的防晒霜借我抹抹呗。说完，他真去梳妆台翻找了。我仰脸往他躺的位置一看，一大片月光正无情地“晒”着他的枕头。

(20160320《京华时报》胡同)

脸大

总嫌弃自己脸大的小妹去理发店做了个新发型，回来后花了老长时间照镜子，然后扭脸担忧地问我：“姐，你说我的新发型会显脸更大吗？”我冷冷地瞟了一眼：“不会。”小妹眼前一亮：“那我这次的理发超值了！”我泼冷水：“你的脸大跟发型没关系好不？”小妹听完捧着脸自怨自怜地说：“我其实不是脸大，而是小得不太明显。”

(20160409《京华时报》胡同 20160417《汕头都市报》闲适)

赠品纸巾

盼星星盼月亮，终于把网购了快一个礼拜的云南特产玫瑰饼给盼来了，快件单子上还盖着航空件的章，一想到这饼还在飞机上呆过，就有种弥足珍贵的意思在了，急着拆开，不小心掉出一片东西，捡起来一看原来是卖家赠送的小玩意，看说明是湿纸巾。我讶异道："啊？湿纸巾？怎么航空快件还有点学航空那一套？一盒饭，搭一塑料勺和叉，然后一片湿纸巾吃完擦嘴了事……"说着我自己乐了。老妈从我身边经过，点我脑袋说："是让你这个小馋鬼先把哈喇子擦了再吃饼！"

(20160413《安源工人报》绿茵)

借贷高手

隔壁小胖墩牛牛的爸爸还在牌桌上，早就过了幼儿园放学的点儿了，他把接牛牛回家的事给忘到了九霄云外。这不，牛牛正敲门找我借钱呢："阿姨，借我十块钱好吗？等我爸爸回来马上就还给你！"我掏出钱故意问他："你要钱干嘛？"牛牛指着楼下说："我叫了三轮车把我从幼儿园拉回来的，才八块钱，比打车还便宜两块。"我竖大拇指佩服道："小牛牛不简单，可你应该要八块钱啊？"

牛牛舔了舔嘴角残余的白芝麻粒说："我肚子饿了，跟三轮车爷爷借了两块钱买烧饼吃了！阿姨你快给我钱，楼下三轮车等着呢！"好吧，这孩子竟是一借贷高手哇！

(20160414《青岛早报》30 版.五月)

豌豆饼

周末，老妈上班前做了一锅外焦里嫩的豌豆饼，因被黑色锅盖严丝合缝地掩盖着，导致放假在家各自补觉的我们，后来陆续从懒觉中自然苏醒的三人（爸、姐、我）都没吃成饼，个个都懒得掀开锅盖去查看一下，苦兮兮地空口喝白粥。

中午下班回来的老妈掀开黑色锅盖，一个劲儿耻笑我们——现实版的饼套在脖子上都能饿死自己的三只上班族懒猪。老爸一记卫生球眼杀向老妈，封嘴般反戈一击："为了省 2 毛钱电话费不通知我们一声，你让一锅热饼变凉饼，备受冷落。"

(20160417《京华时报》胡同)

取暖

倒春寒，网购了几件厚外套，正蹲在客厅一件件拆呢，突然屁股被谁拱了一下，差点儿跌倒。急着拆包裹就没理会，忽而又一撞，随后就见狗狗放扁自己，匍匐着缩在我蹲着的腿边，"双手"抱着我的脚脖子，把毛脑袋枕在我的棉拖鞋上，大耳朵刚好眼罩似的盖着眼睛。我寻思狗狗这是半天没见面，开始黏人了吗？后来一股暖意从狗狗身上传给我，原来它是要跟我互相取暖啊。

等我拆完包裹，先把狗狗从我脚上"摘"下来，再站起来"公主抱"着假寐的狗狗走向它的小窝。画面一转，小窝在我面前来了个空空如也的特写镜头——内含的三块"床垫"全都不见了。我把视线瞄向阳台，没错，今天老妈给狗狗整理了内务，把垫子洗了，狗狗是因为窝里太凉又既拱又赖地睡我脚面上的。好吧，这智商，绝了！

(20160506《京华时报》胡同)

一幅画

给三年级小学生上美术课时，我像往常一样批改到好的作业会举起来当着全班的面表扬一下，今天发现安琪的儿童画很有创意。

她画了一只动漫小老鼠，还用正楷书写上彩色大字“精灵鼠”。我举着作业本向全班展示，并点评：“安琪的字写得既大又好，一看就是练过，小老鼠也画得有活力。”我话还没说顺溜，全班竟然爆发出一句口号：“包庇，包庇，就是包庇！”其整齐响亮程度不亚于朗诵比赛现场，我被这一突发状况吓得……不对，更多的是被气得面红耳赤。我略带愤怒地说：“老师怎么可能包庇安琪，明明是她作业本来就完成得出彩。”在大家七嘴八舌的“包庇”声中，男孩吴吴快人快语地解惑了：“哎呀，不是，老师，安琪画的是英语书上的插图——小老鼠‘鲍比’。”

(20160509《京华时报》胡同)

划算

超市结账处，我前面一个老大爷拿了3份特价鸡蛋，但会员卡只能买两份，收银员铁面无私地要夺回他多拿的一份，老大爷捂着鸡蛋讪笑着回头对我说:"姑娘,能不能借你的会员卡刷一份鸡蛋?"我爽快地答应了,把会员卡递给了他。还好收银员并没有制止他的小聪明,依然按特价的钱给他打出了账单。

顺利购得3份便宜鸡蛋的老大爷得意洋洋地把会员卡还给了我,嘴里还宽慰我:"姑娘,其实还是你划算,鸡蛋的积分已经记到你会员卡上了。"哎哟妈呀,这位老大爷真是得了便宜还卖乖。

(20160520《京华时报》胡同)

增寿(又名《抵消危害》)

办公室小张最近看人的眼神愣愣的,跟他说话总是心不在焉,还不住地傻笑。我们决定逗逗他,我问:"小张,是不是你未来媳妇谈成功了?"大刘赶快附和:"对对,这两天尽看你一个人美了,快说说怎么谈上的,我也想快点儿结束单身狗生活呢。"小张回过神儿来,清了清嗓子,看他这样郑重其事,我们也端正坐姿,大刘甚至还把领带揪了揪,头发捋了捋。

小张开腔了:"其实啥事都没有,我妈反对我抽烟,可我又戒不掉,她就让我每抽一口笑一下,这样,好歹能与抽烟抵消点儿危害。"大刘瞪直了眼睛:"怎么个意思?"小张擂了他一拳:"你笨啊,抽烟减寿,而笑一笑十年少哇!"

(20160521《京华时报》胡同头条加配图;20160529《汕头都市报》闲适周刊)

够衣服

最近单位事多，忙得焦头烂额，有几天没回父母家了。昨晚赶完工作，我出门在水果摊上拎了些水果回了娘家。

打开门，家里居然静悄悄的没人在，我没趣地跑到厨房，先刷锅焖上米饭，等着两位大人下班回家。谁知老妈竟躲在自己房间吆喝起来："闺女回来了？"我颠儿颠儿地拐进她房间，发现她正趴在阳台往下够一件挂上树尖儿上的衣服。我来了，老妈让出位置，把衣架递给我，说："你可算回来了，胳膊好歹比我长，试试吧，都掉树上两天了。"我拿着衣架伸出去轻松够到了衣服，老妈拍拍我肩膀："嘿嘿，青出于蓝啊！"

(20160620《京华时报》胡同)

小鲜肉

一年级绘画班设在周围树木比较多的一楼教室，雨季，容易滋养蚊虫，画画时总有孩子噼里啪啦伸手打蚊子、挠痒痒。

前排的斌斌加入了驱赶蚊子的队伍，他厌烦地频繁挥手，说："哎，当个小鲜肉就是麻烦，老是被蚊子叮。"我逗他："斌斌，你把小鲜肉的位置让出来，蚊子也许就不叮你了。"斌斌摇摇头说："不，蚊子叮是暂时的，小鲜肉却可以一直受欢迎。"

(20160625《京华时报》胡同；20160627《赣西晚报》春台)

PP 版 QQ

一大早我在站台边等车边划着手机玩，突然跳出老爸的消息，他在家庭微信群里发了一张自己“八一届高中同学录”的图片，点开放大是 A4 纸，上面打印着同学名单和电话，然后老爸“正在输入……”出来一段话：“想办法发我 PP，我拿去打印。”什么 PP，想了一下笑了，QQ 没学扎实就玩起了微信。

我帮他存了图片后转发给他 QQ 了。老爸又在微信说“收到了谢谢。”接下来很长一段时间群聊里都没反应，因为老妈和老姐上班迟一些。后来到时间了，她俩陆续发来了“哈哈……哈哈哈”，算是今早的一个大笑话。只有老爸，估计到现在也不知道我们为什么哈哈。

(20160627《京华时报》胡同)

电驴与惨叫鸡

同事速速借我电驴到邮局拿包裹，我怕她不会开我电驴的锁，跟着去了。到了电驴面前，我蹲下演示一遍怎么开锁，先插进钥匙片，拉出了一点点，然后再拧开，因为锁有些年头了，不大灵光。

速速说，得亏你跟着来，不然我晒冒烟了都打不开锁呢！雨后天晴，日头很毒，站起来我都有点儿眼冒金星。速速跨上车，由于我电驴长期泡在梅雨季节的雨里淋，各个关节可能有点儿生锈，发出了我再熟悉不过的嘎啊……嘎啊……的惨叫声。速速吓得从车上跳下来眼睛在前后两车轮附近四处寻找:妈呀，我轧到一只活鸡啦？

我哈哈哈哈说，是呀，还是一只惨叫鸡！

速速还没反应过来，说，你别吓我，咱单位谁家养鸡啊？怎么跑停车位儿这里来了。

我说，你快骑上走吧，只要你一骑我电驴，惨叫鸡就复活啦。

速速这才领悟，掰一掰车把手，惨叫鸡又嘎啊……嘎啊的叫了。速速笑说，借你的电驴还能测心脏的健康状况呢。冲着这一点，回头我去修车摊给你电驴吃点润滑油吧。

(20160629《安源工人报》绿茵)

化肥袋子

我订了本时尚杂志，里面经常出现特别有趣的心理测试题，这一期杂志到时我恰好不在家。等我下班回来后，发现杂志里的测试题已经被划过了，原来这道题是专门给男士做的。

题目写道：想象一下，你的夫人（女友）在雨中，微笑着撑了一把伞，款款向你走来，此刻，她手上拿着的是什么样的伞？答案分别是油纸伞，一把已经坏了的伞，花伞，化肥袋。老公在“化肥袋”后面打了钩。

气愤的同时我又笑了，因为前两天我偷偷刷他的卡买了一件他觉得像化肥袋造型的直筒连衣裙，没想到这道心理测试让他报仇了。答案下面给出了建议：这位男士，您目前处于夫人（女友）的管控下不得翻身，可以看出，选择这个答案，夫人（女友）在您心目中的地位还是很高的，因为您的心理有点儿“以下犯上”。请把心态调整好，宽容呵护身边的女性吧。

(20160724《京华时报》胡同有配图)

取快递

晚上九点去小区门口快递柜凭密码取件。没想到那儿还挺忙，前面一个男的在取快递，他手忙脚乱地捣鼓半天柜子都没反应，还扭脸问我为什么打不开。

我一看，好家伙，全搞成英文的了，我说："咋是英文？"他说："不知道。"我按了退出，找到右上角的中文，恢复了，可他还是不会，让他按取件键，他按了确定后，又去按二维码取件——唉，他明明是密码取件呀，只好再从头来。

我后面还有个女的排队等，我俩都跺脚拍蚊子。最后，男的笨手笨脚地拿了两个快递包裹走了。我俩轮流快速顺利取件。这件小事让我觉得，咱女同胞在购物取件这一系列小事上那是无师自通啊！

(20160807《京华时报》胡同有配图)

老狗识途（又名《定点偷懒》）

老爸退休后不爱动，肚腩大得好似怀了孕，家中狗狗 6 岁了，性格太稳，吃完就躺，也养了一个大大的肚腩。

为了身体健康，晚饭后，老爸时常牵着狗狗到小区二楼空中花园散步。走得远了，老爸烟瘾犯了，腿也走酸了，就躲到一个曲形长凳上歇脚。本以为狗狗自个儿玩去了，没想到狗狗黑暗中亮着玻璃球似的眼睛，噌地往曲形长凳上一跳，端坐下来，伸出粉色舌头喘气歇脚。老爸拍拍狗狗小脑袋，说："你倒不傻，晓得跟风呢。"

次日老爸出门了，遛狗狗的任务交到我和老妈手上。出了门，我俩身后跟着狗狗，也走到了有曲形长凳的路上，只见狗狗如入自家一般跳上长凳，兀自休息了起来，怎么喊也不走，歇够了才下来，连续两三天都是到了这个凳子就跳上去歇脚。老妈说：“这狗东西，雀头大的脑袋里装着狗地图，教它一次，记得可牢了，还知道定点儿偷懒。”

(20160813《京华时报》胡同；20160916《现代快报》青石街)

大饼脸

网上看一个日本人养的小柴犬被它的训练有素的视频，我喜欢得不得了，决定依葫芦画瓢，给自己家狗狗也来个萌萌哒的训练。

视频上女主人跪地与小柴犬平起平坐，伸出左手握握犬右爪，伸出右手握握犬左爪，小柴犬都很配合。我试试自家狗狗，这两步还算差强人意，也就重心没人家稳。第三步有点儿难度，两只手的食指和大拇指比划成爱心形状，伸到狗狗脸前面，人家小柴犬是热情四溢地把尖尖的脸蛋套进去，还欢呼雀跃得不得了。我家狗狗可闹大了，我刚把手比划成爱心，它的鼻子就一皱一皱的，以为我要打它还是干吗，想咬我的节奏。我要把爱心手势套进它扁平的大饼脸上，它立即怒了，两排狗牙牢牢衔住我交叉的两只手，动弹不得。唉，给个面子不行吗？真扫兴！

(20160911《京华时报》胡同有配图)

贴秋膘

家里的巴西龟，每隔一天喂食一次，若是天天喂，它就拒绝吃，似乎很懂来自日本的饥饿养生法。它最常吃的而且百吃不腻的就是猪肝，每顿能吃三块，一块大概小拇指指甲盖那么大面积。就这么丁巴点大的猪肝，负责买菜的老妈隔天就在买肉丝或排骨时跟肉摊摊主要点儿。可家里人总不能老吃猪肉啊，有时不买猪肉，就要不着猪肝，小乌龟也不吃龟粮，精肉也不爱吃，好像嘴巴很刁呢。

这天，老妈从菜场买了只鸡，剁好了带回来，一拍脑袋，呦！忘了给乌龟带好吃的了，只好从鸡肉块里拣了鸡肝试着喂喂乌龟，谁知，闻着味儿，乌龟立马十分感兴趣的头伸老长，一连吞了五六块鸡肝碎片，打破了历史纪录，老妈惊呼：我发现小乌龟更喜欢吃鸡肝呀！

我总结一句："您不知道人家在逐步的贴秋膘吗？天儿凉了，多吃点预备着将来冬眠啊！"

(20160912《现代快报》青石街；20160925《生活日报》悦读季)

一日不见

昨天宠物狗牛牛一大早就随爸妈下乡给爷爷奶奶过 80 冥寿去了，据说玩儿得挺嗨，不但把乡下畏手畏脚的中华田园犬欺负得滚滚的，还泡了个临时"女友"。

牛牛不在家的这天，我回自己家过了一天多。今天下午去爸妈家，开门看到牛牛卧着。它看见我先是爬起来一愣神，马上脖子仰多高的，对着我“引吭高歌”，跟着我一直来到洗脸池。我洗了脸去厨房拿筷子准备吃饭，它又追到厨房继续“说唱”，可感人了，好像在说：你去哪儿啦，失踪啦，咋才回来呢！

看它那小模样，赏它两块瘦肉，它吃完四下舔嘴，回味无穷的样子。毛孩，啥都懂，就差一张说话的嘴咯。

（20161013《现代快报》青石街）

屁股也厉害

年初，我网购了一大箱子卫生纸，快递来的时候，直接说运送快递包裹的车厢放不下，我只好用电动车去驮回来。

还没到一年，才半年多就全部用光了，家里人多，也可以理解。我随即又在手机上手指动动，囤了一大箱卫生纸。到货时，快递小哥虽然不是之前那个，但还是那句话：“你快亲自来接吧，箱子太大了。”恰巧我上班不在家，打电话委托老妈去接。

她骑车哼哧哼哧地把箱子搬回来，还好有电梯，不然拎不动。晚上下班我回到家，老妈赶紧汇报：“哎，这人呀，屁股也厉害呢。”我丈二和尚摸不着头脑，问：“咋厉害了？”老妈哈哈一乐说：“你看你过完年那次买了半人高的一箱子卫生纸，居然就被我们全用光了，你说屁股厉害不厉害？”

（20161114《京华时报》胡同）

残荷

看到池塘里的残荷，水墨画似的。荷，长长的“脖子”，谢幕也那么好看。看久了，心里有一丝触动。我出生于夏天，荷花正盛的时节，对荷有超乎想象的喜爱。曾经给友人的荷花摄影写了一些类似于诗歌的句子作为旁白：“入住池塘，清雅无尘；跃然宣纸，水墨淡染；浓妆工笔，惊艳夺人；大路两边，咏歌三千；荷池万亩，泼绿点红；采荷之舟，镶红嵌绿；蜻蜓独舞，无暇逐波；楫声汩汩，荷叶田田；美人撩水，鱼儿探跃；舟荡荷颤，蛙鸣似悦；我就是我，小荷纯纯，你就是你，定格纷纷。”

其实荷到了时节就会兀自开着，渐渐入秋又兀自败了，不管是谁赞美，还是谁弹劾，它都无所谓。大自然用无声的美诠释着无欲则刚。

(20161117《现代快报》青石街；20161224《新民晚报》夜光杯)

排队

小区附近新开了一家超市，跑去凑热闹的我恰巧尿急，赶紧挎着购物篮四处张望找厕所标志。

看到角落居然排了两队人马，不知在等着买什么，什么年龄段的顾客都有，有些排在队尾的干脆蹲着或者倚靠在购物车上，一副拉开架势必须等下去的样子。我本意是想去找个面善的人问一下厕所在哪儿，谁知我往前走了几步，马上那靠我最近的队伍开始骚动，人群一个挨一个都往前靠拢，队尾蹲着的也站起来把车横在前面，好像我是准备来加塞的一样，有两个相邻的老人甚至联合起来，前人拉着后人的购物篮，用篮子筑起“铜墙铁壁”。我忍笑一看，嗐，原来是排队等着买特价鸡蛋呢。这厕所，我还是往前走走再问吧。别我一来，引发了踩踏事件。

（20161120《京华时报》胡同）

狗狗

我带狗狗下楼玩，等电梯时，赶来了下楼扔垃圾的老妈。

老妈手上的黑色垃圾包正巧和狗狗一般高低，垂下来差点儿碰到狗狗的毛脑袋。只见狗狗在与垃圾包相碰的一霎那，脑袋来了个360度大腾挪，好像舞蹈演员在练转脖子，笑得我直扶墙。老妈也看见了，说这有啥，它遇到水坑、湿洼地之类的还会“跳房子”呢。我说：“那么嫌脏，怎么闻不到自己身上的狗腥味？”老妈看看狗狗，又看看我，一语双关地笑说：“谁嫌过自己啊，不都打电筒——照人嘛。”

（20161121《京华时报》胡同）

干果的四大吃法

秋冬季节，急需热量，趁着双十一提前优惠，我网购了各类干果，口味也是焦糖味，奶油味各种都有，下午小饿十分，干果配咖啡，美滋滋的垫巴垫巴。干果到货后，分几小包给了办公室的美媛，春儿她们。个个吃了都说过瘾，纷纷跟我要了网址也去下单。一时间，办公室里浓浓的奶油瓜子香味，大家都成了馋嘴小松鼠。春儿网购前没看清杏仁儿是否带壳，错买了带壳杏仁，这两天死活跟杏仁核较劲了，门夹，手扒，牙咬都打不开，杏仁小而坚硬使不上力。正当春儿一筹莫展时，美媛站起来傲娇的说：“姐给你总结冬天吃干果四大准则，想听吗？”春儿猛力点头。美媛笑说：“门夹核桃，手摔栗子，牙嗑瓜子，脚踩杏仁。”说完把一枚杏仁扔地上，用皮鞋坚硬的鞋底踩开，拍拍灰，完整的一枚带皮杏仁儿就呈现在掌心里了。美媛作为吃货，已经成精了。据说，她在家炒糖炒栗子前，诀窍是把所有生栗子装在一个结实的塑料袋里，使劲往水泥地上掼，掼个一通，炒好的栗子没一个难剥的，都特别听话。

(20161118《半岛都市报》波螺油子)

让座

我和老妈结伴逛街买衣服。公交车来了，我动作敏捷，一个箭步跨上车先拣了个空位置坐下来，环视一周，发现仅剩的一个座位被我占了。看见老妈慢吞吞过来，没座位了，我突发奇想，说道：“大妈，您坐。”没想到我妈“不甘示弱”，边笑眯眯地坐下边说：“谢谢了，小姑娘，好心人啊！”

(20161203《京华时报》闲篇)

没空喝茶

老公在小区门口看见我跟一女私家车主聊个不停，她摇着窗，我站窗口，两人谈笑风生。

老公跟我打个招呼，说：“你们认识啊？”我说：“对，我同事的妹妹，也住咱们这个小区。”老公客气道：“那到我家坐坐，喝杯茶吧。”同事妹妹说：“我没空儿，一会儿还要去美容院呢。”

半个多小时过去了，同事妹妹还余兴不减，扯着我瞎聊，害得我想去几步之遥的煎饼摊买个煎饼都得一忍再忍。唉，啥叫没空？几杯茶都够喝了好不好。

(20161205《京华时报》胡同有配图)

借钱

早上急着上班，换鞋出门的时候老公拦住我，说工资还没发，身上没钱了，今天要参加婚礼出份子钱。我鄙夷的投去冷冷目光，掏出钱包捻出一张一百元问：“够吗?”老公猛点头，然后特别麻利地抽出我手里的钱包，走了。留我和手里的一百元钱在门里面凌乱着。

(20161212《京华时报》闲篇)

消遣

一个刮风的天气，看见彩票店的老板叼烟出来了。店门口全是被刮过的、没中奖的废弃彩票，他拿个背面钉着长把手的簸箕，一根长笤帚，腰也不弯，直愣愣把这些被风刮得胡乱跳腾的彩票纸从低空给扑下来，捺进簸箕。一张张、一片片，反反复复，不厌其烦。

很多纸被风又刮出来在地上打圈，他又转身去扑，让人觉得他不是在扫地，而是无意识地在玩儿。有人来买票，他放下簸箕笤帚，进店张罗，好不容易扫进去的一小撮儿纸又四下跳散，恶作剧一般。一看老板的举动就是没扫地经验，怎么也要用笤帚面儿盖着点儿啊。又也许他故意用扫地的方式出来放松一下的。顾客走了，他又出来继续扫开了。

(20161215《现代快报》青石街)

梅花起子

刚才同事大强跟我借梅花起子，他知道我网购了一张躺椅在办公室午休，卖家送了一支梅花起子给我组装椅子用。

大强站我身后等着，我一拉抽屉，冒出一双袜子，再一合电脑，后面藏着食堂的肥肉一包——准备下班带给家里狗狗吃。那么多私人物品被大强看在眼里，我尴尬症犯了，结结巴巴说："你……你回避一下，我找到梅花起子就给你送去。"大强立马也尴尬症犯了，马上扭头走开，说："好的，你找到了喊我，我来拿就行。"这叫啥事啊！

(20161219《现代快报》青石街；20161226《京华时报》胡同)

开门

感冒了，鼻子不透气，难受。老公出差了，也不知啥时候能回来，我更觉孤单。

我闷闷不乐地躺在被窝里给老公发微信求安慰：“亲爱的，我感冒了……头疼而且鼻塞……”发过去之后，我想如果老公胆敢回复“多喝点热水”之类敷衍的话来，我就要臭骂他一顿。过了一会儿，手机响了一下，老公发了让人不可思议的两个字：“开门！”

天啊！老公什么时候会玩浪漫了？他是不是跟我心有灵犀，知道我难受，早早从外地回来了？我高兴地起身，用闪电般的速度冲到门口，连手机充电头都拽掉了……打开门，手机再次响起，我点开老公发来的语音：“老婆，开开门，呼吸点儿外面的新鲜空气，活动一下，有利于鼻子通气！”

(20161221《都市女报》趣事；20161230《京华时报》胡同；2017 年第四期上《喜剧世界》幽默茶座)

正眼瞧了

博友小葱兴致勃勃的发语音告诉我，她的大领导今天破天荒的从背后喊了她一声，我说有什么大惊小怪的，不就是喊了你一声嘛！小葱委屈的说：“我上班六七年了，每次路上碰面主动跟大领导打招呼都是热脸贴冷屁股，人家基本不搭理！这是第一次正眼瞧我！”我说那这次人家主动喊你，不就是弥补了之前的无理嘛。小葱学她的大领导，说：“她喊我‘姑娘哎！姑娘……’”我说，这不是挺亲切的。小葱说，好戏在后头呢，她把我喊住了，又喊了一个走在前面的大叔，大叔是我们隔壁部门的，然后让这个大叔跟我一起把楼道门口那块红地毯抬走了，说有碍观瞻。

(20161228《呼和浩特晚报》下午茶)

大头鲢

跑乡镇线路的公交司机最讨厌我们这些办了月卡的上班族，每月月底去公交公司交下个月打八折的全额车票，公交公司早早的收足了钱，让司机们除了死工资，剩余客源又少，几乎无利可图。这天下班，公交陆续载了满满一车人，司机还是摆着张脸，用对讲机与同事抱怨："唉！拉了一车，尽是'大头鲢'!"乘客中不乏好奇的老者，就问司机："我们怎成了大头鲢鱼？"司机苦笑："大头鲢——全是卡（公交月卡），没肉!"这刺讽的，够文学。

(20170119《现代快报》青石街)

狗狗不换鞋

外婆不因年迈而服老，没事就独自在家用心擦地，而且擦之前先把家里大大小小的房间都用吸尘器吸干净，可谓用心良苦。每到家里下班高峰期，外婆就"蹲守"玄关，在她雪亮眼神的攻势下，我们一家四位上班族不敢怠慢，必须换鞋底干净的拖鞋才敢踏足客厅。唯有一只出入自由的小宠物狗，外婆拿它没办法，总不至于让它四个毛茸茸的脚丫也一一套上棉袜和臃肿大棉鞋吧？每次小狗进门都眼皮耷拉胆怯地看着外婆，好像在说："老巫婆，你这一关好难过噢!"外婆也喜感十足，怒目圆睁地呵斥狗狗："就剩你不换鞋，踩脏地毯揍你屁股!"说完把眼珠对准狗狗踩在地上的四个小脚，狗狗就像走在滚烫炭火上一样，一瘸一蹦地逃之夭夭。

(20170206《现代快报》青石街)

吃土的流浪狗

小区负一楼车库很大，其实是地上一层，遮风挡雨的，适合寒冷冬季和不方便露天散步的雨雪天气散步，流浪狗“花花”看中了这块风水宝地，在车库一个窝着风的角落安家，每年都要生一窝小流浪狗出来，被人抱走领养。

今晚，我和媛两姐妹照例吃完晚饭看了新闻就去车库遛食一小时。因时不时带些吃的给目前怀孕大肚子的母狗花花，它每次听到我俩熟悉的说话声和脚步声，都忙不迭地跟过来，一直忠心耿耿地陪伴左右。害得我恻隐之心又动了，马上跑到西门一家便利店，买了一根粗壮的双汇王中王火腿肠准备喂它。媛的与众不同也展露了一次，在家吃饭时，别人拿给她的筷子她要盯着看好久，如果筷子头上面但凡沾了桌上一点点水渍，马上扔到洗碗池里，重新再拿一双干净的筷子，让人哭笑不得。这次，媛看到我要喂母狗花花，立即转着圈地在地上找，还大喊等下再扔给它吃，好不容易媛找到了干洗店门口一大块扔掉的套衣服的塑料套，把它展平了，像铺餐布一样铺在彩砖地上，我问：“你干吗？”媛说：“怕它吃到地上的土，得结石。”我自然是无语到凝噎。母狗花花早就闻到撕开的火腿肠香喷喷的味道，大跳伦巴舞似的求吃，我把火腿肠掰了均匀的若干段，丢在餐布上，因为流浪狗始终是害怕亲近人的，它一一给衔走，背对着我们大快朵颐，等于还是没能因为这临时餐布而避免吃灰。但是媛说，她必须要找一块东西垫着，不管花花有没有领情，不这么做，她心里难受。

（20170219《新商报》茶馆）

鹅饿了

两个月没去乡下看望公公婆婆了，这个礼拜，我和老公坐一个半小时公交车，拎着牛奶和茶叶，来看公婆。婆婆养了十只大大的白鹅，圈在围栏里，看到我们走在离它们很近的田埂上，人人手里还有吃的喝的，就个个把手（翅膀）往腰上一掐，头齐刷刷向我们手里的食物伸长，嘴里“饿饿饿”的叫唤。我说：“咦，鹅好像饿了……”走在后面的婆婆赶紧解释：“哪能啊，才两个月大呢，还没好吃它们！得八月半才能吃！”最前面走的老公忍不住回头喷他的妈妈：“你耳朵是竹节耳？！她说鹅饿了，你以为是她饿了要吃鹅？”哈哈哈，我们三个人都笑开了，十只鹅全都歪着脑袋，仿佛在想：“他们在笑什么，到底给不给俺们吃啊？”

（20170322《安源工人报》绿茵）

恼人的购物卡

不知从何时起，单位里的红白喜事出的份子钱跟风退一半，还不作兴退现金红包，而是由收了礼金的同事去单位附近一家大型超市办成购物卡退给大家。这样，不是“面光光”的现钞交易，免得互相尴尬。

虽然被退回了一半礼金，可这下却变成了非要去固定的超市买东西，活钱成了死钱。如果一段时间份子钱出得略微集中，那手里积压的超市购物卡就有点多。我呢，下了班归心似箭，单位附近那超市几年逛不了一回。好在我家所在小区东西两个出入口都有这家超市的连锁便利店。虽说是私人承包的便利店，但能方便我就近刷卡买点零碎，也算是解决了用卡问题。

刚开始两家便利店的老板还笑脸相迎，结果看我结账时买得不多还刷卡，老大不情愿。其中西门那家的老婆娘就很明显地一挥手制止了老板准备打印小票的举动，嘟着嘴说："什么情况啊，怎么接二连三全是来刷卡的。打什么打，油墨纸张不要钱啊！"

后面几次我再去小便利店刷卡买东西就难了。比如那次，东门女老板边追剧边用眼角余光扫了我买的几样东西，慢条斯理说："不好意思电脑系统故障，刷不了卡。"由于我挑选的几种作料都是做菜急需，我只好掏了现金付款。以后，我就不敢再去那两家便利店买东西了，怕看冷脸怕鼻子碰灰。

为了解决用卡难问题，我特意在周末坐车回单位，到附近那家大型超市母店，刷卡给老爸买条烟，再给老妈挑件衣服，又囤积了不少厨房用品，总算把几张购物卡用光了！自己再满头大汗拎着这些可买可不买的沉甸甸的东西，等公交回家。

唉，这恼人的购物卡，这恼人的人情往来。

(20170427《现代快报》青石街)

哄自己玩

若有人问烦闷无聊怎么办？我会说：哄自己玩。要是处于痛苦状态而且短时间之内不得翻身时又该怎么办？我还是说：哄自己玩。

"哄自己玩"是北京话，作家汪曾祺把它理解为随遇而安。其实每个人或多或少都体验过那种纠结万分的黑暗阶段。

汪曾祺在《随遇而安》一文中，讲述自己1958年被指标"补"成右派下放农村那段"哄自己玩"的往事："我在马铃薯研究站画《图谱》，真是神仙过的日子。没有领导，不用开会，就我一个人，自己管自己。”

被汪老神来之笔一写，似乎下放边远农村干活不仅谈不上委屈苦闷，还美美地当了一回悠闲画家。丁玲也曾被划成右派到北大荒劳动，但丁玲觉得自己是在逆来顺受。当了右派，汪曾祺却说：生活，是很好玩的。他不仅在画《图谱》那么一件事上哄自己玩，还插花描画，给朋友写长诗，买书看书，为女工化妆，演小歌剧，观察农民，干各种农活，吃若干品种的马铃薯，搞样板戏……甚至因为比一般工人耐心，还成了果园里喷波尔多液的能手。就这样，汪曾祺“哄自己玩”哄了整整 20 年，到了 1979 年终于平反回城。

铁凝的父亲铁扬也曾“哄自己玩”。铁凝写了篇回忆父亲的文章《面包祭》，当时她父亲因为心脏病从干校回来，一直痴迷烤面包。他的哄自己玩哄到最后竟达到了合格面包师的水准，可以去大学里专门教发酵专业。“冥顽不化”的他为了在那种物质极度贫乏的年代烘焙出“国宴上吃的面包”，不惜精力拆蜂窝煤炉、画烤炉图纸、三番五次远征面包厂向女工请教酒花使用方法、深夜被闹钟叫醒起床和面……终于，在反复失败后，“灼手的铁盘里排列着六只小圆面包”，他的面包烤成功了！他兴奋而骄傲地把成果举到两个女儿面前。铁凝写道：“我看着他那连烤带激动的脸色，想起大人经常形容孩子的一句话：烧包。”

一直处在大风大浪中患有心律不齐的父亲，以平等而幽默的态度对待铁凝与铁婷两个孩子，让人忍俊不禁又由衷敬佩。都说画家是浪漫的，还真不假！

(20110704《扬子晚报》繁星头条；20110816《广州日报》B06 头条；2011 年第 9 期《特别关注》P66 页；20110705 驻马店《天中晚报》悦读版；20111101《甘肃日报》文摘)

魂牵梦绕的西藏

魂牵梦绕的西藏，如何才能踏上这片神秘的土地呢？这个问题已经纠结了我们姐妹一两年。像下定决心挖金库的钱迷，我们暗下狠心要“不择手段”的去一趟圣地西藏。不管吃多少苦，受多少罪，总之，西藏，我们就是要急煎煎的去见你！

作为缺乏体育锻炼又是方位感特差，看不懂指南针，地图与实地也无法核对的上班族肯定不可能漫漫长征的骑车去，作为工薪层，也不可能请长假驻扎在西藏享受高原骄阳的亲昵，只能打挤挤挨挨的十一 7 天黄金周的主意。日期也要算的死死的，不能有一天是与上班时间冲突。苛刻的旅行条件，要都满足了，谈何容易？九月初，择周末休息时间，去江都几乎所有的旅行社一一问过，都说十一新旅游法实施在即，不但藏团发不了，连港澳台游等平时火热的线路也因价高无人问津而关闭了。我急地跳脚，又不敢自由行，毕竟那么远！

无奈只好在网上寻找合适的十一西藏旅行团，好在南京因为是省城，旅游市场大，西藏团还是有的，只是不少都火车慢慢开去，有 11 日游，有 9 日游，都不符合我们只能玩 7 天的苛刻条件。终于千沙淘尽始见金，找到符合条件的双人一万六千多元的“情系西藏”四飞七日游。去，就砸钱，不去，我的七天要在家恨死、哭死、埋怨死。

咬牙跺脚，我和姐，把攒了半年的积蓄拼起来，大胆网购了它！如何做到人不去南京，而钱款已经到账呢？思考后决定采用支付宝转账方式，转账有记录，也能看到收款人的实名登记，比较安全快捷，先致电旅行社让等在电脑前，我们去银行把钱打入银行卡，再转账到自己的支付宝，最后转账到旅行社的支付宝，旅行社收到款后把旅行合同和行程安排网传给我们！电脑时代，真是既方便又刺激，让人惴惴不安的享受着它的快如闪电。

一周后，旅行社传来了用我们身份证购买的四趟航班班次信息，心里的石头放下了。来去的路上没有导游陪，只能靠自己。到了贡嘎机场，会有当地导游接机。

巴巴的等到十月一号的早上，和姐一起每人肩背、手拉、斜跨很多臃肿的行李（网上查到西藏早晚特别冷，于是多带了一些秋冬衣裤）。先去火车站坐火车到南京，再坐机场大巴去禄口机场。

火车票买的迟，没有座位了。当经历了携N多行李在加开的火车上站两个小时到南京，烈日下排队买机场大巴票，因担心黄金周出游堵车而提前四五个小时在机场苦等航班，又遭遇飞机晚点半小时，候机厅人满为患只能站等若干时间等等一系列出行必受苦难后，一屁股挨到飞机上自己的坐席，不禁长吁一口气。下午到晚上上飞机前，因为奔波，根本不想吃任何东西。上飞机前妈发来短信说："看新闻说十一首日因堵车导致多少万人次无法赶上汽车火车飞机而放弃行程选择退票。"这条短信让我们觉得提前四五个小时到达机场傻等看起来没那么愚蠢了，反而有些明智，要知道，若把这第一趟飞机错过，可能我们这趟行程就将终结。

飞机磨磨蹭蹭的滑行、停下，再滑行再停下，磨叽半天总算开始疯狂加速滑行，之后猛的拔地而起，顿时，耳鸣眼晕，连续拔高后渐渐缓过神，机上视频已显示升到9753公尺的高空，窗外城市的万家灯火如银行璀璨，闭目养神的过程中回忆起小时候在闭塞的乡下熬着闷热夏夜，躺在天井里的小饭桌上纳凉，于头顶上亿万只亮钻似的星星里，用眼睛分拣出一只与众不同的、会移动、会扑闪红光的"星星"。吵嚷着问大人，大人摇扇驱蚊，用遥不可及的语气坦言："那是大飞机，里面坐着很多有出息的人物，他们天南海北的飞，有的是谈生意的大老板，有的是苦学成才的大学问家出国研讨……"当时的我，羡慕的不得了，连"我什么时候才能坐上飞机"的大话都吓得不敢再问了。

如今，才了解，只要舍得花钱，坐飞机不是难题。而西藏游，往返要四飞，先由南京飞成都，住一晚，次日再由成都飞拉萨，回头先由拉萨飞昆明，在香格里拉机场中转，昆明再飞南京。这一趟，过足了飞瘾。为了完成行万里路的梦想，自己暂时成了一颗与星星擦肩而过的"流动星星"里的子民。感觉如何？我问姐，她说："个中滋味，冷暖自知吧！有享受就得有磨难，旅游往往过程艰辛而回忆则很知足。"

十月二号中午，飞机晚点一小时。从成都飞拉萨的飞机是个超级大机舱，中间可容纳四人，两排过道不算狭窄，左右两边都是三排座，一行有十个乘客。在候机厅就见到不同于其他地方的人群，有红衣喇嘛的身影，有藏族导游带领的北京来的意大利旅行团，还能看到不少藏族人。快到拉萨贡嘎机场时，飞机上一阵躁动，很多人伸长脖子看着窗外的雪山尖顶和大团大团的鲜艳到刺眼的白云，机上的视频也在播放飞机降落前鸟瞰雪山的“直播”，有人轻声尖叫，有人激动的拿起相机捕捉美景，不少人开始加衣服，把冲锋衣的拉链都拉紧，好像藏区高原特有的清冷空气已经漫延到机舱里似的。

随着“亲爱的乘客朋友们，拉萨贡嘎机场到了，欢迎来到拉萨……”的报幕声，一阵欢呼后偌大的机门打开，我们鱼贯而出，兴奋的左看右看。

西藏的雪山真大真多啊，原地转一圈，人仍然被圈在山脚下，显得好渺小；西藏的白云真调皮啊，鼓胀着胖胖的厚实的身躯，一会儿贴在你脸边，一会儿跳在你肩上，手一够仿佛就能拽到它们；西藏的阳光真热辣，站一会儿，浑身就暖洋洋，再等一分钟，就吃不消它的晒了，要赶紧戴上太阳镜打上太阳伞，因为你无法睁开眼睛，到处都被晒得亮闪闪，我只穿了连衣裙却不太冷，这阳光兜头盖脸的将人团团围住，无私的照耀着你，直到你热的鼻孔冒烟。

接机导游黑黑瘦瘦的，见面二话不说一人先带上一条洁白的哈达，口中扎西德勒的说个不停。汽车带我们离开机场去拉萨市里住宿，一路上看看西藏的大棉花糖云朵（我们平原上的云就好像锅里的稀饭，白也是白，只是云层很稀，藏区的云像紧紧密密的大米饭，边边角角都很厚实，绝对是“重量级”的大白云），晒着高原日光浴，看着望不到边的连绵雪山，什么苦都觉得值了！洗漱好了之后已经是晚上七点半，可太阳还是赖着不走，天色还老高老高的，我以为是手表坏了，上网搜到北京时间，果然是七点半了啊！怎么西藏的黑夜还不来！真好真好！晚上八点，西藏的天空还像我们这边的傍晚，什么都看的清清楚楚，只是蒙了浅浅一层暮色，高兴的外出买些水果，逛半条街，这里的苹果也被烈日晒得格外红，葡萄紫的发亮，看到这些显著的不同，我们开心坏了！快看哪快看哪，连公交站台上都雕龙画凤，赤橙黄绿青蓝紫，什么颜色都有，藏族特色随处可见，漂亮极了！忽地忘了时间，走到一条小道上，已经八点半了，怎么到处都是藏獒模样的大狗？可他们温顺的很，只是凑近看看你有没有吃的，如果没有，它就踱着悠闲步调过个马路，也不怕汽车大灯，就这么不紧不慢的踱来踱去。渐渐的，我们也不怕藏獒了，它来它的，我们走我们的。

次日去了大昭寺和布达拉宫，白天见到的狗更多。拉萨的街头随处可见神气的无主人大狗。它们或如退休的悠闲老人般依偎在达拉宫周围安检员的柜门下，或如忙碌的办事员一样屁颠颠游走于大昭寺香火缭绕的广场上，或像碰瓷高手一样四仰八叉紧紧粘在人来人往的步行街，哪怕熙熙攘攘的游客因赶路不注意差点踩了它的毛绒脚爪，裤脚擦到它眉毛，人大狗狗都不带皱一下鼻子——我观察过！而且是几只不同品种的自由狗。姐惊呼：“这里的狗狗见识好大！都不怕人，心理素质好高！”我说：“开什么玩笑，身处世界屋脊，它们见过的海内外游客比你我都多！什么没见过？”它们的旁若无人让我们羡慕。

在布达拉宫、大昭寺和扎基寺参观，每到上下楼，都是架着的那种十分陡峭的木式楼梯，坡度最陡时估计有八十多度，接近于垂直了，坡面也窄，下楼时有种找不着阶梯的感觉，生怕一脚踏空，很多女游客都紧紧抓着同伴，还没到楼梯口就开始喊怕。不过我们一行四十多位散客，还是一个挨一个，咬紧牙关，表情痛苦的爬上爬下，为了一饱藏传佛教种种眼福，再多的累与难都消融在那藏味十足的天地间。一天逛三个高原高海拔的寺庙，晚上回来动弹不了，浑身都疼，高原反应让人鼻子干燥到流鼻血，伙食又差，爬宾馆的四楼爬到要哭的地步，心里有点退缩了，再加上团队里有两个广东来的年轻人还未开始旅行就因高原反应极度不适应跟导游请假去挂水，挂水后还是觉得体力不支，双双弃团飞回广东，这一消息的发布，似乎把我们的士气都削弱了，很多人开始害怕纷纷拿出氧气来吸，有人甚至不愿下车赏景，只想呆在车上大口喘息。不过，经过导游的劝说，大家还是你跟着我，我跟着你，一步步往心目中的圣地“朝拜”，我们的朝拜虽然没有藏人的转经筒，也不会匍匐着一步一叩首，但千里迢迢的精神已经有点“朝拜”的意思了。

导游讲了个笑话，说重庆人在拉萨带团，经常因为吐字不准而闹笑话，比如带团去大昭寺游玩，会说成：“咱们去大超市咯。”，让游客一头雾水。

第四天去了纳木错，这一天司机从早到晚一直开车，就为了把我们送到纳木错看山口海拔 5190 米的大雪山。因夜里雨雪导致山路积雪湿滑，很多交警站在羊八井附近的路上拦车封山，我们苦苦等了将近两小时也不见交警松口，就在全团签字放弃看雪山车子掉头返程的那一刻，团里两位勇敢的南京驴友再次坚持前去交涉，这时已经是中午十二点多，路上雪化了，交警总算放行，我们一阵欢呼，这才由大巴车绕着雪山慢慢爬坡，沿途欣赏念青唐古拉山腰上的牦牛低头啃草，白云紧贴着山尖汹涌翻滚，天蓝的要滴下深蓝色汁液，空气清冽到每吸一口鼻子就生疼。终于车子冲到山顶，我们在巨大的雪山面前除了震惊尖叫就是彻底抛弃导游“小心慢行注意高原反应”的警告，人人都成了爱雪疯雪的儿童，堆雪人砸雪球，我还忍不住一屁股坐在厚厚的雪海里，打了好几个滚，捏了几个硕大的雪球砸来砸去，鞋里灌满了雪，身上外凉内热，但是心里开心满满。上了车，人人冻的嘴唇与脸颊齐紫，外套共鞋袜全湿。导游说，嘴唇紫也不全是冻的，五千多米高山上缺氧才是主要原因。大家怕怕的，有人又开始吃药、吸氧。我和姐都选择硬扛，因为想了解自己的身体到底有多能耐。去完雪山到了大圣湖，湖水在傍晚阳光的照耀下波光粼粼闪闪发亮，可一公里的环湖步行让我们张不开嘴，湖风撕扯着鲜艳的经幡发出巨大的水浪声，我在西安火车站买的折叠伞拿到这里准备挡点风，被吹得伞骨与伞面撕裂，完全鼓到背面形成反“C”，刚准备说话一嘴的沙子，这么吹下去肯定要得感冒，可看着藏族小白马在金色湖岸边驰骋，小尾巴和背上的鬃毛一甩一甩的特别潇洒，又觉得自己很没用！看完了湖，身上几乎没了温度，上车后又驱车六个多小时，一路上司机一声不吭的全力驾驶，悬崖峭壁嗖嗖擦着车外壁，山体就与我们隔了一层脆弱的车窗玻璃，很多山腰上崎岖的巨石被大网牢牢网住、边角都钉死，大概护路工怕它们滑坡砸到公路上。夜里十点，终于返回了拉萨，温暖的夜灯下仿佛置身“人间天堂”，屁股已经坐的僵硬的我们，木讷讷的过了安检，在布达拉宫旁边的石头屋饭店吃了简单的团餐，欣赏了夜景之后又驱车四十分钟回了宾馆，已经不能用疲倦、困倦来形容这一天了，人人散架似的连说话的力气都没有。几天累积下来的缺觉和高原反应使大家沉默不语，连再见都用不着说就推门而躺。好在回程的沿途居然看到了绿皮火车驶过山脚，像什么？像一条长长的快速移动的绿色细线。

第五天，去了韩红的老家日喀则市，途径雅鲁藏布江，途中多属无人山区，只有茫茫山脉，鲜有公厕，男游客被驱赶到一边，女人则下到乱石铺满水流湍急的桥洞里“唱山歌（小解）”，一脚踩空的话，鞋就会被水湿透。好不容易到了有小布达拉宫之称的扎什伦布寺游玩，人人松了口气，终于有正规公厕，好好洗洗手，洗洗脸！寺里喇嘛集体做青稞面，一袋袋面倒进去，喇嘛们围着大盆捶打面团，香气四溢，惹得国外游客都咔嚓拍个不停。从日喀则继续南行，就可到达世第一高峰——珠穆朗玛峰，可是我和姐最怕高海拔，报团时就没报珠峰线路。傍晚入住日喀则市里的矿业酒店，花坛里格桑花开的如火如荼。晚上 8 点姐俩举着酸胀的步子，浅浅逛了一下日喀则市区两条主街道，当地的超市公厕等都不收硬币，因为硬币上没有藏文。遇到两个藏族小伙，十八九岁的样子，淳朴谦卑，让我们替他们哥俩合影，可惜他们手机是山寨的，夜景拍的见不着人，我说你留个电话号码，我用相机拍好合影，回去用电脑拷进手机发彩信给你们。回去后成功发给他们，回复了句谢谢了。

第六天，10 月 6 日，由于在修路，6 点赶了个大早，穿越江孜平原，天阴沉着，下起了鹅毛大雪，我们在满拉水库下车留影，苍凉的天地间飘洒着洁白的雪花，水库如一面碧蓝的镜子，真想投射一颗石子打破它的平静，可惜山口遥望水库就好像隔岸观火，看起来近，走起来远。导游说满拉水库里的鱼定期空运到昆明，价格老高老高了，不是一般人吃得起的。接下来去了更高的卡若拉冰川，卡若拉冰川位于西藏山南地区浪卡子县和江孜县交界处，距离江孜县城约 71 公里，是西藏三大大陆型冰川之一，为年楚河东部源头，也是电影《红谷滩》的取景地。观看卡若拉冰川的地方海拔约有 5400 米，在山口北面 5600 米左右的地带，属宁金抗沙峰冰川向南漂移后形成的悬冰川。一路上都在不停下雪，我们穿的单薄，一下车就冻得鼻青眼肿，不过美景让人流连忘返。羊卓雍措到了，它距拉萨不到 100 公里，是喜马拉雅山北麓最大的内陆湖泊，湖光山色之美，冠绝藏南，我们团里的一对广州情侣因为痴醉这里的山水耽误了集合时间，迟到了二十分钟，被罚上车唱了两首粤语歌。我和姐也在经幡丛里钻来钻去，去牛羊堆里蹦蹦跳跳，拍山拍水忙的疯疯癫癫，突然发现，再激烈的跑和跳也都呼吸自如，头疼感减削，嘴唇也不发紫了，身体完全舒适，所有的高原反应都消失了！哇塞，我们俩已经彻底适应了西藏的环境啦！可惜，适应时也是告别时！

第七天，10 月 7 日，早上 7 点起床，麻利的整理打包行李，8 点 20 从拉萨出发去机场，飞昆明，在云南香格里拉经停，到了昆明，飞南京，又晚点一小时！下机后已经九点半，坐十点半最后一班机场大巴回扬州，到了扬州已经是凌晨，赶紧打的回江都，到了凌晨 45 分才到家，而且迎接我们的是一场骤然而至的大暴雨，落汤鸡一样的提着行李上楼。还好没受台风的影响拖延一天，要知道在拉萨机场，我们亲耳听到拉萨飞巴马的飞机受台风影响，停飞一天！所有人被拉去酒店入住，等待第二天的飞行。

暂别了西藏，心里有一丝惆怅，什么时候才能再去西藏呢？还有林芝和珠穆朗玛峰等着我们呢！

(2014 年第二期《西藏文学》P58；20140418《新民晚报》夜光杯十日谈；2014 年 10 月江苏省作协.中国梦.纪实散文优秀奖)

自恋的小确幸

日本最有人气的小资派小说家村上春树，像个心思细腻的女人一样出了一本十分自恋的文集《朗格汉岛的午后》，来描写他个人的细微生活插曲。书中每页都有毕业于日本大学艺术系的著名画家安西水丸的可爱插画，比如说一小片木瓜、躺着的红色相框、绿色公交车、小木马形状的饼干、一碟迷人蛋糕、卡通圆柱形状的胶棒、圆头圆脑的订书机、剥开的花生米和散落的花生壳，还有半打开状的一盒整整齐齐的火柴……插画的自我与文字的自恋十分契合。

村上春树作品的畅销，与他的自恋有很大关系。他在一篇题为《小确幸》的文章里提到自己热爱搜集购买男士 pants（英语，短裤的意思），写他“时不时会自己跑去百货商店斟酌一番犹豫片刻，一气买五六条回来”。小确幸是他自己发明的词汇，大概意思是人生中微小又确实的幸福。

百度解释的自恋是：“自己对于自己过分自信过分自满的一种陶醉入恋的心理表现。表现在生活中会过分爱慕虚荣，夸大自己，爱打扮讲究穿着等。”其实，每个人都或多或少有些自恋，最近看的一则报告更加确认这一推断。有研究者称，从进化角度讲，人们青睐和自己有一定相似度的伴侣，但这个相似比例很难掌控。比例太大有可能面临近亲结婚的风险，太小又有可能与敌对部落的人结合22%则是个不错的比例。

不但情侣会寻找自己的夫妻脸，大街上寻找“自恋源头”的人比比皆是。曾经有一次，坐上某友人的小汽车去兜风，他的车是金色外壳的长安奔奔。在红绿灯处停下来等通行时，不知是偶然还是必然，他捕捉到老远的四岔路口对面也有一辆金色长安奔奔，便不顾形象长按喇叭，也不顾大雨滂沱坚持摇窗，朝那辆陌生奔奔一再挥手。我们问他是不是熟人，他答：“不认识。居然车跟我一样样的，愉快呢！品位相当啊。打个招呼呗。”追问他是不是每次等红绿灯时都要在车队伍里找一找“孪生”车？他说：“对！”

我也有一些自恋的小确幸，比如说寻找跟“缓解腰椎疼痛”有关的一切东西。

在姜文的《诞生》这本书里，我特别感兴趣的一个小段落，是他拍给香港友人文隽的一份传真，上面提到他想再见自己那把可怜的椅子。在德国，姜文为处女作《阳光灿烂的日子》做剪辑做了半年，得了颈椎病。他看到德国导演施隆多夫有一把缓解病痛加治疗的跪坐椅子，十分喜爱，去买了一把一模一样的，回国后就暂寄在了香港。

姜文的“解药”来源于拥有发现的眼光，来源于自恋式的自我保护，包括夸张的通过传真找椅子。

跪着坐的椅子我暂时还享用不到，但对这条消息的获知，就是一枚属于个人的小确幸。让我觉得，连腰椎的疼痛也有了“伴”，不再是孤军作战，这样一想，心情自然好多了。

很多人说过，先学会爱自己，别人才会爱你。你见过蓬头垢面的自恋者吗？应该没有，因为自恋的人大多数衣貌整洁。由此可见，自恋对整个社会的改观也很有益处。

（2014 年第二期《莫愁》；20130830《江都快报》文艺版）

仙人球的境界

傍晚回家在路上捡到一盆仙人球。白塑料花盆中栽着一个十分不起眼的仙人球。蔫蔫的球体，布满整个球身的墨绿色“刺”软绵绵的，像个心情沮丧的人。本来就喜欢仙人掌、仙人球之类植物的我立即起了恻隐之心。我捧起它，将它带回了家。

到家后我找了块湿抹布把白塑料花盆外围和边沿仔细擦了几

遍。可能原先的主人从未给仙人球松过土。我想起了家里有一把西餐店赠送的小钢叉，用它给这个小花盆松土再合适不过了。握着小钢叉一点点挖，一寸寸松动。松完土后我小心地给它洒了一层薄薄的水雾。

日子由夏变秋，霜降后便是立冬。太阳花枯萎了，芦荟受不了冻停止生长，兰花也不再抽枝，仙人球还是不急不缓地绿着。我将它们全部搬进屋内。过完年，春天磨磨蹭蹭地来了，乍暖还寒，春寒料峭。我想把植物搬出去，妈说再等等吧，等 4 月到了，春暖花开了再搬出去不迟。

终于熬到了 4 月出头。有一天下班回来，我觉得夕阳下屋外空气到处都热烘烘的，我于是动手搬那些被我漠视小半年之久的植物。倔强的仙人球似乎长粗了一大圈。我把它搬到阳光地带认真转了一圈，发现仙人球上一左一右冒出两只黑茸茸的“触角”，有点像小杨梅。我问妈妈：仙人球开花吗？妈妈回答：长这么大，只见过一次仙人掌开花。

半个月过去了，“小杨梅”逐渐变长、根部转绿。有一天傍晚我下班回家快 7 点了，在走廊那一端就发现了我家阳台上仙人球的两只小“橄榄球”似乎泛着淡淡白光。急忙凑近一看，哇！它们竟然是两朵含苞待放的花骨朵！惊喜中连忙叫出屋内的妈妈和姐姐一同欣赏起来。

仅一个多小时后，那两朵含苞待放的白花就迫不及待地盛开了！我们几乎是将脸贴在了仙人球那两朵白花上。它们薄如蝉翼的花瓣、晶莹剔透的乳白光泽和凝脂般粉嫩鲜艳的花容花貌犹如国色天香的美人使我彻底迷醉。妈妈啧啧称赞着也感叹着不可小看一株默默无闻的仙人球。

过了晚上 10 点，仙人球的白花便悄悄地谢了。花期仅仅短暂的两三个小时。所幸有了摄影技术，让仙人球的花以微小马赛克色彩粒子组成的奇妙微观世界“冻结”并保存着它的美丽绽放。

(20100716《新民晚报》B4;20100726《牛城晚报》13 版；20100703《合

肥晚报》都市格调；20100410《扬州晚报》B5；20100513《江苏广播电视报》B23）

冰牛奶能证明我爱你

文学界有位让人一念名字便感阴郁涩重的作家，他多年与父亲不合，沉陷在小保险员的低迷日子里，而且英年早逝。他写出的文字总散发浓浓的灰色调。他就是《变形记》的作者弗兰茨·卡夫卡。

然而有谁料想他亦有柔情万丈，内心溢满阳光的时刻！这便是爱情产生的巨大能量。卡夫卡在致密伦那夫人的一封情书中这样写道："总是在阴凉的园子里给你放上一把躺椅，在你的手够得着的地方放上 10 杯冰牛奶。"

正处盛夏，看了这段情话，连我的心也随之融化随之波动随之澎湃。瞧瞧！伟大的作家心目中的爱情不是"艾老虎油"不是山盟海誓不是钻戒不是热吻更不是迫切的单膝跪地手捧玫瑰威逼利诱！仅仅是设身处地为心上人着想：阴凉的园子、凉爽的躺椅、10 杯冰牛奶，而且——这 10 杯要杯杯都够得着才行！生怕心上人晒到了困倦了热坏了渴急了……多么体贴多么深情多么物质多么靠谱的爱恋。它实实在在、触手可及，充满老夫老妻般亲切自然和知己知彼。一句话，有了这么个爱你的男人，就大大方方的享受阴凉坐稳了躺椅一杯杯慢慢品尝冰牛奶吧。有他在，天都被撑高了撑蓝了。

从卡夫卡的情书我想起邻家一位姐姐的相亲故事。她被家人督促了去见那照片中潇洒又美术专业高学历的成功男子。男子见面后自作主张领着她一路穿过咖啡厅越过茶馆、饭店直奔××画展所在地：某青铜器博物馆。大门迈进去左手边一楼二楼为××画展，右手边一到三楼青铜器展。这位姐姐由他指点着从上午九点半绵延至中午十二点半出头，三个多小时饱饱领略了名画家大作与各时期精美绝伦青铜器具，这极其仔细的浏览过程中他殷勤旁释从不间断，直听得她两耳作痛，看得她眼冒金花，错以为又回到了大学课堂正听讲师唾星四溅循循善诱。由于初次见面不忍打断这美术帅哥一展才华缜密讲解，又迫于女孩特有的薄脸皮与矜持，她一次次话到嘴边又咽了下去，这是因为想去洗手间和肚子咕咕抗议。

时间逼近午间一点整，他和她正“功德圆满”站在右手边三楼最后几件未欣赏的青铜器面前。她已濒临崩溃。这时她的手机救场般隆重响起，是家中老母不放心打来的探询电话。她立即灵机一动对着手机口气大事临头：“哦哦！紧急会议啊！我马上回单位！”挂了电话她顺水推舟谎称单位有急会先走一步。看着美术帅哥一副意犹未尽可惜戛然而止功亏一篑的嘴脸，她一面微笑、抱歉、再见，一面心上重重发誓：可恶，再也不见！

为什么美术帅哥的相亲以严重失败告终呢？

我想大概也许可能是，“冰牛奶”能证明我爱你，其他则不能。不但不能，更徒增女方对其厌恶之感，何况人家卡夫卡也没在情书里大炫自己的得意之作！

俗世间敢问哪位仙子仙女不吃五谷杂粮只谈四书五经？笑话中说爱情让我们直立行走可并没赞同咱干走不食人家烟火呀！

(20100821《今晚报》13 版)

逼自己读书

某日在微博闲逛，瞧见一个有关读书的幽默段子：“一日不读书，无人看得出；一周不读书，开始会爆粗；一月不读书，智商输给猪。”当即笑喷。笑过之后开始反思，确实有些日子不正儿八经读书了。每天工作之余，仅仅翻翻报纸浏览大标题，看看手机报也要抽出“喝咖啡的时间”。

几个月前适逢寒假，在网上买了二十多本书，美食、画册、家庭医学、旅游地理、花木百科、外国文学、名家摄影、都市小说……杂七杂八一大摞。我把书单列在自己的博客里并立志半月看完，即刻有人评论二三。有羡慕的说：“哇！现如今买纸质书的人不多了，有闲钱！有闲情逸致！”有泼冷水的说：“怕是装修房子填塞书柜吧？真正从头到尾看完的能有几本？”有佩服的：“博主的喜好真广。”对于这些评论我都一笑置之。只有一位博友的评论使我忍俊不禁回复了一句。他说：“胃口真好！”我回复：“你一语双关呀！”

寒假结束，我真的看完了这些书的80%。少数偏理论的书过于枯燥，仅仅大致翻阅而已。但就这半月时间，使我感觉日子的充实与寂静，内心世界的川流不息与繁荣丰盛。就像南京作家鲁敏所写：“一切的寂寞都是有温度的。”一杯清茶一本书，冬日静寂下午，呼呼的北风关在窗外，面目渐渐被书中文字吸引、沉沦，被指尖划过的铅字刷刷印在眼里，半本看完如同饮过醇香的浓汤，要站起来伸伸懒腰眨眨眼才能慢慢品味和消化。作家苏北在《温暖2004》一文中写过：“其实，人在物质上需要的并不多，但精神的世界却博大而精深。”物质上一杯茶能消耗一下午，但辅佐一杯茶能使主人安定下来的往往是一本不可多得的好书。

我通常不逼着自己硬读书，但若枕边堆砌了太多夹着书签未看完的书，心里还是暗暗发急的。急自己把周末的时间都浪费在逛街和“血拼”上了。这时候我会时不时告诫自己少出去玩，多坐定精心看书。这样的心理暗示挺有用，马上我就会老实起来，靠在床头读起了书。作家苏北也曾写过逼自己读书的片段——但我迷信，既然是世界名著，肯定是好东西，看不下去只是我原来不读书的借口。于是我便将一根练功的功带钉在椅子背上，将带头子往腰上一扎，规定自己读50页，才能站起来。这样硬着头皮读，几天下来，一本书便读完了。

读书多了自然有点木讷，也有些不合群。这时候就越发喜欢与书为伍。偶尔在网上或生活中遇到一些喜欢书与文学的朋友便大喜过望，通宵达旦地聊。快乐像海藻蔓延于心海之中。简单的幸福被志同道合的沟通放大无数，好多天都觉得非常愉快。

我知道，很多不在文学圈的人都嗜好读书，甚至演员明星中也不乏读书之人，比如濮存昕。记不清在哪本书或报刊上见过他的某句言论，印象很深。他说："一个演员没有点文学基础，又不读书，只凭一张脸，还不如早点回家结婚傍大款。"指的是女明星，也暗诫所有人。

书于我，就好比大力水手离不开菠菜。几本好书相伴，日子才会慢下来，人生便充满智慧和快乐。

(20110422《解放日报》23 版)

一个人的小屋

我很少去女友家玩，尽管被邀请也不止一两次了。

也许天生就是个独立的人，常常一个人散步，一个人做很多别人看起来多少有些单调寂寞的事。去年冬天，我终于攒够了钱，从公司集体宿舍搬出去单住了。

一个人生活听起来美妙自由，可由零开始的艰辛也只有自己最清楚。除了在集体宿舍搬来的两只大衣箱和一些洗漱用品，那间独自租来的 60 平米房间里什么也没有。我甚至把前住户留下的一张掉漆的书桌也退还给了房东。我有信心让这间小房子的每一寸都形成自己的风格。

几乎每周周末都会去二手家具市场，我在那里逗留、反复挑选，陆续买回了一张单人小木床、一把小木椅、一盏碎花灯罩的床前小灯、一张结实的塑料小圆桌、一台古铜色手摇咖啡磨豆机、一只海贝壳制成的风铃、一块印满大朵大朵木棉花的窗帘布……半年时间过去，小家已经被我用积蓄布置的像模像样了。

每天早上醒来，第一件事是轻轻拉开小家的木棉花窗帘，给窗边守卫小家的仙人球、仙人指和兰花们浇水，跟它们打招呼。插上电饭煲熬大米粥时，洗脸梳头化妆。打开小家的门，门口左边钉着漆成奶牛黑白斑点的牛奶箱，右边钉着绿色邮箱，里面有每天的晨报和偶尔几封远方好友来信。我坐在铺着洁白桌布的小圆桌前吃早饭看晨报。晨报告诉我哪儿哪儿又搞大促销——绚丽广告上一只柠檬黄色可爱的迷你冰箱在向我招摇——心仪已久的小冰箱。

某一天，经不住公司几个女孩的软磨硬泡，我总算答应带她们去我的小家。虽然脸上表现的很“无情”，可心里还是十分乐意她们一起叽叽喳喳笑闹着分享我的快乐。

说好晚上领她们来的。中午，原本在公司随便休息一下即可的我特意回了趟小家，去超市买了几听果啤、一大包炸好的爆米花、一些女孩们都爱吃的蛋糕和话梅，还有蔬菜，想了想又折回去买了三只红色的蜡烛。

晚上她们竟齐心协力又“抬”来了一大包鼓鼓囊囊的薯片和冰激凌，一脸阳光的跟在我后面。我在心里暗喜幸好买了小冰箱！

打开小家的门，她们和我想象的一样，兴奋地扑到我的小木床上打滚，摸这摸那，赞不绝口。疯了一阵后，五个女孩中有两个站起来帮我张罗晚餐，把袋子里的冰激凌暂时塞入小冰箱。其余三个则脑袋挤在一起凑在圆桌前翻看报纸，听广播里的“音乐爱兜风”，其乐融融，坐等开饭……

好不容易连我在内的六个姑娘谈笑风生间“胡吃海喝”到肚皮鼓鼓时，外面连街灯都熄灭不少盏了。

“你们该回去啦。”我故作平静地说。

五个此刻脸如红苹果一样的女孩低头嘀咕了几句，竟抬头一齐朝我笑着喊：“我们决定今晚赖在你家不走啦！”

“哈哈哈！”我忍不住也笑起来，算是默许了。

于是拉上木棉花窗帘，点起三只蜡烛，两个女孩挤在小木床上，剩下四个也挤在临时铺就的地铺上促膝夜谈。大家的脸儿被映照得红扑扑，眼睛明亮亮。

那一夜，橘黄色的烛火温柔地轻摇，六个女孩一直在愉快而兴奋的谈论着有关家，有关未来梦想的话题。

(20100512《金陵晚报》F14 版)

好听的颜料名

上高二那年我学了美术，交完学费领到一只白色长方形水粉颜料盒。掀开盖子，里面一小格一小格整齐干净地排列着 24 种鲜艳的颜料，让我这个有点土有点笨的文学傻妞大开眼界。

看起来艺术气势高涨又面露凶相的美术老师在黑板上画了颜料盒剖面图，并一一标明 24 种颜料的美术学名。他规定我们一节课内必须牢记所有颜料的色相与名称。我捧着颜料盒对照着黑板上的名称表，心中默念每种颜色的名字——

原来世界上还有那么好看的一种黄，以及它那让人一听便食欲大增的名字：柠檬黄；还有那么柔美的一种红，以及它那让人一听便觉罗曼蒂克的名字：玫瑰红；还有那么冷艳的一种紫，以及它那让人一听便萌发诗情画意的名字：罗兰紫；有那么华丽的一种蓝，以及它那让人一听便心生高贵之感的名字：宝石蓝……

直到现在我还牢记着那些颜料的名称，谁叫它们如此漂亮纯美又那么好听呢！

(20101007 新民晚报 B5 版夜光杯；20101026 美国《侨报》大陆文摘)

小样，你就装吧！

小样，你就装吧！——不知何时起，但凡周围有人正经穿衣打扮甚至面部表情略显严肃时，都会遭到身边同事或熟人的类似一句戏谑，搞得被数落者以为自己真那么滑稽似的！要是正在“装”的是个女的还好办，顶多被不甜不淡说两句，若是个男的，好家伙！那十有八九肩膀处会挨上男同事的几记“亲昵式老拳”。好像非得嬉皮士般活着才符合正常状态。

也许我们80后就得“不装”才更符合“民情”？！

不装是个什么状态？我琢磨着是不是特别放松，特别自我，特别想干嘛就干嘛……特别不在乎别人的眼光？

你看，“装”其实可以组合成很多对应的词组，比如装嫩、装大、装傻、装可爱！可我觉得“装”很多时候比不装更好，更能改善什么！

真正装嫩的人我见过，那多属70后60后甚至50后这些年龄比我们大的人，他们其实心里知道自己已经与青春时期越走越远了，但还不想这么快让自己呈现过多衰老迹象，于是很积极地拾掇自己：女士通过穿时尚衣裳化妆来使自己看上去年轻点，时髦点，男士靠装品牌正装和锃亮皮鞋使自己气派点，精神点。这样的装嫩不但不会给别人带来视觉上的反感，相反，会让这个世界看起来更高雅更朝气更活泼。

装大的人我也见识过：明明没那么老却总让别人叫他老哥老姐甚至自封为老子、老娘，凡是领导对其委以重任时他（她）总是借口自己老了来搪塞。这种装大其实是装老、装不行了，咱不提倡也不模仿。但80后装大却很可爱。有回我们一帮人在KTV嚎嗓子，说好了是刚拿了季度奖的小张买单，可我们几个那天个个憋坏了似的唱了一整天，于是结账时自然超出小张的预算，大伙儿正替小张感到尴尬时，装大的来了，一其貌不扬也没唱几首歌的89后小妹妹站出来拉开小坤包抽出钱包里几张人民币垫上了超支的那笔钱。百度百科里一查，装大一词还是个重庆方言，意思是冒、出头鸟。可不是，这小妹妹解了小张的燃眉之急，也恰到好处地装了一回大，出了一回头。没多久就传出小张追她的小道消息。您别说装大还真是有它“美人救英雄”的一面，可别小看了！

装傻的事就更司空见惯了：丈夫在老婆面前装傻赔笑说自己没有私房钱其实已经被老婆搜出证据摊在眼前；小学生明明没背得课文还装傻摇头晃脑站在位置上结结巴巴“挤牙膏”与老师斗智斗勇；菜市场小商小贩明明缺斤少两，遇到较真的顾客拎着刚买的东西又找上门来时他（她）又装傻般嬉皮笑脸边赔礼道歉边往顾客手里塞些葱蒜以示物质抚慰；部下唯唯诺诺装傻般任由上司劈头盖脸骂个不休其实咬牙硬挺别忍不住顶撞上司砸了自身形象丢了饭碗……这样看来，装傻也就是不出头，不把矛盾激化。顾云卿有篇文章写道：“‘不出头’并非一种精神的疲软和沉沦，它也许只是一种策略。”试想要是不装傻的话，结果会怎么样？生活中其实不乏这样的教训：丈夫夺回私房钱怒斥妻子于是上演家庭大战，学生抢白老师就是不背气死你活该结果一准儿挨批评找家长，商贩急赤白脸与顾客为了鸡毛蒜皮蝇头小利干上一架惹出是非，部下拍案而起悉数罗列上司种种恶行后自炒鱿鱼于公于私两败俱伤……可能一爽之后带来的后果要比装傻严重多了。

同理可得，装可爱一样也能使日子变得更缤纷精彩：儿童频道的主持人“装可爱”不仅儿童们喜欢；健康专家都说适当装可爱可以放松身心，返老还童，让自己心态越发年轻。

好吧小样你就装吧！千万别怎么高兴怎么来，怎么出头怎么做！应该有的放矢，该装傻装嫩装蒜时必须装，该当出头鸟装大装严肃装英雄装沉稳时也必须装！我们80后就应该在外装绅士在家卸装当欢实小子，在外装淑女在家卸妆当疯丫头……这么装下去也没什么不好，说不定还造福社会哪！这话可不是我的首创，有部电影《梦想照进现实》，片中演导演的韩童生就劝女演员徐静蕾：“平常大家都是装，不装早就打出脑浆子来了。社会就是一帮人在那儿装呢……没人要看真实的你，人类就是装着装着才进步的。”

(20110206《长江日报》6 版；20110126《武汉晚报》32 版)

好奇心“走光”

某日闲得无聊上网逛一知名论坛，发现一则异常火爆的置顶帖，标题为“走光”。四下望望周围无人，好奇之感膨胀开来，便大着胆子点开此帖……三秒缓冲等待犹如骄阳下拉车上坡般煎熬。终于，帖子跳转，成功闪现……竟然是风平浪静的沙滩上串串脚印，阒无一人，下标一行细字——人都走光了。怅然若失之余，往下拉阅访客留言，皆为从好奇到懊丧再到捧腹自嘲。凡是来看此帖者恐怕都是好奇心在“走光”吧！

(20100618 新民晚报 B5 版夜光杯)

光阴 • 遐想

时光如鸟飞兔走，任我们怎么极力挽留，它都像个恋家的客人，黄昏一到，她就吵着要回家，眼睛盯着来时的路……

时间对谁都一样，没有亲疏，这也是上苍最值得人们称颂的一点。

哪怕你是一个上亿资产老总，每天日理万机，但日子依旧是每天 24 小时周转，它不会因为你飞来飞去周转各大城市而多给时间的。

也许你是个穷困的流浪汉，每天讨来食物吃饱喝足后，晒着和煦的阳光，时光同样赐予你白天和黑夜。白天流浪汉美美的睡大觉，夜里可能就露宿街头，挨饿受冻了，要么在嘈杂的火车站候车室呆着，不停的被值勤人员轰出去。

老总有老总的风光和困顿，流浪汉有流浪汉的自由和窘迫。这些都和时光有关。蹉跎时光是一种活法，珍惜时光又是一种活法。

没有一直潇洒的康庄大道，也没有一条道走到黑的羊肠小径。人生总是忽而大道忽而小径。泥泞时盼望着早点踏上干净的大路，而走腻了单调的大道又渴望着小路上的崎岖风景。不是说——无限风光在险峰么？

那么，光阴会带领你踏入各种境地的，只要你有足的够耐心和勇气。

颠沛流离时抱怨和迷茫是再所难免的，而事过境迁时又会喟叹当时自己的勇气；春风得意时骄傲和目空一切也是人之常情，风平浪静后又会为自己当时的妄自尊大感到脸红耳热。

光阴其实没有别的，它只是尽量让每个到世上走一遭的人都尝试一次人生百态，做一回黄粱美梦再走。

有人质疑，什么黄粱美梦？！我是确确实实在一步步走完自己的人生啊。对啊，你勤勤恳恳，朝五晚九是在踏实的过着属于你的日子，它们真实又形象——大到你为社会做出的贡献，获得的荣誉；小到你每天的餐饮起居，无一不是正在光阴下的日子。不过，它和梦有个极为相似的地方——梦醒了，一切都虚无了。而光阴耗尽了，你也化成一缕青烟，扶摇直上了。

这难道不是黄粱美梦？这正是巨大的、跨越生死的一场梦啊！

时光可以将嗷嗷待哺的孩子慢慢变成一位翩翩少年；也能将如花似玉的姑娘摧残成一个白发苍苍、步履颤栗的老妪。这是时光的矛盾，也是全面。孩童长成翩翩少年人人喜爱，姑娘随岁月流逝变成老人也值得敬重。时光带给人们日新月异，也教会我们怎样适应沧海变桑田。

生活中，辨证论无处不在。这也是光阴教会我们的。

白居易有诗曰：架上非无书，眼慵不能看。也许我们总等到错过了美好的时光才知道珍惜有书读的日子。袁枚的《黄生借书说》又曰：书非借不能读也。不是说借的书就比自己的好，而是借书有期限，需要尽快阅读完了归还主人，这才是“非借不能读”的寓意。

而谁又能知道光阴安排给自己的到底哪里是尽头呢？于是个个睁一只眼，闭一只眼，把自己的书束之高阁了。

光阴不等人。真是好花堪折直须折，莫使无花空折枝呀！

(20090822《扬州晚报》B2 版；20081128《江都快报》文艺版)

酒诗逢知己

我爱古诗词赋，闲来便翻阅细品其中妙趣。久而久之，说话都显得文绉绉起来。周围的人也渐渐习惯了我这“怀旧癖”。

连古人岳飞都喟叹知音少，弦断有谁听？没想到今天的我能仅仅因为一首酒诗结交了一位朋友。

某日清晨，秋高气爽。我像往常一样坐在美术教室一隅，悠闲地浏览着刚买来的晚报。

一个陌生的女孩拿着手机探头探脑地跑进来，焦急的目光不停地“扫描”着教室里正忙着搞毕业设计的几个同学。几乎同时，她眼前一亮似的锁定了我。然后她气喘吁吁跑到我面前，说：“对不起，请问李白的一句诗‘酒星不在天’的上句你知道么？”我迅速在脑子里搜索着李白的相关诗句。

还好，对于李白这个大诗圣本家我略知一二，很快便想起了其出处，连忙告诉了焦急等待答案的尚不知她姓名的女孩，上句是“天若不爱酒”，并且怕她不明白，还迅速在纸上写下了整首诗——

李白《月下独酌其二》：

天若不爱酒，酒星不在天。地若不爱酒，地应无酒泉。天地既爱酒，爱酒不愧天。已闻清比圣，复道浊如贤。贤圣既已饮，何必求神仙。三杯通大道，一斗合自然。但得酒中趣，勿为醒者传。

女孩立即按我纸片上写的回复了手机短信，之后才长舒一口气说出了原由：她那远在厦门的大姐家的孩子语文作业上有这么一道题目，问她大姐，但大姐答不上来，只好向她求助。谁知道她一时半会儿想不出来，匆忙间就上我们这二楼美术教室找人问问，没想到第一个看中的我就轻松答上了。

居然女孩也姓李，又是一个小本家！

现在，小李在我这快毕业的大李的"熏陶"下也迷恋上了古诗词，算是在现代化的迷雾中追寻一些往昔的美好诗境和友谊吧。

人说酒逢知己千杯少，我说酒诗逢友趣味多。

(20091122《淮海晚报》4版)

情趣人生

手捧茶壶，边晒太阳边欣赏音乐，那是一种陶醉的情趣；漫步在满是落叶的小树林里，那是一种安逸的情趣；放开喉咙和友人天南地北地侃一通，那是一种无拘无束，舒展心扉的情趣；抱着爱犬快乐地逗玩，那是一种回归自然生活的情趣……

有趣的事不一定有情趣，有情趣的也不一定有趣。童年里一群穿着短衣短裤的顽皮娃娃在小河里摸小鱼小虾，爬上岸时被小蟹夹住小脚丫而到处乱窜；嘴馋时偷喝爸爸的烈酒而被辣得砸嘴惹得全家人大笑的傻事儿；趁大人不在家时，偷穿起爸妈的衣裳自以为长大了的小秘密……这些往事回想起来，不是别有一番情趣吗？

生活中不仅有这些情趣，还暗藏着你察觉不出的……

当一清早，你行色匆匆地跨上单车赶着上班时，你是否注意到，在公园或街道、广场上，一群老人正精神抖擞地打拳舞剑，虽已是人生暮年，却依然热爱着生活，正如叶剑英元帅的一首诗：“老夫喜作黄昏颂，满月青山夕照明。”这是一种怎样的人生意境啊！

你是否留心去发现身边的生活情趣呢？比如，当你有点儿不情愿地丢下精彩的电视为刚下班的爸爸做事儿时，他会突然冒出一句“五音不全”的“Thankyou!”，你听后，是否感到快乐充满心间？

尽管生活中有很多的不如人意，尽管命运有无数坎坷，尽管有时你会觉得天好像不是很蓝，云也不是那么洁白……但，生命永存，情趣常在。珍惜生活，珍重生命，你就会发现，情趣，就是生命对我们的微笑，她无处不在！

(20031011《江都日报》文艺版;20100817《巢湖晨刊》B7版刊号CN34-0017)

作家的早晨

一直认为能独立拥有早晨支配权的人非常幸福。呆在敞亮的房间，闻着被风送来的清新空气，“无丝竹之乱耳，无案牍之劳形”，完完全全做自己乐意的事。而我最乐意之事无疑是读书与写作。

爱睡懒觉而又具备超强文采的人恐怕大有人在，但我却办不到。据我所知，很多作家都热爱早晨，久而久之，一天之内最最文思泉涌的时刻便是早晨了。

网购了一本陈染的谈话录《不可言说》。相对于一些夸夸其谈的作家，陈染是内敛坦诚而略带偏执的。在书中“个人即政治”这一章，重庆艺术研究院的萧钢采访了陈染。首个问题就提及了早晨的意义。萧钢问：“首先，请问你早晨醒来通常想些什么？若是想到写作你的心情是愉快的吗？”陈染答：“通常，我早晨起床收拾完毕之后，就坐到我的书桌前进入写作状态，在我的右手边上放一杯醇香的绿茶，我的思维和神经如同我家里的那株龟背竹的茎叶，当茶水慢慢被“浇灌”进我的身体里边去之后，那些“茎叶”很快就活跃起来。早晨对于我，永远是一个持续不断的沉重的起点。一天的日子就像一辆满载货物的卡车，由早晨来启动，它往往可以决定出一天的趋势。”

陈染的回答显然是认真而坦诚的。一部部中篇、长篇就是从陈染如此勤勉又沉重的早晨逐渐诞生的。不过若仅仅把文学当做兴趣爱好而不是职业的话，对照陈染的方式去做未免有些“不好玩”。这也是我敬佩职业作家的原因之一，他们玩命去写，却很少要求过多的回报。

纵观历史，早晨有很多种度过方式，而写作从来就不会因为被安排在早晨而轻轻松松过。因为还有比陈染更玩命的作家，不但早晨写，深夜也写，日写夜写不知疲倦。

被誉为法国社会“百科全书”的勤奋派作家巴尔扎克曾说过“有规律的生活原是健康与长寿的秘诀。”我猜想他本意是想晚上睡个好觉，第二天早早起来文思敏捷大写特写的。然而他又是怎么去履行自己告诫别人的这句话呢？事实上他竟一路横冲直撞，二十几年如一日地彻夜写作，阎王爷在其 50 岁刚过就愤然将他收回阴府。对写作满腔热血的巴尔扎克在短短的一生中疯狂创作了 91 部小说，写了两千四百多个人物。好友雨果伤心无比在巴的葬礼上致辞：“他的去世惊呆了巴黎。”

写作如此不好玩，可依然有作家呕心沥血照写不误。比如劳模作家老舍先生在那种没有电扇与空调的大伏天从早晨开始孜孜不倦写了两个月写完了整部《离婚》，还是手写。再比如因肝病以及长期错乱不堪的作息方式致 42 岁英年早逝的作家路遥，他的五万多字创作随笔《早晨从中午开始》写于去世前的病床上。这篇随笔让很多作家哽咽着读懂了路遥用生命写作的虔诚和决心。写作到凌晨两三点甚至四五点，天亮再睡，中午扑在桌子上头也不抬一直工作十八个小时……按他的话“第二天午间醒来，就又是一个新的早晨了”。

这些作家们的早晨如同他们的凤凰涅槃般的精神一样，金石可镂，坚不可摧。每当读到一本好书时，都要从心底珍惜每个早晨，谢谢每位端坐在早晨里的作家，你们的早晨其实不是早晨，是全部的生命与心血。

(20111026《德阳日报》7 版)

作家与作品

上大学时一边头垂在桌肚底下苦读贾平凹的《朋友》，一边抬头瞄两眼正在传授外国美术史学的美丽女老师。贾平凹那书砖头般厚，内容极其庞丰，全是肺腑之言，书里悼念三毛的《哭三毛》、《再哭三毛》甚至差点让我当场痛哭。不久我就彻底埋进桌肚里，同桌不时用肘关节捅我两下，以免扩大影响引起课堂骚乱。

这里说的是《三毛致贾平凹的信》，里面有一段使我强烈意识到作家本人与其创作的作品其实是有很大差别的。

三毛与贾平凹的粉丝大概都不能忘记三毛自杀前是与贾平凹通过信的。他们都是大家，因为互相欣赏彼此的文字成了知音。主要还是三毛先欣赏贾的文字，每天四五个小时的读，竟翻烂了他的书，流着泪看，以至于眼睛都要看瞎。贾听特意找上门来的《陕西日报》孙聪说起三毛对他作品的倾慕后大吃一惊，但三毛却又在之前访陕西时并未敢见贾平凹，贾还是特别感动，立即向台湾三毛寄去了四本书。三毛翻烂的是她自己收藏的贾的《天狗》和《浮躁》，属小说。而三毛致贾平凹的信里提到了贾平凹后来寄去的书中“自选集”，属散文。三毛坦言看到贾的散文部分，一时里有些惊吓。三毛写道：“原先看您的小说，作者是躲在幕后的，散文是生活的部分，作者没有窗帘可挡，我轻轻的翻了数页。合上了书，有些想退的感觉。散文是那么直接，更明显的真诚，令人不舍一下子进入作者的家园，那不是‘黑氏’的生活告白，那是您的。”看着这一段，我似乎有点明白了为什么三毛一再不去西安见贾平凹的真正原因。贾平凹小说里的文字恰到好处嵌入人心多么可贵，且不谈西方文学浩海，就中国上下五千年若干作家撰写的文字里，能让三毛与之每天痴醉交流四五个小时的能有几何？散文里的贾平凹却与小说截然相反，没有小说那“纯属虚构”的前提，直愣愣扑面而来的是作者的真实身份地位、真实柴米油盐、真实锅碗瓢盆甚至真实性格缺憾都在文字里展露无遗。三毛不敢看，是因为她不敢让心目中的写小说的贾平凹与散文里自我披露的贾平凹二者对接。说到底文人才女又不是什么三教九流的“网友见光死”，三毛绝不是因为怕见面失望，仅仅是怕直面作家本人带来的精神上的反差。三毛信里说她还是读了贾的散文，并会一读再读。可见贾平凹的小说与写自己的散文带给三毛的绝对是截然不同的感受，她要用心通读再将它们融二为一。

女作家陈染也早就意识到了这些，她在一次访谈中说：我从不把书里透露出来的作家本人，与真实生活里的作家本人相提并论，那有可能是完全不同的。

三毛自杀了，原因不详。她并没有去见贾平凹，其读了文章而不见作者本人的风格有些类似于钱钟书婉拒别人“吃蛋何必认识下蛋鸡？”。

合上书，我不禁想起某位书画藏家的一席话，他说在收藏界，名画家自画像一直是拍卖市场追逐的重点，因为名家自画像一方面物以稀为贵，另一方面绝对是画家本人精心之作，越是功底深越能稳准狠地刻画自己的真实面貌，收藏该画家的自画像等于收藏了画家最原始的也是最鲜为人知的内心世界，挂在家里反复欣赏、揣摩，还能看懂画家脸上流露的种种心声。画家可以捏造最唯美的画中人，却唯独不能在自画像上自欺欺人，优秀作家写自己时也是一样的。

看过的书也有那么一些，如果叫我说出个喜爱的标准，那就是欣赏敢于写真实感受的作家，哪怕只有几句，也是亮点。贾平凹的真实写作也造就了他诸多作品的洛阳纸贵。

前几天在网上搜湖南作家何立伟的力作《大号是人民》。无意搜到了一篇去年刊登在《嘉兴日报》上的《我说何立伟》，署名程绍国。文章五味杂陈，涉及面广，读来让人能获悉很多大文人的趣事和糗事，连林斤澜和贾平凹的早期“拙作”都挖出来一并谈了。程绍国应该是位资深编辑，然后才是位作家。他的文字挺真实的，既夸何立伟文好漫画也妙，还不忘揭露何立伟一些小刁小坏还有打人的“恶习”。文中有一段最有意思，读完了又回头读，从中揣摩出很多层意思来，感觉作者颇有些一箭N雕的功力——

何立伟在，总是快乐。他有一个本事，把握气氛，这点像林斤澜，倒不像汪曾祺。能够把握气氛的人，是幽默的人，是合群的人，是好玩的人，是爱生活的人。

从这短短两句足以看出：首先，何立伟是位能跟很多人打成一片又善于掀动气氛撑住场面的作家；其次，林斤澜也是乐乐呵呵随遇而安的作家；最后，汪曾祺好像有点不合群，不太容易接近，缺乏幽默，至少不能使人其乐融融。我挺佩服程绍国的，他敢于写汪老的侧面。但凡读过汪曾祺文章的人都有种感觉，就是汪老特别随遇而安，想得开。不过敏感的读者，应该还是能从他清新淡雅的文风中捕捉到他其实是个不善交际的，善良而略微自闭的作家。不然，汪老为什么要写“下大雪，荷花缸里落满了雪”这样孤美的文字？

忽然想起一家刊物曾发表过我的一篇情感文章，仔细一看，里面女主人公全部被编辑替换成了“婷婷”，有点傻，也有点“信以为真”。

（20120308《攀枝花日报》7版）

怀念的气味

传说，人们的记忆埋藏最久远的，居然是对气味的怀念。也就是说那些躁动在青春里，浪漫而轰动的风花雪月，以及花前月下的耳鬓厮磨，都终将随岁月流逝被我们无情地抛诸脑后。尽管主观意识里，我们谁愿意忘记自己那段情投意合的时光呢？

当我们年过花甲，虽然早就淡忘了当初那恋人的模样，可对于她的怀念，却奇迹般地敏感到竟然还能回味起她当年，浑身上下散发出的一丝若有若无的暗香，说不出的动人，说不出的好闻，说不出的美妙。于是你的心开始变柔软和窃喜，嗅觉也越来越灵敏起来，连她常骑的自行车扶手上都留下这样细腻的味道。你们常手拉手，静静地散步在飘满法国梧桐落叶的林荫小道上，两个人的内心都鼓动着潺潺的满满的幸福感。你希望一直这样走下去，牵着她的手，直到天荒地老。

记得有部剧情非常普通的农村题材的电视剧，却在一处细节上打动了我。开始时我是昏昏欲睡，后来镜头对着准备躺下休息的老头和老太。老太花白的头发，已经很不耐烦地在打断老头的絮叨，伸手“啪”地拉了灯闸，只听老头凑近枕边嘀咕了一句：“你现在浑身怎么尽是一股子油烟味，年轻时我最爱凑在你跟前闻那股杏仁味儿，清香！”老太扑哧一乐：“老不要脸的！”

美人终将迟暮，在人生经历过重重山水与情感纠葛之后，我们的心湖渐渐难于看到任何涟漪。在从容淡定的某个晴朗午后，一杯氤氲缭绕的碧螺春使眼前的一切现状慢慢虚无，岁月的烟黛如丝如缕飘忽而至，对于往昔的追忆才下眉头又上心头，深埋心底已多年的那个他，现在过得怎么样了，是不是还经常熟稔地弹落一丝烟灰，每踱出一步都裹袭两袖特有的辛辣清冽烟草气息。每每人没到面前，那渗透在空气中的烟草分子已经喜悦地奔走相传他前来的讯息。奇怪，别人再怎么和他抽相同牌子的烟，也没有他的味道给她带来熟知的那种气息。似乎他身上的烟草味道，还掺杂着些微衣柜里樟脑丸的凝香，旧楠木书桌的木质芳香，还有剃须水的柠檬味。这些独特的感官享受，使她一靠上他的肩膀，就感到温暖和踏实。

气味，就是这么简单而复杂，笼罩在我们岁月的长河上空，时而美妙，时而伤感。

（20111029《扬州晚报》B2 版）

女人之间守得住秘密吗？

昨天看了场由井原西鹤长篇小说《好色一代女》改编而成的老电影《西鹤一代女》。1952 年就上映的电影，硬是被我挖掘出来。

由田中绢代扮演的阿春一生坎坷。影片中，我记住了女人间相处的细节。商人的夫人有一头浓密的乌发，盘起来人显得十分端庄。她把女佣阿春叫到房内帮她梳头时，责令阿春一定要写一纸绝不泄密的保证。当阿春拢起长袖帮她解开密发间死钉着的若干簪子夹子，惊恐地发现夫人的头皮中央一大块秃顶，四周是她买来包裹住头皮的假发。夫人一边悲腔述说自己是害了一场大病后才秃顶的，一边忐忑着反复强调一定不能让其丈夫知晓。阿春信誓旦旦说一定保守秘密。无奈，好日子没过多久，夫人得知阿春有当妓女的前科后，狠心将她扫地出门。阿春不甘心就这么卷铺盖走人，于是晚上趁商人与夫人睡下后，抓来一只猫，让猫闻闻自己头发的味道，教它钻进主人房内叼走夫人头上的假发。猫咪心领神会，一下衔住那假发拖走了。商人、夫人皆惊起，这时夫人的秃头暴露无遗，夫人痛苦嘶喊，冲出房内，众人以为出了事，都出来看个究竟，商人懊恼着追出来用被子捂住夫人的脑袋，将其裹挟回房。这时阿春在暗处偷笑了。

女人间到底能不能分享秘密呢？阿春与夫人是平等关系的女人吗？显然不是。应该说主仆关系或者上下级关系的女人之间绝对不能分享秘密。不然，这个秘密将成为互相“残杀”或者一方威胁另一方的棋子。其实阿春并不想泄密，如果夫人不嫌弃阿春不狠心赶走阿春的话，我认为知恩图报的阿春会甘心情愿帮她梳一辈子的头发，保守一辈子的秘密的。

是不是可以这么说，女人之间分享以及守住秘密的根本原则是，倾诉秘密的那一方必须完全信赖完全接纳听了秘密的另一方。否则谁叫你憋不住非要告诉别人你的秘密呢？你还未考察你要倾诉的对象，怎么就这么冲动，要把秘密与她分享呢？你在乎过她的感受了吗？别人是不是愿意听你的秘密姑且不说。说得冷酷点，你把秘密像倒垃圾一样倾入别人的内心，又强迫别人保证守口如瓶，本来就是个自私的行为嘛。再加上听秘密的可是个女人。女人心海底针，不可不警惕。

相比而言，男人就理智得多。曾在报端见过陈丹青一篇小文，他说他会制止别人跟他谈自己的隐私与秘密。由陈丹青的观点，想起自己曾经摘录的《佛说无量寿经》里的一段：人在爱欲之中，独生独死，独去独来，苦乐自当，无有代者。

女人，要想守得住秘密，不管对方是男人也好女人也罢，恐怕都不能与之分享，得烂在自己的肚里才妥当!

（20120328《浔阳晚报》B10 版）

摄影，快乐就好

摄影界渐渐流传那样的一句话：要破产，玩单反。曾听一位职业摄影师抱怨自己已成了单反相机的奴隶，好像自己一天不出去找题材拍，就对不起那花了若干银子买回的摄影设备。

曾对一则“英国男子每日自拍坚持 12 年，上传照片红透网络”的新闻感触很深。报道说那英国的男子乔纳森·凯勒在 1998 年的时候用自己所有积蓄买了一台照相机，遭女友反对并导致两人分手。女友当时说：“你花这么多钱买照相机，能天天都用它么？”凯勒一赌气每天自拍一张头像，好家伙！这一发不可收拾，竟坚持了 12 年！最近他把自己的几千张大头照放到网上，顿时成为“网络红人”，点击率高达百万次。出名之后，他发誓自己会继续自拍下去，直到死亡的那一天。

我想：之所以这个英国男子的事迹传遍网络传到了我们中国并成为新闻，就在于他做出了常人无法想象也根本坚持不了的事情！

多累啊，每天都要拍自己！多无聊啊，每段时间变换发型拍自己！多枯燥啊，十二年如一日拍来拍去还是自己！多伤心呀，即使坚持下来了，女友还是离开了自己！

上面两个事例使我一下子想起几月前在博联社看到的一篇宋玉坤的《玩摄影，别被摄影玩了》。宋玉坤在文中说：摄影爱好者，要把相机作为获取快乐的工具，把拍照过程当成陶冶情操的战利品，不能做摄影师的美梦，指望有朝一日出轰动世界的大片，如此功利地走下去，相机就会成为你的奴隶主，我们的心就和快乐越来越远了。

很想问一问英国玩自拍的凯勒，你每天这样拍，真的快乐吗?

假使有人认为自己多有毅力多有恒心每天甘愿扛着、背着、拎着那沉重的摄影包穿梭于城市、人群、乡野……勇敢而坚强地把摄影当成制作“面包”的一门职业，又未尝不可？翻开报纸打开电脑链接上网络，供百姓观看的绝大多数图片报道都来自一线的摄影记者的辛勤劳动，他们付出的劳动理应得到相应的“面包”!

但我总觉得，摄影界中占很大比重的摄影发烧友也还是遵循着“做好本职工作，培养业余爱好”的信念投入摄影的。他们像我一样，有着另一份得以谋生的与摄影关系不大的职业，周末或上下班之余，手持并不太专业的卡片机甚至是带拍摄功能的手机，在公园、大街小巷里“玩”一般地“妙手偶得”一些趣味图，让自己成为街市上的“拍客族”，来寻找生活中作为主动记录者的快乐。有面包无面包都很知足。

不信你可以去闹市里留心看看，再问一问。

（2010714《人民摄影》影友聊吧；20120728《北海日报》）

南京印象

又一次来到了省会南京，又一次踏上了向南的旅途。南京离家乡扬州非常的近，所以去往南京也就有一种靠近家的感觉。

记得一年夏天，来到炎热的南京看望一个朋友。在热闹的夫子庙逛过回去，夜晚开始起风。坐在微凉的地板上看电影。没有想到我会选中一部日本的动画片，少见的战争题材，叫《玻璃兔》，很凄凉，也很感人。所以那年来南京会朋友的种种愉快都被我淡忘，只清晰记得电影带给我的抑郁和凄凉。但夜色始终是美的，华灯初上，南京城热闹辉煌。

坐在火车上，回忆着不太久远的往事，淡淡惬意浮上心头，却始终沉默，可能是独自旅游使我变得木讷、寂寞的缘故。对面一位和善的爷爷在主动和我搭讪几句后放弃了攀谈的意愿，他看出我兴致不高。我的意态更愿意眺望窗外。我略带歉意地看看他，随后他拿出报纸，戴着老花眼镜浏览起来。四小时不到我所乘坐的特快就通知我下车了。姐姐来接我，远远地向我招手。我的喉咙由于半天的沉默居然发不出声音来，沙哑着喊了几次才喊出声音。火车站外的阳光有点晃眼，街头明亮的阳光让我心情顿然舒畅起来，一扫独处时的压抑。看来，人不能脱离群体呐。

照例把行李放下后，简单梳洗一番解除旅途劳顿，我们开始逛街。

新街口、湖南路是免不了的，最后才是夫子庙。我们这次是从后门进去，意外地发现了角落里的“吴敬梓故居”，在黑暗中似乎看到门前有对瑞兽狮子，上次没有注意居然有这样的名人故居。也许有点破旧，我那近视的双眼透过路灯的反光努力地辨认了半天，发现两扇朱门已经被岁月斑驳了光泽。只有飞梁檐下有那么点书院的气质，不同于寻常人家。问起姐姐，门票只要四元，吐吐舌头走了。内心带着对吴敬梓的敬意，暑假刚刚重读了他的《儒林外史》。子曰“温故而知新”，的确啊！

站在秦淮河上，习习凉风吹过来，摩肩接踵的人群使我们不得不跳上桥中央的阶梯，向下俯视，看到越来越狭窄的河道，微波上浮动着周围店铺的流光异彩，霓虹霞影。古往今来的文人骚客笔下千姿百态的秦淮夜色就这样平庸而商业化地出现在眼前。以前的歌女书生都不见了，只有悠悠而过的画舫，人们都躲藏在封闭的有空调的船舱里把酒对天花，岸上过往的游人毫不掩饰地捂着鼻子匆匆走过。是有点发酵的鱼腥味，可能是流水不畅所致。我们只得悻悻而逃。

夜深了，锦衣夜行的人依旧。我们已经坐上了回去的车。

华灯依旧灿烂。路过一片辉煌的霓虹，探头看到一片几乎巍峨的闪烁的广告灯。是一家大酒店，店名“红泥大酒店”。我觉得有意思。红泥，很乡土气息的名字。记起白居易的一首诗来：绿蚁新醅酒，红泥小火炉。晚来天欲雪，能饮一杯无？温馨、恬静的夜晚，酒香陪伴知己，多美好！只是大酒店里戒备森严站着穿戴高档的服务生，只是门外的香车宝马使平常百姓望而却步。这矛盾的景象仿佛亵渎了“红泥”，也许升华了“能饮一杯无”，我深思着。

逛街真能减肥，一会儿就饿了。姐姐建议去吃重庆麻辣烫，我欣然答应。真是座无虚席，比白天生意还红火。服务员着花衣裳，很有特色。我们被安排到隔间。我正诧异为什么四面会有很多美容美发店才有的镜子。姐姐大声地招呼人上菜，说：“火锅店兼并了一家不景气的美发店，中间打通了，这不奇怪。”我哈哈大笑，说：“看来还是民以食为天啊！”只看见出出进进的食客，在此走过，全都左顾右盼地对镜子顾影自怜一番。进来的人风尘仆仆，出去的人红光满面。

出门一路散步回去，头顶立交桥上车来车往非常频繁，看来中国的腾飞也充分表现在城市夜生活的丰富多彩上。人们开始越来越蠢蠢欲动。这真是一个物欲的世界。

路边豪迈的大排挡，一溜排都是清一色男性。有人在划拳猜酒令，说着烂熟的南京话。我们都笑了。我说南京话怪耳熟的，因为和扬州话差不多，但南京人更有种优越感，还有饶舌的淳朴感。我实话实说，扬州话语速是快的，亲切的，但不淳朴，有点刁钻。

又想起了公交车上一位站在我面前抓着扶手的小眼睛南京男士。由于车上比较忙，他只好站着。我正扭头和姐姐滔滔不绝地讲话，听到哗啦一声，我以为是别人的硬币丢了，并没有在意。在微微的灯光下突然看到他在盯着我，踟躇了半天，有什么话要讲的样子。我也盯着他看一会儿，发现他并没有和我讲话的意思，就继续和姐姐聊天。后来他还是忍不住，在我又一次扭头的瞬间，说了：喂，你的钥匙丢了。他说的是南京话。我低头真的看到原来正是自己的钥匙。我红了脸，连忙说声谢谢。他没有说话，车到站了，他敏捷地跳下车走了。看来他内心一定斗争了半天该怎么插进我和姐姐热烈的聊天而又不会难堪，最终在要下车时鼓起勇气讲了！

我回味着他踟躇犹豫地望着我，微微一笑，觉得南京这六朝古都突然充满了可爱的人情味。

(20091230《金陵晚报》D23 版)

我爱写信

我爱写信，不是“伊妹儿”式的一阵噼里啪啦再一按“发送”完事，而是端坐在书案前，铺开雪白简约的信笺纸，用饱蘸墨汁的钢笔将对收信人的思念和自己的近况一一倾诉。只待写完“就此搁笔，念盼回音！”再签上自己的芳名、日期，叠整齐放入早已填好地址、邮编贴好邮票的信封里封好，内心有种和自己的心灵对话，和久违旧友开怀畅谈的喜悦。

所以，我见着刷着绿漆的胖胖的邮筒就欣喜，我见着穿绿制服，骑绿色自行车，背绿色帆布工作包的邮递员就涌出一阵对远方朋友来信的期盼和对邮递员的信任。绿色象征快乐。邮递员就是能使我快乐的使者！

现在的人不爱写信，懒得写信，也没时间写信了。况且一封言简意赅的 E-MAIL 既省时省钱又迅捷得令人咋舌——无论何时何地，只要有电脑联网，5 秒前刚发过去，5 秒不到就可以点击阅读了。更多人连 E-MAIL 都懒得去申请，有事直接在手机上按下一串数字拨过去，只要对方有电信通讯工具的，你在地球的哪个角落都能“零距离”地沟通到彼此的呼吸喘气（除非你在山沟、原始森林等微弱信号区或无信号区）。更多年轻人偏爱发短信——你一句“我爱你”！他一句“我爱你！我想你！”炽热奔放，开门见山，摒弃所有矜持，且连最腼腆的男孩女孩都可以做到如此率真。比缓慢而老土的“鸿雁传书”效率高多了。

……

然而，我还是对这古典拙朴，厚重且漫长、奢侈的书信方式情有独钟！

一天上午，家里正在搬家。妈妈替我拖出了床铺下整整一箱子沉甸甸的信！它们被细心的我整齐地码在纸箱中，分别贴上了“小学”、“初中”、“高中”、“大学”四张字条。拂去上面的灰尘，妈妈惊呆了。她说：“这死丫头！难怪上学那会儿你爸怎么打骂你这成绩就是上不去，原来心思全放在写信上了！”说完又喃喃自语：哎，这么多信写下来，文章写不好也怪呢，遂笑眯眯地拍拍我又去别处忙活了。

我来了兴致，干脆坐在地板上，满面尘灰扔下手中的扫帚慢慢翻阅这些快被我遗忘了的曾给年少敏感的我带来无限欣喜的书信。它们散发着久不翻阅的陈旧气息，发黄的信笺让我回到了过去，嗅到了童年、少女和青年时期……我翻看着贴有“小学”字条的一扎旧信（其实只是小学各个年级同桌彼此闹别扭又和好的“忏悔书”，那时都在一个班，根本不需要写信），顿时为当时同桌大而拙劣、童趣十足的字体忍俊不禁。如今这些小学同学早已天各一方，音讯全无，不知是否过得幸福。初中时期的我叛逆、任性、外表木讷又对人生及结交朋友充满了好奇和兴趣，交了很多其他学校的笔友，那时信中颇得意而幼稚地谈论过学校“碌碌无为”的老师，“胸无大志”的同桌；“灰暗无趣”的校园生活……极度的精力充沛又不务正业。高中时期的书信少了几分初生牛犊般的叛逆，多了一份对知识的渴求，对朋友的两肋插刀，对学业、理想和前途的懵懂憧憬和对大学生活的期盼。另外，还有对花季年华的再回首。大学时的书信则更多的是一种人生的顿悟。从一开始的桀骜不驯，一开始的谈笑有鸿儒往来无白丁到渐渐参悟了人生，渐渐平和了心态，以一种稳健、刚毅、自信又不乏谦逊的姿态逐步融入到社会中去。

时光从我手中发黄的信笺上悄悄溜走。下午的阳光温暖地抚摩着我的思绪。这些旧信开始在阳光下蓬松地散发出一股好闻的樟脑丸气息。像看了一场柔情似水的老电影，我沉浸在对过往的美好回忆中，凝视着一束暖阳下曼妙飞舞的微尘，内心柔软至极。

抬头瞥见妈妈轻轻推门，微笑着送来一碗热气腾腾酱香四溢的牛肉面。

我爱写信，即使早已没有回信之人……

怀念鲁迅

鲁迅先生，本名周树人。十年树木，百年树人。先生的确是做了芸芸众生里的一位真名士。

提起鲁迅，油然起敬。我不愿意用所谓的文学泰斗、思想家、人民战斗家等头衔来标榜他。他的德高望重的人格力量，不全是来自他的文学思想和作品魅力，还来自于他内心强烈的忧国忧民的忠厚思想上。

读鲁迅的文章，无论何时何地，无论什么环境，哪怕是在温馨无比的小屋里，一旦你静下心来，你不得不正襟危坐，用一种虔诚而又一丝不苟的态度来与这位可敬的人民作家做思想上的深刻交流。品味他的作品，哪怕是在读他的回忆录般的散文集《朝花夕拾》，你也不得不陷入一种仿佛自省般的深邃中去。因为鲁迅的骨子里，那种叩问灵魂般的冷峻，使他的文章镀上了一层真诚的、绝不虚伪的可贵色彩。

鲁迅先生在很多时候，尤其是他所处的时代里，是被很多人曲解和误会的。他因为自身强烈的爱憎分明，写出的文章令许多懦弱者、伪君子和奸佞小人闻风丧胆，同时也招惹来许多锱铢必较的奸险之人的抨击。比如他所写的《阿Q正传》公开发表后，就有方方面面的自认为酷似阿Q的“人物”，纷纷跳骂鲁迅指摘他们。因为他们在阿Q身上或多或少地找寻出了自己的蛛丝马迹（亏他们还有一点点自知之明啊），所以他们便认定鲁迅是在指桑骂槐。难怪鲁迅要伤心地“躲进小楼成一统，管它春夏与秋冬”呢！

也正是因为鲁迅先生如此的“蒙冤”，才更加凸显了鲁迅笔下阿Q所具备的永恒教育意义及其警世价值。只要这个社会还存在阿Q——他将永远以一种“杂取种种，合成一人”的复杂形象出现在我们的人群当中。他可以是你，也可以是我。他所赋予的历史性灵魂或者一种警戒，时刻鞭笞着我们一代代后人。

鲁迅更是疾恶如仇的！他对敌人的批判尚不留任何情面，对身边的“战友”所犯的错误，更是不给予宽恕的！他对劳苦大众，对社会金字塔底层的人，从来都是“怒其不争，哀其不幸”的。

的确，生于忧患，死于安乐。鲁迅先生这种超脱自我的民族精神，在今日也很有深远的影响力！如今的文坛，已经随着商品经济的大流逐步被同化了，各种光怪陆离的所谓作家也已经迅速登陆。但真正给我们带来宽厚文化底蕴和深远人生价值思考的作家哪儿去了？

怀念鲁迅，也便是怀念他以及他那个特定时代下有思想有抱负人士的纯真热切的奋斗精神。他们是一群不屈不挠，不矫饰的大丈夫！就目前整个社会来说，虽没有了那个时代的白色恐怖，但正是缺少了那股抵制流毒的情真意切的刚正之气！

怀念鲁迅，怀念伟大而平实的大师。在子夜静寂的台灯下，以无限豪情讴歌一株不老的君子兰，并非我唯一的虔诚心愿。我更希望所有的有志之士能耳濡目染鲁迅先生的人格，从文字中接受他的熏陶！

怀念鲁迅，我更加警醒！

爱情和爱情的证据

大画家毕加索说过——世间本没有爱情，只有爱情的证据。

提到爱情，人们或多或少都了解。爱情大概就是互相喜爱，彼此倾心吧。

那么爱情的证据呢？是爱侣彼此互赠的生日礼物，是那封情窦初开、词不达意、东拼西凑各种甜言蜜语却又字迹绝对工整虔诚的情书么？还是恋爱双方纷纷坠入爱河后每年一度别出心裁的情人节礼物，或是瞒着双方父母俩人偷偷照的婚纱照？要么是老夫老妻珍藏的当年象征爱情来过的玫瑰花标本，抑或收集成册的来自金帝、德芙……各种爱人所赠的外表华丽包装的巧克力糖纸？

在我看来，人世间关于爱情的最好证据便是共浴爱河的情侣们爱的结晶——孩子。这才使爱情得以延续、发展，也使红尘男女有了归宿感和共建家庭后的幸福安宁感。这孩子有你的一半灵魂，也有我的一半灵魂，多么好呀！总有一日，爱情会渐渐淡化，淡化为亲情。伴随爱情而来的这些“爱情的证据”是多么恒久美丽！

元朝大书法家赵孟頫的妻子——管道升，她也是位在书法上有所造诣的冰雪聪明的女子。当得知心爱的丈夫要移情别恋新纳一门小妾时，管夫人暗自伤心垂泪，茶饭不思，最终大胆写了首炽热的《我侬词》给丈夫。赵孟頫看了后既羞愧又感动，立即打消了纳小妾的念头——

你侬我侬，忒煞情多；

情多处，热如火！

把一块泥，捻一个你，塑一个我。

将咱两个一齐打破，用水调和，

再捻一个你，再塑一个我。

我泥中有你，你泥中有我，

我与你生同一个衾，死同一个椁！

管夫人的这首词可谓为爱呕心沥血，既为她自己重新唤回了丈夫的爱，又为历史珍藏了一份动人的爱的证据！

昨夜窗外浓雾缭绕，我在窗里书桌前翻看一本欧阳修的诗集。其中一首《生查子•元夕》使我彻底陷入了诗的伤感意境——

去年元夜时，花市灯如昼。

月上柳梢头，人约黄昏后。

今年元夜时，月与灯依旧。

不见去年人，泪湿春衫袖。

我仿佛在泪光中见到那个泪湿春衫袖的姑娘。去年元宵节她还笑脸盈盈地挽着心上人的胳膊游玩在熙熙攘攘热闹非凡的花市灯节上。那时的上弦月偷偷爬上柳梢头，默默祝福树下的一双小儿女；短短一年间，爱情灰飞湮灭，世事沧海桑田。心上人绝尘而去，上弦月依旧朦胧地挂在柳梢头，花市的灯也依然璀璨亮丽，姑娘流着泪踯躅在花市老地方追忆着去年和心上人一起吃过的元宵，戴过的面具，甚至心上人为自己辫梢插过的山茶花……

爱情不见了，爱情的证据也如风中枯败的花朵般失去了意义。

青春的油纸伞

扬州城的上空，近一个月来始终阴霾密布，像一个哭哭啼啼的女孩，不分昼夜地下着雨。

下班后的昏黄街灯下，聚聚散散、走走停停的是匆匆过客。雨丝斑驳了每把伞儿，分辨不出它们的色泽。

我没有打伞。

不是说春雨贵如油么？那就赶紧沐浴在“春油”里吧！

雨丝越来越密，等我到了家，宝蓝的衣服淋成了深蓝。阴郁的心情却突然释放了好多。

擦着头发上的雨水，我回想起自己还是小姑娘时借伞的故事。

小时候奶奶家门前有一条清澈小溪，每到汛期潺潺的流水自东向西奔流着。岸边的垂柳以及栀子花，常常使我流连忘返。春暖花开，孩子们像放飞的笼中鸟，甩掉一身累赘的冬袄，换上轻盈鲜亮的花褂子，趁大人赶集时，偷偷在水岸边玩得不亦乐乎。等大人们赶完早集回来，又气又急地发现小溪边蹲了一圈兴奋的“水鸭子”，个个圆乎乎的脑袋上都改头换面了：男孩子戴了绿油油的柳条帽，女孩子辫梢别了朵含苞欲放的栀子花。每个娃娃脸上都红扑扑粉嫩嫩，溅着颗颗水珠，冻得红通通的手在水里捉着小蝌蚪。这样的情景让大人们不忍呵斥，只得扯开嗓子相互喊着大人的名字。不一会儿，大人们都扎煞着双手，装作凶神般冲过来，将孩子一把拖走，舍不得打骂，只象征性地扬了扬巴掌警告我们不许再玩水，水鬼专门拖你们这些小鬼下水，下了水就再也不能上岸见到爸爸妈妈爷爷奶奶了。于是在短暂的惊悸过后，仍然一起猫着身子躲过大人们的视线出去“踏春”。

一天傍晚下着毛毛细雨，妈妈和奶奶极力反对我外出，把我的胶鞋和小雨伞都藏了起来。可屋檐下珍珠串般飞流直下的雨帘以及外面烟波翻腾的溪水像童话里的梦境一样牢牢地吸引我。我偷偷拐进院子里的走廊，去太姥姥的房间里。太姥姥整天端坐在一把油亮的泛着乳白光泽的旧藤椅上抽烟，不轻易出门。可她房间有个大大的枣木箱子，里面藏着很多美味点心和神秘古老的小玩具。太姥姥不轻易将这些物件拿出来与我们分享，但她极爱听孩子讲故事。于是我就使出浑身解数偎依在太姥姥脚下的小板凳上，嫩声细语地讲了一则幼儿园老师那里刚学来的《小马过河》给她听。太姥姥眯缝着眼睛听得很过瘾。她和颜悦色地对我说：“小婷婷今天想跟太姥姥借个什么玩意去呀？”我的心思已被她看穿，于是红着脸，绞着花衣裳角儿说：“我想和太姥姥借把伞儿出去！”太姥姥就慢吞吞地起身去了房间，摸出一把小小的钥匙，打开她的枣木箱子，取出把黄灿灿的伞递给我。一接过伞才知道，这伞多大多沉多笨重呀，我委屈着小脸“扛”着大黄伞：“太姥姥，你这里有儿童小雨伞吗？”太姥姥又叼上烟咳嗽几声，气喘匀了才神秘地说：“太姥姥这把伞是老古董喽，大姑娘打的油纸伞哩！比儿童伞好看多呢！”说罢，任我叽叽咕咕，再也不理我了。

我只好怅然若失地在太姥姥门前一小块空地上举着那把大黄伞。仰望伞里，那笨重的伞骨竟然是木质的，满腹惊异。大黄伞笼罩着我，四周伞骨纷纷有水珠络绎滚落，越来越快，串成“水晶帘”。我又开心起来了。

跟太姥姥借的这把伞，多年后当我真的成了大姑娘时，才慢慢懂得青春的忧伤，成长的烦恼。开始喜欢诗词歌赋了，才真正认识到它的古典美。一次在书店里，我邂逅了那本淡紫色诗集。扉页就是戴望舒的《雨巷》:“撑着油纸伞，独自/彷徨在悠长，悠长/又寂寥的雨巷，/我希望逢着/一个丁香一样地/结着愁怨的姑娘。//她是有/丁香一样的颜色，/丁香一样的芬芳，/丁香一样的忧愁，/在雨中哀怨，/哀怨又彷徨；//她彷徨在这寂寥的雨巷/撑着油纸伞/像我一样，/像我一样地/默默彳亍着/冷漠，凄清，又惆怅。//她静默地走近/走近，又投出/太息一般的眼光，/她飘过/像梦一般地，/像梦一般地凄婉迷茫。//像梦中飘过/一枝丁香地，/我身旁飘过这女郎；/她静默地远了，远了，/到了颓圮的篱墙，/走尽这雨巷。//在雨的哀曲里，/消了她的颜色，/散了她的芬芳，/消散了，甚至她的/太息般的眼光/丁香般的惆怅。//撑着油纸伞，独自/彷徨在悠长，悠长/又寂寥的雨巷，/我希望飘过/一个丁香一样地/结着愁怨的姑娘。”

那清丽忧郁的诗句像温柔的子弹一样击中了我一颗少年敏感的心。

我迫不及待地掏钱捧走了它，像找到失散多年的恋人般。原来，太姥姥的那把黄油纸伞从未和我的记忆告别。它一直蛰伏在我的心底，深深地打动着我，留恋着那份对于青春对于成长的渴望！

品茗识佳人

我爱喝茶，也收集了不少的好茶。我书房至今还挂有一幅友人赠送的书法：宁可三月食无肉，不能一日不品茗。他说的是我，也是他自己。我们以茶会友，促膝而谈。阳春白雪也好，下里巴人也罢，品味的是茶的醇香，收获的是一份怡然自得。

一日，云淡风清，独自一人在家中煮茶品茗。望着沸水之中渐渐舒展的碧绿茶叶，恍惚里看来竟如婀娜多姿的少女，清新逼人，袅袅婷婷散发出吓煞人的茶香。

这是一壶太湖洞庭山上好的碧螺春。你看那蜷曲的叶儿，像极了女孩儿俏丽波动的卷发，仿佛一位鬓角弯弯，嘴角弯弯，笑脸相迎的邻家小妹。她挎篮采花儿，蹦蹦跳跳，一会儿拾阶而上，采摘墙头开得正艳的杏花，一会儿款款而下，步入野蔷薇遍地的田坎。蝶儿恋花，人儿追蝶，满园热闹，煞是动人！且把这美景韶光尽收眼底，放置鼻端，果真嗅到一壶沁人心脾的碧螺春呀！

于是乎边啜着清润甘甜的“邻家小妹”似的碧螺春，边饶有兴味地回忆起曾经品味过的西湖龙井、信阳毛尖、云南普洱……还有茉莉花茶。在冉冉茶香里一一重新识别“茶佳人”。

西湖龙井，叶片儿平直修长。它宛如西湖子畔踩着诗韵走来的杭州女子——她高挑出众又不失东方女子的含蓄典雅。

沏一杯西湖龙井茶，江水来泡最相宜，注入直而高的透明玻璃杯才最好。杯身通体翠绿欲滴，晶莹剔透。啜来不似碧螺春清雅甘甜，却另有一番苦涩后的爽口。第一道龙井碧绿浓烈，第二道微呈琥珀色而味儿略淡。正如一位才情女子，从桀骜不驯渐渐人情练达，知书达理，且温文尔雅。

信阳毛尖，精挑细选的幼嫩芽叶，信手拈来。每一粒毛尖都毛茸茸、水嫩嫩，透着二月春风、三月小雨、四月朝霞的潜心呵护；每一粒毛尖都是含苞待放的花朵里藏着的小公主——她们清纯可人，呼之欲出，吸进了山峦茶林间特有的雾霭和日月光华。她们是每簇枝叶中最饱满幼嫩又富有光泽的佼佼者，正如小小公主般娇贵和卓尔不群。

夏日午后，在荷塘边伫足赏荷，习习凉风，满目清秀。啜一口清湛润泽的毛尖茶，荷塘美景、茶香淡雅相得益彰。信阳毛尖，真是“小荷才露尖尖角，早有蜻蜓立上头”啊！

云南普洱，历史悠久，得名于清代普洱府。品之如烈酒，浓郁得化不开，像极了少数民族女子的热情好客，待人厚重。普洱茶多压制成饼，也有人将各种风土人情、书法典藏刻制于普洱茶的圆盘上，所以普洱更似端庄持重的迟暮美人，她承载了诸多历史，带着古朴的热忱和宽仁的胸襟，品来没齿难忘，历久弥香……

还有……还有茉莉花茶，她鲜香扑鼻，朵朵茉莉盛开在沸腾水中，恰似光彩照人、魅力四射的舞女。她翩翩起舞，香气四溢。品着茉莉，觉得生活从此可以五彩缤纷，小资情调高涨，并且会沉醉于生活的快乐美满中。

不知不觉，已是夜阑人静，华灯将熄。我任由思绪徜徉于佳茗、佳人之间，手边的碧螺春依旧散发出淡雅的气息。

兴之所至，翻开书房角落尘封多时的古诗来读，读罢苏轼的《次韵曹辅寄壑源试焙新芽》，不觉眼前一亮——

仙山灵草行云湿，洗遍香肌粉未匀。
明月来投玉川子，清风吹破武林春。
要知冰雪心肠好，不是膏油首面新。
戏作小诗君莫笑，从来佳茗似佳人。

好一句“从来佳茗似佳人”！好一个北宋苏轼！

好一个英雄所见略同！

（20100105《江都快报》文艺版）

快乐的方式不只一种

快乐是，快乐的方式不只一种
荣幸是谁都是造物的光荣
不用闪躲为我喜欢的生活而活

不用粉墨就站在光明的角落

由张国荣作曲、林夕填词的这首张国荣深情告白歌《我》，最爱那句——快乐是，快乐的方式不只一种。

前两天和一个好友聊天，他说祝我快乐。我无奈地回答：快乐在现如今看来，也只是一种问候了。他呵呵一笑，说：这话挺有哲理的，可以写成文章。我于是有些思考，遂谢谢他的无意中点拨。

文章本天成，妙手偶得之。古人陆游的写作境界如此高雅，即使有倚马千言的才情，也很谦逊地说是妙手偶得。快乐在爱好文学的人眼里大概就是所写出的文章能发表，能博取编辑、读者的欣赏和赞美，而在大诗人陆游的心中恐怕追求的仅仅是灵感喷涌那昙花一现的瞬间幸福。快乐它来无预兆，去无踪影。人人心中的快乐都是那么的独特和难得。

不光是写作者，大街上熙熙攘攘的都是过往的行人，却很难读取一个快乐的面孔，一个蹦跶如欢快小鹿的身姿。我们都行色匆匆，不论是薄薄雾霭的清晨，还是晚霞如缎的傍晚，不论是骄阳似火的中午，还是霓虹闪烁的夜晚，擦肩而过的人儿，表情似乎都有些一筹莫展，有些忧愁，有些焦虑。他们是遇到生活中的难题了吗？瞧瞧那些中年人的身影，步履仓促地奔向地铁，一手牵着上学的孩子一手提着公文包；再看看身边的青年人，背着五花八门的硕大背包，像古怪的旅行家一样把自己的双眼藏在墨镜里，双耳塞上摇滚乐，漠然坐在公园或地铁一隅，快乐艰难地从他们身边游走。倒是经常能见到广场上、公园里一些上了年纪的老人，耍剑、舞扇子、练太极……脸上洋溢着平静的笑意，极其认真地度过每个早晨。也许是一种鹤发童颜的体现，却能感动到许许多多生活在浮躁中的人，这些老人的淡定和从容是经过了一个个春夏秋冬的磨练的。每当路过清晨或黄昏的公园，在栅栏外就能听到树上鸟儿欢快的叫声，看到老人们慢慢地跟着音乐节拍翩翩起舞，心中受到感染，变得快乐起来。老帅叶剑英有诗曰：老夫喜作黄昏颂，满目青山夕照明。读来立即有种豁然开朗的感觉。

快乐的方式不只一种。只要仰首一笑，立刻海阔天空起来。

教师——我光荣

刚在师范读书时还恍恍惚惚闹不清自己到底是否喜欢教师这个职业。有一次与几位同学在湖边写生，半刻功夫围观的游人越聚越多，让我们紧张不已。他们边观看我们画画，边询问我们在哪所大学就读。当我们甚至有点自卑的告诉他们在读美术教育时，这些游客竟都异口同声的纷纷用尊敬的语气赞叹教师这个职业的光荣和神圣。有一位年轻的爸爸立即招呼来自己在一旁玩耍的女儿与侄子，似乎要让他们也耳濡目染一番“教师的知识气息”。我们一边感到受宠若惊一边又暗暗自豪起来。

工作两年以来，每当遇到挫折时那次写生的情景便生动的浮现于脑海，鼓舞我继续钻研、认真教学！

不免有人会怀疑：你们80后向来娇生惯养，自己还是大孩子一个呢，能教好学生吗？！一旦听到这样的质疑，唯一要做的不是去辩解而是用实际行动和踏实的工作态度去化解疑惑。作为生长在科技高度发达的E时代环境下的80后，拥有知识和技能、头脑和智慧，在从业的道路上有着非常广阔的前景，然而如我一样选择成为一名光荣教师的同龄人比比皆是。是的！我们都被教师这个职业牢牢牵动了年轻的心，心甘情愿以一种孺子牛的精神去培育一代代学生！教师自身气质的儒雅、大方、从容、知性以及对学生所表现出的仁爱、慈爱、博爱和关爱让我们内心深深涌动起一种从未有过的豪迈感和立志要奋斗在教育事业上的壮志雄心！

著名导演张艺谋曾拍过一部很感人的电影：《一个都不能少》。这部为他获得威尼斯国际电影节大奖金狮奖以及其他各项大奖的电影取材并不似好莱坞大片般惊天地泣鬼神，只是些平凡到微乎其微的故事——在贫穷的河北农村一个小学，校长找来了13岁刚小学毕业的魏敏芝代课。魏老师为了履行“一个都不能少”的职责，不惜领着一班学生去搬砖块赚取一点车费再投入茫茫人海辗转寻找去城里打工的学生张慧科。这部电影最打动我的不是师生间一唱一和的生动场景，也不是集体搬砖赚车费的团结，而是魏老师抱定“一个都不能少”的坚定的信念和负责到底的一系列体现高尚师德的行为！我想：若不是她的坚持，失去的将不止张慧科一位同学！电影中的魏老师学历很低，却真的教育并感化了许许多多的人。张艺谋的聪明之处在于以小见大，正如特雷莎修女所感叹：我们常常无法做伟大的事，但我们可以用伟大的爱去做些小事。

事实上，如果每个老师都养成了范跑跑那种不管不顾的习惯，那学生的未来真的不堪设想。一个不愿意担当一定责任的老师，该用什么来树立师长形象又该让学生如何学习他的“以身作则”呢！

电影可以虚构，人生来不得虚构和假设。新教师的宣誓仪式一结束就意味着我已经真正成为一名光荣的人民教师了，意识到这一点时心里涌动着激越和豪迈之情。我起点于农村教育也将扎根于农村教育，发自内心的要求自己每天着装朴实而干练，迎着绵延而绚丽的朝阳来到学校，勤勤恳恳工作，踏踏实实准备教学，衷心感谢着社会将我规划入教育的芳香园地，让我以一位辛勤的园丁的身份每天尽心尽力培育着祖国的大片花朵，将博爱伴着阳光和雨露一路飘飘洒洒灌溉下去，促使花朵们生长的更加绚丽璀璨！园丁最骄傲的不是每朵花都一模一样，而是每朵花都各张扬其特点：小野花有小野花的桀骜不群，牡丹有牡丹的富丽堂皇，喇叭花有喇叭花的素洁清雅……使每个学生都尽情展露自身的个性是教师光荣而艰巨的任务和完成任务后巨大成就感的来源！

德国哲学家雅斯贝尔斯早就悟出了“教育意味着一棵树摇动另一棵树，一朵云推动另一朵云，一个灵魂唤醒另一个灵魂”的道理。二十年、三十年之后，我渐渐老了，而学生则茁壮成长，到了风华正茂、书生意气的人生好年华。若到那个时节，再有曾经的学生恭恭敬敬叫我一声老师好，那确实是对我作为园丁的一种莫大肯定和鼓舞！相信不远处的将来，会出现更多的来自教育界的“南斯北霍”。

教师这个职业使我感到无上光荣也感到一种很深很强烈的责任感，为了这个神圣的使命，我愿意倾注我的全部热情和知识来浇灌祖国的花朵！

（江都教育局征文二等奖；20100914《江都快报》文艺版头条）

人在囧途

我要八卦的不是“猪哥哥”徐峥主演的《人在囧途》，而是名人在囧途。人在旅途总离不开那三部曲：吃喝、行走、过宿。

先说吃喝。打个蹩脚比方，肯德基爷爷若硬要在5星级饭店吃全家桶，人厨师长恐怕要从后厨追出来讲一句：“少来（英语 sorry）！”别骂我说书，这类囧事雀巢集团 CEO 包必达就做过。当年他在伦敦克拉瑞芝酒店想点一杯雀巢咖啡，侍者一听马上立在那里，囧极了。顶级饭店喝雀巢？有没有搞错？！没自家雀巢可点，包必达失望想不通，离开了餐厅。这事被报道，引得刻薄者道出真理：高档场所怎卖低档雀巢？是是，雀巢确实世界名牌，家喻户晓。正因价低才使亿万中低消费者掏腰包。怨不得豪华酒店拒绝提供雀巢。包必达囧就囧在误以为“自家孩子”既下得了“民间”，必定上得了“天堂”。钱他是大大的有，但不懂“行规”势必囧态百出。

美食家朱振藩《食的故事》书中有则名人赴外地囧吃轶事。梁实秋好友张心一乃杰出科学家，但患“妻管严”，妻严禁他在家吃葱蒜。一次张去青岛梁公馆吃饭，只求一盘大葱。梁说没问题，再加几张饼佐葱。葱上桌后张公心花怒放，其他菜看都不看，足足嚼了一大盘大葱卷饼，吃的满头大汗直呼过瘾，他说数年来第一次饭吃这么饱香！我说张公，您回去前一定记得好好刷牙啊！指不定长途中再与那同贵夫人一样视葱蒜味如粪土的女士并肩坐，岂不尴尬？

再说点作家行走囧事。1991年作家代表团去云南采风，在星云湖坐船，女作家李迪戴大号墨镜护眼，谁知船未靠岸，高原烈日早已将脸晒花，摘镜擦汗的李迪囧了一船作家：受镜片庇护的双眼周围依旧雪白，鼻脸却晒得黑红。顿时一干人全笑歪。汪曾祺趁机说："李迪啊，我为你写照八个字：有镜藏眼，无地容鼻。"

迟子建在《北方的盐》写海南参加笔会时，傍晚作家们聚集海边散步，李陀忽指前方苏童说："你们看他，像不像一只虎头鞋?"一时人人都觉传神妥帖，对着苏童背影一阵大笑。若此囧被漫画家获知，定在画纸上为苏童后脑勺补画一滴摇摇欲坠的大汗珠。谁也不想真的憨头憨脑哇！

最后说说名人过宿囧闻。日本作家景山民夫在别国过安检时被质问：作甚一件行李都不带？内衣都不带吗？景山民夫倒好，悠哉哉说："别担心，我啊，七天的内衣都穿在身上了。"此非"野史"，他随笔里自曝的说！按说安检人员最最见过世面，携带物方面怕是啥怪人都识过，说不定还擒过不少走私。却奈何对连过境游也恁懒的景山民夫称奇。不知七天的内衣叠穿在身，外裤怎穿进的，难不难受啊？！

翻译家林少华曾写一篇《东京大学与吉林大学》。文章赞了东大的银杏美以及不同于国内大学造势做派的"大名无名"的校牌。但也被东大"山上会馆"囧过——"我住的单人间除了地板和天花板别无饰物，除了吸顶灯和台灯别无亮点。一张单人床矮得紧贴地板，床靠墙的上方悬着一排壁橱，睡觉好比缩进石窟。卧具也够马虎，一条套着白布套的毛毯，上面压着土黄色的被，被的填充物大约是泡沫塑料什么的，鼓鼓囊囊，俨然儿童乐园的蹦蹦床。毕竟时值深秋，光盖毛衣被冷，加盖"蹦蹦床"又热，怎么都睡不香甜。"得得，比猪哥哥电影里住的旅馆好不到哪里去！

别说名人，就咱平民也常处旅途中。囧是囧点，开眼看世界嘛，也让人眼馋。这正是旅途囧一囧，人生大不同！

(20130222《江都快报》文艺版)

羡慕

今晨在公交上，上来一位时髦中年女士，她穿柿子红的短款羽绒服，黑色的长裤显得整个人很有气质，像刚刚从舞蹈房锻炼出来，肤色白皙均匀，头发扎成马尾，乌黑亮泽长及腰间，而且发梢也是乌黑的，修剪的齐齐的。仅仅是不经意的余光看到，也让人眼前一亮。她跟售票员似乎是熟人，一上来俩人就很投入的寒暄开了，完全没有注意周围的乘客。而她的座位旁边有一位刚刚上完夜班的修路兄弟。这位兄弟可能与她一样属于人到中年，也可能比她年龄稍大。修路兄弟从她跳上车时就立即注意到她了。现在正在与她并肩而坐，他目不转睛的盯着她因为讲话而微微在腰间扫来扫去的乌发，路挺长，大概半小时的车程，修路兄弟隔个两分钟忍不住偏了头看她的长头发，那眼神走势是从头顶看到发梢，无声的啧一下，再坐正了，回味一下，啧一下。联想到修路兄弟挺严重的秃顶，我强烈感觉到他在持续羡慕中。那种羡慕，是真正不含任何嫉妒眼红和恨的。几乎是自己再也达不到了，所以趁着能多看几眼就好好钦慕一下的意思。

生活中，如果时不时有让我们惊羡爱慕的人、事，即使是我们达不到的，那也是一种美的享受呀！

(20130305《江都快报》文艺版；2013 年第 4 期《青年文学家》)

来过武汉

老电影里，武汉总是给人一个热气蒸腾的港口码头形象。大轮渡靠岸后汽笛狂鸣，岸上有个“失心疯”的望江男人，在长江的映衬下小小的不安的频频翘首，脸上酝酿着久别重逢的惊喜，过江人潮宽宽的密密的涌向他，他不顾艰难逆流而下，因为人潮里面说好了一定一定混着他等候多时的女人。女人闪着亮而焦急的眼光迈步疾走，四目相对时更显江涛拍岸的雄浑和武汉渡轮大而奇特的运输魅力，好像用这种方式慢慢渡过了江，即便你是异乡人见到这种人头攒动、汹涌澎湃的场景，也会生出众里寻他的期待吧。

26 个春节都是在自己家默默无闻的过了，真不甘！大年初一，一鼓作气，在火车连夜的嘶鸣中跑出江苏，来到了盛产美食的武汉。出了汉口站，乌泱泱一车的扬州人拖着行李急急奔向四面八方，一下子都找不见了。

背包客嘛，想去的首先是几个著名的地方。武汉的公交光看那上百位的数字就知四通八达十分便捷，而站点名则多以交汇的地名命名，比如常去的青年路雪松路，被同行的老姐“饿称”为青年路肉松路。（姐说司机还挺温柔，她在车上吃橘子，司机只是快快按响禁止饮食的广播，而不是斥责她。）对比江苏城市公交，多以商业店名或医院政府为站台名。更好玩的是，坐在 628 路公交回宾馆，车子走在新华路上，左手边看到一条路被命名为“长江日报路”，还有用整个报刊名命名的路？新鲜！好像在其他城市没见过。去找下午茶店时又好奇坐了一回电车，在蔡锷路下车的。以人名为路名，也许是武汉一种特色。这样手拿地图一路走一路寻，很有意思。在武汉兜兜转转几天下来似乎在玩坐公交游戏，既找到了一连串的景点又熟悉了各个地名路名。公交、电车都坐过了，我们又去江滩上专门坐了汽渡，去黄鹤楼时在过街天桥上仔细踱步，去武汉大学找樱花树时又专门坐了回武汉的地铁，为了防止自杀者骚扰，地铁的等车口都安装了安全门。这在我们省城南京，似乎还未同步。

实在诘曲的地址，只好问路。拣那悠闲的、面目散淡而衣着朴实的人问路，因为那种神情十有八九属于武汉本地人，他们对夹杂扬州口音的普通话还不太能听懂，但都努力听完，再给你指路，你大概从他的武汉话中了解了路的方向，谢过之后，他又恢复了悠闲散漫，完全没有指点过一二的地头蛇的自傲。

凡是公厕齐全的城市，总是对她旧情难忘。在家茶不离口的我们，到了武汉依然左一杯咖啡右一盒牛奶，走累了坐下歇歇，再来一瓶矿泉水。这样一来，找公共厕所就是个头等大事，刚好，这是个厕所遍地开花的好地方，公厕隔一段路就有一座，不谈什么星级标准，总体体验下来还算都干净整洁。对于近视的人来说，那公厕标志的尺寸也是足够大的，无需眯着眼到处凑着看，在别处没见过这么大的公厕标志，右下角通常还标注了方向箭头，方便找寻，大赞！在浙江濮院镇旅游时，那里的所有单位厕所（医院、政府机关、大商场等）在上班时间都是随时恭候的，标志牌上都标有上班时间段。如此细心入微的城市，是温情的好城市。

回程的火车上依然是华灯初上，晚上九点的广播，操有武汉口音的报幕小姐深情的说："欢迎各位旅客再来武汉，祝您今晚有个甜美的梦。"

来过武汉，很多关于这座古城的新奇都一一亲历，衫吵（美，风光快活的意思）！

在武汉政府限制新年燃放烟花爆竹的政策下，我们过了个安宁而舒心的年！

(2013 年第三期《江宁文艺》)

人在旅途莫怕烦

外出旅行，总有人抱怨"在家千日好，出门一日难"。外地的饭菜吃不惯、宾馆招待的袋泡茶既陈又次全是渣沫子、那种宾馆一次性拖鞋，正反都搞不清，穿起来好薄好滑好讨厌！可是，克服这些难处，在有心人看来却很简单。

饭菜吃不惯是吧？泡面吃得惯吧？又香又辣，很开胃的。什么？你不喜欢用开水冲在桶装方便面里，怕开水烫后的面吃下去得癌。好办！你自己带双竹筷子，带个放心的微波专用小碗好了。什么？

你又嫌碗占空间。好办！把那些你必带的小糖果小零食填进去，这样，碗其实没占什么地方呀！吃的问题不是可以解决一点了嘛。小零食你肯定在路上要消灭掉的，这样，包轻了，碗又不重的。

你平常在家，吃“饭后嚼两粒”那种罐装口香糖时，为什么不把罐子留着？！用那罐子抓几撮你最爱喝的茶叶放进去，够你从出门喝到回来吧？！摆在包包里又不占多大地方！再放一个小茶杯在包里。客车服务区、火车站、火车上、动车、高铁、宾馆……任何供应开水的公共场所都可以喝到好茶啊，不是很简单嘛！要喝热咖啡就更简单了，袋装的咖啡，带个 10 包在背包里，一路上，有的喝了。

还有哦，不就是一双拖鞋嘛？！有什么难的！春夏季节，你带一双凉拖鞋（甚至有人把人字拖当外出鞋来穿），在宾馆里横走竖跑都没事，而且在火车上还可以穿拖鞋偷偷去厕所洗个脚什么的，多么舒服自在，跟那些在火车卧铺上穿全套睡衣的模范家庭来说，你带双拖鞋根本不算什么啦；秋冬季节，你带一双棉拖鞋，照样可以自由走动，而且有后跟的棉拖鞋还可以当正常的鞋子穿出去，如果你腻烦了高跟鞋的重心不稳，完全可以释放你的脚，让它们一整天在拖鞋里舒展筋骨。以上说的是纯旅游的，如果是公差，拖鞋当然要带啦，白天办公，晚上还是要回宾馆休息的，弄个自己的拖鞋穿穿，脚上放心！而且很多出公差的人其实有大把的时间是呆在宾馆用笔记本电脑办公的，那就更得好好对待你的脚啦！

曾经在去西安的卧铺上看到一个女主人，晚上临睡前从座位下面拖出一只箱子，从箱子里拉出一个包袱，从包袱里拿出三套有叠痕的新睡衣给老公和儿子还有自己分别一套，三人各自去相连的车厢尾部的厕所去换。他们回来后我们一行驴友都眼馋的看着这一家三口十分卡哇伊的穿着统一花色的亲子装睡衣，拿着刷牙缸子排队企鹅似的去刷牙了。感觉他们这不是在旅行，而是在表演一种家庭睡衣秀。从此，对“世上没有丑女人只有懒女人”有更深一层的体会。

还有一次是在世博会参观，休息区有直喷自饮龙头和开水机。

我等家人排队如厕时，无聊的四处看。一个穿印有某摄影协会马甲的男摄影师，大概五十出头吧。把三脚架上的相机先取下来装进包里背在身上。然后解开身上另一个旅行包，从中拿出一个饭盒，丢开旅行包去开水机烫了饭盒折回。拿出包内粒装火腿，挤出火腿到饭盒内，拆泡面拆作料，泡好了泡面很香的吃完喝完后洗饭盒，洗完饭盒处理垃圾包装纸，处理好了之后拿出包外侧的旅行杯，从马甲胸袋里掏出一包茶叶丢进杯子，冲好开水拧紧杯子装进袋内，拿上三脚架，继续去捕捉片子了。看了他顺利的一顿自助午饭，我冲动万分的想买一件多口袋马甲！这样，在旅行中的茶叶包、面纸、小零食、钱包等等杂七杂八的各种需求都可以装进去而解放双手了。

旅行，总是让人学会更多自理的办法，总结出一系列享受的小窍门。

(20130407《江都快报》文艺版头条)

小区适合读书人

周围不少农村刚进城的住户。他们还不适应小区居住方式，进进出出习惯把门摔的山响，并非赌气，是老家的大铁门天天都这么开合，也没人异议过；他们更不适应偶尔喝个小酒猜两三小拳就有人上门抗议，说自己孩子在楼上无法练琴无法听英语磁带；他们逢人就抱怨住“鸽子笼”真讨厌，没地方种葱栽蒜，刚在楼下花圃开辟了一小块蒜地，马上物业找上门要求拔除，还罚款；他们更留不住家里的老人，本想接到城里吃商品粮用抽水马桶看高清电视好好享福的，老人执意要走，拦都拦不住，老人说：“憋死了憋死了，城里人都不串门，楼梯上撞见也不搭话，家家都大门紧锁还装个猫眼！”

耳中听到小区竟有这么多缺点，真没想到！我只知道，作为一个曾经在农村居住 7 年，在小镇居住十二年的自己，城里的小区太适合了，我喜欢住在小区！

小时候住农村，家里房子倒宽敞，可交通极其不便，买荤菜要骑自行车好几公里去镇上买，平时只能吃自家种的蔬菜。夏天晚上，嫩胳膊腿的孩童是蚊子的美餐，有灯光的地方蚊子多得用手捧。大人也吃不消，边吃饭边用蒲扇不停拍打。一到初夏，外婆抚摸着我光洁的腿说：又要被蚊子咬成小烂腿了，心疼哪！冬天天寒地冻，上世纪 90 年代初农村还未通自来水。井水河水挑进缸里要用矾先淀了杂质才能饮用。暖壶里烧的开水我都怕喝——有股什么味！更厌恶的是，农村没隐私！住过农村的人都有这体验，谁家大白天关大门别人是要议论的，好奇心上来的邻居甚至要架梯子上房揭瓦，看看到底门里有没“龌龊事”！记得有一次我洗完澡站在天井里美美的梳着小分头，恰巧这时幼儿园老师踏进门向奶奶借田里的抽水管，好像做了亏心事一样，我立刻揉乱小分头躲进屋。要是住小区，只要带上自己小房门不吭声就行。唉，胆小鬼怕见老师，何必弄乱发型！农村的闭塞，邻里间无隐私的种种不便使我和姐一有空就动员爸妈去镇上盖房，这里真不想呆！

刚上小学时全家终于搬到镇上，住在自己盖的二层小楼里，自来水电话马桶楼梯一应俱全，快乐了好一阵。可惜住几天就发现镇上住户根本还是延续农村的陋习。每家每户大门从早开到晚，谁家人在家大门关着是很奇怪的！这里的邻居进别人家门也不敲门，直接闯入以示亲近。谁家吵架，马上呼啦啦一条街上的人都来了，劝架的也有个把，大多是来探听家长里短看热闹，比电视剧好看，现场直播嘛！谁家三餐吃什么菜，舍不舍得大鱼大肉街坊也是知道的，到了饭点不请自来，来干嘛？一是站在桌旁看这家的伙食以断定经济实力；二是逮着全家都在，找人闲聊。叫他坐下一起吃他绝不吃，就喜欢站着围观，再说两句淡话。我向来烦这种人，但赶不走，也不敢赶。即使夏天不洗澡的邻居挡在电扇口上也只好忍着。大人常说做人要宽容，人家能经常来家里串门证明你人缘好，如果一个家没人跑动，那这家人都不是好东西，搬到喜鹊窝上去了！有个笑话说某人家贫却虚荣，每天食粥却在墙上挂块滴油的猪皮，关上门吃完粥用猪皮抹一下再出门，邻居以为他天天大鱼大肉吃的满嘴流油。不过无论在农村还是镇上，基本不会给你制造这个虚荣的机会——你出门买菜，回家烧菜，端上桌、吃到肚，都有人同行有人旁观。而住在小区，不会这么无奈的被公开，单门独户，绝对自由，绝对隐私。你故意敞开大门，都没人要去你家东张西望。小区住久了，人就慢慢变自觉了。不该过问的事不嚼舌，不该好奇的方面也不打听。你家日子若比宋人秦观“家贫食粥已多时”，清人曹雪芹“举家食粥酒常赊”还窘迫，只要不似他俩写成文章昭告天下，不会有人大摇大摆跑来笑你养家无能。你悄悄翻了身有了钱吃肉开车，也没人讥笑你闷声大发财，更不会趁机找你借钱，而住农村则很有可能。

在镇上时，从小爱读书写作的我没有书房，只好坐在人来人往的客厅里间餐桌上看书写东西。邻居来借油盐酱醋借麻将牌团圆桌借磨刀石……都要从我桌前绕到厨房，借到手也不急着走，坐我对面伸手非要看我摊着的书的封面，看字是否写的拿得出手，评价一下我的胖瘦，甚至要盘问上学期的各门成绩……种种好奇，疲于应付。有次一赌气我关了大门，半天无人打搅，真好啊，静静看了很久的书，好景不长，有邻居从后门进来“借火”——用她家的新煤球从我家煤球炉上换烧的正旺的煤球——老邻居了，她知道我家大门不通就走后厨房，厨房后门从不关。她用火钳戳着手上红红的煤球，嬉笑从我写东西的里间抄近路，带着一股烧炭刺鼻的碳硫味，顺便也打开了我家大门，陆续有人要来串门了。那时的心情用现在的学识来形容，算是像萨特所说：他人即地狱。

别人嫌恶小区的冷漠，我欣赏小区的无人打搅；别人愤恨小区的寸土寸金，我喜欢小区的爬楼锻炼登高望远。小区是读书人居所的首选，无论白天端坐桌前，还是夜晚亮一盏小灯，厚窗帘隔开外界喧闹，或读或写，都安宁惬意，鲜有邻居通过借东西来探窥，也不会滋生冗长的闲聊。读书人有时自命清高说什么“谈笑有鸿儒，往来无白丁”，其实就是不愿浪费时间谈论浅薄的鸡毛蒜皮，要是碍于情面无法推阻，只能写文章发泄。而住在小区，基本可实现安妮宝贝那种“阅读是唯一的陪伴”的生活方式，也达到哲学家海德格尔“人，诗意的安居”的水准。读书人，对物质要求不高，对精神要求却一向苛刻，所以居必择邻。曾国藩也说居官不过偶然之事，居家乃是长久之计，让一个读书人天天人声鼎沸迎来送往，是写不出高格调来的。

（江都房产征文优秀奖；20121016《江都快报》文艺版；2014年第一期东海《海陵潮》杂志）

令人感动的黑泽明

——剖析黑泽明自传《蛤蟆的油》

长假期间，白天游玩、逛街、会友……安排颇丰。只有入夜秉烛细读，气定神闲捧在手中的正是日本名导演黑泽明所著自传《蛤蟆的油》。

读时或莞尔一笑或掩卷沉思：小黑君的自传给了我窥视邻邦日本及其成功者的机会。

书中扉页编者介绍之：在他之前，西方世界想到日本时，是富士山、艺伎和樱花，从他开始，西方世界想到日本时，是索尼、本田和黑泽明。足见小黑君的知名度及其达颠的事业成就。

对于这《蛤蟆的油》一名，初读颇觉费解。原来“日本流传着这样一个故事：在深山里，有一种特别的蛤蟆，它和同类相比不仅外表更丑，而且还多长了几条腿。人们提到它后，将其放在镜前或玻璃箱内，蛤蟆一看到自己丑陋不堪的真面目，不禁吓出一身油。这种油也是民间用来治疗烧伤烫伤的珍贵药材。晚年回首往事，黑泽明自喻是只站在镜子前的蛤蟆，发现自己从前的种种不堪，吓出一身油……哦，原来如此。我顿觉醍醐灌顶。难得如此出色的人还通过自传自喻为丑陋的蛤蟆，被自己的种种不堪吓出油来造福后人。

那么，为什么黑泽明要令我十分感动呢？原因就在于，这么一个世界电影史上赫赫有名的传奇人物却从一开始就以平常人的点滴趣闻琐事引我入胜，在捧腹大笑中体味真实人生境遇。

小黑凭借惊人的记忆，开篇满怀童真的把他的童年以及少年时期娓娓道来，一个十分风趣、可爱的爱哭鬼“酥糖”君跃然纸上。

小黑君说——

“幼儿时代的再一个记忆，是奶妈常常背着我去一个黑黑的小屋子。那到底是个什么地方呢？长大之后我常常想起这个问题。结果，有一天就像福尔摩斯那样解开了这个谜：原来她是背着我上厕所。这奶妈太不懂礼貌了！不过后来奶妈来看我，她仰着脸望着身高一米八、体重七十公斤的我，说了声：“孩子，你长这么大了！”当她抱着我的双膝高兴得抽泣的时候，我一丝也没有责备她不礼貌的心情。对于这位突然出现在眼前的老太太，我很感动，却又一时毫无印象，茫然地低头看着她。”

这样长大了的黑泽明不失幽默，却寡淡了探索“小黑屋”的调皮，多了对人生聚散的茫然失措。

在形容自己幼时得“酥糖”这一绰号，黑泽明客观而公正的描述了自己当时的着装风格和个性懦弱的一面，尽管小黑本人觉得即使六十八岁也还感到那时带来的强烈屈辱感。我却越来越觉得他真实的使人在笑意未尽时敬佩他——

“在纯粹传统风格的集体中，突然跑进来一个留着长发，上身穿背带式双排扣西装，下着短裤，脚上穿着红色短袜和带卡子的短帮皮鞋的人。呆头呆脑，简直就像女孩子一样面色苍白的我，立刻成了大家取笑的对象。

他们有的揪我的头发，有的从我身后捅我的皮背包，有的往我西装上抹鼻涕，把我折磨得哭过好几回。大体说来，我小时候是个爱哭的家伙，所以到了这个学校之后立刻得了‘酥糖’这么个绰号。

‘酥糖’这个绰号的由来，是因为当时有这么一首歌：

我家那个‘酥糖’啊，

叫人太为难。

他从早直到晚，

两眼泪不干。

直到现在，每一想起‘酥糖’这个绰号，我都不能比感到强烈的屈辱。”

黑泽明的小学同学植草圭之助，也是他非常要好的朋友，俩人志同道合，因为圭之助也是很有名的爱哭鬼。后来圭之助成了小说家和剧作家，曾多次与黑泽明共事在东宝公司剧本部一起写剧本。

黑泽明的哥哥黑泽丙午，从小严厉训斥小黑，但同处一个学校也时常暗中保护并救援被同学欺负的小黑，令童年的小黑内心既感激又不解。有一次小黑学游泳，总是不敢下水。他哥哥带他到河中心，从船上冷不丁推下他。一直到小黑淹得要沉底时才拖他上船。

小黑虽然当时愤怒又无奈，却因此而学会并喜欢上了游泳。——

“出乎我的意料，我并没有喝多少水，只是吐了几口。我正在发怔，哥哥开了腔：‘小明，你不是能游吗？’

从此以后，我果然不再怕水了。

我能游泳了，而且从此还喜欢上了游泳。

就在推我下水的那天回家的路上，哥哥给我买了冰镇甜小豆，这时他说：‘小明，听说人快要淹死的时候都是龇牙一乐呢。还果然不假，你也龇牙乐了。’

我听了真生气，不过也的确有那种感觉。因为我记得沉底之前的确有莫名其妙的安适感。”

正是这位个性独特的哥哥引导了小黑走进电影界。他哥哥在电影方面的修为很深。就是这样一个称得上出类拔萃的天才，从报考第一中学名落孙山后，厌世哲学就占据了他那聪明的头脑。他常常把“要在 30 岁前死掉，人一过 30 就只能变得丑恶”这样的话挂嘴上，并在 27 岁时履行了自己的诺言，自杀未遂后再度自杀致死。小黑认为他哥哥是被俄国文学《绝境》中的主人公纳乌莫夫所说的奇怪的死的福音所迷惑。没有想到竟一语成谶！小黑为此深感懊悔和失去亲人的悲痛。

电影《作文课堂》的主演德川梦声仔细端详了小黑说："你和你哥哥的模样完全一样。不过，你哥哥是底片，你是正片。"意思是小黑哥哥的脸上有股阴郁之气，性格上也是如此，而小黑无论表情和性格都是明朗的、阳性的。

于是我们该万幸黑泽明不似他哥哥那般阴郁，是阳光般的明朗个性延展了他的健康成长。黑泽明自己说："植草圭之助也说我的性格与向日葵相似。有向光性。所以，我以为德川的话是对的。不过，我认为正是有我哥哥这样的底片，多亏他的栽培才有了我这样的正片。"手足之情，令人感动。

黑泽明从小就喜欢绘画，而且十分认真的投入画画。这使黑田小学班主任立川精治先生非常赞赏小黑。这更使当时笨拙的小黑立即像 Pan-focus 那样和从前截然不同了——

"大家拿出图画纸和彩色铅笔开始画起来。我也动手画了。我画的什么已经不记得了，只记得非常认真、使劲的画，甚至不怕把铅笔弄断。涂上颜色后还用唾液洇湿涂匀，结果手上沾了各种颜色。

立川老师把大家画完的画一张一张地贴在黑板上，让同学们自由地发表观感的时候，大家对我那幅画只报以哈哈大笑。然而，立川老师怒形于色地环视耻笑我的那些同学，然后把我大大夸奖了一番。夸奖的内容我不记得了。

我模模糊糊记得，光是手指上唾液涂匀与颜色这一点他就非常赞赏……立川老师离开黑田小学的时候，我已当上班长，胸前挂着有紫色绥带的金色班长徽。"

的确，幼年的人生观处于萌芽状态的黑泽明有幸遇上了一个恩师。他从恩师那儿汲取的精神力量及建立起来的自信是巨大的。

若干年后，37 岁的黑泽明导演的影片《美好的星期天》（1947 年）上映了。几天后，他收到了一张明信片，开头这样写：

影片《美好的星期天》放完，影院灯亮了。观众都站起来。但是，有一个坐着不动在抽泣的老人……

黑泽明接着看下去，情不自禁地要喊出声来——

"这抽泣的老人原来是立川老师！

就是那位非常疼爱我和植草、精心栽培过我们的立川精治老师！

立川老师的明信片继续写道：

我从片头字幕上出现编剧植草圭之助、导演黑泽明开始，就热泪滚滚，以至银幕模糊了。

我立刻和植草联系，决定请立川老师到东宝公司宿舍来吃饭。当时虽然粮食困难，但在东宝公司吃鸡素烧还是办得到的。

我们俩有25年没有和立川老师一起吃饭了。遗憾的是，老师瘦小干枯，牙也不结实了，吃牛肉好像很费劲。

我想关照一下给他弄些软的来，刚站起来他就连忙制止，他说：仅仅看到你们俩就是一次盛宴。

植草和我恭谨地坐在老师面前。

老师仔细的看着我们，不住地嗯嗯着点头赞许。

我目不转睛地看着老师，眼泪渐渐遮住我的视线，老师的面孔变得模糊不清。”

值得一提的是，爱哭鬼植草也曾被立川老师良苦用心提拔为佩带红缎带银徽章的副班长。不久，植草写出了使立川老师大吃一惊的、十分精彩的长篇作文。黑泽明和植草圭之助的确是立川老师培养出来的最优秀的人才！

黑泽明不仅电影拍的呱呱叫，连批判自己的缺点方面都颇具幽默，令人忍俊不禁——

“请看，我连阿拉伯数字写的都不合规格，仿佛是异形字母；我不会开汽车，连操作普通的照相机、给打火机上油也不会。我儿子说我挂电话的神态，简直就像是黑猩猩。”

哈哈哈……这段平民化的生活写照，于细微处让我们窥视大师不为人知的可爱之处。原来大师也是普通人，也有各种小小缺点哪！

黑泽明还煞费苦心找来自己在京华中学的同窗朋友的旧文章（曾在昭和二年毕业生同窗会的会报上写过），其中一段正好从侧面评价黑泽明其人——

“他的语调像女人。我记得，和这位皮肤白皙的高个子朋友走下大堤的陡坡，两人并肩躺在草地上仰望晴朗的天空时，有股说不出来的酸甜感。”

对这样出其不意的评价，黑泽明哭笑不得——

“从这篇文章可以看到，那时候我身上还有许多女里女气的地方。

我想，可能是被称为‘酥糖’的时代自娇自宠惯了，甜得过了头，这才使人感到有酸甜感。除了这样安慰自己外，还有什么办法呢？

总之，让我感到吃惊的是，我的自我认识和别人心目中的黑泽明是截然不同的。”

我觉得如果把黑泽明的自传看作是用色彩调和的，那么青年时期迷茫中寻找出路的黑泽明便是分水岭。之前的童年、少年是五彩斑斓、色彩艳丽的；之后的创业中的青年、中年以至后来都是冷峻忧郁的蓝色、灰色。

1943 年黑泽明因执导第一部电影《姿三四郎》一举成名。然而小黑君并没有因此而富裕或者满足现状、裹足不前。他一直在勤恳钻研电影艺术。

黑泽明的执著事业心和面对挫败的冷静得益于从小其武士出身的父亲的严格甚至残酷的教导。在父亲苟于严谨的教导下，黑泽明的剑道、书法和绘画技艺大增，也练就了他隐忍而坚韧的优异性格。此时写自传的黑泽明已是 68 岁的老人，却十分清晰的记得父亲当年苛刻的管教——

“从和父亲一同去落合道场拜师习武的第二天起，除了星期天和暑假之外，这样的体力训练一直持续到我从黑田小学毕业。

即使冬天父亲也不许我穿袜子。每到冬天，手和脚就生冻疮和皲裂，使我叫苦不迭。母亲心疼我，精心照顾我，每天让我在热水里泡手和脚。”

黑泽明的父亲用严厉的家教培养他成人，而他的母亲却在日常生活中以母性的慈爱和隐忍的作风对其潜移默化。

黑泽明回忆到：“战争时期有一支歌唱道：‘父亲啊，你很坚强。’可我愿意改成‘母亲啊，你真坚强。’

母亲的坚韧，特别是在忍耐力方面，是令人吃惊的。

那是有一次母亲在厨房炸虾时发生的事。

炸虾的油起了火。当时母亲两手端起起火的油锅，手烧到了，眼眉、头发也烧得滋滋地响，然而她却沉着的端着油锅穿过客厅，穿好木屐，把油锅拿到院子里，放在院子中央。后来医生匆匆忙忙赶来，用镊子把她那烧得黑黑的皮肤剥了下来，给她涂上了药。

那是令人不忍卒睹的场面，然而母亲的表情丝毫未变。

此后将近一个月，她的双手缠着绷带，仿佛抱着什么东西似的放在胸前，却没喊过一声疼，没说过一声难受，总是平平静静地坐着。

无论怎么说，这样的事我是做不到的。”

读到这里我想，不仅黑泽明暗自佩服自己的母亲隐忍、吃苦耐劳的性格，我们广大读者也无不对这位母亲的举动感到震惊和肃然起敬吧！

黑泽明自传中有一小篇是《懦弱与渺小》。1928 年，仅 18 岁的他开始出入位于半岛区椎名町的无产者美术研究所。还在这个所新办的展览会上展出了他的绘画和招贴画等作品。后来，黑泽明对无产者美术运动感到厌倦。就参加了无产者的非合法政治运动，到后来误入歧途甚至被逮捕。当时思想稚嫩的黑泽明几乎走到了绝境——

“那时，我住在水道桥附近一家赌场的二楼上，四铺席宽窄的一间屋子，终年不见阳光，光线十分昏暗。有一次我得了感冒，发高烧，动也不能动了。由于高烧神志不清，总能听到楼下洗牌的声音，那声音时近时远，时大时小。我听着这种声音迷迷糊糊地过了两天。房东老爹因为两天没见我露面，颇感奇怪，就来到楼上。他来到我这充满汗臭味的房间，看到我憔悴已极的面孔，吃了一惊，说：‘我马上请医生来！’可我坚决反对。我说：‘没什么大不了的。’

我不知道这场感冒究竟是不是真没什么大不了的，可我知道医生一来可就不得了，因为我身无分文。

房东老爹下楼去了，过了一阵，他的女儿给我端来了粥。此后她每天给我送三次粥，一直到我病愈。

那是一位什么样的姑娘呢？我现在想不起来了。但是她的情义我是永远难忘的。”

一口气看完这些，我轻轻合上书，暂缓内心的心潮起伏。既同情黑泽明当时的危险和落拓，又暗自感激那位默默无闻的善良的房东家姑娘。她帮助了一位未来电影史上世界级导演！

黑泽明因此想起了中村卓田男的诗句：

回首柳暗花明引泣，但慨初生牛犊无惧。

我想这就是人生的低谷，苦尽甘来，祸尽福到吧。从黑泽明的哥哥死后，黑泽明一直在挫折中苦苦寻找出路，连不愿意干的手工活儿都接了。转机就在最低谷时出现了。当26岁的黑泽明应聘进入了P.C.L制片厂，并碰到了他一生中最好的老师——山本嘉次郎先生（著名导演），这时的黑泽明仿佛在黑暗的甬道中瞥见一束希望的强光。

山本先生性格温和，从不轻易发火生气。然而在面对电影方面却向黑泽明发了唯一一次火。他指责小黑君随便错认电影中招牌的态度，气冲冲地说：“那是卖香荷包的招牌。随随便便说话可不行！不知道的事情就该说不知道！”

黑泽明一句话也说不出来。

这几句话，他刻骨铭心，至今难忘。

还有当黑泽明32岁时，拍了部让他一举成名的电影《姿三四郎》。当时他改编富田常雄的《姿三四郎》成电影剧本，并将剧本送给恩师山本先生处。出席盛宴豪饮归来的山本先生连夜认真研读黑泽明的剧本，严格仔细到甚至常常把读过的再翻回来重读一遍。山本先生严谨而尊敬的态度使黑泽明感动良久。

黑泽明自传的最末一句话说：再没有比作者的作品能更好的说明作者的了。是的，因此我们还是更有必要到他本人所导演的电影里寻找黑泽明更耀眼的闪光点吧！

他坦言自己所导演的最难忘的作品是《平静的决斗》，而最喜欢的是33岁时所拍的描写女子挺身队参加军需品生产的故事片《最美》。小黑至今还十分佩服那些吃苦耐劳的女演员们，并且其中一位成了他妻子。小黑客观的评价了他俩最初关系，似乎与我们想象中导演与女演员之间甜蜜浪漫又志同道合的爱情相距甚远，更加真实化、生活化——

“本片中扮演队长的女演员矢口阳子后来和我结婚了，可是那时她作为女演员代表常来找我交涉。这人非常泼辣、顽强，因为我也是这样的人，所以常常演成正面冲突。每当这个关口，入汇（工厂女工舍监）总是连忙插进来，煞费苦心地说和。”

我却觉得他们好似欢喜冤家，不打不相识。没有华而不实的甜言蜜语，相互之间存在着难能可贵的志同道合的坦率直白。

后来两人举行朴实无华的婚礼（《姿三四郎》成名两年后），媒人是恩师山本嘉次郎及其夫人。黑泽明的父母因战争疏散到秋田老家去了，所以未能出席他们的婚礼。婚礼后的第二天早晨，美军飞机空袭东京。当天夜里，B 29 部队大规模轰炸东京，明治神宫起火。所以，黑泽明和妻子矢口阳子连结婚纪念照都没有。甚至连婚礼都是在异常紧张中匆匆举行的，婚礼进行中就听到了空袭警报。

黑泽明夫妇婚后生活相当拮据。因为矢口阳子婚后就不再当演员一心主持家务了，但黑泽明当时的薪水还不到她的三分之一。黑泽明说：“妻子做梦也没有想到导演的薪水如此之低，生活过得如此艰难。”也许其他读者看到这里会为矢口阳子嫁了个比自己薪水低很多的有名的穷汉子而懊丧。但我觉得既然矢口婚后义无返顾的辞去高薪演员职业专心当起照顾丈夫的家庭主妇，一定是下定决心要嫁这个为艺术而奋斗的杰出“穷鬼”的。我为此而感到欣慰。

总之新婚不久他们就为生计发愁，而黑泽明除了写剧本赚钱别无他法。黑泽明回忆当时，历历在目——

“为此，我曾经同时写过三个剧本。

大概是因为年纪轻才能这样干吧。不过那时也同样累得筋疲力尽。三个剧本写完的当天夜里，我喝着喝着酒，禁不住泪如雨下。”

读到这里，我的眼睛也湿润了。当时战乱而民不聊生的日本以及不景气的电影业让黑泽明深深体会到生活的艰辛和酸楚。在他的自传里，看不到居功自傲和沾沾自喜，只有淡淡的忧郁和真挚的平淡生活。惟有真实才能恒久永存，并越发感人啊！

《跨过太平洋》这一小节中两处细节，使我有落泪的冲动——

“我顺便多跑几步去了秋田县，看望了疏散到乡下的父母，这是此行的唯一收获。

到了父母家时，已是半夜了，我咚咚地使劲敲大门。为了照顾年迈的父母，姐姐种代也随两位老人到了这里，当她从门缝看到是我时，喊了一声‘是小明啊！’，就扔下我，撒腿跑进厨房去淘米。我简直被她这荒唐的举止惊呆了。

这实在可笑，然而笑不出来。她看到连顿米饭也吃不到的弟弟，此时此刻做姐姐的唯一的愿望是让他赶快吃上一顿米饭。姐姐这种心情使我感动得落泪。

在这里和父亲过了几天，也是和父亲最后的团聚。

父亲是看过《姿三四郎》之后疏散到此地的，没有见过他的儿媳妇，所以总爱打听儿媳如何如何。

战败后不久，我就当了父亲，而我的父亲没有来得及看到孙子就去世了。

我回东京时，父亲给我装了满满一背囊大米。

父亲是想，哪怕让怀孕的儿媳多吃上一碗米饭也好，这心情我十分理解。那背囊沉得可怕，甚至稍一马虎就会让它给坠个仰面朝天。我背着它挤上了挤得满满的火车。……

第二天早晨，我背着装满大米的背囊到了祖师谷的家，在门厅里坐下来。我本想背着它再站起来，但无论如何也站不起来了。”

黑泽明说：“我没有把握使读者读我的东西一定感到有趣。但是，我常对后生们讲‘不要怕丢丑’，而且时时把这句话讲给自己听。于是，我就动笔了。”

我想，当一个被世界承认的知名导演都不怕“丢丑”了，我这无名小卒就更应该以“大言不惭”、不怕丢丑的态度作一篇评论来缅怀这位平易近人的导演罢！

注：为增说服力，此文多次引用黑泽明自传《蛤蟆的油》里的

片段。

紫

网购饰品，发现一家很诗意的饰品店，名叫“紫遇”。

一直对紫有莫名溺爱。它那过于神秘而成熟的气质足以让很多迫不及待要长大的女孩早早选择以它为底色来装扮自己。其效果如同七八岁男童非要一本正经穿西装打小领带，看得人只想拍手叫绝，喜不自禁。

数数自己全部拥有的紫：一条闪着亮点的紫围巾，是在网上秒杀来的，因为抢的太不易，所以天一降温就赶紧围上它，好让它的价值发挥到最大；一件在实体店淘来的紫棉袄，穿它出去玩过常州恐龙园和无锡灵山大佛，故一见到这件紫外套就条件反射想起当时的新奇劳累；一对紫水晶耳坠，那是某个月份，口袋里只剩十块钱时站在摆放它的架子前踌躇半天一咬牙买下的。那个月不知怎的，工资竟然不够用！也许是天生“采购狂”所致；一件被家人评价为“老奶奶穿的”紫毛衣，是在浙江某毛衣名镇千辛万苦挑来的。前襟镶着水钻和胸花，老板说纯手工串的珠子。镇上有的商场甚至打出了“世界毛衣之城”的横幅，真是气吞山河。不过去了就知道，那镇上，除了银行医院等必须元素，剩下的全是毛衣铺子！而且一个小镇，动不动就亚洲某某商场、中国某某之都，靠毛衣发家致富，街道高楼林立，从楼貌新旧度看出该镇N年前就阔了。千奇百怪、五颜六色的毛衣被商家用大三轮车小货车驼来运去，不是在街道上而是在商场一楼过道里面行驶。到了自家铺子前，哗的一倒，千万件毛衣堆到地上，全是刚刚纫好，新鲜出炉的！通常一楼是原件生产，二楼以及以上都是成品批发或零售，我们一行男男女女全疯了，朝四面八方散开，打着替全家挑选毛衣的号子去找“心头大爱”了！我呢，专门看紫色的毛衣！一家家敞开的铺门……逛的那个心花怒放呀！终于，众里寻衣千百度，蓦然回首，那紫毛衣却在铺子最不起眼处！

学过色彩学的人都了解，紫色是由温暖的红色和冷静的蓝色化合而成，是极佳的刺激色。在我国的历史上，紫色一直是尊贵的颜色。要不北京故宫怎会又称为“紫禁城”呢？据说，在古代穿紫色还要讲身份。

现代人，能够花点小钱就随心所欲的穿戴紫色，真是太自由太幸福了！

(20131029《新民晚报》夜光杯)

有趣的人造食物形状

这篇是专门写人造食物的形状，而不是罗列比如蛇豆啊葫芦啊榴莲什么的，那种纯天然奇形怪状的食物。

人造食物的形状为什么吸引我去写呢？可以琢磨制作者的用心，这实在是太好玩了。

我曾经在超市里看见过一笼新出炉热气腾腾的水蜜桃，桃尖粉红，糕香水雾缭绕周围，好像仙宫中的蟠桃，很诱人，旁边还有两笼普通包子和烧卖做陪衬。正好带着傻瓜机，马上拍下来，回去发给《齐鲁晚报》作为趣图刊登，起标题时想了半天，说不定山东那边没怎么见过这种糕点呢，我就起了个《桃子不止树上有》，编辑登出来时也没改标题，大概觉得就这样蛮好。后来想想，估计山东人不兴吃这种糕馒，我们这里老人过大寿都有寿桃糕点的。

小时候住在农村，家人每年都蒸馒头，所以知道那寿桃是面点师做出桃子形状，再精细地刷上浅浅的洋红。不像农村的呆笨馒头，只需要筷子头蘸一下洋红，往刚出锅的松软馒头顶部稍一点压，至于点多点少、点大点小、点歪点斜、点粗点细……随便你。

我曾恶作剧趁大人不在意，把整个馒头上上下下里里外外全点上洋红，感觉已经不再是普通馒头而是可怖的“出疹子”的馒头，因为可以在大人忙得一脸面粉、脚不点地的时候瞎胡闹，所以特别喜欢蒸馒头的那一天，且常常要抢风头，必须把我中意的馒头点上三点洋红，以作为是“我的馒头”的标记，吃的时候也专门拣“三眼馒头”吃，其余的大人点的、正常而漂亮的“一眼馒头”，通通被我从晾晒馒头的大匾里翻得滚滚的，有时站着看热闹的邻居会看不下去，往我手背上猛啪一掌，说：“小孩子作弄饭食就是骂天，不得好死哦！”

还有，经常看到有些人家用塑料淘米箩晒出来的百叶卷，才搞笑呢，都裁剪成一块块的，折叠几道，再打上死结，晒得干不拉叽的，浓缩成小小的手枪拐儿形状，一个一个整整齐齐的，看了忍俊不禁，一定是非常有耐心的家庭煮妇的杰作。我妈也这样晒百叶卷，问她为什么打结，答案有二：一是防止晒后百叶松散干裂，二是专门跟肉烧，肉里面的油分渗透进去了，越嚼越有劲，磨牙。

美食节目里，一个五大三粗的男厨师非要把大雪梨削了皮，雕成半透明的荷花瓣子，再用外观粗笨实则灵巧的手，一片片捏进白瓷盘里，捏的花尖一律朝外，花屁股一律对内，形成漂亮而对称的适合纹样，捏得满头大汗，估计手上也在冒汗……这道美食，我承认做出来一定很美，但叫我吃，是不愿意吃的，眼不见为净，见到了，总觉得厨子的手汗在心里挥之不去，异怪。

干嘛要写这一篇，我也奇怪，可能是看了法国第一才子鲍里斯·维昂的小说《岁月的泡沫》给的启发吧。小说里有个吃穿不愁就差爱情的有钱小帅哥希克，他请了个厨子天天翻花头地吃，还带朋友来家里一起享用。那厨子叫科兰，有天给主子希克准备了一道火鸡，本来挺普通，但调料很特别，科兰介绍说：“这调味汁可是用芒果酱加刺柏酒调成的，缝合在小牛肉卷里。你只需在上面按一下，酱汁就会像过筛子一样一股股地流出来。”缝起来再挤压得冒出来，这食物形状的制作过程，是不是很顽童？OK，主子希克一看，果然很开心，直夸棒极了！这厨子手艺不错，童心未泯。

（20141201《新民晚报》夜光杯；20140325《江都日报》文艺版）

熟的真美

如今银行点钞一般直接上点钞机，过个几遍，既数钱又验钞。而在以前，条件限制下则多属人工点钞。安徽天长籍作家苏北就在银行工作，他在文章里写道："你别小看这点钞票，点好了也是劳动模范，我们邻镇有个出纳，因在全国点出名次，奖励了两级工资，还弄了一个三八红旗手。点钞不是你家那一点钱，我们一点就是几千张。点法有单指多指，还有扇面，多指一下能划几张，扇面一次十张。快的一百张拾元的不要十秒钟就点完了。"读着这段文字想起我曾在银行排队储蓄时，前面那窗口内一双灵巧的手以快到盯不过来的速度点完了一堆钱，头也不抬，口中念念有词。数完不放心再上点钞机数，结果两下数据一样，看得我们后面排队的人脖子不禁伸长了。

认识一位菜场卖鱼的奶奶，也算是老邻居，没搬家前天天能见着她，她孙女跟我还算小学校友。甭管您在她鱼摊上买了多少种类、条数的鱼，分别装袋，水淋淋拎在手里让她算总价，那复杂到几量几钱的斤两以及精确到几块几毛的单价，相乘再相加，数学上的四则混合运算，上过学的个体户都要戳一戳计算机。她一手还抄着鱼网兜，一手掰手指，翻翻眼睛价钱就出来了。有时你不信，非要掏计算机再算，算到最后就惭愧了，为什么？人家奶奶把零头都默声不响的给你掐了。大方吧！厉害吧！其实她大字不识一个，那时候还不兴电子称，有了人家也用不着！这么强的心算，哪儿学来的？我趁机"采访"她，她告诉我，从年轻时就卖鱼了，卖了大半辈子的鱼，称重算账滚瓜烂熟，再难算的组合都碰到过。

我们普通人在 KTV 对着大屏幕上滚动的歌词说不定还唱得走音跑调抢节拍，训练有素的歌星就不同了，一上台面对观众眼前任何提示都无，还得克服着表演服装的种种不适以及台下黑压压人群带来的激动与紧张，将一首歌唱得毫厘不差，吐字清晰，饱含感情，风生水起，配上潇洒娴熟的舞台动作，或向观众挥手飞吻或随歌曲起承转合恰到好处的轻扭腰肢，一曲唱罢，台下掌声雷动，鞠躬谢幕，一气呵成，十分帅气。台上十分钟，台下十年功，不用问都明白，这一首歌不唱个百八十遍人家绝不敢登台——像我们在歌厅似的练都不练上来就鬼哭狼嚎，还不砸了自己场子！

以前在农村，家里请瓦匠砌房子，挖好地基量好地之后，等距离站五个人，一人专门守在砖堆旁双手抛砖，一人站在要砌的墙与砖堆中间负责接砖，一人立于脚手架上左手接砖右手提砌刀，刀快速伸进水泥桶挑适量水泥飞似的均匀抹于砖面，啪的拍在正砌着的半面墙上，前后敲打让它横平竖直，脚手架下一人边浇水、用铁锹搅拌水泥黄沙边麻利分装刚用完送来的一字排开的空水泥桶，最后由一位腿脚得力的人一趟趟拎去各个砌墙瓦匠处换空桶回来。那一派繁忙的景象以及每位师傅熟透了的几套动作，虽机械，却显得劳动有多美！可谓万丈高楼平地起！都说我们这边是建筑之乡，就是这么一砖一瓦练出来的。

熟的技艺，甚至连牌桌上老赌户洗牌也值得一看，“三缺一”要是找着了人，他们连饭都顾不上吃就直奔棋牌室。一沾牌桌，桌上的一切都透熟，二话不说先坐下来洗牌，闭着眼睛都能噼里啪啦码的整整齐齐，四人合力，不出一分钟四条“长城”一齐推成“井”字，这时其中一位画龙点睛，猛的往“长城”中央掷两粒骰子，待它们好不容易停止旋转，往里面一瞧，说不定还是六六大顺的点数。

“熟能生巧”这成语本来源于一个卖油翁，他可是从小小的钱孔往油葫芦里倒油。最后油一滴不剩倒进去，钱孔上连油星子都没沾。

有一个擅长画圣母的天才画家，37 岁就“过劳死”谢世了，短短一生创作 300 多幅作品，他还是意大利文艺复兴三杰中最年轻的一位，他就是拉斐尔。拉斐尔怎么就能画出那么多端庄典雅的极品女人呢？他说：“为了画出极漂亮的女人，我必须看许许多多极其漂亮的女人……”这回明白了吧——哪一种熟都得经过反复的勤学苦练。这样的熟练就一定美吗？还不够，得继续苦练，在熟的基础上生出相应的技巧，才是大美！

(2012 年第 6 期河南《创新科技》杂志)

谁说她们不时尚

在长途车上邂逅两位小鸟一样叽叽咕咕不停说话的女孩,抬眼稍稍打量了一她俩一人着黄色夹克加米色一步裙，另一人着蓝白条纹带帽长袖 T 恤和黑牛仔铅笔裤。非常普通的着装。我坐在她们斜后座，看不清她俩年轻的面容，只见长发飘飘的背影和不断闻到随长途大巴天窗上汩汩的风裹挟而来的一阵阵发香。然而我是个闷人，自然不会因为想安静的睡一会儿而去打搅她们的谈兴，更不会主动上前赞叹她们的香气袭人。虽吵是吵点，但清香扑鼻也还算旅途愉快。迷迷糊糊当中车停在了一处服务区，中途上来一位男乘客。他拎着笔记本电脑几步跨上车，坐在了两个女孩身后的位置，刚呆了几秒钟他就惊呼:“好香呀!啊哈，选对地方了……喂，你们洗头了吗?真好闻!”两个女孩咯咯笑着纷纷扭头与他搭上了话。我也由此一睹她们的芳容，确实是很普通的女孩，里面坐的那位是个小翘鼻子，脸颊上闪耀着几点雀斑，外口坐的女孩单眼皮、薄嘴唇。她们都没化妆，然而我却很欣赏女孩们所散发出的朴实和青春的灿烂气息。这时候若我是一个善于抓拍的摄影大师就好了，会捕捉到很多关于美丽与魅力的小细节和大画面。

说来说去，时尚就是为了使自己更有魅力，更吸引人。甚至时尚是为了让女人通过哗众取宠来吸引男人和吓退其他女人的。越来越多的都市女白领们勒紧腰带、管住胃内馋虫终于攒够了去光可鉴人的大商场血拼的包包、名牌香水、奢豪衣裙……我倒不认为这些名牌层层包装下的女性就真的能玩转时尚了。重要的是，不论穿什么样的衣衫化什么样的妆，恐怕都得具备一颗朝气蓬勃的心与顺其自然的柔美性格。

车上的两位女孩可能根本不考虑什么时尚，因为那一刻因男乘客的赞美和陪衬渲染的她们已经足够迷人也足够时尚了。女孩们的馨香和灿烂笑容使我瞌睡中的脑际不由浮现出意大利威尼斯画派大油画家提香的名画《花神》。她把 16 世纪的女性美一直延展到了 21 世纪，谁说她不时尚呢?

(20100709《新华每日电讯》16 版.不动声色)

咖啡与时尚

A 女士是我的一位读者朋友。她平民出身，在商海打拼了多年，别人朝九晚五她则朝五晚九，熬到中年总算实现了夙愿，过上有房（二手房）有车（二手车）的好日子。

与那些由贫转富的女人不同，A 女士从不刻意悬戴黄金白银首饰炫富，也不屑于血拼些名牌衣裙与包帽。她仿佛通晓不少时尚之道，凡生意所需去广州上海等潮城必花上一两天时间专挑那旁人疏生却唯自己钟爱的时尚店家为自己选购众多衣饰。那些店通常没什么大名气也不会广而告之，但所售衣饰却紧俏而昂贵，女店员们一律清高冷漠，不疾不徐。讨价还价将被她们呲之以鼻。这越发凸显得店内衣裳的独到和可贵。A 女士常常是边咬咬牙掏出现金边暗自对每一件衣裳都啧啧自喜。女店员一下子卖出十头八件衣服收了现钱却并不因这桩大生意显得十分欢喜，她们绷紧笑意边拉开厚重玻璃门送客边郑重透底给 A 女士：“放心穿！我们店的衣服，随便哪个大街上绝不撞衫，都是出口前的限量版！”

A 女士告诉我，走南闯北她还真没碰见过哪怕一个与她衣服雷同的女人。此刻的A女士确实与众不同，V领兔绒蝙蝠衫在咖啡馆橙黄色灯光下闪着乳白色典雅的光泽，刚才她向我款款走来时，腿上那条飘逸不凡的银灰色西式长裤竟使我产生一种越过冬天春暖花开的愉悦感！这些衣裳非常含蓄地彰显着A女士的时尚与细腻，温情与柔美。丝毫想象不出她贫寒的少女时期以及摸爬滚打的前中年时期在她身上所留下的痕迹。

作为她的年轻女友，本是邀她来咖啡馆顺便向她传授些时尚新概念的我倒真有几分自惭形秽：全身上下各处淘来的衣裤虽也算色泽鲜亮比较潮流却加起来不超过三百元。我招呼waiter来杯不加糖麦斯威尔。问A女士喜欢哪种咖啡。她张大眼睛说："麦斯威尔听着耳熟却没想到是咖啡！我只知道雀巢。"我有点惊讶并把各品种咖啡对她如数家珍："每种咖啡品种不同口感也不一，除了雀巢还有蓝山、炭烧、拿铁、玛琪雅朵、康宝兰、牙买加、那加雪飞、卡布基诺、肯亚……"她听了一拍手："对对！我车里碟片有首歌总是唱'爱情像卡布基诺'，就来杯卡布基诺吧！"waiter绅士般点头告退。她有些脸红："我没时间上网看电视。每天围着转的除了生意还是生意，好多你们年轻人眼里过时的东西对我来说还是头一回呢！"我深表理解并稍稍直了腰杆。也许A女士千里迢迢去买独特而潮流的衣裙正是她对已逝青春的弥补和对时尚的追逐与尝试吧！

不由想起最近看的一部电影《庐山恋2010》，片中穷小子发家的方中信追着前女友秦岚（其母亲张瑜是某集团董事长）为自己辩解："我花了三十年时间才能跟你喝上一杯咖啡，我们太不一样了！在你看来轻而易举对我却比登天还难，我拼命争取，对我来说岂止没有免费的午餐，就算是付费的，我付出的一定比别人多！"

告别A女士后，每次漫步街头见到一些如A女士般时尚的中年女子，都会从心里为她们鼓掌。即使付出的比别人多，你依然可以享受咖啡时光（尽管叫不出名）、追逐时尚甚至寻找爱情的权力！

(20120604《新民晚报》B6版；20110222《江都快报》文艺版)

丝袜妙用

早春时节，乍暖还寒，但丝毫不能阻挡年轻女孩急切的爱美之心。朴素的街市，裹着灰暗冬装的人群中偶尔见到一两位缩着肩膀抱着奶茶的女孩，她们通常披着栗色卷发，穿那种酷似淘宝店女模特的驼色及膝大衣，百褶裙若有若无的隐在大衣下摆，露一截透出皮肤色的黑丝袜，脚上是高筒靴子。看得人心里有些受凉般。其实这样煞费苦心的打扮，在我们的小城市里，还真的蛮漂亮。只是，丝袜对于胖子来说，是一种磨难。丝袜与棉布运动裤二选一的话，我一直是选的后者。美，是要付出代价的！看到舞台上的主持人、歌手，说的唱的都一头汗，裹着紧绷绷的丝袜，真替她们感到不易。一次，看采访倪萍的报道。她坦然面对自己的老和懒散，说再也不用天天穿丝袜上镜了。我才知道，原来瘦人穿丝袜也不好受。

丝袜这么让人不舒服，可咬咬牙穿上它，效果却是奇佳的。红丝袜、绿丝袜、格子丝袜让时尚女孩活泼俏皮，黑丝袜让成熟女人更端庄高雅，肉色丝袜贴近皮肤本来面貌，修正身材。可贵的是，丝袜还有很多其他美妙用途。

因为本人嗜吃喝，就先说说丝袜用于吃喝。

刚刚网上看了一部律政类香港电视剧《怒火街头》，郑嘉颖主演的大律师在自家街区喝下午茶，店小二龙仔喊着："丝袜奶茶到——"。等等，什么？！丝袜奶茶？！丝袜是穿在脚上的，怎么好又整的喝进嘴里？！倒回去仔细看，哦，晓得了，咖啡煮好要在一个容器里过滤一下再端给客人喝。立即百度一下，原来香港特有的下午"丝袜奶茶"，其实就是把煮好的锡兰红茶用一个尼龙网先过滤，滤走茶渣，使红茶更香滑，再加入奶和糖。据闻最初发明之时，的确是用丝袜来过滤的。"工人看见我将茶用个袋冲来冲去，觉得好过瘾。他们见茶袋啡色，以为是丝袜，以后每次就大叫'一杯丝袜奶茶'"原创人林木河道出丝袜奶茶的由来。

细密又有韧性的丝袜，还可以辅助做丝滑美味的鸡蛋羹。鸡蛋和水以一比一的份额入碗打匀，如果不过滤，蒸出来的鸡蛋羹会有蜂窝孔，视觉和口感都不如意。用丝袜过滤过的蛋液就漂亮多了，那些浮沫和絮状物都不见了，清淡丝滑，正如丝袜穿在身上给人的感觉，没有坑坑洼洼，只有光滑柔顺和美观。

接着说说丝袜用于家居。

丝袜花从日本传入中国，在日本被称为“东篱花”，最初也就是心灵手巧的家庭主妇没事做时把破了洞的丝袜洗涤一番修饰制作成各种不同品种的花。现在据说有的幼儿园也在教做丝袜花，可见简单易学又十分实用。那特有的半透明逼真效果，艳丽优雅的各种丝袜花装扮了家居，真是仿真花中的奇葩。

如果想让自己的衣橱一打开就有香味涌出，那试试将丝袜内装入桂花、玫瑰、腊梅等鲜花或香料，挂在衣橱里，一定会使每件衣服都融入丝丝香气。

最近跟着电视节目中的“生活小窍门”学了一招，就是冬天晾晒厚毛衣，因为垂坠时间太长，固定它的衣架和衣夹会使毛衣变形。这时，闲置不用的甚至破损准备丢弃的连裤丝袜就登场了。将连裤袜横成一字，从毛衣左胳膊进右胳膊出，在衣领处拽出丝袜的裤腰，用 3 只夹子分别夹左右胳膊露出的丝袜腿和领口的丝袜腰，这种晾法，台风都刮不走，毛衣可以在风中尽情翻飞，肩头也好领口也罢，绝无一点抻痕和变形。百十元的毛衣可以用各种长短不一的衣架随便晾，不过高档的、有纪念意义的毛衣，可以试试这种“金贵晾法”。

再说一个关于丝袜的“万圣节玩法”——就是套在头上出来吓人！有抢银行企图者勿学！

(20120322《沧州日报》7 版；2012 年第 10 期辽宁《中国作家》杂志)

DIY 花盆

天天关注一位女博友，她很勤奋，总是网晒 DIY 的各种风味小吃，引我们大流口水，连夸她手巧。某天她又晒自家大门口的两株“门神”：一株柿树，一株橘树，都长势不错。我下载了这张图仔细欣赏。她家在镇上，三层小楼带院子，很宽敞。门口水泥浇筑的一大块空地总是整齐晾晒着她的宝贝腌制半成品……咦?这两棵树在水泥地上怎么长？再一看原来是汽车轮胎 DIY 的大花盆，亏她想得出来！绝了！我立即 QQ 她，她说她儿子是货车司机，天天长途跑货，轮胎坏的快，以前换下来的旧轮胎都瞎扔掉了，今年攒了四只旧轮胎在院子里，占地方。她突发奇想把它们两个一组摞起来，用铅丝固定上下两只轮胎接洽的地方，两只大型花盆就做好了！底部还是开放式的，不怕种进的植物因积水而烂根。两个 DIY 花盆搬到门口，一边一个立好。又去屋后菜地刨了土，一趟趟运来倒进轮胎，又撒一点豆渣拌匀作肥料，买了小柿树和橘树种进去，它们就一天天长大了。

羡慕她家自盖的房子，大。我住的商品房没条件养树。她提醒我可以用废旧材料 DIY 小花盆，养更多花。正好家里瓶瓶罐罐多。植物也有十几盆，可以分株送给朋友、同事。

几个月前刚给芦荟“换大房子”，移栽到青花瓷大花盆里，没多久它又“节外生枝”，周围冒出很多小芦荟，都长得翠绿欲滴让人不舍；那大仙人球周身也长出几个“子孙”，以前“抓大放小”总是一掰了事，如今可以等它们长大一些摘下扦插，小球底部有根须，一插即活；还有兰花，长势旺盛，抽出很多长枝条，枝条顶端长出一球球小兰花，底部也有根须，也可剪下扦插，独立成花……正愁怎么安置它们呢，于是动手找出很多大饮料瓶和饼干桶还有铁皮酒盒，开始 DIY 花盆。

先把大塑料瓶拦腰剪下，底部戳几个排水洞。饼干桶、铁皮酒盒质地硬，倒过来用大铁钉和锤子凿出几排洞。一连 DIY 出十多个大小不一的花盆，分别铺一层肥料，填土，移栽上小芦荟小仙人球小兰花，用细孔喷水壶喷上水。刚扦插上，只能每天早上搬到阳台晒一会儿太阳，再搬进室内慢慢适应，等它们明显长大后再拿出来养。

因为要送人，给它们装饰一下更美观。女博友建议我量一下尺寸，织好“围脖”似的套子，一只只套在 DIY 花盆上，最好深色毛线，易吸收阳光。我想，虽然麻烦点，可一定很漂亮。不过我手笨，至今没织成。原汁原味送出去，也养眼。收到的人也 DIY 了花盆，种不同品种的花草跟我物物交换。最逗人的是一邻居用肯德基全家桶种大蒜，对门一楼住户用旧沙发围上砖，种小青菜，一同事用开杯乐意大利牛肉面杯子种花送我。还有一网友拍到绍兴有人在河边泊三两只旧木舟，培土种青菜。厂区工人在宿舍门口用塑料泡沫箱连成一排种各种蔬菜吃。DIY 花盆，不仅省钱，还十分开动脑筋，让养花种菜成为城里人的一种下班后的怡情方式。

(20120624 大连《新商报》30 版.闲情逸致；20120221《江都快报》文艺版）

时尚就是吃腻了换盘菜

饭店上菜，第一盘肥肠鱼，第二盘酱香牛肉，第三盘辣子鸡，第四盘北京烤鸭，一通猛吃后若第五盘再来个红烧猪蹄，真叫人舌头发腻，但要是来一盘简简单单清清爽爽的青菜豆腐，保证人人赞不绝口，刚才还举不动的筷子立即纵横交错了。

时尚也是一个道理。就拿夏天来说，大街上悄悄流行起罗马鞋来，结果你穿罗马鞋她穿罗马鞋，回头一看：1、2、3、4！她！她！

还有她！都穿罗马鞋！全“撞鞋”了！赶时髦呗！爱美女人都一窝蜂的扎堆穿罗马鞋，形成超恶俗超尴尬的场面，闹到最后，谁也不敢轻易再穿罗马鞋了，因为爱美女人都死要面子，恁谁还肯活生生在大街上尝试第二次“撞鞋”？！

要我说在众女人都穿罗马鞋面面相觑时偶有一位穿传统高跟搭扣凉鞋的女人，那么她可以自豪的来一句：“今日我最大！”倘她脚上的凉鞋恰巧颜色鲜亮，还镶一两颗璀璨的水钻，她的一双嫩白脚面上十根脚趾分别再花心思细细涂上闪耀的彩色指甲油，则她可以更自负的说：“今日我最炫！”

将时尚实践起来也简单，不就是比谁更花招百出比谁更炫比谁更有派头比谁更有新意比谁更与众不同嘛！

夏日海滨浴场，戴黑超穿前卫泳装涂防晒霜晒日光浴的潮女层出不穷。那么大一沙滩的女人晒着日光浴的同时也晒着各自引以为荣的身段与时尚比基尼。装作捡贝壳在她们身边徜徉，一定会立即眼花缭乱起来——那色彩那花纹那个繁多——什么豹纹蝶纹斑马纹、苹果蜜桃草莓纹、美羊羊喜羊羊灰太狼纹、椰树海浪帆船纹……捡了一大堆贝壳回来被花色繁多的比基尼闹的有点头昏眼晕，“风吹人低”见不远处一位光脚戏水的短发美女，她的泳裙有点保守有点简单，但却素白、轻盈、飘逸，与众不同到恰似一朵白玉莲。

现如今模特行业风生水起，但“铁打的模特营流水的模特”，能让别人记住的模特却寥寥无几。就这样我还记住了两位，先老后幼吧：一位是美国生于1931年的时尚界“常青树”79岁超模卡门·戴尔·奥利菲斯，一位是9岁小超模纽约小女孩法提玛·普塔塞克。试问能有几个模特能“彪悍”到9岁就出来打拼时尚界？！又有几个能79岁了还屹立模特界？！咋样才时尚，使出与众不同的杀手锏呗！

（20100727《都市女报》16版摩登时代；20100810《西部晨风》B3版）

时尚一分，惹眼三分

这是一个真实的故事。

我参加本地晚报组织的一次征文，竟被电话通知荣获一等奖。还要举行颁奖典礼。呦！闹大了咋的？！真有点刘姥姥进大观园——头一回。

次日我央姐陪我去领奖。拉上她一起去，心里多少有点底。

去之前挑来拣去还是穿了那件中意的墨绿色外套。时值深秋，“白露身不露”了。露胳膊露腿的夏装再好看也得踢出局。到了礼堂我按主办方要求去台上坐。姐在观众席上朝我微笑。她着乳白色靓丽外套。一眼看过去姐的白外套在黑鸦鸦的一片灰黑土黄铁锈红深蓝外套中间显得比较惹眼。再加上众多中老年观众里她占得年龄小皮肤白里透红的优势，以至那三两位场内记者摄影师竟将黑沉沉的镜头对准姐咔嚓了好几张。姐惊诧地望向我，脸上是百思不得其解的莫名表情。

第二天颁奖概况与获奖名单如期登在晚报上。而晚报官方网上也同期登了此活动且图文并茂更加详尽。不仅有我们一干获奖者手持红艳艳奖状本子的好几幅集体照（一二三等奖分别合影），紧接着还登了观众席上姐的单幅大照一张。我看了拍掌大笑，叫姐也来看。

后来我悟出了一个不成文的道理：记者摄影师们拍我们获奖者，无论俊丑土洋，那是必须的！这就是他们参与活动的工作任务。而在观众席上寻找感兴趣的“亮点”，那是自由发挥。聚焦什么样的观众纯属个人爱好，是带有艺术审美眼光的拍摄行为。姐偶然成为摄影师捕捉的一次亮点，究其原因，八个大字概括：时尚一分，惹眼三分。

怎样？追逐时尚的姐妹们是不又发现了一条忠于时尚、实践时尚的实惠了？还不快让自己惹眼起来！

（20110829《西部晨风》B4 版）

时尚的实用价值

早上起来到楼下不远处早点铺排队买豆浆油条，我习惯早睡早起故穿戴齐整站在队伍里。而前面排着的有穿棉布睡衣裤、脚蹬棉拖鞋的，有刚练完广场舞一色儿红绿配的几位拿扇子阿姨，也有丝巾飘展穿靓衫的时髦族。一开始我挺讨厌穿着睡衣就上街的主妇们，后来一想，大清早的还没睡醒就得为丈夫孩子买吃的喝的也算是种爱的奉献，早点铺又离家这么近，穿睡衣买完东西直接上楼还可以睡一会儿回笼觉。也就在心里原谅了她们。

一度还想要不咱也穿一回睡衣上街试试？！

然而某次偶然在女友家蹭住一宿后的见闻使我彻底打消这一念头。女友说穿过半条街那家的千层饼特别香，她每次去买都能得到额外赠的点心。我说你肯定是老主顾了所以人家赠你几块用来拉拢回头客。她说才不！这家店主很个性，卖饼只赠靓装客。我不信，她就一早拉我去实地考察。当然走之前不忘梳妆打扮一番。到了店址一看，生意确实兴荣，乖乖排队等候。女友悄悄指最前排那位穿睡衣的中年主妇对我咬耳朵："她也常来买，但从没被赠过饼。嘻嘻，大概是永远都只愿穿睡衣吧！"到她买饼时果真没被赠饼。排女友前一位风衣男士手握肯德基热咖杯，急匆匆只买半张薄饼却还被赠一只撒满芝麻的脆甜圈。终于轮到女友买了，她莞尔一笑："来两张千层饼！"年轻小个子男店主麻利抛出两张热饼切成几小块又从玻璃橱里夹了两枚小小蛋挞作为赠品一齐装进印有店名的纸质方盒。他边快速打包边笑言："你们连个都打扮这么美照亮我们小店一整天啦！"我趁机问他："干嘛只赠穿的靓的顾客呢？"他一口温州口音："小妹妹你想呀，到我这儿买饼的人久而久之摸出门道来，个个穿的更耀眼显得我们店多有吸引力！比做广告还好哇！"我们一齐恍然大悟。原来穿的时尚还有广告效益！难怪四五星级酒店拒绝拖鞋党与汗衫党！

不过估计那位常穿睡衣不屑得到赠品的主妇心怀包租婆那般隐

姓埋名的境界。别人的眼光都不稀罕更别提什么区区小赠品了。

女友嗟叹："即使穿靓衫没赠品也没别的好处，自己宠爱自己有什么不好？睡衣这种极私人极家居的衣衫怎能心安理得穿着招摇过市？！"她的头早摇成拨浪鼓。

女士们时尚起来的价值到底有多大有多广有多少玄机，只有不断尝试不断挖掘不断出新才能获得无穷乐趣和惊喜！爱美达令们，何不试试？！

（20100105 济南《都市女报》17 版）

把色彩炼成一种时尚

当我还是个小学生时，走在上海街头，偶见一位蓝衣潮美人，至今未忘。连当年听我仅讲一遍的老姐也都记忆犹新，向往不已。只见那女孩仿佛被一阵蓝色风暴刮中，洗礼：从头到脚蓝发、蓝眉、蓝唇、蓝项链、蓝吊带连衣裙、蓝松糕鞋——上个世纪 90 年代似乎特别流行松糕鞋——十只蓝贝壳般小小脚趾甲嵌于白皙脚面特别醒目。

她目不斜视桀骜着从我身旁飘过，顿时方圆半里都为之暗香浮动。仰面痴看的我又惊奇发现她正毛绒绒水灵灵忽闪着的蓝睫毛。我想，现在若让我再撞见此类"前无古人后罕来者"的潮美人，一定不忘追上去"咔嚓"一通。

略懂美术的人都知道红黄蓝（三原色）是一切色彩之源。任何其他颜色都调配不出红黄蓝，它们是独一无二的，因此穿由这三种颜色制成的衣衫必定十分张扬。唯美主义色彩大师蒙德里安那幅著名油画《红黄蓝构成》，若拷贝来印染成衣裙一定既文艺又张扬，爱美的女人实际上迫切需要这样的视觉效果和回头率。

同样拥有繁星般色彩的衣裙首饰，在会搭配的时尚女性那里绝对是锦上添花，可在不懂穿衣的“土著”女性身上一亮相便成了大观园。

关键是炼。从各个渠道入手，世上真没有丑女人，前提是要异常勤奋。让自己炼成火眼金睛般色彩搭配高手其实并不太难。商场里随处可见的时装模特、报刊杂志上可圈可点的扮靓窍门、电视里遍地开花的世界各色绝艳美女明星的衣着打扮……尽可以活学活用。积沙成塔，终有一日所有勤奋而暂时买不起名牌服饰的准潮美人一定会脱胎换骨，把色彩炼成一种仅属于自己的时尚。正如我十多年前在上海街头偶遇的蓝衣潮美人，至今所见只此一人。

张爱玲老早就在她的《更衣记》中指出：究竟谁是时装的首创者，很难证明，因为中国人素不尊重版权，而且作者也不甚介意。既然抄袭是最隆重的赞美，说不定你亲手设计并找裁缝量身定做已穿着逛街赢过百分百回头率的艳丽衣裳，不久后竟出现在巴黎时装周 T 型台上。到底是谁抄袭你了还是你与服装设计大师不谋而合，那真的不重要。作为追逐时尚的潮美人，从中获得快乐才最重要。

行动起来吧，把色彩炼成一种时尚。

(20100404《芜湖日报》2 版；20100803《江都快报》文艺版)

女孩的头发与爱情

头发几乎人人都有。或多或少，或浓或疏，或长或短。头发生长在头皮上，是判断一个人各方面的重要标志。

如果一个女孩拥有一头乌黑飘逸的头发，表明她至少是对生活积极向上的阳光女孩，甚至是个青春的，对爱情充满美好幻想的，宠爱自己的姑娘。

假如一个女孩子留着一头极短的、根根竖直像男孩子一般酷的发型，那她的个性首先是不逊的。就算她本人看似木讷沉默内向，至少骨子里她是个张扬而叛逆的女孩——有点男子气概。她对爱情的态度可能暂时是不屑的。

若女孩留着不长不短的头发，男孩女孩都能理的中性发式，我看她是普通而随大溜的人。她对什么都无所谓，随波逐流。时尚是什么，她就追逐什么。要是校园或者身边的姐妹最近“流行”起了浪漫的恋爱，她也要芳心暗动，对爱情抱有一系列的少女心思来。她每天会学别人对着镜子左右摇摆，孤芳自赏，千方百计打扮自己，使她看起来不比身边其他女生逊色多少。她同时又羡慕那些决心留长发并已拥有飘逸长发的女孩，但她始终没有持久耐力为了留长发而“吃苦”。她知道长发在夏季披散着很溽热，而冬季洗湿了披在脑后也会冰凉。她对头发的态度就是她对待爱情的态度——冷淡的，无所谓的，不太肯付出过多，又是最现实、最好聚好散的那类女孩。

(20100305《扬州晚报》A19 版刊号 CN32-0119)

女孩

应该说每个女孩都有属于自己的小圈子和极个人化的风格。印象中我在漫长求学阶段与不少女孩都曾形影不离过，记忆最深的要数“公子哥”了。那段时光真的很令人怀念。

小学上到末期与我十分要好的是一位“公子哥”般的长发女孩。她的成绩属中等，和我相差不大。但我有偏好，语文好，数学差。她是语文数学都平平。我俩总分持平，两人在学习上没什么可攀比，能玩得来。

她总没心没肺，无忧无虑。不像我，有点焦虑自己的成绩，还沉溺于课外闲书。通常周末的下午，阳光很好，我坐在她家院子石阶上看小人书，陪她说话。偶尔瞄一眼她正乐此不疲的进行的活动——两张条凳绷着长长的橡皮筋，她的脸跳得粉红。

长发“公子哥”一个人跳了很久，发觉没意思，便停下来让我与她一起生炉子烧水帮她洗头。

那时瞒着妈妈擅自拆开马尾是要挨打的。可她满不在乎。

我扔下小人书四处捡木块和废纸作引火生炉子的准备。这时“公子哥”奔入房间偷来一条不知什么年代的她妈妈的短裙套在自己的长裤外面对影自怜起来。

我担心地问：“喂！你妈发现你偷穿她裙子怎么办？”

“没事。她要打一天麻将的！”“公子哥”码准了似的说。

水终于烧开了。我搬出洗脸架找到海鸥洗发膏和木梳，慢慢帮她洗头。有一瞬间我还产生了幻觉，觉得周围所有的家什都是那么熟稔，如同呆在自家，而她也像亲姐妹一般知根知底。

“公子哥”低着头边揉泡沫边问：“你怎么不留长发？你头发这么好！”

我颇无奈的说：“爸妈认为影响学习，不准留！”

“切！假小子学习就一定好啦？！”她替我愤愤不平。

洗完头我们并排坐在石阶上，院里的暖风一阵阵吹来，她披着的长发上湿润的发香也灌满我的肺叶。两人的心情都很好。

“公子哥”一向大方，她站起身伸了个懒腰说：“肚子饿了，我去跟后屋小卖店赊几样吃的来。就写我妈名字好了。”

跟小卖店赊账，这在小时候的我看来完全是胆大脸厚的成人举止，可“公子哥”十分钟后就抱来了好几袋零食。我不得不暗暗佩服她超越年龄的果敢。之后的时间里我们一边愉快的分享零食一边聊学校里年轻的男老师与同班几位帅气的男同学。当然，都是早熟的“公子哥”在说，我听听就罢了。

后来“公子哥”因为父亲工作调动而转学了，不然我将会从她身上体会到更多别的女孩无处体会的震惊。“公子哥”给我最深的印象第一是漂亮会打扮，第二则是我无法达到的在分数面前的豁达和超脱，她永远对自己在班上平庸的地位保持置之度外的漠然，而面对时髦衣裙、清秀男生时那份喜形于色与情窦初开也是当时的我们没法理解的。甚至以现在的视角来看，那时的她完全没被严酷的教育所侵蚀。她是自顾自长大的单纯女孩。而且现在我设身处地的想想，当时的她也许是株孤独的向日葵吧。

(20110322《江都快报》文艺版)

把内衣穿在心里

我 QQ 里有好多作家和编辑。但聊的最多的还是来自天南地北的志同道合的文友。

一个男文友说：最反感穿了高跟鞋又弓着腰、含着胸的女人或女孩。一点气质都没有，不如不穿高跟鞋。

又一个男文友说：男人其实最喜欢看只穿比基尼的女人。显不出腰身的服饰，怎么看怎么累赘，比如韩服。

仔细想来，很有道理。张曼玉为什么人人说她有气质？看她的电影《花样年华》即可得出答案：每套旗袍她都穿的挺拔而妖媚，极具女人味。有人可能要反驳我：穿的是旗袍又不是内衣！

但旗袍穿在女人身上，看点有三：胸部挺拔否、腰肢细润否、臀儿圆翘否。其中胸部占 90%的视觉冲击力。

试想，假如张曼玉一点儿也不自信，蔫了吧唧、含胸驼背的穿着旗袍，即使她戴上了足以骄人的比基尼，会“撑”得起来吗？恐怕连我这样的同类也要替她捶胸顿足一宿！不，替比基尼和旗袍叹惋。

好的内衣，应该是戴在自信的，像白杨树一样阳光而向上的女人身上才更加彰显其“英雄本色”。

闭上眼睛，深吸一口气。想象自己成了一棵迎着太阳的向日葵，积极、挺拔、向上；脚尖轻踮，如聚光灯下高雅的芭蕾舞演员——内心充满作为女人的骄傲和自豪，身心膨胀着一股热烈的、对自己及他人的爱意，努力伸展和开放，好似一株真正的向日葵。

将内衣穿的恰到好处的女人，别说一般男人难以抵挡其魅力，连女人们也要“流连忘返”，多看她三五眼！

(20090925 济南《都市女报》26 版；20091025《南京晨报》B12 版)

时尚糗事

我这人有点懒，平时疏于打理。但自从迷上了安妮宝贝的小说后，便一发不可收拾的恋上了一种安妮笔下漂亮女孩特有装束：光脚穿白球鞋、海藻般长发和棉布圆纽扣的衬衣外加一颗褐色泪痣。哈！正好我年龄也不大，才二十刚出头，装嫩还不算太迟。

于是赶紧去了离家不近的时尚大道淘衣服和鞋子。至于海藻般长发，我还得先留段时间头发，然后去理发店烫一下。说干就干，约了个女友就去了。人真多，大部分都是乖张的 90 后，穿嘻哈服，涂漆黑的指甲，居然还背着卡通熊的大背包。我们两个标准 85 后躲躲闪闪的进了间非常花哨的球鞋店，逛来逛去都没见着一双令人满意的纯白球鞋。店主殷切拿来一堆印有嘻哈风格女郎或卡通图案的白球鞋供我挑，可我总不至于穿着这样的鞋上街见人吧？那不是有点花痴？女友帮我问：有纯白的吗？店主有点不屑：纯白的？那种款式几年前是有，可早落伍了。厂家都不生产了。不过前两天倒是还剩 5 双，但被一个小姑娘全买走了。喏！就像旁边这个美眉一样大。他指指一个逛店的“熊背包”90 后女孩。

初战告败，只好买了双鞋侧有印花的球鞋回去“深加工”了。

买棉布衬衫也是“命途多舛”。市场上根本没有纯棉布圆纽扣的白色衬衫。只有雪纺的、加蕾丝边儿的像英国绅士穿的那种，连袖口都有繁杂花边薄透衬衣。据说有种远看近似无的性感效果。我俩连打退堂鼓。

请女友去名典咖啡喝了点拿铁就回去了，心情有些沮丧和失落。

难道这追求时尚有这么难？

我翻开安妮宝贝的小说企图寻求最后的一线答案。原来我看的小说《告别薇安》和《彼岸花》已经分别是久远的2000年和2001年的了。

这回彻底恍然大悟，原来时尚真的是要抢先一步并且还要与时俱进呀！

（20091225 济南《都市女报》17 版）

帮阿柴选婚纱

高中闺蜜阿柴快结婚了，死缠烂打把据称眼光独到的我约出去帮她挑婚纱礼服。准新郎因探讨风格不合被罚在家洗碗、大扫除。

阿柴个子不高，身材苗条，属于小巧玲珑那种。而橱窗里模特身上陈列的全是人高马大型婚纱，这可愁坏她啦！

愁归愁，在没彻底死心前还得正儿八经穿几件过过瘾哪！她嘟囔着试穿那款看的最顺眼的S号粉紫色玫瑰花儿点缀的抹胸婚纱，磨蹭半天晃晃悠悠穿好出来了。在我面前转了两圈，差点没笑的我背过气去——后面两三个大夹子伺候着还觉得胸前不够“牢靠”，脚下拖老长，稍不留神任谁踩着了都准摔一大跟头。得得！换一件！更小的有吗？婚纱店服务女生一脸不屑：谁穿啊？！S号就是最小号不知道啊！你太瘦了，要是像她那样胖点，这件穿上去肯定没问题！

完了，我这“胖随从”也跟着被数落了。

左挑右挑，小心翼翼丈量好尺寸，又选中一件纯白单肩吊带蕾丝曳地长裙。还是S号的。这回顺利穿上了！那小模样高兴的，简直怒放的向日葵！赶紧让我保管好包包银行卡之类，自己拽着长裙一角以袅娜姿势奔窗下打电话给准新郎。耳畔一阵嗔怪“猫叫”……

不出十分钟，准新郎风风火火骑着他的幸福 250 来了。“哎呀呀……美呀小娘子！”准新郎绕阿柴一圈半，嘴里不但啧啧有声且眉头紧皱抽空还向我挤眉弄眼。我一看：这件估计也没戏。果然未等阿柴缓过那乐滋滋劲儿，准新郎又发话，“好是好，可太暴露了！不行不行，婚礼那天有上百人，得选件中规中矩的婚纱。否则敬酒啊上台露脸啊什么的，穿这么少，肯定影响发挥。”看的出，保守派准新郎一门心思想举办中国式婚礼。

阿柴自幼聪明，听准丈夫这么一分析也觉得穿单肩吊带婚纱不太妥。换下婚纱我们奔一家中式旗袍婚纱店。阿柴傍着我，脸上有点怅然若失。阿柴最迷欧美电影里教堂钟声熏陶下一对璧人手挽手，身后俩金童玉女各举雪白婚纱一角，撒满鲜花……看来这个梦想实现起来有点难。我安慰她：你不是也爱看《唐伯虎点秋香》嘛，电影大结局时那秋香由人背着穿一身夺人眼球的大红婚衣，头戴垂珠凤帽多美多喜庆多具中国风呀！阿柴经我一渲染，眼前又一片光明了。选啊选穿啊穿，不是大了就是款式不合适，最后三选二，选中了我与阿柴同时看上的那件大红底子唐装式样绣龙绣凤带女驸马官帽的礼服，由准新郎付款，阿柴配合就地量了三围尺寸，半月后来人领走礼服——阿柴的身材真没得话说了。我终于有点窃喜自己比她高比她胖了。

但阿柴没挑中一件婚纱的那种怅恨之情越来越浓：既然中式礼服店有定做，为什么刚才就没想到在婚纱店里也定做呢？！她边质问刚被狠宰一顿的准新郎边拖着我又去了刚才那家婚纱店，死活拿自己的银子定做下了那件单肩吊带长裙又帮准丈夫买了相应的雪白婚纱燕尾服（他穿 M 号刚刚好）。阿柴咬牙切齿中带着得意洋洋对我说：每个女人都要善待自己的嫁衣，否则人老珠黄后拿什么证明自己曾经也是一绝色鲜花插在了牛粪上！“牛粪”听了恨恨的去推他的幸福 250 了。

婚纱选好了，我的任务也完成了。阿柴叫我晚上一起吃饭，顺便敲定由我来给她当婚礼摄影师。Oh，mygod!我的任务才刚刚开始！

(20100412 济南《都市女报》16 版）

衣趣

上小学低年级时每逢秋季开学，老妈总要领着我们去裁缝店给我们做一件簇新的外套，好让我们高高兴兴上学去。那年上二年级，街上流行灯芯绒布料。于是开学前几天我们终于巴来了一人一件的橘红色灯芯绒外套。可能这个土裁缝看衣服样式太简单，就别出心裁在胸口处贴上一只材质毛毛鼓鼓的黄色鸭子贴纸，那种贴纸好像是专门装饰衣服的，怎么洗都不烂，牢牢粘在衣服上。远看那只鸭子，像绣在上面一样，跟衣料严丝合缝。穿上带有鸭子“勋章”的外套，站在穿衣镜前“审度”，本来很小大人的衣服，有了这只鸭子，似乎可爱多了。就很满意的去上学了。

作为二年级插班生，又呆头呆脑不太左右逢源，当然一开始人际交往比较生涩。但不久我发现很多人对我衣服上的鸭子蛮感兴趣的。通常都是女生熬不住要主动上来摸鸭子。一个很漂亮的马尾辫女孩小心的捏捏我的毛绒鸭子说：“咦，你衣服哪里买的？怎么有这种鸭子？以前是不是能响啊?”我老实的说：“不会响，要是能响，早被我玩坏了。”放眼前方，忽而一堆女生已经聚拢成一圈投向我这里了。当然，焦点是鸭子而不是我。过了一个月吧，新外套旧了。但我还是很喜欢穿它。某日放学，一个已经彼此熟稔的女生跟我并肩走在回家的路上。走在一处酱油坊时我们通常要停下来玩一会儿，看看里面那些盖着草席，散发臭味的大酱缸。她终于有点疑惑的对我说：“你这衣服是不是买回来有个洞所以你妈就用鸭子遮住这个洞啊？”我顿时很生气的辩解：“没有啊！绝对没有！这是衣服上本来就有的装饰!”她哦了一声继续朝前走。我琢磨着她刚才不太相信的样子，着急的追上她说：“不信我现在就把鸭子撕下来给你看。”她说：“别撕了别撕了，撕坏了衣服就难看了。”但是我已经用力撕下了鸭子嘴，露出里面簇新的部分，与外面经过风吹日晒明显已经浅了一层的布色形成鲜明对比。既然已经破坏，我干脆整个的撕下了鸭子，衣服胸口那块留下鸭形痕迹。她心服口服的说:“果然没有洞。”用现在话换言之就是：I 服了 you！

衣服固然重要，面子似乎更重要。现在想想，那时的我也许就小有虚荣心了。

高中时人人要上体育课，奔跑跳跃投掷样样要考试要过关，上体育课成了绝大多数女生最头疼的时刻。体育课不仅女生参与，还有严肃的老师和一群爱起哄的男生。裙子不能穿，皮鞋不能穿，紧身牛仔裤一票否决，首饰一律禁戴，领口大的衣服更不能穿。宿舍一位很修女的女生长假归来，破天荒买了一件大 V 领的 T 恤，穿起来很美，好像整个人都变时髦了。因为修女突变，整个宿舍上铺下铺全面沸腾，我们或蹲守床边或如巨人般站在上铺俯瞰，每个人都半带调戏的用下巴命令她在床与床之间的狭窄过道袅娜的走两步。万众瞩目中，她好脾气的照办，就这样，舍友们各自用毒辣的眼光正面侧面头顶……反复鉴赏以后，有位刀子嘴得出结论:“领子有点袒了，体育课坚决不能穿！”修女正美滋滋的，一口答应:“好好好，体育课肯定不穿它，只在室内课，面前堆着高高的书时穿。”一天修女穿着它上早读，上语文课数学课，做幅度不大的眼保健操，一切都很圆满，第三节是美术课，通常在室内讲讲西方油画，但不幸的事发生了，铃声响过之后，美术老师没来，但楼下传来尖锐的口哨声，体育老师雄厚的嗓音震上四楼——高二某班全部下来，改上体育课。顿时女生的抱怨声夹杂着男生的欢呼声。呼啦啦人都下去了，就剩我们宿舍几个人围着慌乱的“修女”。“你们带针线了吗？”见都摇头，修女又说，“你们没有也没事，我想回宿舍拿针线缝上领子再偷偷溜回队伍。”但立即有人否定她:宿舍门非中午休息时间不开。好在有人伸出援手，说我这里有个书夹子。修女如获至宝赶紧领了书夹子从里面死死夹住衣领。大伙儿这才一起奔下楼去找组织了。体育老师罚我们拖拉的几个人绕操场跑两圈。我们就边跑边盯着修女藏了一个夹子的鼓囊的领口，不禁笑个不停。老师说这节体育课是测 800 米，下节课是跳远。修女朝我抚胸口：还好还好，800 米至少可以拉开档距远离人群，跳远就糗大了！下不为例下不为例！次日，修女的领口果然密密缝上了五厘米。丑是丑点，再也不怕体育课了。

修女的事告诉我，再虚荣的女人，毕竟还是想成为正派的焦点。“丑闻”确实能提高名气，但也是一辈子洗脱不了的笑料。

（2012 年第 12 期江宁《百家湖》；20120821《江都快报》文艺版）

厨刀细细的切

厨刀，古称庖丁。《庄子·养生主》里延伸出了一个成语：庖丁解牛。就是厨师掌握了技术和规律，潇洒解剖全牛，反正各种得心应手呗。其实原始社会的人就很聪明，知道刀对生活的巨大帮助。他们用石头、蚌壳、兽骨打制各种形状和用途的刀。结实一点的刀可作为男原始人为了抢女原始人而械斗的有力武器，或者一群人追捕大型凶猛动物的利刃，锋利一点的刀可以切野菜割兽肉等。我猜，更聪明一点的原始人甚至可以花整整半个月，精雕细琢的磨一把精致的刀，用来切割他的一切美味，反正他们也不用上学考试或求职，有的是大把时间。

之所以想为厨刀写一篇文，源于看了作家凤鸣的长篇小说《打干井》。第 15 回，小说主人公的父亲为了去邻县找工作，用自己所在综合厂的炉火和钢锭打了四把菜刀“贿赂”生产队长。菜刀也能作为“贿赂”送出去，这让我感到新奇。生产队长把菜刀欣然收下，并分送给他喜欢的几个女人：他媳妇啦，俩儿媳妇啦，还有小姨子。为什么不分送给男人呢？我估摸着，一般男人是不做家务活、远庖厨的，尤其凤鸣所处的东北那有点大男子主义的旮旯。凤鸣写道：“她们圆乎乎的小手熟练地握住菜刀把，极尽妩媚地看着生产队长，感叹不仅菜刀，连菜刀把也如此完好。”

很有趣的细节。女人圆乎乎的小手与手工打造的粗粗笨笨的厨刀相映衬着。杀鸡宰鹅操持饭菜，都离不开厨刀，别看小手圆乎乎的，有力气啊，否则，怎么干得了农村的家务？刚柔并济，女人与厨刀，都写活了！

中学时读施耐庵的《鲁提辖拳打镇关西》，记得一个细节——那鲁提辖性格便是因着种种细节展现的格外粗中有细，金老和闺女翠莲被镇关西欺辱压榨，鲁提辖去找镇关西算账，不是一下子就冲过去打死他，而是先捺着性子慢慢磨他激他、戏弄他，好滋生引发冲突的由头，那由头便是“奉着经略相公钧旨：要十斤精肉，切作臊子，不要见半点肥的在上面。”而且还不要腌臜厮们动手，必须镇关西亲自切来。镇关西唯唯诺诺去肉案拣了十斤精肉，细细切做臊子。这一切就是半个时辰，也就是一个小时。很难想像，暴殄的镇关西如何在鲁提辖的监视下忍耐着一丝不苟切了一个小时的臊子肉！自古那肉案的刀，百分百的好刀哇，这样锋利的饱浸猪肉油脂的薄刀切成的臊子肉，包馄饨吃（正如镇关西所讲“却才精的，怕府里要裹馄饨”），该有多美味？更绝的是，鲁提辖还嫌不够激，继续让镇关西切十斤肥的臊子肉，我的老天！漫长一早上就切了这二十斤，瘦的成了肉糜，肥的成了腻白丝儿，那两包刀下极品只因施耐庵写作情节需求被劈面打在镇关西身上，成了一阵令人叹惋的肉雨。如果能“倒带”，能像穿越剧一样胡来，可以将这阵肉雨回归到一个大菜盆里吗？咱加上油盐酱醋姜葱蟹黄和酒，给它调和、捏圆上蒸笼蒸成清炖蟹粉狮子头该有多好啊！

热爱亲自做美食的吃货离不了厨刀，而且是锋利的好厨刀。有厨刀真好，可以把任何奇形怪状的食物切成薄片、丁、长条儿、块儿。厚大的甜椒，用厨刀细细切成绿色小方丁，洒在盘子里，光是看它们，就养眼；一头青一头白的嫩葱，用厨刀细细切成小圆圈，洒在汤面上，好像吴冠中星星点点的中西结合的画作；腌制好的雪里蕻，用厨刀细细切成小碎粒，整整齐齐，颗颗粒粒，撒满大碗，像绿色调的石榴籽，透着墨绿的晶莹。

好的厨刀，的确让你到点儿就想去厨房干点细腻活儿。

（2014 年第一期东海《海陵潮》杂志；20131008《江都快报》文艺版）

熟女

清晨，去外地，上了大巴，车在市区兜兜转转老半天终于依依不舍的离开，奔赴高速口。这段时间里，饱看市内的人和物。有在站台焦急等公交的灰扑扑的市民；有在路口拦的士一直拦不到的跺脚女孩，她们或许在大城市呆过，变得懂一点打扮了，知道红最好不要配绿，而是配蓝；有老头老太坐在路边摊吃着不太丰盛的早点；也有一些看不出目的的人神情呆滞的走着……

正看移动风景，一阵推背感袭来，原来司机加速了，向窗下张望，水泥路变成了柏油路，是快到高速路口，司机意识到有私家车超前加塞的迹象，故而加速。但前面那辆轿车漆黑亮泽的外表显示出它的高贵不凡，它像一尾油光水滑的鱼，迅速而无声的驶到我们车前。我们司机减速停下。黑色轿车门一开，飞奔下来一位长发黑裙女人。虽然从车上俯看，两车距离近在咫尺，但从女人奔走时那小小声影看出，其实距离还不算近。她奔跑着，向大巴司机招手，长筒靴也是漆黑的，很显眼。等她奔到我们的大巴前门，售票员按动门键，门开了，女人气喘吁吁的说：“大哥！带我一程！”售票员是个操北方口音的壮汉，一把拉她上车，她转身向黑色轿车摆摆手，黑色轿车立即关上门，掉头而去。售票员把自己位于第一排的空位让给女人，自己则坐在门口小折叠椅上。

这时，近距离才看清，女人的身材真是好，也不似车下看到的那么娇小，而是有一点恰到好处的膘。脸上有说不出的野性的美，可能是没有化妆的缘故，鼻眼处两三粒雀斑显出三十出头女性的俏皮。黑色连衣裙精致而美丽，不紧不松，仿佛贴体而裁，女人的这一身行头使车上昏昏欲睡的人纷纷睁开眼，都瞧了个稀奇。她只带一只小钱包，抽出簇新的百元大钞给售票员，落座后，女人的裙角些许“余旋”在她丰腴的小腿上弹了弹，随即，黑而厚的直发在美背上由散而聚。从下车到奔跑，再到被拽上车，转身付钱，落座，女人矫捷的动作，圆熟的身姿像舞者，此刻她正谢幕一样静止在座椅上。

进入一个相对陌生的环境，她表现出的就是一位前中年女性的成熟，没有年轻女孩左顾右盼的好奇，也没有老年女性的浑然不觉。她是不动声色的。好像是为了验证我对她的赏识，不久，司机、售票员还有她邻座的一位男士纷纷用各种手段向她攀谈起来。她一一应答着，不想透露的追问就一笑置之。半小时后，一众男人的新鲜感开始败坏，女人最终选择与邻座的男士探讨附近县市的商业信息，而司机与售票员因为插不上话而愤懑闭嘴。到终点站下车前，女人与邻座男士互换了联系方式。这让工作简单枯燥视野狭小的售票员更加不平，他从折叠椅子上站起来让开通道，同时自怨自艾的说：“唉，男人还是懂得多好泡妞啊！”接着又似乎带有怨气的朝将要下车的女人嚷：“哼！你不如跟他跑了得了！”让车上好几个人忍不住笑出声来。女人依然不急不恼的说：“有商机嘛！”说罢提着小钱包轻松地朝出站口走远了。

(20140422《西北信息报》7版；20140414《羊城晚报》花地小小说；2013年第二期江都《芦柴花》P29）

愠怒的理由

放假在家，正看着电视剧跟着傻乐呵呢，外婆从客厅愠怒而来，手伸到我面前：“遥控器拿来！”我扭脸问：“怎么你要看的节目到了？”“哼！我要把电视剧给你关掉！不愿待你家了，明天就走！你们上网的上网，看电视的看电视，玩手机的玩手机，打牌的打牌，没一个人陪我说话！”我调小音量，安慰她说：“外婆你有事尽管说，我听着呢！”外婆这才有点高兴：“这还差不多，手上扎了根木刺，帮我用针挑出来行啊？”我赶紧颠颠去翻箱倒柜找针了，半天，终于在犄角找到了一枚，回房间一看，外婆手悬着，坐我的位子上看着电视津津有味地傻乐呢！

(20140128《新民晚报》夜光杯)

“猛药”下对了

外婆家务活干多了，手又皴又干，她躺在床上一遍遍呼唤我：“孩子啊，给我涂点儿擦手油吧，我这手都像大抹布了。”我正看电视剧到关键情节，嘴上说“好好，马上马上”，身子却没挪动。

在外婆喊了七八遍之后，我终于从沙发土豆的状态拔地而起，呼地一下蹿到柜子前，拿了一管护手霜走到外婆床前，不管三七二十一恶作剧似的挤了六七厘米巨多量的护手霜在她手心，我心里嘿嘿笑：这下够你两只手腻半天了，我也能安心地看电视剧了。果不其然，外婆搓着手，嚷嚷了：“你个败家子啊，弄这么多给我，你是要让我把霜抹在被罩上吗？”我不管不顾地继续看剧，外婆只好默默腻着两手油。

第二天一早，外婆把手往我鼻前一伸说：“哪儿买的这么好的护手霜？昨晚以为你挤多了，搽上去睡了一觉，两只手滑溜溜的，一点儿也不疼了。”

(20140223《京华时报》胡同)

春到云龙湖

一开学，飞驰的汽车把我带到了久违的南湖校园。开了点缝的车窗忽忽的吹进些湖风，我欣喜的发现——春天来了！志南和尚有诗云：沾衣欲湿杏花雨，吹面不寒杨柳风。的确，春风拂面的感觉很惬意。湖中路两侧相印成趣的一株株秀丽的杨柳发了芽，嫩绿的枝条轻柔的随风飘舞，仿佛印入眼帘的是一首首赞美春风的抒情诗。

春雨贵如油。春风中的小雨确实也如诗如画般陶冶我们内心深处萌动的诗情画意。

细雨朦胧的初春傍晚，和好友撑着伞，漫步在校园附近的云龙湖畔，不禁忆起杜甫那一首美好恬静的《春夜喜雨》：好雨知时节，当春乃发生。随风潜入夜，润物细无声。春雨召唤着万物复苏呵！几天后的云龙湖畔，定有那嫩绿的小草调皮的探头探脑，鹅黄色的迎春花绽开灿烂笑脸！

连绵小雨过后，云龙湖的水涨高了。风吹起湖面，涟漪片片，加上杨柳依依，真是温柔又诗意的去处！一到黄昏十分，南湖校园附近的珠山山头便笼罩在一片金灿灿的落日余辉中。从远处观看，山上郁郁葱葱的常青树像披上金沙的少女，格外的温馨动人。好想立即把这美好如画的黄昏山林定格下来，变成永久的春天悬挂在窗前。但我生怕拿相机的瞬间，西下的落日会狡黠的偷偷离去。所以一刻不离的专注于眺望远处珍贵的如昙花一现的春日夕阳美景。

春天的云龙湖畔，充满着欣欣向荣的希望！“闻说双溪春尚好，也拟泛轻舟”，故学才情女词人李清照，泛舟云龙湖。沐浴在春风里，体味那春风又绿江南（云龙湖）岸的另一番情趣！

(20070405《徐州教育学院报》文艺版)

外婆，我会常回去看您的！

那天早上，我的心情有点怪。

有点想念亲人的感觉。忽然想去乡下看看外婆。

说走就走，我收拾完作业，就到菜场转了一圈，买了一些新鲜的蔬菜。回来之后，我在手提包里装了ＭＰ３和一本喜欢的书，跨上车，就出发了。

一路上阳光好像很温柔，洒在我的身上舒服极了。

骑到大路尽头，拐个弯放眼望去是一条微微弯曲，中间发白的石子路，一直延伸到那座熟悉的石拱桥……逃离空气污浊的城市，感觉一切都如这里的空气一样清新自然。

我颠簸在这如画的世界里，小石子在车轮两旁欢快的跳舞。在路上我恰巧碰见了外婆，她见到我有点意外的激动，坐在车后面的书包架上，一直不住的说："孩子，你一定饿了吧？外婆一回去就给你做好吃的！"我幸福的点头，大声而快乐的答应着。

中午的饭菜可口极了！外婆看着我吃的那么香，瘪着的嘴笑开了。她知道我最爱吃她做的饭菜了。

吃完饭，我依偎在外婆的怀里，听外婆平静的诉说古老的往事，同时也很开心的回答着外婆所关心的家里爸爸妈妈的一些情况。气氛一直很温和。

傍晚说来就来。我散步到幼时熟悉的小树林里，带上了ＭＰ３和喜欢的书，外婆家的小狗也欢快的跟着我。伴随音乐，我的脚步也有了跳跃的节奏了。小狗在我身后一下子都没有乱吵乱叫，它也似乎陶醉在"山林之乐"了。玩累了，我的手表指针指向了五点，夕阳柔和的照在小树上，照在我的头发上，散发阳光特有的干燥气息。我该回去了。

我牵着听话的小狗，和外婆告别。她知道我今年暑假不会再像往年那样留下来住几星期了，因为我长大了，有自己的事情和去处。外婆理解我，她递过我的包，宽容而慈祥的说："外婆送送你。"

我们都不说话，外婆把我送出很远很远。在大路边，我不得不跨上车。外婆粗糙的手拉着我的手，说："到家给外婆打个平安电话哦。"我看着她，依依不舍的说："记住了，外婆。"

骑出去好远，我才回头看看。外婆果然还站在那儿向我招着手，脸上一定挂着笑容和牵挂，只是她的身影迅速变小了。因为我在加速。我害怕离别发生在我身上。我的眼泪无声的在回头的离心力下，颗颗掉在了手上。我只觉得两旁的树木唰唰的倒退。一会儿，我感觉，自己彻底逃出了外婆的视线。

外婆，晚风有点冷。你快回家吧。我在心里默默的说。

(20090825《彭城晚报》B15 版)

双胞胎姐妹一对欢喜冤家

1987 年 8 月 19 号上午 10 点敲过没多久，老妈陆续生下了我和姐这么对双胞胎。说是姐，实质只大了 10 多分钟，长到 23 岁我也没豁开脸当面叫过她一声姐。

出生这一天，据说从日子上讲可不寻常，1987 年正好逢上闰六月，我俩赶在了观音生日（农历 6 月 24 号观莲节，农村习俗又称观音生日）后一天——农历 6 月 25——听老人讲那天还是雷公诞辰，要祀雷公。可不得了，难怪稍微长大点儿后街坊邻居渐渐发现我俩没断奶没长牙那会儿，只要碰到一块儿就互相没鼻子没脸的咬来咬去，咬恼了还响亮的哇哇大叫，企图寻求外援。一对冤家应了句老话：三岁看老。

我爸说："刚生出来，把你们一人一个小红包袱裹着齐齐放在脸盆里，才三斤多重一个！小嘴一张一翕像对大花鱼，脸呢，跟小花猫似的，”他当时吓的抱都没敢抱，怕捏坏我俩，“现在长的人高马大，动不动就和爸妈翻嘴！”眼下我俩个子都接近1米7，我爸一脸的愤恨：“快打不动你们喽！”

别人家的双胞胎挨打可能家长会“摆事实讲道理”，一般来说主谋重打，杀鸡儆猴。我家则不问青红皂白一起吃“竹板烧肉”，先打“顺”了再坐下来问来由。别看我俩挨打前还“仇人相见分外眼红”，可“大难当头”从来都是“攘外必先安内”——迅速和好如初，配合默契起来。若罚跪搓板则一人虚跪一人盯梢，轮岗值班。往往爸妈还在那气得直哼哼，屁大工夫我俩又黏在一起，“滋事生事”开来。

爸妈给我们分别起了十分文雅淑女的名字：爱媛和爱婷。可和雷公同一天生日的我俩，性格理所当然是分外的“爱憎分明”、风风火火。

上小学四五年级时，正是上房揭瓦的年龄。有一回，我淘气过了头打坏家里贵重东西，被老妈怒吼着训斥半天，又恰巧被下班回来心情欠佳的老爸拳脚“揪斗”。大感形势不妙的我却越打越倔，那“视死如归”、打死也不讨饶的模样彻底气坏了爸妈，他们一个打来一个拍手称快。愤怒的板子重重落在背上，我抱头咬牙硬挺着，后背立刻火辣辣起来。突然听见门边上的我姐尖声痛哭，奋不顾身的扑到我背上死死护住我，嘴里还喊着“别打啦！不能再打啦！”挨了十几板的我没哭，她倒先哭了。她一护我，又使我“城门失守”鼻子一酸大哭起来。爸妈这才勉强觉得我讨了饶，收手作罢。我姐算是救了我，但若之前她不告发，我至少可以“潜伏”个一年半载再说。爸妈气消后看到我那副可怜样儿又于心不忍起来，买来又大又甜的红富士赏给我俩。我破涕为笑，眼疾手快抢大的拿，无奈“一果不分二猴”，刚才还护我的姐姐擦干眼泪立即又和我展开了争夺最大红富士的“殊死搏斗”。

从打打闹闹中，爸妈逐渐悟出了个道理:这两个丫头要生在抗日战争年代，绝对是重情重义、口风严密的优秀地下党候选人。

虽二十三年来让爸妈操碎了心，可偶尔也有喜人的时候。有一年寒假，姐他们班先领了成绩单回家，她抱了张大红的三好生奖状凯旋而归。爸妈乐滋滋刚想搬凳子爬高把红艳艳的奖状往白墙上贴，转念一想：万一我这当妹妹的没能领到三好生回来看见墙上奖状该委屈，心里不平衡了。他们藏好了姐的三好生，巴巴的等着我从街口出现，好第一时间看我脸色预测得奖情况。谁知我一副荣辱不惊的“嘴脸”一路迎着他们的“扫描”回到了家。我爸猴急着上前宽慰我说：“今年没奖明年再接再厉！你姐有奖也别看了心里不痛快！”我哈哈笑着掏出裤袋里折了几折的三好生拍在桌上展平，三个脑袋一齐惊喜的看着我变戏法一样变出了大红奖状。结果那一年寒假我俩过的特别风光特别滋润，家长过年期间带着我们走亲访友也是格外挣脸面。

如今回首这些“冤家路窄”的往事，还是那么趣味横生，斗志昂扬。2010 年，我俩都被批准加入扬州市作协，由游散文学青年转而归队了。一对渐渐长大了的冤家又要展开新一轮文笔“斗争”。

借用老妈哂笑我们的“名言”——家里有一对活宝吃饭都好像香点儿哩。从前人家猪圈里小猪多了还抢食，长的还就快呢！三五天长成“栋梁之才”了！

(20100105《金陵晚报》D13 版)

看 829 女生玩“行为艺术”

照片中的我们身处河南林州的太行山一处山涧小溪边。带领我们外出写生的美术老师率先甩掉鞋袜踩着鹅卵石贪玩起来。他身后的我们立即响应，“扑通扑通”如小鸭般全“下水”了。

戴着红色墨镜、正玩的乐不思蜀的就是号称“牙牙”的我。大一时自我介绍为“爱上网的牙牙”，于是这个“雅号”便流传至今，甚至比我真名更具知名度。牙牙左手牵着的是穿白色运动 T 恤的徐咪咪自幼古灵精怪小巧玲珑，一看体型就是 829 女生宿舍睡上铺的料。咪咪左手牵着的天秤座赵娟则是我们 829 史上最牛“龙套演员”，凡是经她看过并模仿表演出的“小人物”，无不出神入化使大家拍手笑绝。赵娟是我的扬州籍老乡。

狮子座的牙牙刚来大学报到那天风风火火、蹬蹬蹬一口气爬上八楼，按宿管阿姨吩咐为 829 宿舍每个女孩分发宿舍钥匙。当发到射手座的咪咪时，她竟然被外表冷峻内心幽默奔放的黑衣牙牙唬住了，立即停止晾晒衣服，小学生般庄严并战战兢兢的双手领过钥匙。

晚上，为交学费和登记各类新生资料奔忙一天的牙牙回宿舍邀咪咪和娟娟一起共进晚餐时，咪咪端着饭盆看着牙牙突然“大惊失色”道：“原来你也是我们班同学啊，哈！我当你是宿舍管理员啦！”牙牙和娟娟同时诧异不解。咪咪那特有的射手座马大哈性格暴露无遗：“其实只是看到牙牙当时从钥匙圈上一个个往外解钥匙的动作超级老练才有这种错觉的！嘻嘻！”

老乡赵娟是高邮人，她是个把任何事都当做艺术和游戏的天秤座女生。每当周末来临，傍晚学校的小礼堂都放映些搞怪的新老影片，我们 829 几个女生全都吃的饱饱穿的俏俏，悠哉悠哉去看电影。电影散场，大家有说有笑走在校园路灯下，眼睁睁看着赵娟学电影《举起手来》中矮小笨拙的潘长江囧人“卓别林式”走姿；《大话西游》里娘娘腔十足的罗家英版唐僧那一通逻辑乱套的啰里巴嗦；《唐伯虎点秋香》里自恋的石榴姐面对一群壮男捕快搔首弄姿的“八婆”嘴脸……那惟妙惟肖的滑稽表演逗的一路上众人的笑浪此起彼伏、响彻星空。

最牛的一次是在夏天，考完所有的科目后一身轻松的牙牙、咪咪和赵娟去了时尚女人街“疯狂血拼”买了很多漂亮衣服。回来后应整个楼层众女生宿舍强烈邀约，三人联合 829 宿舍另一爱逛街的“猪猪小姐”轮番表演时装秀，最后导演了一场周星驰式“江南四大才女”，把一贯古板严肃的宿管员阿姨都吸引过来，她慌慌张张又有点兴奋的拨开里三层外三层的女生群，问道：“大家是在打擂台唱山歌吗？我看你们不像美术系倒像表演系，个个都是好演员！”

虽然大学时代离我渐行渐远，可平凡日子中的欢声笑语却永远存留在我和众姐妹的记忆中。

（20100119《金陵晚报》D14 版）

胖蛇与绵羊霞趣事一箩筐哦

胖蛇和绵羊霞分别是我老爸和老妈。这两个绰号是我给他们一起的用于 QQ 聊天的，谁曾想不知是我“太有才”还是他俩追逐时尚步步紧跟，加上这俩名字如此朗朗上口，竟在家里也传叫开了。现在老爸不再叫老妈老婆大人，而是改叫“绵羊霞”，而老妈按惯例在老爸出去喝酒应酬打他手机查岗时也口口声声“胖！蛇！还不快出来现原形！”于是，我们这个十分平凡的四口之家上空常常以胖蛇、绵羊霞为首，振臂欢呼的交流着一些别人压根听不懂的幽默暗语。

抢宝宝记

其实胖蛇和绵羊霞他俩年轻时还算慎重的保持着严谨派家长作风的！除了那次“抢宝宝记”——

小时候我和姐姐算是很乖的娃子了！比如很小就互相监督着用勺子喂饱自己，打针从不哭闹，生病主动吃药。但分摊到爸妈身上的工作、家务总是异常繁杂，哪有时间照顾两个宝宝呢？！他俩只好将我和姐姐轮流送到不远处外婆家减轻负担。隔半月外婆就送回一个被她养胖了的宝宝，抱走另一因无人悉心照料而饿瘦的宝宝。那年冬天，外婆送回圆不隆冬的胖姐姐，用小箩筐挑走稍瘦的我。恰巧爸妈那段时间正斗嘴互相不说话，见到半月未见的大宝贝女儿，俩人都争着抢着抱她。爸于两天前被妈发配到“边疆（小钢丝床处安家）”，自然胸有闷气。他见我妈正得意地抱着姐姐逗她玩，一个箭步冲上去抢下姐姐，谁知毛躁的他没抢好把姐姐摔到他的小钢丝床上了，还好软绵绵的被子和弹力十足的钢丝床不仅没伤到姐姐，还将她顺势弹跳了几下。这下姐姐乐开了，咯咯咯笑个不停，那可比妈妈的怀抱有意思、刺激多啦！我妈转怒为喜，但还是绷着脸又从小床抢回姐姐，爸也不甘示弱继续抢到姐姐“扔”回小床，姐像小冬瓜被抱来“扔”去，别提有多高兴啦……结果两人总算被姐感染，也哈哈笑起来说上了话，解了怨气。

情侣西裤穿错记

有一年夏天到了，天气越来越热。那时都流行去裁缝店做衣服。爸妈商量好了一起去买布量尺寸叫裁缝做了男式女式各一条夏天穿的西裤。店家极力推荐当年特火的一款蓝色布料，于是他俩都点头答应跟着潮流走。一周后各自美滋滋取回穿上蓝西裤。漫长夏日时间一久爸就忘了自己的西裤到底是哪一条了。晚上下班回来的爸边吃晚饭边十分郁闷的述说着一件令他实在想不通的事：“今天真是奇怪，感觉自己变胖了不少嘛，中午吃饭时坐在食堂矮凳上特别困难，好像裤子要炸开了，赶紧站起来吃。不得了我今晚少吃点，肯定是最近吃胖了！”妈和我们边听边继续吃，也没当回事，权当他发福了。他见我们没反应，又说：“可我今天掏钱时又发现不对劲，屁股后面本来好像有两个口袋的……”妈立刻似乎领悟到什么了边大笑不止边让他站起来，我们娘儿仨一起端着碗围观爸，妈指着他腿上又紧又窄又短了一截的蓝西裤一拍大腿：“哈哈……哈哈……，你穿的是我的裤子！难怪说后面没口袋的，我裤子后面裁缝没缝口袋！”我和姐也笑喷了，到现在还记得爸当时的囧样！

爸妈虽现在已不再年轻，可他俩的趣事多了去了，算是给平淡无奇的生活制造些缤纷的色彩！

（20100427《金陵晚报》D14 版）

江都话“你要死啦”是嗔怪

江都人说话铿锵有力，办事“唰刮”（唰刮是江都方言，意思是雷厉风行），一切都讲究个“爽”字。我就是土生土长江都人，所以讲起家乡话非常亲切和自然，有时候遇到不得不讲普通话的时候还真的有很多词汇没办法用普通话表述，如果对方能听得懂江都话，那交流起来就利索多了。

在徐州上大学时，我们美术系一个曾去过香港的男老师特别迷恋粤语。有一次我边画画边用江都话和周围的老乡同学聊天，他听见了跑过来问我哪里人，还说：“咦！你们江都话和粤语真有很多相似之处呢！”接着他邀请我用江都话把阿拉伯数字从 1 到 10 连贯说一遍。我一连说了好几遍，他边听边指出好几个数字的发音和粤语谐音，但意思不尽相同。江都话一到十分别是：夜、奥、散、寺、捂、咯、沏、拔、久、嘶。在徐州上了几年大学还有个很深的体会就是苏北那边人特别忌讳别人把死啊活的挂在嘴边上，一旦有人讲话讲到死，哪怕再好说话的徐州人都会撂下脸来生很大的气。这一点跟我们江都人很不同。打我记事起周围人就不断的讲那句北方人忌讳我们听着却习以为常的口头禅——“你要死啦！”。

这个“你要死啦！”还分很多语境。比如年纪大的奶奶骂小孙子：“你要死啦小泡子在！没看见我啊，还不喊我一声奶奶！”就是一种长辈对小辈的溺爱之情，必须通过骂来体现，“小泡子在”也是江都方言，是大人对小孩的昵称；再比如小情侣两个走在一起，女孩边骂边捶男孩“你要死啦！电话也不接还迟到！小心我‘休’了你！”这时“你要死啦！”可不是真要他去死，而是一种嗔怪和亲昵；还有老同学、邻居、熟人间经常因为一些开过了火的玩笑话有点儿恼怒也有点儿哭笑不得，便会笑骂“你要死啦！成天烂嚼舌头！”……最好笑的是省略了个“你”字的口头禅“要死啦！”却演化成了一种语气叹词，比如有人在邻居家望别人打麻将，望着望着入了神，过了好久又觉得不对劲，突然想起自己家锅里还炖着红烧肉，这时他十有八九一拍大腿猛喊一句“要死啦！哎呦喂，把个穷肉烧糊得喽！”，不知道是在骂自己还是在懊恼别人的牌“太好看了”导致自己入了神，烧糊了肉！旁边摸牌的人明显被吓了一惊，嘴里“呲”的一声骂他："你个杀头的统治佬！猛的一声，不要把人给你吓死得嘛！"

所以别看都属江苏区域，地方差异还就蛮大的呢。要是不了解江都人的北方人还真被我们的"你要死啦"给气背过去哩！

（20100716《金陵晚报》G16 版）

"做牢"是说干活

昨天中午在街上走，听见两个邻居之间的对话，差点被逗得笑出声来。这江都老乡们的幽默与犀利可真不是盖的！

这位端着碗的正向他邻居打招呼："吃过哪？"那位站在自家门口回答："老早八三喽！什么交易都做得嘞！锅啊碗的都海洗的咧！"

"老早八三"在江都话中意思是比"老早"还要早，用意十分夸张。"做交易"就是干活，通常指家务中琐事杂活。"锅碗海洗的咧"表示锅碗全部洗掉了。

这位一听连锅啊碗的都海洗的咧不禁咂嘴夸他："乖乖，唰刮呢！下午三个差一个，弄八圈啊？！"

所谓"唰刮"指某人做起事来麻利又漂亮。"三个差一个"就是打麻将三缺一。"弄八圈"就是打八圈麻将。当然不是真的只打八圈，"八"只是个概数。是不是打八圈要看当时麻友们的兴致，说不定打的快活起来连打十几圈也是常事。

那位听到又是打麻将立即摆手："有事哦！上班呢下午，哪块像你，快活死了天天，什么牢都不做！老婆服侍的好好的，整天在家弄小麻将敲敲！"

江都话"有事哦"就是少来的意思，相熟的人之间小打小骂时常用这句否定别人的观点。"做牢"也是干活的意思，但相比"做交易"来说"做牢"明显含浓重贬义，是用来骂一些游手好闲之人"不做牢"的。而"敲麻将"则比"打麻将"更形象的把麻将桌上哗哗洗牌、啪啪出牌的一系列活动用动词“敲”表述出来。

这位被数落的也不甘示弱“教训”那位：“你哪！死脑筋一个！交易要做，小日子也要会过才行！闲下来敲敲麻将、牌友们聚聚有什么不对头！”

三两句话聊完，一位是下了饭桌就上牌桌的玩主，一位是拼命三郎看不得闲人，二人自然话不投机，各自回屋了。

（20100921《金陵晚报》F20 版）

老妈的丝瓜情结

老妈的童年在乡下度过。那时她常像小鸟似的一路蹦达着上学堂。顺路在自家瓜地里摘根嫩黄瓜，咬在嘴里嘎嘣脆，赛过今天的饭后甜点。老妈的秉性里流入了潺潺小溪般的淳朴天真和开朗，无论年龄多大。

如今她身在城里心在农村。常像个孩子念叨着她小时帮外婆在菜园种菜的往事。她还每天在屋前屋后瞎转悠，惦记着她的“田园事业”。终于让她找到“突破口”：我家房子是幢两层小楼，屋前是马路，屋后也有人家，只在厨房窗户底下有块巴掌大的黑土地。平时荒废着，角落有株瘦喇叭花。老妈来了兴致。花钱运一车好泥铺上，除去周边杂草。次日天刚亮老妈就爬起来去早市买了包种子和豆饼饲料。又兴冲冲去老远河塘挖来黑油油的河泥。还眼睛发亮地对我说：“姑娘啊，有这豆饼和河泥，不愁我的丝瓜宝贝长不肥！”原来她是想种丝瓜啊。我无奈地笑笑，劝她先吃了早饭再大干一场不迟。她囫囵喝碗粥又去捣鼓她的瓜园了。

对我的不屑，老妈拍胸脯保证：“你就等着吧，天一热，保管你不用买一根丝瓜！这成排的瓜藤瓜叶还能乘凉呢！”我呵呵一笑，那就张果老倒骑毛驴等着瞧吧！从此老妈一天要有五六回是“参观巡逻”她的小瓜园。刚刚探出脑袋的小苗遭风吹雨淋，遭飞鸟虫儿啄食了，她比看护她女儿还心急，又是给罩塑料小棚又是亲自驱赶鸟雀。等瓜苗蹿上窗棂，她又弄来竹竿搭架子。丝瓜不辜负悉心照料，铆足劲儿一路疯长。才没几天，小扇子似的翠嫩瓜叶就上下翻飞痛快张开了。喜的老妈每天瞅不够，见谁都一脸得意。一天我在清晨的灿烂阳光里醒来，隐约听见二楼阳台有久违的欢快鸟叫声。推开阳台门，嗬！丝瓜藤已凯旋登陆二楼阳台，并温柔且迅猛地缠上了晾衣绳，它们曲线优美“张牙舞爪”。朵朵嫩黄的丝瓜花尽情绽放在晨风中，引来了一些嗡嗡蜜蜂和唧喳小鸟。

我看呆了。好久没被绿色植物滋润过的眼睛舒服极了！深呼吸这属于初夏清晨丝瓜们散发的甜美气息，心情好到想立即下楼亲亲正做早饭的老妈！四月底丝瓜就挂满枝头。一个个苗条嫩生，尾端还带着未败的小黄花。老妈比培养个大学生还得意，姑娘十八般哼着小曲为全家把饭做。隔三岔五为我们端上清香扑鼻的“鲜绿丝瓜鸡蛋羹”、“翡翠猪排汤”、“小桥流水丝瓜宴”……光这些老妈亲创的诗情画意的菜名就令我们刮目相看，大饱眼福了。做老妈的女儿真幸福！不光我们跟着沾光，左邻右舍她都送去嫩绿带露的丝瓜。大家嘴上心里都夸她整治出了一方好田园。

七八月份，雨水充沛、阳光充足，丝瓜们更是势如破竹，一个劲儿争先恐后的挂上藤，藏在风中。多的来不及吃。厨房里也不似往年那般受了夕照，一到傍晚就闷热无比；相反，丝瓜藤和叶子密密匝匝叠成一面绿墙，阵阵热风吹拂，都能被它们过滤成丝丝惬意凉风。

老妈每天忙着爬高上低摘丝瓜送亲友邻居，腰也不酸了，腿脚也利索了。好象年轻了好多岁，又回到了开心的童年。我也挺替她高兴的。

直到因为丝瓜藤缠得太紧，以至于我家电话线路出了故障。老爸不得不悄悄找来电工“潜入”二楼阳台，“咔嚓咯嚓”剪断几枝丝瓜藤才恢复了线路畅通。电工都请了三次老妈才得知。她一边心疼被剪断的茂盛丝瓜藤一边还语出惊人：“为了我们大家的丝瓜，你们干脆停了固定电话吧！随它们缠去嘛，反正家里你爸、孩子们都有手机了。”大家见她那为了丝瓜不顾一切的任性口气，都面面相觑，哈哈大笑起来。

秋天一过，老妈从屋外抱了一大摞棒槌般的老丝瓜，坐在夕阳里“喀嚓喀嚓”剥干枯的丝瓜皮，露出雪白经脉的成熟瓜瓤来。她又找了个干净布袋，收集起个大籽亮的丝瓜种子。

我不解的问老妈：“收集起来干嘛？”

老妈贼兮兮的抬头露出天真模样：“来年再种呗！”

我又问老妈：“那这干瓜瓤又有啥用？“

老爸放下手中的报纸，拿起一只老妈剥好的干瓜瓤去洗碗。边洗边说：“傻丫头，这丝瓜瓤学问大嘞！它相当有韧劲儿，能经水久泡不烂，是洗碗的上好材料，而且既干净又环保！你爸我小时候还用它来搓背呢，可舒服喽！”

我来了兴致。没有想到这小小的丝瓜竟然浑身是个宝呢！可不敢小觑了。我又好奇的问，还有什么别的用途吗？

老妈颇有主意的说：“去翻你爸那本《新闻集锦》吧，那上面写着答案！”

老爸的《新闻集锦》里全剪贴了他这个老牌记者工作二十几年来的所有刊登在各种报刊杂志上的新闻和评论文章。打小我就经常翻阅。

我熟练地找来了那本厚厚的《新闻集锦》，刚翻到第二页就找到了答案——一则发黄的剪贴“生活百科”栏目，日期是 1989 年，署名为当年还只是毛头小子通讯员的老爸。老爸文中一段写到——

笔者根据多年农村生活经验，发现用丝瓜瓤晒干、压制而成的鞋垫轻便舒适，极透气、吸脚汗、还能除异味，是纯天然上乘的“绿色”鞋垫！

原来如此！

啊哈！难怪老妈的丝瓜情结如此浓烈。当年他们之间的纯朴乡村爱情大概也是受了这浑身是宝的丝瓜的“牵线搭桥”吧！

（201007《山东文学》杂志 P63 页）

爸爸的“三级跳”

1977 年，全国恢复高考。那时我爸才 12 岁，家住江都一个小村，每天放学回家，先跟我爷爷推着板车走村串户去炸爆米花。他俩常常干到天黑，披星戴月回家。爸是家里长子，我奶奶、我叔叔还等着炸爆米花的钱贴补家用、交学费呢。

那时家里有个院子，前后两进，土坯房，茅草屋顶。一到下大雨，我爷爷就得爬梯子上屋顶盖塑料布。大雨下得他睁不开眼。爸和我叔都愁苦着脸，惶恐地为爷爷扶着梯子。

1982 年，爸 17 岁，高中毕业了，家中无钱供他上大学。他随我二爷爷学泥瓦匠，起早贪黑拎泥桶。有一年去南京盖大楼，回来后为我奶奶买了二斤毛线，为我爷爷买了件的确良衬衣，为我叔买了本儿童画报，把大家都乐出了热泪。爸成了当时家里唯一能“挣大钱”的人，常跑到老远的邮局往家中寄血汗钱。

后来，能吃苦耐劳的爸爸终于明白只有有文化才能脱贫，他毅然去了山东学习无线电技术。几年后，他在镇上开了间小门市，家中逐渐有了点积蓄，使得前后两进共六间土坯房全部翻新，盖上了砖瓦。

可日子还是非常清贫，我爸赚的钱都用来盖新房了，家里很快又拮据起来。爷爷借钱去镇上买了台饲料加工机，每天和奶奶摸黑加工“水花生”。加工后的“水花生”猪最喜欢吃，连邻村养猪户都来买。这样，家里勉强能供我叔上完高中。

我爸高中毕业后一直没忘读书看报，门市对面广播站的领导都看在眼里，1987 年，他让我爸尝试写新闻稿。爸欣喜若狂，有时回家干农活，为了能听到广播站播出的新闻，跑到很远的邻村绑大广播的电线杆下边听边记。苦学了很长时间，我爸终于进了镇广播站当了新闻通讯员。我爸这记者工作，一干就是近 30 年。

1994 年，我 7 岁，上小学了。我爸我妈在镇上规划的新农民街买了块地产，盖上了二层小楼。后来，爸考上了公务员，调入镇政府司法部门，五六年后又回到记者行列，调入了江都市电视台。2005 年我考上大学，现在我已经是一名教师了。新千年，举家迁入市区。

(20090825《扬州晚报》A10 版；扬州晚报国庆征文一等奖)

牛牛不是牛

牛牛不是牛，乃一条才两个多月大的婴儿狗。老妈先叫它“波波”，又不太满意。某天正炒着菜，她一拍脑门：“有了！你看这家伙像不像校内网上我天天替你喂的电子狗牛牛！黑黑胖胖的！”我一看果然像，当即赞同。校内网养的那条电子狗早在两年前就“饿死了”，没想到老妈还惦记着。

小黑熊似的牛牛刚领来家时老妈拿秤给它称了毛重，足两斤。几个多月过去，鸡鸭鱼猪肉还有淘宝上买的狗粮，日日胡吃海塞，昨天又一称，七斤五两活翘翘。牛牛没地儿住，老妈忙不迭坐在阳台踩她的蝴蝶牌缝纫机，阳台没空调，35 度高温，嗬嗬嗬一直踩到天黑，终于踩好了牛牛的卧具——类似于浅帮圆木盆造型的红绒布小狗窝。夏天热，狗狗卧的那一整块还缝了另一种光滑凉爽的布料，也是红色的。老妈端着她 DIY 的小狗窝凑近牛牛，它特水到渠成地滚进去，四脚朝天，舒服地打了个喷嚏，接着从它幼稚的毛毛脸上好不容易露出两个黑白分明的大眼睛望向我们。老妈立刻笑得手舞足蹈，赶紧把橱柜里 20 年前我们小时候玩过的小猪小猫沙皮狗……一大堆毛绒玩具全赏给它玩。一天我在房里写稿，门前闪过一团黑，再一看，牛牛嘴衔一只比它块头还大的毛绒猪熟练避开桌凳腿，撒丫狂奔不止，大耳朵甩在脑后，样子神气活现，相当“一家之长”。

难怪老妈常抱着傻瓜相机对准牛牛不是咔嚓就是录像，它分明是个大活宝！

牛牛若是小皇帝，它面前红人非老妈莫属。老妈天天给它洗澡梳毛喂饭打扫粪便，它那小脑袋里明镜似的。老妈也不时揍它，在它人来疯乱咬人和往地毯上“画地图”时。每次被“殴打”后牛牛都气鼓鼓奔进沙发肚里打死也不出来。我们用玩具烤鸭和惨叫鸡捏出平时足够刺激它“咬欲”的响声逗它也不睬。这时老妈使出杀手锏——拿钥匙、拎包。哗啦啦钥匙声一响，它误以为老妈又要走了，立马从沙发某角落钻出来可怜巴巴边呜呜怪叫边小跑几步，紧追老妈的拎包，小苦脸仰着望人，如同孩童张开双臂央求大人带它一起玩。这一招老妈屡试不爽。

有了牛牛的生活变得超级丰富，想不 Hi 都难！忆起曾读过的苏联作家特罗耶波利斯基所著《白比姆黑耳朵》一书中那话：长期孤独生活的结果，一定程度上的性格分裂总是难免的。自古以来，都是狗把人从这种境况中解救出来。

(20120113《新民晚报》B4 休闲版)

牛宝君

见过有个性的人，您见过这么有个性的狗吗？

我家养了一只“串串“狗（杂种狗的意思），它妈妈的品种是泰迪，爸爸则是毛胡子雪拉瑞。这只小狗十分聪明，迄今为止给他起过三个名，分别是牛牛、牛宝、宝仔。无论在哪里，你呼它，只要嘴里蹦出“牛、宝、仔”三个字中任意一个关键字，它那小耳朵搜索引擎似的，立即颠来了，以为你唤它吃。要是你不给东西吃，它保准仰起脸到 180° ，平静的、巴巴的看着你，让你不好意思不嘉赏它点什么。有次我突发奇想，对着它鞠一躬，喊了句牛宝君，把家里大老太（我妈）笑岔气了。牛宝君一看凭什么你们拿我逗乐，冲过来对着我们裤腿分别就是一阵搡咬，嘴里发出愤怒的嘶吼声。它那有仇必报的行为特别憨豆。

牛宝君跟大老太最要好，因为只有她坚持给它洗澡捉虱子喂肉。它有专用浴巾三条，红色澡盆一只，搓澡布一块。这些洗澡用品它都用鼻子鉴定过，化成灰也认得。狗都怕洗澡，它也随大流。一见大老太有拿红澡盆的动机，它就流窜到家里的旮旯里不出来。有一次竟逃到了沙发扶手最顶上，那肥胖的身躯是怎么跳上这么高、窄的扶手上的？还练瑜伽般四只毛脚并拢在一起。那惊恐的眼神机智的对策，比几岁小孩还鬼灵。一见晒它的狗浴巾，也马上条件反射，夹着尾巴逃走了。甚至发展到一拿水壶烧开水，就有点神经质的在狗窝里首鼠两端。

牛宝君是个杂食狗，什么都吃，又什么都挑。鸡蛋只吃蛋黄，蛋白都从它那毛绒绒的黑嘴里准确的剔出来。五花肉丢给它，不太爱吃，又吃腻了狗粮，只好趴在肉前面，朱唇微启，两只前爪也帮忙扒拉，好似没胃口的人用筷子有一搭没一搭挑着米粒吃一样，半天，你看它离开肉了，再一看，哈！那肉已经只剩肥肉了！

小城市，有的超市对带宠物逛超市这事睁一只眼闭一只眼。我们带牛宝君逛超市，它那鼻子就像3D镜头似的不断嗅动，牛奶区和海鲜区都是它的最爱，赖着不走，面对着货架底部一大瓶海蜇皮舔嘴咂舌。急于买东西，只好用绳子生生拉走。牛宝君还是十足的牛奶鉴定师，诸如花生味核桃味红枣味之类的调制牛奶饮品还有酸奶它是碰都不碰，要喝就喝纯牛奶！

牛宝君脾气这么臭，可大家都喜欢它、给它拍照，还不是因为它有个性，不是一般狗？！

能工作，真好

扁担大的“一”都不识的乡下外婆，每次跟她通电话，结束语她都用那比实际年龄更洪亮的嗓音关照一句：“乖乖啊，工作要当当心啊！”那语重心长的样子有时我觉得好笑，就逗她：“婆婆，你大半辈子下来，一天班都没上过，为什么对工作这么头头是道啊？”“吃人家饭受人家管懂吗？婆婆虽说一个大字不识，没有工作，光靠你外公挣钱，一辈子吃了多少苦啊！你们现在有文化了，更要好好工作，才能有尊严，自己养活自己多好！你那死鬼奶奶在世时还常说一字值千金呢！”婆婆一口气说这么多，都不打岔，记忆力又好，“牯牛八代”的事情还记得清清楚楚。

我奶奶确实也斗大的字不识，她六十不到就因二次中风去世了，那时我才虚十岁，正是狗都嫌的年龄，整天疯玩不着家，作业也鬼画符了事，奶奶总拿竹竿捉我佯装要打，嘴里还念叨“一字值千金”啊，“现在不学习将来受苦”之类的说教。当时正是顽童，怎能听进奶奶的话，只趁她不备将竹竿夺过来踩扁引她着急。奶奶不识字，在家自知没地位，受了委屈就躲在房里偷偷哭。回想起来，真该把小时候不懂事的自己拎出来一顿胖揍。如今我有工作能孝敬老人了，可奶奶却早已没了，真是子欲养亲不待！

小时候，不仅奶奶和外婆，周围很多人都给我灌输一种识字了工作了就能养家糊口的思想。也许功利了点，但很大成分是源于他们是地地道道的脸朝黄土背朝天的农民，深知没文化所受的限制和多走的崎岖弯路，一旦谁家有上学的小孩，就不断告诫要好好学习将来能有个自食其力的工作，不要再走父辈老路。

正因天天耳濡目染，还未上学时我就闹过笑话。一家人围桌吃饭，大家谈论谁谁又上班拿工资了，亲人们脸上泛出的羡慕和对自家拮据日子的哀愁使我噌的拍案而起，大声说：“妈，我再过几个月就上学了！到时候就拿工资养你们了，别担心！”他们立即笑翻了。我妈哈哈着说：“小呆瓜！谁告诉你一上学就拿工资啦？是你要给学校学费，学校才教你读书哩！”我囧在那里，不懂了。但幼小的我还是期盼意味着希望的上学，巴望自己再大些，能去学校报名。终于年龄挨到 7 岁，可以报名了！报到后第一天放学我就背着一摞簇新的书飞奔回来，九月的大太阳晒得脸黑红黑红，不管不顾的我，怀着一颗狂热的心去东家西家的串门，告诉邻居我要上学识字了！那烧包的样子，仿佛不是去上学而是去做官，到现在我还记得当晚的兴奋。

然而学不是那么好上的，十几年寒窗苦读，总算囫囵毕业了，也为找工作的事颇费周折。好在我学的专业让我有机会坐在看不见硝烟的考场上与其他应聘者决一雌雄。拼命复习、忐忑等待网上揭榜……又一次被幸运之神垂青，我得以有了份来之不易的工作。有了工作就是有了刚刚起步的事业，有了为社会奉献绵薄之力的平台，有了那份从小就渴望的工资，可以稍微减轻父母的生活重担，改善家庭状况，甚至可以从工作中得到超出想象的来自旁人的尊重和敬佩，在社会大坐标中找到自己的那一席小小位置。我时刻谨记着外婆在内几辈人的“当心工作”的教诲，不敢马虎。坐在敞亮的办公室，手上忙着，心里有一丝感悟：能工作，真好！辛勤工作一定可以换来一个个看得见的成功，哪怕这成功无人喝彩。平稳的日子早早去上班，认真工作，踏着夜幕回到家，累是累点，可从没亏欠谁的感觉，每天紧凑的安排反而睡得坦然。相比于没工作花别人钱的人，有工作的人总是活的理直气壮，腰杆挺直。我渐渐理解了外婆和奶奶所说的苦到底苦在何处，那一定是无工作之人精神上没安全感带来的强烈自卑。

你看古时，空有报国雄心却无人重用的辛弃疾写诗痛心反问：“凭谁问，廉颇老矣，尚能饭否。”再看今日，日本 76 岁作家渡边淳一将犀利笔触伸向退休后失落的老人，于 2011 年 2 月出版了长篇《孤舟》一书。由于热爱日本文学，书一上市我立即买来看了，书中写了从董事职位退下来的大谷威一郎从刚开始对退休后大把时间自己掌控的憧憬到后来的家庭矛盾大爆发，自己陷入无所事事状态的茫然和精神萎靡。事业上奋斗到一定的高度却因为年龄不得不退休突然失去工作，大谷感到被社会抛弃。没有工作可做，沦为无用之人，正是没工作之人的切身体会。看了这本书，我更觉得能工作，有一定的追求，真的很幸福。难怪教育学家杨文会说：人生就是在不断的学习和忘我的工作中，获取幸福和快乐。

(20120410《苍梧晚报》B8版海州湾；20120710《江都快报》文艺版)

监考心得

昨天整整一天，都是本人负责监考六（2）班期中考试。

语文两个小时，数学一个半小时，英语一个小时。时间分配还不算太长。最难熬的是语文。才小小的六年级就需要做两个小时的题。汉语的境界实在是高山仰止。

连我这在高考中摸爬滚打过的老江湖都感叹语文考试的累人。当初三个小时的语文考下来，简直思维枯竭，脑汁榨干，木呆呆分不清东西南北了。大脑像放映厅里烧片子似的不停闪冒些拗口的字眼——笫—邋—尕—鳇……

别说当初了，就现在还时不时的在梦境里为成语“心宽体胖”的“胖”是读pang（四声）还是pan（二声）而心急上火！可见受其“熏染”之深。

站立在讲台上，底下学生沙沙写着考题，竟然恍惚间还不太相信自己目前的身份，八成是“感时花溅泪”，目触着这熟悉的场景将自己参与到奋力考试的学生中去了。还好，缓步踱了一个来回总算勉强进入属于本职的状态，端坐讲台，喝上两口碧螺春，翻三页《莫愁家教版》，时间如抽丝般秒秒退去。

每沉浸于小说中，都要用上三分精神超离小说，耳观六路眼扫八方，从书本上抬眼控制整个考场的气氛和局面，不使哗然，不使乱了章法。还好，所监考的只是小朋友，虽然过了这村他们可就再也没权利过六·一儿童节了，可在我眼里一样都是儿童。

儿童们的表现很令“本考官”满意。

在满意中不免要为儿童们做些什么才好。于是联想到自己考试前总是粗心大意丢三落四，找不到手表把握不住时间。我丢下杂志走到他们中间巡视一周，竟没发现超过三个是带手表来了。时间观念可想而知了。有不少学生一开始磨磨蹭蹭，题目做的慢过大部分学生的进度。

好，下面发挥我的附加功能——每场考试进行到一半时提醒一次；离考试结束还剩半小时时再提醒一次；最后十分钟提醒每人检查班级姓名的遗漏问题和督促检查已完成试题。

这招果真奏效，好多冒失鬼一下子警觉起来，慌忙加速答题。有些迂腐的学生还字迹缓慢、一笔一划的在草稿上抠语文作文，这时也不再迂腐，开始往考卷上誊写。

离结束打铃时间还有倒数半分钟时，学生早已无所事事坐以待钟，我吩咐所有考生按顺序排放自己的卷子，铃声一响就由每排最后一名考生向前收考卷，叠齐了交到我手上。

于是乎，大家约定“速”成，铃声刚响，最后四名考生麻利收好本来就由大家叠放整齐的卷子向我走来——仅用１０秒不到时间，像聚拢的折扇一样，快的连我都不敢相信。

三场考试如法炮制，我手握一卷浸淫各种笔迹、凝聚各路考生心血的微蓬松的厚考卷，以轻快步伐交到指定办公室，总是头一个报到。

原来时间就像土地一样，给它施下什么肥料就回回报你什么收获。老远处有老师七手八脚抱着摞考卷走来时，我已经回美术办公室锁好门窗背上背包，踏上回家路了。

（20100104《金陵晚报》D12版）

关于书包的记忆

我背过无数只包：只知玩乐的小时候背沉重而丑陋的帆布大花书包，囊中羞涩的少女时曾背着自己缝的杂七杂八小布包穿梭于大街小巷也不觉得有何“丢档”；青年时嘛，当然是去各类时尚包店淘些既经济实用又能彰显个性的包包披挂上阵喽。

儿童时代，对于书包，记忆最深刻的是那只亮红色“淘气牛迎九七”书包。从小学三四年级一直背到六年级，它被我背了两三年之久！质量好到令人厌烦，直到我两年多后终于有了一只新书包才丢弃它，但被丢弃时它除了边缘有点磨损外还是完好无缺，被我那抠门老爸拾起来盛放盒子已散架的麻将牌了。在它还是个簇新的书包时我特别喜爱它。它的面料软中带硬，红艳艳又闪闪发亮，有韧性、能吃重，似乎特别适合承载沉甸甸的书本，随便立在哪里都稳稳当当，拉链拉合和拉开的声音非常悦耳，一听那声儿就觉得该书包价格不菲……总之做工精良惹人喜爱，拉链头上还拴着一只可爱的淘气牛吊坠。拿到爸妈作为三好生奖品的”淘气牛迎九七“书包后我一蹦老高，几乎有点迫不及待的冲到楼上翻出旧书包，把里面散发油墨香的新书一本本取出来，按长短、厚薄和用途归类，把它们小心的安排“住”进了“淘气牛迎九七”。这下被书撑的特别饱满的“淘气牛”显得更加神气了，我立即背上它在家里快活的走来踱去，脑中臆想着自己次日背着它上学时那一路风光的情景……

转眼之间九七年成为过去，而我的“淘气牛迎九七”确实也为我争得很多面子，风雨无阻陪伴我两个学期八九个月的漫长学习时光。虽然它一点儿也没破损，可凡事追求新奇时髦的我还是向妈妈“申请”一只新书包。结果可想而知，向来节俭的妈妈告诉我：除非已经坏到完全不能背了才会考虑我的“申请”。

于是九八年、九九年、千禧年……每年两次开学，隔壁一位有官腔的退休闲爷爷就会堵在我出门的路口来上一句：“丫头啊，还淘气牛哪？都虎年兔月啦！”我朝他翻了个白眼气鼓鼓的走了，路上想想有一次他开会时当着那么多人把公文里的“住宅”念成“住拖(谐音)”时就释然了。

如今，看到小学生们拖着高级拉杆书包似空哥空姐一样在校园里随意拖行，感慨时代真的变了，变得既商业化又人性化了——不像我们那时，再有钱也只能一边背着巨大巨沉的书包一边绑着防止腰椎变形的背背佳。

(20120605《江都快报》文艺版)

住宅里的“大美人”

如果可以把我们居住的家园想象成美女的话。在江都，有个仙境般的高档住宅小区“双汇国际”，是还未完全芙蓉出水的待嫁“美人胚”。她不知自己盖头未掀已倾国倾城，反而越发彰显她低调的奢华。

她有个“姐姐”叫“长江国际花园”，已经隆重出嫁到江都了，现在她婆家个个对她十分中意，提起来都自豪地说:“我家长江国际花园!”

妹妹“双汇国际”集三千宠爱在一身：她的闺房就在江都最具升值潜力的新都路、舜天路交汇口，因为她喜欢依傍着富饶而繁华的文昌广场，还因为她有着飞天的梦想，所以她想看着入住她的人们想飞就飞，从她的脚下到扬泰机场只需半小时。

除了她栖身之地十分开阔便捷，嫁到江都来，她还请加拿大 LSK 国际建筑师事务所担纲设计自己的全身妆容，有自己的顶级御用“厨子”——双汇国际大酒店。这个“大厨”，会用五星级的环境和超过五星级的手艺，让江都人扬眉吐气、流连忘返。建成后的“双汇国际”雍容华贵，她的前庭中央有一座高大宏伟的欧式铜柱雕塑喷泉，对仗的宫廷柱廊和迎宾骑士就好像美人晚礼服上熠熠生辉的钻石般闪耀。

人人都热爱大自然赐予的天然氧吧，“双汇国际”也有一头浓密清新、浪漫时髦的“大卷发”——皇家贵族式御水园林。她优雅的临波而立，吟唱一曲水岸歌剧。她的一绺绺秀发散落在“肩膀、胸前和美背”上，穿插在一座座住宅楼之间，形成了“双汇国际”里的七大主题水系景观：叠水涌泉、音乐喷泉湖、云水汀步、景观泳池、亲水广场、水岸亭语、大鹅湖。雾气使她的“秀发”更分芳仙香，让每个入住者都围绕在她营造的高雅氧吧里，喜欢她的大气和浓浓绿意。

外在美和内在美同时兼备才是“双汇国际”的本质。她秀美的绿园地遍布每个角落，见识过的人都夸她家是一座公园里的华丽城堡。这个城堡里每一栋楼都好似一位绅士，每位绅士都跟他人保持一段优雅大度的距离——最大楼间栋距达到 105 米，犹如君临天下，昂首天地间，风范自不凡。

她，是住宅里的美人，也是住宅里的风水大师，她遍访名师方丈，要让所有入住她的人们，心明室亮，南北通风、丰衣足食，家和万事兴。

万事俱备只欠您来，“双汇国际”已笑盈盈向您伸出玉臂！

（20131122《江都快报》文艺版；江都双汇国际房产征文三等奖）

泥鳅入清池综合症

看周天勇一则微博：“一北京朋友，到瑞士，十多天浑身不舒服，看大夫就是找不到原因。一天到车流密集的干道旁，忽然感觉好了一些。后来干脆走到一尾气管后，深吸了几口气，症状消失了。去问诊，医生答这是泥鳅误入清池综合症。问为什么，答：您想，一条在浑浊的泥坑里生活久了的泥鳅，一下子到了清清的水池中，它会怎么样？”

这种症状，在中国，能体现的人群就多了。农村老人被儿女接入城市大多数会患上“泥鳅入清池综合症”：踩惯了泥地砖地石子地，面对着家里干净的实木地板不敢踩；如厕时蹲惯了茅房茅坑痰盂罐，面对家里锃亮的抽水马桶不敢用……非得送回农村才能脚踏实地，安心自如。

再说那进城农民工，工作了整整一天，工地上粉尘灰尘砂石尘也飘洒覆盖了一天，灰头土脸的上了公交地铁，周围都是衣着光鲜的上班族，自然，农民工会患上“泥鳅入清池综合症”。不止一家新闻媒体报道过，农民工大多数会十分自卑、自觉地选择不坐在座位上或者四分之一屁股接触座椅、四分之三身子探在外面。只有到了站，进了自家的出租小屋，才会缓和下来，洗脸换衣服，神经才松弛下来。

“泥鳅入清池综合症”，说到底是好的环境来得太突然了。国内外空气差别、城乡差别等等，值得我们深思，如果努力半天，差距还是那么一大截，这种症状将很难消退。

看报道，南京中小学因为严重雾霾已经停课了……竟然“泥鳅入清池综合症”也变得奢侈起来。

(20131217《江都快报》文艺版)

为什么不承认手工制作的土气

看知名网络作家“饱醉豚”的微博一则，摘录如下——

“世界上最好的皮鞋，其实都是机器造的。但是那些所谓的超高端皮鞋，会不断强调他们是手工制作。其实，根本没有一个人手工可以超过缝纫机，也根本没有一张牛皮不是靠机器压出来的，世界上最好的剪皮工人也不如用刀模冲裁的整齐。最好的楦头工人，也不如数控放缩刨楦机准确。”

其实，我是双手赞成这一段见解的。

初中课本里学了一篇有关郁达夫的励志型散文《皮鞋与布鞋》，讲的是郁达夫年幼丧父，妈妈独自支撑一家六口人的生计，还要供郁达夫读书，很不容易！13 岁的郁达夫不仅天资过人还勤奋苦读，连连升级跳班，成了当地（浙江富阳）的“知名人物”。学校恰巧发了黑色制服，看到班上不少有钱同学配了闪亮的皮鞋，郁达夫觉得自己脚上的布鞋太土，不上档次，穿不出去。妈妈在他的央求下无奈带着他去皮鞋店“挨家挨户”厚着脸皮赊账买鞋，都遭到白眼和讥讽，母亲回去后含泪拿衣服欲出门典当换钱来给郁达夫买皮鞋，亲历贫富悬殊和世态炎凉的郁达夫总算理解母亲的为难和生活的艰苦，忍痛放弃了皮鞋，跟母亲抱头痛哭……

这篇文章的正面效应我再提已嫌赘，只想说，当时读了这篇，心里的想法是：“原来在这件事上，我和郁达夫的想法是一样的啊！”因为那一刻，我脚上也有一双布鞋，而且是那种男女不分的样式和灰格子的布面，虽然也是纯手工“母爱牌”，但让我尴尬的时候还是很多，要“抛头露面”的课程太多，比如体育课，早晚做操，结伴上厕所还有上讲台演算等等，而穿买来的鞋则觉得妥当而体面，至少不是那么土气。

没错，中国大多数贫穷母亲的艰难、持家、勤勉还有对孩子的爱护都融入到了那手纫的朴实布鞋里，可我不得不承认，还是皮鞋、运动鞋或者机器制作的任何一种鞋，更适合“在社会上行走”，也就是给人以得体的感觉，要不怎么会有一句俗语“鳖脚，鳖在脚上”呢？爱是真爱啊，土也是真土好吧！这不矛盾。为什么不少人不能大大方方承认呢？一向很反感别人自赞一句：“是纯手工的哦！很贵哦！”贵，只可能是料子贵，跟体面、好看甚至洋气没有半毛钱关系。

日本纯文学作家三浦哲郎的散文名篇《母亲的消息》，写乡下母亲每年十一月左右都会寄给在东京的三浦哲郎一件邮包，里面躺着母亲从秋天开始亲手为他做的“棉外褂”，就是棉花铺的很厚的无领和式短外套，棉花絮得鼓鼓囊囊，而且两肩和后背都比正常衣服还絮的多。这样的“爱子牌”衣服，作者坦率的说：“不管怎么说，这都是母亲的一番心意，所以，我总是穿着它过冬。可是，近四五年来，由于我一个劲地发胖，穿上这件短外套就更显臃肿，根本没法出去见人。不过，在家里穿到也没觉得没什么不好。”归根到底，还是手工缝纫的衣服土气，只能在家穿穿，侍奉一下母亲的爱心。发胖不是也能在家硬挣得上这件衣服嘛，只是它太土了！

国外很多电影（比如 1977 年上映的《三女性》）为什么到现在从演员穿戴的鞋、服等细节来看都不落伍，因为他们机械化早，鞋、服设计也潮流，若干年后再看，当然都不太老土。而国产片就很容易变得老土，因为我们的鞋、服机械化远远落后于发达国家。

(20131231《江都快报》文艺版)

小时候怕理发

因为家里人的“贱养”，认为短发好打理，不影响学习，我小时候从来没留过长发，都是二道毛子，甚至脑勺后面推上去的假小子头。

短发，几乎一个月头发就疯长的不成形了。经常要上理发店的。

我小时候脖子怕痒得要死，理发师傅手一碰我脖子就弹簧一样躲来躲去，抠护着自己的脖子笑断气！最要命的是，必须围个围脖挡着碎头发，还在下巴那里勒得紧紧的，每次理发，真正是过一次让人跳脚的鬼门关。

理发，对于我来说，比杀头，还受折磨。

往往要家里人打一个大嘴巴，才肯汪着泪，严肃起来，这就不怕痒了，小孩那种简单的头脑里，突如其来的挨打造成的委屈已经盖过了痒的感觉。理发师赶紧嚓嚓嚓三下五除二利索完活儿，因为他知道，这小孩，是个难玩的主儿，得快点扔出手。

剪好之后，也怕理发师的猪毛掸刷，洁癖一般非要在后脑勺拼命刮啊蹭啊掸啊，差点把我专属儿童的嫩皮肤给掀去一层，光刮、蹭、掸，还嫌不够清洁，理发师傅还喜欢鼓起腮帮子下死力气朝后脖子里吹气，想把碎头发用他的“口腔飓风”给吹拂得干干净净不留一点碎头发渣子。其实，怎么努力，衣服上还是会顽固的扎上很多碎头发的。

好不容易剪完了，我那一整天，后脖颈都很不舒服，要不断的把手往后背别着，够进去，拈几根碎头发，而且皮肤也火辣辣的，明显是猪毛刷子给刷皴了。什么狗屎的理发师傅，把小孩的头当皮实的皮球做练习呢！理发，真是讨厌的经历啊！

更狠的是，推后脑勺头发的推子，还没摁到头上，一开开关，那通电后强烈的滋滋声就很恐怖的传开了，有点像农村树上害虫天牛的叫声。电推子往后脑勺一推，麻麻的、电电的，突突突贴着头皮、吃着发根，所到之处全部剃光，凉飕飕的，太吓人了！我就紧闭双眼，感觉是坐了回电椅，牙都咬碎了！

小时候怕理发的阴影一直没散，故，截止到今天，我已经将近三年不理发了。

(20140310《江都快报》文艺版)

爱迪生发财

晚上，1936 年出生的外婆吹着空调，躺在暖色调的水晶吊灯底下，美美地感叹说:“过去只能点油灯，现在点灯都不用油了，真好!”我说:“您晓得电灯里的钨丝谁发明的吗?”外婆不识字，说:“不晓得。”我给她普及知识，说:“爱迪生。”外婆一听，说:“这人要发财发死了。”她这话把躺在沙发上装睡的外公憋笑了。

（20130907《京华时报》胡同；20140908《赣西晚报》11 版春台）

太阳起来了没

元旦节那天晚上倚在床头没事做，我就开通了《家庭医学》手机报。当即手机上就发来彩信样报。我一看挺好的，内容五花八门，什么健康知识和资讯都有。

外婆和我睡一个房间。她也躺下了。

这时我正好翻阅到一条有关老人保健的知识，就读给她听——冬季老人一定要早睡晚起，最好在太阳出来后起床。我说：外婆你听到了没？明天别起太早。等太阳起来后你再起。

因为是周末，第二天早上我起的很晚。没想到外婆也还没起。

我说：外婆你起来了吗？

外婆挺严谨的在被窝里问：太阳起来了没？

真是家有一老，胜有一宝。我被她的认真劲儿逗乐了。

（20110118《京华时报》A39 版.加配图；20110123《半岛都市报》A26 版.加配图.波螺油子；20110121 乌兰浩特《兴安日报》红城版；20110131 江西《赣西晚报》15 版；20110114 徐州《都市晨报》C11 版）

眼皮跳

有一节美术课学三原色，要求课前准备水粉颜料。可我到了班上一统计，差点儿没气死，只有不到一半的同学带了颜料。我狠狠批评了没带材料的同学，并且警告他们，下次谁不带材料，要给他点儿颜色瞧瞧。

第二天下午，这个班又有一节美术课。我进了班级，第一件事就是查带材料的情况。这次大家的表现不错，全班就浩浩一个人没带材料，他低着头，似乎一副“知道错了”的样子。

我先表扬了全班同学，然后对浩浩说:“你拖了班级后腿，不觉得惭愧吗?”浩浩抬起头，脸上竟然是傻笑的表情。旁边有女生插话:“老师，他还笑得出来。”我刚要张嘴说话，前排又有个男生打小报告:“老师，刚才浩浩在底下笑着说:‘难怪我眼皮跳了一下午，原来就是这事儿啊’。”全班哄堂大笑。

(20111018《京华时报》胡同版)

不累就倒茶

下班了，我拖着疲倦的身子往家赶。好不容易爬上楼，我用钥匙捅开防盗门，发现老爸已经早一步下班在家了，正舒服地躺在沙发上看着电视。

看到我进门，老爸关切地问:“孩子，工作一天了，累吗?”一听这话，我十分舒心，就宽慰他:“谢谢，我不累。”“那好，给我倒杯茶吧，要现烧的滚开水，龙井别放太多。”老爸头也不回地按着电视遥控器。

(20131206《京华时报》胡同版；20131106《青岛早报》五月的风.23 版)

砍价狗

冬天到了，我想买件新毛衣。我带着狗狗，牵着狗绳，在街上一家一家服装店逛。逛来逛去终于找到一家合适的。一般情况下，我进去挑衣服时，狗狗会趴在门口等我，也算乖巧。

相中的那件衣服要 260 元，我跟她砍价:“就 200 得了。”女店主死活不肯让步，两个人你来我往地争这个价。也不知怎么了，平时一向不出声的小狗忽然嗷地怪叫一声，把我俩都吓了一跳。我们看看它，它也歪着脑袋看看我们，我意识到它可能等得不耐烦，着急了才叫唤的。可女店主好像理解差了，扑哧一声笑了，说:“我的乖乖，你家狗真会替主人说话，还懂帮着砍价。算了算了，我就便宜卖给你了，200 成交。”

我高兴地付了钱，狗狗摇着尾巴见好就走。女店主送出来又说:“小坏蛋，下次叫你家主人照顾我店里生意啊。”

(20131202《京华时报》胡同.加配图; 20131215《汕头都市报》10 版转载)

狗爸爸

家里养的宠物狗取名牛牛，平时它最爱吃鱼。

昨晚家里门铃响，老妈对牛牛说:“牛牛，肯定是你爸钓鱼回来了。快去迎接他，有大鱼吃呢。”牛牛心领神会，乐颠颠地去了。我纳闷儿谁会是它老爸?头伸出去一看，原来是我老爸。

(20120615《京华时报》胡同版)

揩脸布

看我心情欠佳，好友给我讲了个真实的笑话。好友爱干净，在办公室自备一块白帕子，抹抹桌上的灰、电脑上的尘，抹完拎到洗手间用蓝月亮洗手液洗几遍再挂自个儿椅背上风干。可怜这白帕子没过几天就被三两个同事暗自拿去抹这擦那，连鞋上的泥点子也顺便擦了，这下白帕子彻底染成了灰黑相间的帕子，再几天竟彻底不见了。

好友纠结是否再买一块来时，瞧见对面老张椅子上恰巧挂一块米色帕子，湿漉漉的样子。上前借用后赶紧拿到洗手间洗净再挂回老张椅背，对老张嫣然一笑："老张，谢谢你的抹布哦！"

老张瞅瞅他的帕子，面色有些哭笑："……"

好友立即领悟："我用完给你认真洗过的！不信你闻闻，还有洗手液味道呢！"

老张说："其实我刚才就想告诉你的，这是我揩脸毛巾。"

(20120909《北京晨报》A15 版)

快来领鱼

这是一节自己动手用彩色卡纸拼贴小鱼的美术课。在一年级上手工课总会有让人头疼的地方，孩子太小，容易注意力不集中；行为习惯不好，剪下来的碎纸到处扔，我得不断地提醒他们别讲话、注意听讲，碎纸要放垃圾袋里。

快下课时，我累坏了，就想了一个让孩子们集中注意力的好办法——让他们把自己做好的鱼送到讲台上展示，这样全班的“小眼球”都会跟着转了，就没人乱扔纸屑、随意讲话了。

刚开始的效果确实好，陆续有小朋友上来展示自己的手工鱼，大家鼓掌的鼓掌，点评的点评，秩序很好。下课铃声一响，孩子们知道下课了就一哄而散，放在讲台上的鱼也不要了，争着涌出教室的门。情急之下，我大喊一声：“讲台上还有几条鱼是谁的啊？赶紧带回家烧了吃。”他们一听，笑呵呵地回来领自己的鱼了，门口也就不拥堵了。

(20131208《京华时报》胡同版)

跟狗抢玩具

老妈出去遛狗时，表姐带着五岁的女儿来家里串门。

刚进门，表姐就踩到一只塑料玩具。玩具发出的怪异惨叫声吓了她一跳，我解释：“这是特意给宠物狗狗买的惨叫鸡。”表姐捡起它说：“挺好玩的，一会儿给我宝贝闺女带回家玩。”我觉得没必要跟小狗抢玩具吧，就提醒表姐：“这可是小狗玩过的旧玩具。”“怕什么，拿把刷子来。”她撸起袖子，放了一池子水将惨叫鸡刷了个干干净净递给她女儿，留一池污水回家了。

如今，我家狗狗一听哪里有捏惨叫鸡的声音都会停下脚步思考一阵子。

(20131213《京华时报》胡同版.加配图)

拍屁股

傍晚在小区路上散步，随身带着广播听听新闻，广播声音大，很适合人来人往的户外环境。

这时广播里主持人用调侃的口吻介绍一种专家认可的变聪明的办法——拍打屁股。周围的三五人群听了都不动声色地继续散步，可当我拐弯后分明听到了渐行渐远的拍打声。

(20131215《京华时报》胡同版；20141215《赣西晚报》11 版春台)

再划拉一次

吃完午饭，我觉得总是碗一推就起身怪不好意思，就主动提出洗碗。

我洗着洗着，好像被锐利的东西划拉了一下，等我洗完，发现右手外侧果然划出一道口子，渗着点儿血。我告诉姐，她说:“咦?我也是同样位置被划出一道口子。”说着露出右手同样位置的口子给我看。我说:“到底水槽哪里出问题了?”姐淡定地说:“要不你晚上吃完晚饭再去洗碗，再划拉一次不就知道了。”

(20131229《京华时报》胡同版.插图作者任梦真)

狗狗欺客

给家里老人祝寿，多年未见的远房亲戚来了。晚上本想安排住宾馆，可亲戚却愿意挤在我“鸽子笼”似的家里叙叙旧。老天爷啊，差点儿忘了家里还有只宠物狗，几乎从没见过外人“入侵”，宠物狗不干了，紧盯着亲戚狂吠个不停，闹得人人尴尬。

老妈给亲戚支招：“你贿赂它一根火腿肠，它就默认你了，对你肯定友好很多。”说完，老妈拿根火腿肠偷塞给亲戚。亲戚试着喂它。吃完，大家发现，狗狗的态度 360 度大转弯，不但不咬亲戚，还边舔嘴咂舌回味刚刚下肚的美食边冲他摇头摆尾。

可亲戚从卫生间洗完脚刚出来，狗狗又突然六亲不认，死死盯着亲戚叫，这次还专门咬他脚上的棉拖鞋。亲戚站着不敢动，既委屈又不解：“刚喂过你不久，咋又不认人了呢？”老妈从房间追出来一看，笑着说：“它是咬你错穿了它小主人的拖鞋。”原来亲戚脚上刚换上的棉拖鞋是被誉为狗狗的姐姐——我的。狗狗这是替主人我夺鞋呢。老妈只好一边忍着笑，一边重新拿了一双无主人气味的新拖鞋给亲戚。

(20140110《京华时报》胡同版.加配图)

坐班精神

小区对面有个小公园。因为场地有限，吵闹的广场舞或练操队无从施展，基本不来。小公园的清静吸引众多住户散步、打拳或下棋。公园小土坡上两棵参天大树相对着生长，互相的枝丫呈“五指相扣”搭成天然“歇脚亭”。树下两张大石桌日晒不着雨淋不到，天天客满，来的都是些资深棋篓子。

周末，我遛狗路过“棋亭”，见一个新来的棋友分外眼馋地站着看一帮人下棋，恨不得立马坐下替换谁连杀上几盘，看到臭棋还嘀咕。正在下棋的一位急脾气大爷嫌他碍事，急赤白脸地说：“去去去，边上先候着。我退休 5 年，全年 365 天不休，每天准时来这儿约人下棋，风雨无阻，下雨打伞来，下雪打的来，比坐班还积极。你说能轻易让给你下棋吗？”

(20140111《京华时报》胡同版)

“包”打听

网购一只白底帆布水桶包，背面空白，正面印着的卡通画看起来有点儿像自己画上去的。没想到拎到单位上班，因为我是美术老师的原因，同事凡是见到这包的都统一好了似的探问：“呀，这包包忒好看了！自己画上去的吧？”

在解释了第八回后，联想到单位没见过这包的同事还有百八十个，于是我在包的背面贴上一行黑体大字“此包不是手工画，乃网购现成货”。谁知，这回见到包的同事改成问我：“干吗贴这个内容啊？手工画的与买现成的有什么干系啊？”

(20140112《京华时报》胡同版)

泡面孔融

下班回到家时，我又累又饿，急需一碗热气腾腾的食物，翻来找去，家里只有两包泡面。

我点火烧水煮泡面，还撒了蒜粒和虾皮，然后就心急地等着开锅。好半天，锅总算咕嘟嘟开了，我赶紧端起碗开始舀面条。大门响，饿狗般的姐姐回来了，这时就算我迅速藏好泡面，那浓浓的香味还是飘散在空气中。果然，姐姐语带喜气地奔到厨房说："好香啊！这碗先给我吃吧，你再煮一碗。"看她刚从外面回来冻得鼻头红红的，我只好说："你真是来得早不如来得巧，算了，我做一回孔融，让给你吃吧。"

捧着香气扑鼻的美食，姐姐的智商也急剧下降，莫名其妙地问："哪个孔融啊？"我白了她一眼，从柜子里拿出仅剩的一包泡面。"哦，想起来了，你今天是泡面孔融。"姐吃着面，乐呵呵地说。

（20140125《京华时报》胡同版.加配图）

兰花去世了

家里的一盆重量级兰花因为连日零下挂霜的低温而去世了。说它重量级，是它块头大，盆也重，还因为它资历老，在我家待的时间久。

兰花的去世，遭来三位家人的不同感慨。外婆假装扶着额头擦汗说："死了好哇，再也不用艳阳天时屋里屋外地搬来搬去服侍它了。"老姐说："死了好哇，不会霸占在阳台上，让我晾衣服时为了让过它，差点儿摔到楼下去。”老爸说：“死了好哇，我的棉皮鞋终于在狭小的阳台上有了一席之地，能晒个半边身子了。”老妈站出来，手上攥着一把东西，人人朝她看，手心打开，一把种子，老妈得意地说：“兰花已经被我挖出来下葬了。现在，革命后继有人，新一批种子马上播种，争取开春就发芽顶起一片绿。”

(20140201《京华时报》胡同版)

“蹬车”减肥

晚饭后我掐着表，过了半小时往床上一仰躺，两腿做蹬车的动作，据专家说，这样锻炼可以减大腿的脂肪。初春了，得减点儿肥才能穿好看的春装啊。

我正在奋力地蹬着，姐被吸引过来，她讶异地说：“你又抽什么风？床单本来就旧了，别蹬撕了，撕了你负责买。”妈端杯茶过来，一看我“蹬车”，笑着说：“哎呀，你一蹬，我想起一件事，车库里的自行车链条掉了，车铃也坏了，不如你去把自行车推到修车店修一下。半条街来回走下来，运动量不比你这床上干蹬来得实诚。去吧去吧，既减肥又为全家做了好事。”

(20140308《京华时报》胡同版)

“蹬车”减肥

晚饭后我拿个表，过了半点钟往床顶一倒，双腿做蹬车个动作，据专家咀，照生锻炼好减大腿个脂肪。初春了，得减肥才有便穿好看个春装啊。

我正在奋力个蹬着，姐被吸引过来，伊惊讶个呾：“你抽风啊？床单本来就旧了，再蹬就撕裂了，撕裂了你负责买。”

妈端杯茶过来，一看我“蹬车”，笑笑呾：“哎呀，你一蹬，我想起件事，车库内只脚车链条掉了，车铃也无用了，不如你去把自行车推到修车店修一下。半条街来回行，运动量肯定比你在这床顶干蹬大得多，既减肥又为家内做件好事。”

(20140316《汕头都市报》10 版转载并改为汕头方言)

驴打滚

在班级上自习，一个小书虫指着课外书上的北京美食“驴打滚”问我:“老师，这‘驴打滚’你吃过没?好吃吗?是什么东西做的啊?”我虽然去过北京，可那都是旅行团安排的简易团餐，没机会上街买当地小吃，也不清楚“驴打滚”究竟是何物，只好抱歉地说:“老师也没吃过。要不，我帮你查查?”

打开班上的电脑，我通过大屏幕给他看图和详细介绍。小书虫津津有味地仔细看过，舔舔嘴巴，问道:“老师，好多食品不是讲究个系列嘛，你再帮我搜搜，看有没有‘马打滚’或者‘牛打滚’‘骡打滚’‘羊打滚’，都什么样子啊?”我惊呼道:“啊?你还真会举一反三。”我将信将疑地搜了，还真有“马打滚”和“牛打滚”，分别是湖南和贵阳的小吃，裹蘸黄豆粉吃的芝麻馅甜汤圆。

(20140316《京华时报》胡同版)

小朋友观察老师

一年级小朋友上课喜欢关注老师的形象。

一（4）班女孩晓慧在下午的美术课上，眼尖地对同桌说：“美术老师没戴眼镜耶，不戴眼镜倒不像美术老师了。”这话恰巧钻进了我的耳朵，我唬她，说：“眼镜是老师忘记戴了。但你别以为我没戴眼镜就看不到你晓慧在讲话、做小动作！”她一听，臊得要命，红着脸，在位子上狂吐舌头猛跺脚。那种夸张的模样，好像滑稽表演。

（20140320《新民晚报》夜光杯）

左右开弓

一直很喜欢“左右开弓”这个成语，大概与它强势的寓意和慢慢被归类为充满暴力意味的用词有关吧。现在，我看到“左右开弓”，就马上联想到迅雷不及掩耳的、响亮的、无遮无拦的啪啪两记耳光。打谁，谁蒙。

先来回味一下“左右开弓”的典故，溯源元朝白朴《梧桐雨》楔子：“臣左右开弓，一十八般武艺，无有不会。”说的是唐玄宗的手下、边塞节度使安禄山，这是个混血胡人。史料记载，他看起来忠诚，其实狡诈无比，有了权力之后还要往上爬，深得唐玄宗重用，自从当了节度使以后，就尽量搜罗奇禽异兽、珍珠宝贝，经常送到宫廷讨好唐玄宗，投其所好。有一次，唐玄宗在长安召见了安禄山。因为安禄山身材特别肥胖，敦实的矮个子，大腹便便，看起来傻乎乎的，唐玄宗一见到他就乐了：“你的武艺如何啊？”安禄山毫不脸红地自报家门说：“我射箭能够左右开弓，十八般武艺没有不会的，我还懂六种少数民族语言。”

你们看看，懂得多就是出口成章，所以“左右开弓”追溯到原创作者安禄山，一开始就是个自信爆棚的词！

系统学习了数学，知道了统筹方法，又认为学科间有相通，左右开弓——比喻两只手轮流做同一动作或同时做几项工作，就是统筹的佳例啊。统筹学就是学会了来节省时间的，而且紧张有序地忙碌着，视觉效果特别赞。

你看，就我家来说，妈妈是职业妇女兼家庭主妇，通常下班回来是这样左右开弓的：左手拧钥匙开门，右手顺手就把拎包挂门后了；左手掀开米袋子哗哗倒出米粒，右手立即把米淘上了；左手插上电饭煲电源按下开始，右手洗了菜锅洗了菜、洗了辣椒洗了蒜；左手挥动铲子，右手掂起油盐酱醋依次撒撒尝尝；左手菜儿挨个儿装盘子出锅，右手关了油烟机开关；左手一只耳朵，右手一只耳朵，左右开弓把一屋子懒惰到无药可救的“沙发土豆”全拎起来开饭了。然后，她还会将军般俯看一下手机上的时间，总结性地发表“打仗一样统筹着做饭”的感言：“啊哈！一顿三菜一汤一荤两素的标准家庭餐，只用了二十三分钟，比上次还少五分钟！”通常这个时候，爸爸都会讪讪吃着可口的饭菜，小心翼翼地赞叹：“这人，吃倒是有一套！”

大学时代，在一个不知名的破公园里转悠，冷山冷石的不好玩，偶尔瞧见一处小生意摊子，是十块钱多少发子弹的射靶子游戏，枪架在面前，一两米处一排五颜六色的气球，打中一只炸一只，看起来就很刺激。我们女生对这个游戏退避三舍，同行的一个男生蔫人出豹子，非要用两把“冲锋枪”左右开弓地扫射面前的气球，老板是个只认钱的铁面阿飞，邪邪地说：“再加十块！”20 块钱往“阿飞”手上一送，他端起枪，真的是左右开弓乱扫一气，气球应声噼里啪啦炸得很有架势，逗得我们哈哈一阵笑。气球炸毁了多少我没数，但这个随处可见的游戏被这个蔫人玩出了新花样，还是很值得一提的。

2004年，美国出了一部电影《TwoFisted》，Fisted是“握成拳头”的意思，翻译过来就叫“左右开弓”，片名暴力惊悚而刺激。讲一个大块头拳击手，胸口有老鹰纹身且一直纹到脖子，恶棍拳击手在非法拳击赛上把人打得落花流水，而回到故乡，拳击手的父亲则身陷监狱还被人刺了48次，他就跟弟弟开始了复仇计划，回乡算旧账……

左右开弓原意就是走的暴力美学的路子，它代表强者。因为对强者的膜拜，使我写下一些感悟。

(20140216《京华时报》胡同版；20140224《江都日报》文艺版）

把吃当饭吃

书呆子把书当饭吃，老烟鬼把烟当饭吃，馋嘴者自然是把吃当饭吃。

吃出名堂吃出经验与窍门的人甚至被刮目相看，人人尊称他为“美食家”。

曾开过酒楼的作家陆文夫在他的名作《美食家》里讲述了一个十分好吃懒做的资本家朱自治先生，尽管文中主人公高小庭极端憎恨藐视这位瘦得柳条枝儿似的朱自治，却不得不惊叹：原来好吃也会有这么大的名气！

好吃的朱自治讲自己某年重阳节吃蟹，光是那剔螃蟹的工具便有六十四件，全是银子做的。乖乖！我等普通百姓一听傻眼了，家常吃蟹无非“五爪金龙”、“两双半筷子”手抓嘴啃牙咬罢了，哪会使那六十四般“武器”，只怕是见都没见过，别到时候蟹肉没吃到，全被自个儿笨手给夹掏成粉碎喽！

可以说，跟“把吃当饭吃”的美食家一桌子吃饭，别处领域再有见识的人都要洗耳恭听一番。那美食家的一张嘴可是天上飞的地上跑的水里游的全吃遍了，每道菜还能说出个“前世今生”来。

若一桌子来的都是美食家会是一番什么光景？用《金瓶梅》里的话总结便是“人人动嘴，个个低头……珍馐百味片刻休，果然都送入五脏庙。”把吃当饭吃的人，当然是吃了再说！

正常人到了饭点才吃饭，吃货们才不是。既然把吃当饭吃一定是日日夜夜时时刻刻惦记着吃的。试想哪个书呆子专门在书房读书？哪个烟鬼甘于在憋屈的吸烟室过瘾？吃货们心里都有一本明细账，哪家特色面馆需要赶头汤面的，哪家点心铺必须等刚出炉的，哪处酒楼的秘制菜肴得有门路有大把票子的，哪处农家菜要驱车颠簸数里路山路十八弯才到达吃得上的……都在脑子里一一铺陈好，档期安排好，这才做到一家店不拉，一道菜不错过，一落坐还错落有致款款有型，服务员都是熟面孔，招之即来。人未到菜已香香艳艳候在后厨。

关照一句，把吃当饭吃可以，有肚子吃才行！

(20111012《新民晚报》夜光杯)

越吃越刁的江都男人

地球上知道有扬州这么个地方的人不少，晓得江都的人却很少。你别说，江都人出门还就欢喜大大方方地来一句：我是江都人。似乎永远也不想占扬州的“便宜”。

我们江都，在外打拼的基本是男人，女人甘愿在家掌勺，围着锅台转。也有夫妻双双都工作，但下班回来系围裙的依然是女人。江都人比谁都传统，认为男人下厨掉档次、没出息，肯定挣不了大钱。

这种传统甚至有些封建的习气惯的江都男人集体找不着北了。钱倒没见挣多大，出息嘛，撑死了也就在江都冒冒尖，出了江都就淹了。他们渐渐对一日三餐越来越挑剔。早饭非要换着花样吃才不腻，什么小笼包、烧卖、油条、大煮干丝、鱼汤面、鸭血粉丝……老婆烧不出这些花样，只准备了一锅大米粥，他立马装上皮夹子出门右拐——奔早点铺子去了。

有一次我难得失眠，大清早五点多就出门买油条烧饼去了。到了那家油条摊，乖乖！这么早队都排了起来，一二三四五六七，清一色全是人老爷儿们在巴巴等着吃呢！

江都男人还特别喜欢喝粥时搭点儿咸菜。这个咸菜即青菜连叶子带帮子一起洗净晾干入缸码上盐腌成的，缸口压一块大石头。哪天想叫老婆炒一碗咸菜吃吃就搬掉石头，拎出一棵腌好的咸菜，继续压上石块，咸菜交给老婆，可以心安理得看电视去了。到了时辰自然有飘香四溢的咸菜端上来再把他从电视或报纸堆里勾引出来。

不知道别地的咸菜怎么炒，江都男人最喜欢的家常咸菜炒法有四：豆腐炒咸菜、茨菰炒咸菜、毛豆炒咸菜、百叶炒咸菜。这个百叶不是牛百叶，而是磨豆腐时豆浆最上面的一层“幕子”沉淀下来，切成的一片片、一丝丝的豆腐百叶。常常看到谁家男人“拐”碗（江都话，端着饭碗串门的意思），碗里堆着热气腾腾的咸菜“敲”豆腐，听他啧啧的边吃边赞：我老婆烧得不要太香哦！打三个嘴巴都舍不得丢！那副又馋又懒又得瑟的嘴脸，想想真是逗！

小时候，我妈还用得动我，晚饭前她在厨房大喊：小婷，给妈到桥那边拾两块豆腐，快点！零钱在桌上，剩下的给你买糖吃！我哼哧哼哧把豆腐买回来递给老妈，她掂起碗里的豆腐，铲子划拉个“井”字，横着再切一铲就依次下锅了。不一会儿家里弥漫着咸菜豆腐的香味，这时糖对我来说几乎没诱惑力了。撒上蒜叶子的咸菜豆腐确实是一种江都地方美味。茨菰炒咸菜、毛豆炒咸菜、百叶炒咸菜就更不用说了，那真是打六个嘴巴都舍不得丢的。

以前我姐体育老师（江都人）曾教导他们要做“叉菜大王”，营养才能均衡。叉菜，别的地方可能也说，但说的没我们这边“恶狠狠”。叉菜就是一筷子搛一大叉子菜的吃法，形容人很侉、胃口很好，可谓狼吞虎咽。每个江都男人，尤其是干点农活回来吃饭的，可能都体验过作为叉菜大王的爽快。不一会儿就杯盘狼藉，菜足饭饱了。

江都男人一日三餐中，早饭要吃的精彩，午饭要吃的正式，晚饭要吃的清淡且香，尤其喝粥，辅佐的小菜一定要可口才行。这正式的午饭就是不能“糊塌糊”，一定得有炒菜、见到荤腥、有一碗美味下饭的汤。一定不要光吃饺子或光下一锅面条。这样的午饭属于“糊塌糊”，等于没吃。这样的“级别”，家庭主妇们都得才下眉头却上心头，跑菜场的路上就互相抱怨起来。

“我们家的那头死猪非要吃韭菜炒螺丝、猪肝汤，我说今天这顿就将就一下，包顿芹菜饺子吃吃。他倒好，报纸挡脸，嘟嘟囔囔说怎么又吃饺子啊！倒头饺子有什么吃头！水怪水怪的！”

“哎呦喂，我家大好佬也这个德性！今天还是他小生日呢，我说下点面条好吧，买点麻油回来。他头摇的拨浪鼓说面条吃多了烧心，糊汤糊面的。过生日嘛弄一碗摆在家里做做样子，大米饭多好，今天我要喝骨头汤！”

两位主妇一边埋怨一边似乎还带点儿幸福的去菜场按丈夫的指令买菜去了。

不要以为我是在说大书，江都男人的嘴真是越吃越刁。有一次我吃完中饭去一个女同学家串门，她和她妈妈坐在桌边吃中饭，她爸爸却一个人在厨房捣鼓。她妈妈说：别管他，他嫌米饭是昨天烧的，太搭将了，要自己重烧呢！随他去!

搭将——江都话，意思是马虎、对付、不咋地！

(2010 年第五期江都《芦柴花》杂志)

老妈的端午节粽子

还没过端午节大街小巷就满鼻子粽叶香。一串串绿锥子般的粽子圆鼓鼓挂在食铺摊，切的齐齐的白棉线或红绳绑在粽肚上显得簇新诱人，马上有馋嘴家伙买一串回家煮。

裹粽的技术，家里除老妈外其余人都门外汉，每年刚跨五月门，老妈就忙裹粽子。那年姐上小学，曾创下一晚吃六个肉粽的大记录，直嚷嚷好吃好吃，夜里胃受不了的她又不得不“反刍”出来。老妈常说我们是嘴大喉咙小。以前粽叶是去河边现摘，还拣又大又嫩的摘，现在菜市上也有一捆捆扎的好好的粽叶卖，卖粽叶的老人一溜排坐着，弄只戳了眼的矿泉水瓶，隔会儿喷水滋润一下，粽叶就始终翠绿欲滴的，谁看了都想买一捆走。

小时候，端午节由于老妈的重视，过的蛮幸福，早上起来先坐在露天小饭桌旁吹着凉爽的风，外婆塞给我一只大咸鸭蛋。喝一碗撒了白糖的糯米粥，舍不得敲碎那只光滑的青鸭蛋，把它对着光线找里面浅浅的凹处。

我妈裹粽子一般下午夕阳正红时，放学路上远远一看就知哪个是外婆哪个是我妈。她们坐在有穿堂风的宽巷里，盆里用水养着粽叶。外婆不会裹粽子，但会坐在糯米盆边上陪妈闲话，我妈一边与外婆搭话一边手脚不停的裹粽子，两根长长的粽叶并排在手上轻轻一卷成了漏斗状，用白瓷勺在糯米盆里舀上糯米倾入“漏斗”至一半深，外婆舀一枚浸了红糖的大红枣按在上面又填入糯米，老妈麻利的左缠右绕，凑在她手边上的我还没看明白，那白棉线已紧紧扎在粽肚上，一只饱满的粽子就这么裹好了。老妈嫌我碍事，常常挥赶小狗般“去去，写作业去！”我也不恼，知道过不了多久，家里就会飘出粽香来。可等待粽子煮好了的过程还是那么漫长，要几次溜到厨房掀开锅闻闻，一副馋不可耐的样子。闻到粽香，连从不吃零食的老爸也摩拳擦掌起来。吃了晚饭粽子却还没煮好，我和姐渐渐眼皮耷拉，倒在小床恨恨的眯着了。不知过了多久，外婆喊：“粽子好喽，大馋小馋出来吃！”我们又精神了，一骨碌爬起来接过碗里已经剥好的粽子，用筷子插进中间，举在手上凑在鼻子下闻着香味，蘸些白糖，先一口咬掉粽尖，满口留香。此时最先笑话我们的自然是心灵手巧又要强的老妈。

最近去了趟浙江，在竹子比树还多的好地方，自然吃得到美味的嘉兴粽子。可我还是怀念小时候等待老妈裹的最简单的白糯米粽的心情，自己那时心里痒痒口水咽咽的馋样实在可笑。

(2012 年第 12 期《大武汉》杂志；20120621《北京社区报》3 版.感悟生活.头条)

最喜欢下酒菜——川味烤鱼

烤鱼，一种发源于重庆万州的特色美食，是口味奇绝、营养丰富的风味小吃。制作一锅烤鱼用的老油至少得 6 个小时，其工艺复杂程度不亚于酿酒，需不停用勺翻动锅里的油，稍不留神，一段时间不去翻动的话就滋味欠佳，正如炖菜里面的高汤，烤鱼最重要的是熬制老油，掌握火候，及时调味。

提到烤鱼，头脑中浮现出的往往是小小的活鱼或干鱼，像烤羊肉串似的直接放到炭火上，撒少许盐、辣椒等调料，烤熟即食。作为下酒菜的烤鱼却与一般的烧烤法有着明显的不同，它采用“先烤后炖”的独特做法，融合了烤、炖两种烹饪工艺的精华。据说这种烤鱼的制法是从非洲传来的，一名捕到鱼的非洲土著，烤了很久鱼还未熟，便把那条鱼加入汤汁调味料边吃边烤，发现比以往任何时候都鲜美，从此就有了这道美味，烤鱼相传已有千余年历史。

晚清年间，重庆名厨黄维的后人中出了一位聪颖的男子，名叫黄勇。由于祖训，厨艺一向传女不传男，所以只授了他一些家常菜的做法，聊以侍候一家老小的日常餐饮。而他的母亲只在逢年过节时方才显山露水、上灶炒菜。一年春节前夕，母亲卧病在床，不能上灶，就命黄勇做些普通菜草草过年，谁知黄勇竟做出了一顿丰盛的大餐，技惊四座，让一桌人多喝了三五升。其中，尤以一道用炉火烧烤后再炒料烹制的烤鱼让父亲吃后也叹为观止。原来，黄勇一直潜心厨艺研究，平日趁母亲不在时偷看了自家的菜谱，为了不在烹饪的手法中泄漏自己偷师所得，便在原来的做法上融入了自己的心得，形成了独具匠心的新配方。自此，其母发现他极具厨艺天赋，遂改变家规，将烹饪技艺逐一传授，并把自家最引以为傲的炒菜配料秘方也倾囊相授。

更鲜美的下酒烤鱼就是活鱼现烤，周口的主妇们不妨将传统万州烤鱼的技巧稍加改良，融入周口人惯于烹鱼的独特制法，吃起来既有烤鱼的焦嫩野味，又不缺红烧、炖鱼的醇浓。

每到鱼肥季节，坐在温馨的家中，烤一盘烤鱼，一杯清酒。香辣可口，开胃又开心。

女作家林白在《说吧，房间》里写“吃了好吃的东西，基本的生活愿望就满足了”，而满足这一基本愿望的，有时，仅仅是一盘下酒菜。

(20120417《周口晚报》B3 版)

偷学拿手好菜红椒爆猪肚

食材：太空红辣椒 1 只、太空绿辣椒 1 只、新鲜猪肚 300g

调料：植物油、盐、味精

购买地点：当天的早市：农贸市场

烹制步骤：新鲜的猪肚反复洗干净，切成一指宽的丝儿。红绿太空椒洗净切成片儿待用，爱吃辣、不怕辣的家伙可以不掐除椒内的“筋”，红红绿绿的装在一个小碟子里很漂亮，能激发更多食欲。猪肚在开水里走一遍，去腥。汆过的猪肚晾干。所有食料码好。

支锅点火，锅热后倾入四汤匙左右的植物油，等油 8 分熟时倒入猪肚，大火爆炒至猪肚表面微鼓泛红，加入适量的盐。撒上红绿太空椒继续爆炒，放少许糖。火还是要猛火，默数十秒钟，关火、撒几粒味精、装盘。盘子要用青花盘或者点缀些小红花的瓷盘才更好看。

这样，一盘精美的红椒爆猪肚就制成了。迫不及待拿起筷子尝了一口：哇！脆嫩的红绿椒，咸淡适中、入口清爽的猪肚，真是太好吃啦！

背后故事：

高中老同学J是个文静而贤惠的护士，平时没事就打电话让我去不远处的她家尝尝她的“闺房拿手菜”，我这个只知道吃的书呆子真是既感动又羡慕。

这不，周末又去她家蹭了个“酒足饭饱”。不过哪，秘方我也偷来了，嘿嘿，现在就竹筒倒豆子全说给你们，指不定谁家饭桌上就多了这一样美味的扬州派红椒爆猪肚呢！

老妈常说我是个地道的“辣妹子”，在我眼里有辣味的菜才觉得够劲儿。从李静那里学了这道菜后我就跟着老妈去菜市场买齐了材料“亲自下厨”掌勺了一回。饭桌上眼巴巴等在一边的可不止一个人哪！手忙脚乱炒好了端过去，忐忑不安的看着老爸老妈和老姐搛菜品菜的“嘴脸”。老爸说：“啊！你得到你妈的真传，把盐侉子给打死了（意思是盐似乎不要钱买，使劲往锅里放）！”老妈嚼着猪肚委婉的劝诫道：“猪肚还得再翻三四个身（意思是爆炒的欠火候）！”老姐见状狭义起来：“得得！别批判了，我全包下！没吃过西餐吧？五成熟的牛扒还有人争着吃呢！

我乐呵呵卸下围裙，和老姐抢着吃起来。既咸又辣的红椒爆猪肚，嗬！不至于“嘴里淡出个鸟来”。

(20100226《扬州晚报》C7 美食坊)

试吃

买前试吃，会对你购买与否产生影响吗？反正，对于我来说，那绝对是“一招致命”——不吃不买，吃了必买。

精明的水果摊主手持水果刀，对疑疑惑惑的女客不断吆喝“小妹来一块尝尝！不甜不要钱！”他那刀刚替一买主削过带泥甘蔗根，转眼又拿它削水蜜桃给你。想了一下，你还是未能经受得住桃的诱人蜜汁，痛快接了并塞进嘴里以掩盖涎水。紧接着一股桃肉特有的果香在唇齿间流窜。你虽胃已被无情俘虏，却还在纠结到底要不要花银子。

这时摊主再次撺掇“怎么样妹子？包甜包新鲜吃了永葆青春！没骗你吧！”

“好吧，来三斤！”吃人嘴软，你嚼着桃肉把心一横，也痛快了一回。

“好嘞！成交！”摊主麻利装桃称重，你爽快给钱。试吃递钱接桃那一系列活动，边上始终有人观望。忽然那人也忍不住馋兮兮说：“也给我尝尝呗……”得得，试吃，又一上钩的。

超市也是试吃“高发地”。据说有流浪汉为了不使超市轰他，先置办一套比较干净的行头，每天进出多家超市就能解决温饱。超市在很多食品区设试吃点，什么面包、烤鸡块、香肠、酸奶、饼干、蛋黄派、煮饺子、煮泡面……应有尽有。吃完了进免费洗手间洗洗脸，再去柜台涂点试用乳霜，清清爽爽出得门去，多有乐趣的流浪生活！就像美国电影《5美元过一天》里的那个狡猾父亲。当然，多数人都不好意思把超市试吃尽收胃囊——试吃是假，叫你吃一点买一堆才是真！

有次我去超市闲逛，本想只买一包抽纸，顺便逛逛茶具区。没想到进去后别有洞天，夏冬大换季，本来冷清的超市，成了红红绿绿方便面的天下。一排排一架架的碗装袋装方便面林林总总直逼眼球。这还能忍，绕道就行，可货架周围全是穿着印有方便面广告围裙的女导购员在现场煮泡面，那炊烟袅袅，香气四溢的氛围，好似妈妈的厨房一般具有十足吸引力。电磁炉咕嘟嘟的煮，女导购热情的吆喝来一碗（一次性杯碗）尝尝，本人的肚子只好做起了“抗馋虫”运动。就在我以为走开就能顺利抗住时，女导购眼疾手快撵上我，送来一杯香辣面说：“免费品尝，吃完再逛！”我接过一看，哇！上面还有最爱吃的肉丁和酸泡菜——还说什么呢，端起来就吃呗！吃着吃着，什么“泡面有防腐剂不能多吃”的自我警告已经主动瓦解，只有一种想法萦绕在心，那就是为什么抵挡不了试吃这一招呢？看得出我很喜欢吃这种口味的泡面之后，女导购顺利卖给我五包连装的泡面。正当我推车去别处转时，电磁炉前又围上了三两个试吃的“馋猫”。试吃，果真是促销高招！

周末在家当幸福宅女，一台电脑不间断播放电视剧，一架取暖器徐徐送出暖风，一杯冒着香泡的南靖山地咖啡，一床棉被两只靠枕拥被而卧，一双慵懒的眼睛一会儿盯着剧情，一会儿看着手中即将送入嘴里的各种零食……老妈喊开饭时，已经混到肚圆，站起来伸伸懒腰，食欲不振。不过她端出的菜咸香无比，盖过零食的甜腻，老妈只说了一句“吃一口保证你丢不下”我就赶紧攘起一筷子试吃起来，通常试吃之后是抵抗不住饭菜的可口，盛上一小碗饭吃起来。正常饮食，零食是取代不了的。只是苦了肠胃，只好吃完之后去小公园散步消食。

试吃，光这两个字就可人，何况真的去吃呢！

（20121204《江都快报》文艺版）

小小心思

记忆中，对他的出现没有太多的旁枝末节。只浓缩成一个最使我深刻的细节。他坐在我的对面，一脸平静，似乎努力掩饰个性，伪装成稳重的长辈形象。也暗示我，对于他的出现一开始就不该有任何超出友谊的幻想。

他表现的很自恋。我在心底冷笑。自己当然不会爱上他。那种超越年龄的出格的爱慕，我没有兴趣投资。按规定是约他谈公司正事。他淡定的说，我听。像是预感中途有电话来，一落座，我就把手机放在咖啡杯旁触手可及的地方。他淡淡扫了一眼，无言。

果然，电话在他讲的好好的时候打断了他。我眼睛在征求他，手却已伸出。他停下来，宽容的说：去吧。目光中满含长辈般宽容。来电是一普通朋友无关大碍的邀请。根本无所谓私房话。而他的姿态似乎介意自己无意间窥听别人隐私。我只好起身走开。到走廊接电话。

挂断电话回到咖啡厅，发现他独自品着咖啡，很惬意的样子，我改去了洗手间。在镜子里审视到自己面无表情，失去了一个 24 岁女青年应该有的朝气和活泼，对着镜子笑了笑，搽了唇膏，顿时平添几分水灵。可一拉开门，我又觉得唐突，这是在干什么？返回镜子仔细擦净，我一向喜欢素面朝天的。返回座位，他抬头默默看了我一眼，轻声说：给你换了杯拿铁，加了伴侣，你应该喜欢的。我一笑而谢。杯子里浮动着一只巧克力浇成的红草莓图案，我心里一动。不忍再喝，安静注视着它，嗅着咖啡的浓香。他又说：刚才是男朋友的电话吧。我反问：何以见得？他摇头微笑：看你的表情有点小女子的得意。我故意摸摸脸：有吗？哪有？他抿嘴注视着我，笃定的样子令我发笑。我突然发现，他的嘴唇上面，泛着早晨刚刮完胡子的一片青光里，有一道小小的口子，新鲜的样子，使他的薄薄嘴唇生动不少。我由此联想到清晨在镜子前，他边哼歌边刮胡子时孩子般的神情。不小心刮破嘴皮，对妻子诉苦撒娇的顽皮。能用手动刮刀刮胡子的男人，也许该有恒心和耐心经营婚姻吧。他出门前，娇小的妻子一定为他精心系好领带。他仰着头，温柔环抱妻子，闻着她颈间发香。

我联想着，入了神。他拿小勺清脆的叩了叩自己面前的托盘。我回过神来，发现他用一种饶有兴趣的眼神看着我。我立即机智的用面无表情回答他。让他看出我的走神和他有关的话，情况就复杂了。既然不要有任何工作以外的瓜葛，一开始就要扼杀任何暧昧的萌芽。对我，对他，都应如此……午饭时刻，我们终于谈完事务。

他说：本来要请你吃饭的，可惜太太非让我回家吃。我忙说：没事的。真羡慕你太太，有个听话的好老公。他点头招呼结帐，起身告辞。我有点不想出门，叫了碟樱桃蛋糕又搅花了那只不舍品味的浮动“草莓”。尝了一口，的确浓香留齿。真诧异他某次仅顺耳听我说了一句喜欢浓重口味，就记住了。从此再没和他洽谈过一次事务，也很少碰面。更没有见过身边哪个男同事如他般嘴唇上有道动人的口子。他们都是使用电动刮刀的，我猜。

(20071128《扬子晚报》B5 版 · 男左女右; 20100806《巴彦淖尔晚报》· 讲述版)

告别海生

一、

初春的下午。我喝完杯子里的红茶，轻轻披上苏格兰大围肩，准备离去。手机响了，是海生打来的电话。他要请我吃饭，简短地说了饭店的地址就挂了。大概怕我拒绝吧。我们已经有四年没有见面了。也没有其他的联系方式。这个时代，手机拉近了我们，又迅速疏远了我们。

进了指定的饭店，殷情漂亮的女服务员一路跟着我，接过我脱下的大衣，把我领进海生叫的包间。在转身离开的瞬间女服务员向我露出一个甜蜜微笑，紫色套装很别致。我发现这饭店级别不低。从而意识到仅仅离开我几年的海生已经今非昔比了。

果然不假。

我一抬头就迎上海生那一双因重逢而惊喜闪亮的黑眼睛。他理了个精神的刺头，烟灰色短大衣衬得皮肤越发的象牙白。他还是那么自信，只是又多了一份由于身份地位提高带来的稳重。

“嗨！婷婷，几年不见，你还是那么有气质！”他热情地招呼我。我笑笑，看到包间里还有个陌生的女孩。我不做声，顺着他的指引坐到了一个女孩的对面。她向我笑了一下，内容很丰富。我点点头也灿烂的微笑着。我故意大大咧咧地说：“嗬！海生，你小子艳福不浅，这会儿交的女朋友够味儿。”说着我打量了这个女孩：温顺柔媚。海生向我介绍说：“她叫巧巧，是我公司的。很努力工作，对我不错。这次回来就想带她见见你。”巧巧沉默地笑着，看向海生的目光有无限柔情和依赖。

我再次点点头，向巧巧伸出了手，说：“巧巧，你好。”巧巧用戴戒指的手触了触我。她的手温暖，绵软。我的手冰凉，没有肉感。海生歪着脑袋欣赏似的看着我们。他的侧面非常漂亮，高而挺拔的鼻子很神气。

短暂的生疏后，彼此优雅的吃着饭，觥畴交错间，海生向我敬了几杯酒，说了些感谢我栽培的话，都是满满的端起，一饮而尽。巧巧不止一次嗔怪似的拿纸巾替他擦拭嘴角的酒渍。海生对她摆摆手，她好像没看见。我也一饮而尽，避开海生有所表示的眼光。

二、

海生小我一岁。我和他相识在一个外资企业。我们有共同的上司。我太了解上司的脾性习惯了。所以海生初来乍到在上司的麾下，成为我同事的同时，也成为了我的新朋友。我作为顶头上司辅佐副总，也就是他的小上司，不仅在业务上帮助一筹莫展的他，极力提携他，而且在生活中无微不至地照顾他。

有些人，没有任何原因，一出现就使你喜欢他，愿意为他掏心窝。何况海生是那么英姿勃发，那么熠熠生辉。

我发现自己对他的喜爱超越了工作中的欣赏，到达了爱慕，甚至一定的朦胧感。

开始时，海生只是被动地接受我给他带来的一切恩惠。偶尔亲近我时也表现出了极大的尊重和敬仰。好像我不是比他大一岁而是和他同龄。见面时点个头，很正式地叫我声“婷婷姐”。我感到一种年龄或者说其他说不出原因的沮丧。是有轨电车滑脱轨道的沮丧。

有一年夏天，天气很热，我穿了件火红的连衣裙，把头发束了起来。感觉到自己又回到了蹦蹦跳跳的大学生时代。路上遇见几个同事，从他们惊诧和欣赏的眼神中体会到自己的良好变化。其实我也只是毕业了三年，只是有点少年老成而已。

我乐滋滋地踏进办公室，海生埋头整理文件。我不动声色地从他身边飘过，他竟没有发觉。这个粗心的家伙！弄得我有点心跳，又有点期待。等我心平气和地在电脑前赶制工作表时，他突然拍了我的肩膀，一张英俊生动还带着邪气的脸凑了过来，那傻气而调皮的眼睛像欣赏自己心爱的女朋友一样。原来之前他是故意装没有看到。我突然间像电流穿过全身。那一瞬间我们之间昙花一现般的温情，成了我好几天的甜蜜回忆。

接着，他就开始言归正传地说：“婷婷姐，我哥们儿给我介绍了一个女朋友，你帮我瞧瞧！”说着掏出一张照片放在我面前。我一看，是个长相秀气温婉的小家碧玉，心中一惊，嘴上却说：“不错。可以交往交往。”海生这才放心满意地收起照片，回到座位上继续工作了。我转身敲着键盘，心中传出了不为人知的一声叹息。原来，海生错认为我是把他当成至亲的弟弟一般看待了。

三、

就这样错乱地又过去了一年。海生和小家碧玉分手了。听说小家碧玉傍上了个老总，把优秀且英俊的海生抛弃了。原来小家碧玉也并非温婉的外表那么单纯。

海生颓唐了几个星期，期间请我喝了次酒。在酒吧里，他闷头喝了酒。我也没有拦着他，在他对面冷静地看着他虐待自己。他在为一个背弃自己的女人麻醉自己，我只能隔岸观火的陪着。

我送烂醉的他到公司的单身公寓。在出租车上，他第一次靠我那么近，散发出的男人气息让我突然精神恍惚起来。也是第一次，他如此大胆地握着我的手，头耷拉在我的肩膀上，偶尔抬起迷醉不解的眼睛看着我。我把头扭向一边，我的心在颤抖，我压抑了很久的眼泪无声无息地滚落。

我知道此刻的温馨是虚无的，如同海市蜃楼般。他在为自己被背弃而麻醉自己，我不能因为海生的一时迷醉而趁虚而入。我做不到。

第二天早晨，我照常推门上班，他焕然一新的坐在电脑前，偷偷看了我一眼，刮过胡子泛着瓷器般青光的白净脸上竟然绯红了。也许他在为自己昨晚醉酒后的失态脸红？我装作没有看到，大大咧咧地打了个招呼。在心中我暗暗为他感到高兴，因为我看到了酒醒后振奋了的海生。

从那以后，他不再叫我“婷婷姐”了，改口叫“婷婷”。其他同事都笑骂他翅膀长硬了。只有我，似乎知道其中奥妙似的，听着越来越舒坦亲切。

不过海生也从来没有表示过超越友谊的感情来。他似乎在骨子里更敬重我了。我也和他像兄弟一样相处着。就这样，又过了两年。

四、

后来公司对我这老员工委以重任，派我去远在英国的公司总部汇报业绩。

一个月后，我风尘仆仆从英国回来。原本会认为海生会像往常一样到机场迎接阔别多日的我，给我个亲切的朋友间的拥抱。才发现公司也好，我和海生也好，都已经物是人非了。他不辞而别。

海生的桌子整理得一尘不染，那盆他自己带来的小植物还郁郁葱葱地长着。他特意搬到我的桌前，压了张小纸条：婷婷，在电脑前工作久了，眼睛累了，可以看看它。我心头涌动着酸楚。觉得那小植物就像沉默时候的海生，静静看着我。我默默拆开信，海生潇洒熟悉的钢笔楷体出现在眼前，他写了足足 12 张，历数了我们共事四年来的点点滴滴，原来他什么都记得。还告诉我他是个不断追求事业的男人，他这个北方长大的男人必须在而立之年来临前独自闯荡出一片天地，为了他心爱的女人。

他没有说这女人是谁，可我能确认这个他心爱的女人就是我吗？我只能哑然失笑。我收起了信，继续着朝五晚九的单调生活，时不时拒绝着一些男同事殷切的晚餐邀请。我知道，自己不爱的人，就不要靠欺骗自己来欺骗感情。爱情不是同情或者感恩。我似乎还有一丝希望说服自己做一棵等候在风中的沉静的树。

五、

这一等就是四年。我已过三十，依然单身，在傻傻地守望一种信念。

现在他出现了，出现的同时也带来了他心爱的女人。事业有成，佳人在怀。

我品着法国干红，内心百感交集。回到眼前，巧巧去洗手间了。海生认真地注视着我，突然抓住了我的手，真诚而歉意地说：“婷婷，听说你这四年一直单身？”我淡定又不置可否地看着他。他低下头，仿佛鼓起很大的勇气一样抬起头说：“婷婷，你知道的，我在你的面前无论如何都像个长不大的弟弟，我怎么努力也只能仰视你啊！”他握着我的手温暖有力，要将我心中的冰川融化。我却感到越来越寒冷。我强作冷静，喃喃的说：“我明白了，明白了。”海生坐回了位置。我心潮澎湃，一时难以平静。

一切都是我咎由自取，我在心里检讨自己。海生是无辜的。

饭吃到尾声，我再一次披上我的苏格兰大围肩，孤独地踏进了寒雾深浓的城市之夜。

安妮宝贝说：爱的。不爱的。都在告别中。

是的，都在告别中。

(2007 年第 4 期沈阳《瘦身坊》42 页;20090411《常州晚报》A13 版;20100124《苍梧晚报》A13 版)

婚姻这棵合欢树

丈夫刘大勇是个沉默寡言的家伙。

他在一家银行工作。我常常笑他：每天数着别人的钞票，过着自己按月花工资的清淡日子。

不知道为什么当初脑子一热竟然嫁给了如此不解风情的他。我曾多次在姐妹圈里立下豪言壮语说非儒商不嫁的。儒商，顾名思义：儒雅商人嘛。谁都能瞬间瓦解我内心的小九九——一定是钱财多多，附庸风雅的白马王子，既能使我婚后有个踏实的靠山，又能和我共筑一方浪漫温馨的爱巢。真是美满至极。

而现如今我只嫁了个小小职员，朝五晚九地匆匆踏着生活的急促步伐，没有时间风雅，更没有意趣经营一些奢侈浪漫的爱情惊喜。我们像老夫老妻一样上班前互相啰嗦提醒着对方出勤打卡牌是否忘记带、领带是否端正、口红是否搽出界了。

以前每当我心情沉重的下班回家看到先我一步回家的刘大勇埋在沙发里悠然看报纸时，气就不打一处来。我大声嚷嚷、直呼其名：刘大勇！给我拿拖鞋！瞧你那点出息，下班没事不能找朋友喝点酒再回来吗？真是的，一下班就窝家里！

刘大勇憨厚地为我取来鞋架上的拖鞋，还赔笑说：我这不是一天没见老婆大人了嘛！喝多酒回来不被你骂更惨？

而只有当刘大勇偶尔出差在外我才体会到一个人在家默默等待爱人归来的那份寂寞和小小甜蜜——毕竟，门外还有个你值得为之等待的人。在听说了不止一个某某家的丈夫有了钱后感情出轨每天在外“流放”时，我才庆幸自己的刘大勇在爱情以及婚姻上是多么的老实忠厚又坚贞不渝。

原来，上帝是公平的。在为我关上“通过婚姻进入上流生活”这道门后，又及时打开了“平淡生活但快乐婚姻”这道大门。也只有刘大勇能宽容我的颐气指使和小姐脾气；也只有刘大勇能在饭桌上耐心劝导我对单位、人际、社会的啰嗦、偏解与抱怨；也只有刘大勇能明察秋毫我的一次皱眉、一个眼神传递出的对于菜里盐搁少了、新皮鞋夹脚等小毛小病的不满；也只有刘大勇才能知根知底我对古诗的挚爱和对肥肉的唾弃……也只有刘大勇才懂得我如此不恭地直呼他大名其实有时纯粹只是小妻子对丈夫那种爱娇嗔怪的昵称。

白话这么多关于婚姻的琐细，我终于悟出——世上有那么多异性和我擦肩而过，甚至那里面也有许多叫刘大勇的，而唯一和我“百年修得共枕眠”的那个刘大勇可不是一般的刘大勇——他使我明白了奢侈爱情以外的很多美好信念和责任。

汪曾祺在《双灯》里写道：什么是缘，缘就是爱。是啊，缘分是爱情的阶梯，而爱是婚姻这棵合欢树的甘泉呀！

(20100112《扬子晚报》B10 版主妇时代；20100602 淄博“和谐家园”征文优秀奖)

你的初恋情人成了我的老公

李贤（本文人名均为化名）从没想过会这样遇上梁惠——她们俩分别住在AB两栋相邻的居民楼，楼与楼之间的过道非常狭窄，两幢的阳台也隔得相当近，住在A楼八层的李贤，某一天在阳台上收衣服，恰巧看到对面B楼八层的女主人也出来了——四目相对的结果，竟是两人同时振臂欢呼，各自脸上透露出打心底涌现出来的惊喜："真的是你吗？梁惠！(李贤！)"。她们俩竟是十几年不见的老同学、老同桌。

阳台对面，巧遇旧同桌

梁惠与李贤是中学同学，当年不仅同班还同桌。阳台上相认后，梁惠立刻下了楼，爬上了对面楼道的楼梯。

客厅一排气派的真皮沙发映入眼帘，李贤早就打开大门等着梁惠了。两人来了个熊抱，都有点热泪盈眶。梁惠轻轻拍着李贤厚实的臀部，像十几年前做同桌时那样亲密无间地说："李贤，这几年过得相当富足嘛，发福了啊！"李贤略有些不好意思了，摸着隆起的肚皮说："我有了，四个月了。"梁惠立马后退两步，小心翼翼地摸了摸李贤的肚子，嘴里羡慕地说："啊，修成正果啦！"说罢两人相视哈哈大笑。

在沙发上坐下后，李贤倒茶剥橘子招待梁惠。梁惠一边瞧着她忙乎，一边打量着房间里的漂亮陈设。客厅对面有扇门开着，似乎是李贤与丈夫的卧室，正中央墙上隐约能看出挂着一幅巨大的婚纱合影。但看不清男士的面目。

李贤先发了话："我住在A楼已经十年了。从23岁的小青年住成了33岁的高龄产妇，怎么一直都没见到你？我记得对面八层这一间房子以前好像是个中年男人住的，最近主人好像不在家，一直空着。"梁惠笑了笑，毫不隐瞒："这房子是一位老教授的。他是我妈老家的一个族亲，这两年身体不好，提前内退，跟他女儿去美国疗养了。教授早就离婚了，他女儿不想房子丢空了，请我替他看着，撑撑人气。我哪里买得起这样的房子！”

梁惠看着李贤家漂亮的陈设，羡慕地连连咂嘴。“自毕业跟你们吃完散伙饭后，我就一直忙着自谋生路，到现在还单着身呢。还是你好啊，有你爸的事业单位可以接班。我在厂子里干过会计，厂子不行了，又跳槽去了私人公司做出纳，一直做到现在。工资还可以，就是太忙了。整天除了工作还是工作，把青春都耽误了！”

她忍不住问李贤，“你现在在哪上班呢？老公做什么的？”

“你的爱人”，竟成“我的老公”

看了半天照片，李贤也没提自己丈夫的名字，梁惠越发好奇：“如今是哪位王子搭救了你这个灰姑娘？”她再次提出问题。

李贤默笑着啜了一口碧螺春，轻轻拉起梁惠的手，对她说：“来看看我们的结婚照，你就知道他是谁了。可别生气呀！”梁惠嘴上还说着“我能生谁的气”，但当眼睛终于飘到卧室那幅巨大的婚纱照上时，她立刻僵住了：“怎么会是他！？”

梁惠太吃惊了，照片中那个幸福的王子正是自己的初恋情人、曾经想方设法追求过她的张君群。梁惠几乎已忘掉自己是在李贤府上。她跺着脚，眼里迸着泪：“他说过要娶我回家的，没想到……怪不得后来音讯全无……”梁惠无法克制自己的感情，竟摔门而去，留下对着大门发呆的李贤。

李贤又记起那晚毕业聚餐，当张君群从李贤手里抢过已酒气熏天、胡言乱语的梁惠，拦了车呼啸而去时，她曾因为张君群正眼都不看自己一眼而气得嚎啕大哭。她还记得张君群曾在班上很多男生面前说过的一句话：“20岁的男人追求梁惠这样的骨干美女，40岁的男人才看得上李贤这样的丰满女人。”她当时甚至感觉到被污辱。但后来李贤读完大学，在父亲所在的事业单位谋到职，由于她的刻苦耐劳，几年后又小小地升了职，一时间追求她的男人竟不比当时梁惠在学校时少。只是李贤心里装着的，却一直是张君群。

她重遇张君群，是在她一次无意间听人说起张君群的父亲是个菜市场卖自家小菜的菜农以后。她没想到当初骄傲自大的张君群，家境其实如此贫寒，于是她便开始四处打听张君群的家，并找上门去。毕业后的张君群在一家网吧做临时工，生活依然困顿。看着潦倒的梦中情人，李贤顿起恻隐之心，她给张君群送去一封信，表示愿意帮他在事业单位里谋个职位。自此正苦于没有体面工作的张君群，便像抓住救命稻草一样，跟李贤攀上了亲。

李贤求父亲替张君群谋了一份稍体面的工作，两人由昔日同窗立即发展成热恋中的恋人，没几年就结婚了。

这事儿，绝不能告诉老公

婚后的张君群一直很听老婆的。那时李贤刚 27 岁，张君群本想婚后就要孩子，因为他的鳏夫老父早就想抱孙子。但李贤说，再过两年她又可以升职，这个节骨眼上可不能回家休那么长时间的产假。张君群便乖乖地等到如今。今年李贤都 34 岁了，她如愿以偿地升了职，现在又怀上孩子。

一切正顺风顺水，按着李贤的理想计划，向幸福迈进着。此时梁惠的突然出现，让李贤有点措手不及。她并不想梁惠与张君群再次见面。如今梁惠匆匆忙忙地离开了，李贤甚至还没来得及拿到梁惠的手机号码，但她并没打算再去问，并决定，绝不把今天梁惠的来访告诉丈夫张君群。甚至可能还应该考虑跟老公提议，有了孩子就该搬个大房子住了……那天晚上，李贤把窗帘拉得严严实实的。

不过，李贤还没来得及找机会跟张君群说搬家的事，第二天早上她就发现，对面 B 楼那套房子又空了。

梁惠先搬了，她留在李贤记忆中的，恐怕将一直会是那个跌跌撞撞飞奔离开的瘦削身影……

忆当年，翻出旧照片

李贤卖了个关子："你等会，我去拿旧相片给你看。"她起身去卧室拿了本相册出来。她翻到其中一页，指给梁惠看："你瞧，这是我们毕业那天的聚餐，你还记得吗？你当时可是女生中最能喝的一个！"

梁惠凑近发黄的相片，照片中她坐在团圆桌的中间，手里高擎着一个绿色的酒瓶，两颊绯红，醉态毕现。看着照片，梁惠喃喃地说："那时候我真疯啊！也很幼稚，真以为全世界都是围着自己转呢！"李贤也笑了，仰着脸追忆着当年的情景："其实那时班里除了学习刻苦的女班长，最受男生追捧的，恐怕就是你了！你看你脸上多骄傲啊！就算学习不用功，可成绩还那么好！我们都快嫉妒死了！"

"哈哈哈！"说起辉煌的读书时代，梁惠又冒出点自信来，"我那时候只知道写情书、谈恋爱，学习嘛，只是上课跟着老师转转，没想到很轻松就考出那样的成绩，真是有点对不住那么多埋头苦学的姐妹们了啦！"顿了顿，梁惠突然有点哽咽，眼里闪着星星泪花，"不过，最终我高考还是没考好……都是因为……""因为张君群吧！"李贤替她说了。梁惠埋下头痛苦地默认。

梁惠记得当时张君群追她可没少下工夫。他们在每一个晚上的自习时间都要千方百计相约出去玩，他会带她到公园，冒险给她摘各种名贵的花儿，去体育馆，在塑胶跑道上你追我赶，又躲在看台后面偷偷接吻……作为梁惠的同桌，李贤经常提醒梁惠要以学习为重。可梁惠着了魔般迷上张君群的翘嘴唇和单眼皮，根本无心学习。结果那一年的高考，张君群和梁惠双双丢失了上好大学的机会。反倒是家境普通、像个灰姑娘一样的李贤，顺利考上了一家二流大学。

那张旧照片，纪录的正是梁惠和张君群一起装出一副考砸了也不妨碍自信的样子，跟同学四处碰杯的情景。

(20111105《羊城晚报》B12 版 · 私生活；2012 年第一期江都《芦柴花》)

芦苇荡的爱情

我从小就喜欢一个叫做黄瓜的男孩。

黄瓜和我在一个村，一个学校上过学。为什么叫他“黄瓜”呢，因为他打小就精瘦，脸又黑，像条细细的黄瓜。不过现在的黄瓜可是今非昔比了，每天两大碗米饭把他养得结实又健康。他爹是村里的舞龙队队长，遗传给他一双长长的英雄眼，笑起来眼角有狡猾的细纹。黄瓜的妈有着酷似外国人的高鼻梁，所以黄瓜的长相可谓俊朗，虎虎有生气。

黄瓜喜不喜欢我，我可不敢乱下定论。黄瓜比我早两年上学，我对他多少有小同学对大同学的敬畏感。

一次，我和姐妹们上街去，路上看到了田垄上的黄瓜在埋头帮他爹割猪草。劳动中的黄瓜可真是漂亮啊，大清早的阳光柔和的洒在他的身上，仿佛剪影一样印出了一个年轻劳动者矫健的体魄。姐妹们嚷嚷着唱起了山歌，我嗓门最大，又走在前头，唱了两句，心里既有点害怕又觉得刺激。一种“豁出去”的豪迈感袭上心头。

黄瓜果然抬头看看我们。他爽朗的笑了两声，也应和着我们，对了两句山歌。我们一起哈哈大笑。为了引起黄瓜的注意，我故意笑的最大声。

黄瓜从田垄上一步跨到我面前，狡黠的说：你这傻妹子！笑成一朵花上集市找对象去呀？！

我脸一红，连忙大胆回了句：割你的猪草吧！割不完回去你爹不给你讨老婆！

说完立即跳开了，大家都呵呵笑开了。我的心怦怦直跳，生怕黄瓜追上我再说什么，可又忍不住想回头看看黄瓜的反应。

事实上，黄瓜那时候早已萌动了喜欢我的念头了。他那哪是帮他爹割猪草啊，全是打听到了我们一早去赶集，特意起早守在路边的。黄瓜的爹每年光舞龙舞狮子就能风风光光的养活一大家。他家的田里长的仅是供自己家吃的一点口粮罢了，还割什么猪草？

后来，傍晚我们几个姑娘高高兴兴的回来了。我和小花各买了身新裙子，二丫和胖兰各买了对花瓶，春妮替她妈提了 20 只小鸭子回来养。

小花不敢立即就把裙子穿上身，怕村里那些大姑大嫂闲汉们品头论足，说长说短。我管他们呢！我爹好歹也是村支书，他平时穿的中山装都是我妈洗得干干净净，熨得平平整整才上身穿。他要看到自己的闺女穿的漂漂亮亮，才高兴呢。

我在店里就穿上了新买的白碎花裙子。小花二丫她们都说好。我就直接穿着回来了。

还没进村，村口杂货店的孙大姑就咋咋呼呼：“呦！林姑娘今儿个真俊！新裙子样子又好，瞧瞧这小模样！”满脸的欢喜，就像看见自家闺女似的。

走了一路，心花怒放。村东头牵牛回来的三爷眼前一亮，说：“林妮子啊，好，好！孩子都长大了哇。”慢慢牵着牛走了。

妈端着水浇着门前的爬山虎，抬头看我立在眼前吓了一跳，嗔怪道：“这死妮子！半天没着落，倒穿成个小新娘子吓唬你妈呀！”

我一直呵呵的笑，把辫梢绕来绕去。多希望黄瓜能看到此时的我呀！可我进屋端着碗在门口边乘凉边吃饭，半晌也没瞧见黄瓜的影子！后来，黄瓜才一脸坏笑告诉我，他那时就藏在我家门前的草垛后观察我呢！

第二天，我老大不高兴，故意穿了件破旧的长袖衬衣和妈妈去采摘桑叶。天还没亮我们就出门了。这时候的桑叶带着甘甜的露水，蚕宝宝吃了最好，长得也快。

我摘着桑叶，回味着昨天黄瓜叫我“傻妹子”的事，心里甜滋滋的。

晨雾中妈妈摘的很快，已经赶到我的前头去了。我渐渐有点害怕这微黑的桑树林，朦胧中好象眼前有个黑影一闪而过，我瞪大双眼又没看见有什么人呀！越走越害怕，连气都喘不顺了，我丢下手中的篮子，颤抖着嗓子小声寻问：妈——妈，你在哪里？

没人应我，我更加惊慌失措的跑了起来，一着急绊到一棵矮小的桑树上，往前扑了过去！我恐惧地闭上眼睛——谁知，我扑到了一个带着体温的“大树”上——是黄瓜！

我又惊喜又羞恼，推开他诘问：“怎么是你？！一大早天还没亮，躲这儿吓唬谁呀！

他连忙捂住我的嘴低声说：“林妮子，跟我走！”

我疑惑地问：“干嘛呀？我妈还在前面呢。”

他不由分说拽着我就往相反方向的芦苇荡走，说：“你妈不知道我在，一会儿就来，就几句话！”

我被他牵着，心里既莫名其妙又有种从天而降的喜悦感——这小子终于有点端倪了！

穿过桑树林，终于到了芦苇荡，清晨的芦苇荡随着风沙沙的响，栖息了一夜的野鸭陆续噗噗地飞起来，发出一连串悦耳清脆的“嘎嘎”声。

我挣脱了黄瓜的手，故意气呼呼的说：“哎呦！我胳膊都被你拽疼了，啥事呀？”

黄瓜只是定定的看着我，笑呵呵的说：“林妮子，你这伶牙俐齿的小丫头！快披上我褂子吧，天儿有点凉呢。”说着脱了他的对襟白衬衣披到我肩头，自己只穿了里面一件蓝色背心，露出黝黑的健康皮肤。

我本想忸怩一下，但他这衣裳太温暖了，就不动声色地披上了。我装着冷淡的口气说：“黄瓜，你这人还有点良心。自己倒只穿件背心。放心吧，我家有感冒药呢，一会儿给你几颗。”说完我自己却忍不住咯咯笑了。

黄瓜难得露出憨厚的天性垂头不好意思地也笑了。他没话找话：“林妮子，你喜欢我吗？”长长的眼睛明亮的看看我。

我嗔怪地看了他一眼，不做声。

黄瓜急了，“啪！”的一声掰断了身边的一支芦苇杆：我……我……我可是很喜欢你呢！

我心里一喜，又假装没听见，继续抱着胳膊看着他。

他更不知所措了，磕巴着说：“林妮子，你怎么不说话呀！这明天我爹就要把在别处给我物色的媳妇领上门来认亲啦！你……你要是喜欢我，今天晌午我们就去向我爹挑明了，啊？”

这下，我急了。不假思索的摈弃了女孩子的矜持，脱口而出：“什么呀！你爹咋这样封建！都什么年代了还操这份闲心思。我们一会就去找他！”

听了这话，黄瓜像个孩子似的开心地拉着我的手说：“真的？！林妮子，那你真的也喜欢我呀！”

我这才“泄气”的发现刚刚慌不择言，流露了心声，低下了头，笑而不语。黄瓜继续乐呵呵地说：“林妮子，你回去把昨天那条裙子穿来吧，我爹见了一定更高兴！说不定立马就改变注意了呢！”我哼了声“美的你！”脱下他的衬衣放在他手中，一蹦一跳地回桑树林找我妈去了。

我妈一声大过一声的“林妮——妮子！”像一面锣，敲开了清晨第一缕阳光，也仿佛敲开了我和黄瓜之间不言而喻的情窦初开。我像只单纯、快乐的小鹿奔跑在熟悉的桑树林里，一边欢快的回应着妈妈的召唤。

……

后来，我和黄瓜就走在了一起。这臭小子，他爹当时根本没替他物色啥媳妇！

(20090819《盐城晚报》B24 版；20100228《苍梧晚报》A14 版)

头儿，你真的很大度

头儿，在你成为我的上司前，好像从没在电梯或会议厅见过你。

成为我的上司当天，我还给了你个下马威。似乎没握你递过来的热情的手。还好你大人有大量，日后也没因为这事给我小鞋穿。作家毕飞宇曾写过：“你认识了谁，就会不断遇见谁。”没错！后来我就常在电梯间遇到你。你总爱戴顶棒球帽，一副“闲云野鹤”的“嘴脸”。有次人挺多，几乎面对面，我竟没认出是你。你却还很关心的问我吃没吃早饭，并说没吃就一起去吃。那次我挺感动的，差点红了眼圈，因为和家人吵架，连一口水都没喝就冲出来上班了。

有一回，上头来人检查，早上开紧急会议，大老板找不到相关负责人正干着急。我见你人还没来，怕大老板找到你头上来又怪罪，急着想给你打电话，又碍于以前的一些“隔阂”，迟迟下不了决心打出那串号码。后来你还是匆匆赶来了，一脸病容。我突然很担忧很伤感起来，会也没好好开，一直在心里念叨你可别出什么状况来。还好，大老板的会总算开完了，你趴在会议厅的桌子上不时咳嗽两声，又捂着鼻子打喷嚏。我猜八成是头疼感冒了。不过我抽屉里正好有感冒药，于是等你回到办公室时，你桌上多了一杯热水和一盒感冒药。

你进来了，当时我心冒到了嗓子眼儿，听到你坐在木椅上的声音，后来我忍不住喝了口绿茶，借机走出办公室。晚上，收到你一条短信：“谢谢你的感冒药，我快好了。”我心满意足的睡了。第二天在公司电梯口看到你比前一天精神多了，我不由笑了。你说：“大家都说你冷，其实你笑起来真的很亲切。”这话，我到现在都还记得呢。

现在我都离开这家公司快两年了，回想与你共事的那段时间，真的全是些快乐的事。充满了人情味儿。

头儿，你现在还好吗？还喜欢戴一顶棒球帽，穿的很休闲吗？好怀念在一起上班的日子！听说你儿子都会跟在你屁股后面拍皮球了，哈哈，下次有空去原公司参加联谊会时一定记得给他买辆大汽车！

(20091021《彭城晚报》C05 版 · 情感日记)

你

爱情只是男人生命的一部分，却是女人生命的全部。——【英】拜伦你从暗的暖风中走来，步子有点急，神情却是略微把持着欢欣。

我有点吃不准那移动的身影是不是你，因为还没有勇气长时间正视你的目光和面容。虽然曾频繁愉快畅谈过一些私人的话题。

你是立体的，又是多面的，一天天发现你从来不是单一的你。当我自以为抓住了你某个恒定的习惯时，你却毫不知情地在我的注视下改变了那个习惯。而这个新的习惯又使我在你离开后默默记住了它。我总是将你的各种习惯比较着、重叠着、咀嚼着，这么回想时嘴角不经意浮出旁人觉得莫名其妙的笑意来。

你熟睡了，我却持续清醒着。试图触碰你的手指，又怕惊扰了你的好梦，渐渐开始气恼你的酣睡，最终还是忍不住轻轻把自己的手覆盖在你的手背上，你立即感受到并握住了我的手，力气所含的分量以及敏锐而热情的动作使我惊喜——你终于醒了！然而你的手即刻又睡过去般安静下来。此刻你在梦中大概会马上增添我们拉手这个情节吧？但愿会的。我只好呆呆端详着你搭在我手上的手。它是我最喜欢凝视的一个对象。不仅凝视，有时我还会凑近它，嗅着其中的气息。正如那柔软而干燥的外表，它闻上去几乎和空气一个味道。我醉心的正是它的没有气味。它是你生命与灵魂的一部分，它的每一根指头都老老实实绝无张扬的气焰，每次你从远方回来我都要拉一拉这样温顺的手，仔细端详它们，仿佛为了验证你的确一如既往地讲卫生，检查的结果无疑十根指头任何时候都是圆圆的闪着朴素大方的自然光泽，指甲也精心打扮般齐齐剪到指甲仁处，好像长出一点点新指甲你都忍不住要修掉它们。难怪很多人都评价你特别自律。不过今天一看，你的手好像不似从前那么活泼了，盯视着其中一片方方的指甲盖，我似乎体会到你平时的种种不易。你在熟睡中全然不知我的直视，依然背对着我，后脑勺流露出真切的放松气息。是因为身边有我吗？

有一次你对着镜子很认真地把白衬衫的下摆掖进皮腰带。我偶尔见过你把衬衣下摆放开的样子，形象变得更为洒脱自如。但这次，经过你一丝不苟的整理，那条西装裤显得更修长了，皮带漂亮地收住了质地挺括的衬衫，紧绷绷而有力度的腰部使人艳羡它散发出的年轻味儿。

你总算醒了，去卫生间弄出洗漱的声音，这极富人间烟火的举动拉离我的联想和沉思。我要及时调整好自己的表情，以便在你神清气爽冲出洗手间的那一瞬因为迎接到我的微笑而云开雾散，拥我入怀。你曾不止一次感慨我是你的一方净土，我对自己说，你已是我的全部。

(20110927《皖江晚报》A15 情感方舟)

雏菊花开在十九岁

糟了，真是被萌子那小子说中了。我竟不由自主的喜欢上了我们的地理老师！

我本来还觉得没什么，可最近心里老是毛躁躁的，连平时最爱看的《福尔摩斯探案》都丢在一边。上课也无精打采。奇怪的是，一上到地理课，我立马来了精神，但明明两眼放光，也要保持那种无所谓的态度。因为我知道此刻萌子一定在对面紧盯着我，好像随时准备刺探“军情”。

萌子是我从小玩到大的邻居，兼同学。小时候我一挨老爸揍，他就“讥笑”我。他就是那种不管女生死活的调皮男生，一脸的没心没肺。

这么多年的朝夕相处，导致我太了解他了，所以从小就不太注意自己在他心目中的“光荣形象”。也一直活得像个假小子，我们真的很像村上春树笔下那种异性好朋友的感觉。彼此了解，无所顾及，很肆无忌惮了。但现在我已经 19 岁了，脸皮也渐渐仿佛越变越薄。有时竟经不住萌子那双还很白痴、单纯的大眼睛的“拷问”!

说真的，地理老师其实长得并不太“养眼”。他一开始教我们时，我都没怎么注意他，忽略了他的长相，只是觉得他可以一下子把地球解剖图在黑板上画那么圆，有点暗自佩服罢了。仅此而已。

直到有一天，地理下课，萌子突然跑到我座位旁告诉我说：“丫头，你说地理老师是不是很喜欢你呀？！看你邋里邋遢的，也没有什么气质，可他怎么就总喜欢上课有意无意的特别看你两眼呢？”萌子一本正经的样子使我忘记了教训他居然敢当面评价我“邋里邋遢”的！我听得迷迷糊糊正准备严肃讨公道时，他若无其事又迅速的吹着口哨走开了。我莫名其妙的咀嚼着他丢下的话。直到同桌的小香上完ＷＣ回来，惊讶的扳起我的脸说:“呀!你怎么脸这样红啊?怎么啦？”我才慌乱的回过神来。

之后我就老是琢磨、注意地理老师的举动了。不但上课注意，他在对面办公室里的一举一动我都情不自禁的想瞄上几眼。这样一来，我果真觉得他是有那么一点喜欢我了。他还找过我读过几次课文。我因为觉得心里有秘密，站在那儿支支吾吾读了半天，气都喘不上来了。可令我暗暗吃惊并更加坚信的是，一向不拘言笑的地理老师竟一点也不生气，还望着我大度的微笑了一下，露出一口整齐洁白的牙齿。我受宠若惊般的坐下了。回头看到可恶的萌子竟笑得趴在课桌上了还不发出一丝丝笑声，整个一无声无息。精明的地理老师也没觉察萌子的调皮。

接下来，可惨了，我居然发现自己“日久生情”、“假戏真唱”，不可救药的喜欢上了地理老师，渐渐发掘了他越来越耐看了。只要一天没地理课，我就多愁善感，对谁都爱搭不理起来。虽说，地理老师不太“养眼”，可时间一长，他的面庞越来越耐看，真有些我最崇拜的外国影星“马龙·白兰度”的味道了。他的样子在我的眼里，更是越发帅气了。

看到我“如痴如醉”的，萌子似乎觉察到了危机感。他天天在我面前“念经”：什么“我就开了个玩笑啦！”，“别白日做梦了”，“悬崖勒马”……我一心烦，就上去给他一顿暴栗子。反正，我的拳头也知道斤两，他也不介意我施加暴力。他曾经常常戏说这是友谊的“反刍”。

不过，萌子不愧是19年的玩伴兼“书童”了（他经常帮我提几斤重的大书包，嘿嘿），没几天，他就淘来了我眼馋多时的精装版《名侦探柯南》。他递给我时假装举起手，要狠狠还给了我头上一个暴栗子：“别胡思乱想了丫头！趁早把目标转移到柯南这儿来，要不，转移到我这儿也行呀！”这种话我平时早已习惯，但今天我真的有点“浪子回头”般感动了。当时真想在他面前戴朵象征敬意的大红花！于是我决定“痛改前非”，把自己投身到名侦探破解的桩桩精彩悬案中去。

真的很有效，一个上午前三节课我都是“两耳不闻上课事，一心只读侦探书”。可万万没有想到，本以为最后一节课是老实巴交的美术小老头，还继续讲演他的“三星堆艺术欣赏讲座”，以达到促进我们瞌睡的催眠曲效果时，地理老师风驰电掣般神气出现了。萌子在地理老师高度扫描的双眼“电波”下，冒险在对面伸长了腿狠踢我的“坐骑——凳子”，我还浑然不知的沉浸在悬案中。我以为他无聊到想让我关注美术小老头一句不太可笑的笑话。萌子再次猛踢我的坐骑。我边纳闷班上突然的死寂，边把愤怒的火眼投向对面的萌子，没想到，分明看到了一支染了粉笔灰的高度身份化的大手伸向我肆无忌惮摊在桌子上的《名侦探柯南》！我暗叫：不好！脑子也突然一片空白。太突然了，我从来没有当场被老师逮住的经历，眼前仿佛电闪雷鸣，彤云密布，我战战兢兢的站起来，抬头看到了地理老师那双气愤、失望的眼睛！顿时我感觉天都崩了，似乎也听到萌子在对面像“曲高和寡”的最后一只类人猿一般发出得不到呼应的悲啼、哀号的声音！

……

结果，我的书被没收了，还要下课放学后去他的办公室“面谈”。当我站在地理老师的办公室前，这个“平时一向乖巧懂事的姑娘”心都碎了，没有想到我会在喜欢、甚至爱慕的老师面前如此“自焚性”自毁形象。面对这飞来横祸，我只有忏悔万分，“悲壮”地听着他久违的苦口婆心的谆谆教导、循循善诱。但不久，桌上玻璃下压着的一张双人照就吸引了一直低头“认罪”并且眼尖的我，我仔细辨认，意外发现竟然是面前这不拘言笑的地理老师和一个年轻貌美的女孩的合影！看他们俨然一对热恋中的金童玉女。我好像短短半天时间又被人当头棒喝般难受起来。……不知道什么时候训话结束，也不知道什么时候，我拖着身心疲倦的“尸体”加那本害我半天的“精装版悬案书”从办公室走了出来。我看到了倚在不远处默默守候我的萌子。我的泪水夺眶而出！泪水顺着我的脸流下来，充满着委屈和感激之情。

之后，我跟萌子讲了照片的事。他却很平静的说：“早就听说了人家地理老师的女朋友还是个艺术学院的小明星呢！丫头，你还是安心上学，安心做好我的邻居，让我照顾你吧！”总之，从“书被收”、“面谈”、“照片事件”以后，我对地理老师萌芽了的爱慕之情就日趋心灰意冷，再也“看不上”我们依然帅气的地理老师了。也不是“看不上”，一看到他，我就想像到他旁边时不时站着的那位漂亮有风韵的女孩。而我，布衣学子，单调而愚蠢的粗布衬衫映衬下年轻善变的心。依照萌子的说法：丫头只是个邋里邋遢的丫头片子！知道什么呀！

所以我，还是好好念书，好好珍惜身边这个多年来的“免费保镖兼书童”的好。虽然，他有时候贫嘴“伤害”了我一颗少女的心，但至少让我时不时能体会到他默默的关心，以及村上春树般异性朋友的感觉呢！

19 岁，什么才刚刚萌芽啊！

（2010 年第二期武汉《都市小说》P59）

你走你的路

当日子完了，我站在你的面前，你将看到我的疤痕，知道我曾经受伤，也曾经痊愈。

——泰戈尔

这段话是我在图书馆阅览室看书时记下来的，当时没有纸笔，也没有带手机。我忙与周围一位书友借了支 2B 铅笔，抽出钱包里一个快递公司联系人的名片，快速而潦草的记下了它们。

因为，我觉得这句话就像是说给我一个人听的。它像照入我心灵深井的一束千年难得的艳阳。

你走你的路，用一种洒脱的气概告别我们之间的所有藕断丝连，纵使美好的往事如春天的蒲公英般飘飘洒洒催人眼泪，无论风是往哪个方向吹，他都迟早要飞走……

初见你，我真的毫不犹豫动了凡尘的心，一下子坠入无底深渊的邱比特之洞穴，在无边的黑暗中摸索着你的位置，担忧着你的境地。而我们终于重逢在溪涧潺潺的岩洞口时，你也顿时热泪盈眶，于是我明白了你也陷入一见钟情之中。而准备共筑爱巢的每一方都会心甘情愿坠入这潮湿深黑的无他人帮助之地。

从此我们并肩共患难，将用双手真的共筑一片只属于我们俩的爱的桃花源。我们在桃花源你挑水来我织布；你看书来我挑灯；你作画来我吟诗……不管你的前世多么荣华富贵，也不管我的来生几多养尊处优，只活在今朝，只活在你我彼此的共融爱慕里。

“你侬，我侬，忒煞情多，情多处热似火。把一块泥，捻一个你，塑一个我，将咱两个一起打破，用水调和；再捻一个你，再塑一个我。我泥中有你，你泥中有我。我与你生同一个衾，死同一个椁。”浩月当空，繁星为证。当初的花前月下，海誓山盟还犹在耳。“我泥中有你，你泥中有我”——这字字珠玑，似银盘落玉，听得我眼含热泪，感动于你的情深似海，决心从此与你生同一个衾，死同一个椁！

忽如一夜狂风卷，千树万树桃花凋。尚在睡梦中的我，陷入一种从未有过的忧伤孤绝。是否催梦少年携一支狭长的魔幻短笛，轻靠我们的窗前，在风起云涌的夜晚悄然奏响那支离歌。我随着那凄婉离歌入梦，梦里置身风掠凋残的桃花源，一个痴情的女子在桃林深处泪光熠熠，裙裾飘摇。她在低吟一首诀别歌——春花最爱向风中摇摆，黄沙偏要将痴和怨掩埋。一世的聪明情愿糊涂，一身的遭遇向谁诉，爱到不能爱，聚到终须散，繁华过后成一梦啊！

梦醒时分，果然该到劳燕分飞那刻！

今生今世，难忘你那天的忧郁又决绝的脸，虽犹带着这许多日月间朝朝暮暮的眷恋，却毅然神往那远在天边，近在眼前的种种诱惑。催梦少年手中的短笛幻变成了一张无情的诀别书，在你手中，颤抖着递向我，即使不敢抬头与我目光对视，你，也要坚持着。我该早知你的处心积虑。

而今，我已经繁华看尽，像一片真正的海，容纳百川。宁愿时光回到那一刻，必定镇定接过诀别书，挥手自兹去，任耳边风声如裂帛惊鸿。

心不设防，才让你看尽了我的离人泪，读懂了我的含蓄而矜持的眷眷。擦干泪水，不再痴傻。等待一场千年难遇的邂逅并不难，茫茫人海中，终究有一人对你一见钟情；而肯与你一辈子苦守看似仙境却孤寂荒凉的桃花源的人，有几？

爱情势单力薄，的确是日日夜夜的考验。而山川载不动太多悲哀，岁月禁不起太长等待。你知道的，蒲公英终究只在身边停留片刻，即使他的洒脱与不羁让你痴醉，也只能享有片刻欢愉。

风来了，所以，你走你的路。

（20100425《苍梧晚报》A14 情感驿站）

暖暖错爱

他是她的大学导师。他每周只在班上匆匆露一下脸又匆匆走了。因此开始的两年学习时光里，光顾着到处淘宝、逛街、旅行的她，自然不会轻易就注意到他的一举一动。只模糊的记得，他常穿一件青灰色衬衫，把扣子一直扣到顶，头发留的很短，很干净的样子。是她一直十分喜爱的平头。

开始的两年，他们从没有单独讲过一句话。因为不了解，她也没觉得这有什么可遗憾的。

第三年，她大三了。说实话，她是个表面看上去很不擅言辞的女孩，至少从小到大教过她的老师都认为她有点“闷”，有点不爱和老师“搭话”。其实她不是傲慢，而是内向。她在班上非常低调，仅和同宿舍几个女孩玩的比较熟，常一起逛街，做短途旅行。她是个非常内秀的女孩，每次文章在报纸杂志上发表都会悄悄约同宿舍小姐妹去饭馆吃上一顿，从不大喧大嚷。

也许日子就这样平淡而单纯的流走了……

机缘是在一次圣诞宴会上。班长嘉云和团支书早在一个月前就精心策划了这次活动，甚至给每个任课老师都发了张烫金的请柬。说实话这些都与她这种“平民百姓”关系不大，她们要做的就只剩下当天下午稍稍打扮，等待晚上的“华丽出席”。

女生们个个眉开眼笑，往宿舍里自己的小床上扔了数不清的衣裳，花里胡哨的搭配起来。她也不例外。总之圣诞这天，女生宿舍分外妖娆，到处尖叫连连，大家都想欢度一个快乐的、可以出尽风头的盛会。

最终，她选中一件淡玫瑰色毛衣穿在身上，下面简单的套了条洗的泛白的牛仔裤，听说晚上还要闹酒，她还是没敢穿裙子，怕酒后出丑。

走到热闹的宴会小礼堂门口，她居然很意外地碰到了好久不见的他。她心想：他那么一个匆忙的人能来真不容易。他们俩都是独自往门里面走。他首先目光温和却有点犀利的看了她一眼。她被看的有些胆怯，刚准备喊他老师，旁边突然蹦跳出一个高挑的女孩，散发着说不出的成熟气息，很热情甚至很亲密无间的往他肩膀那儿一拍。而他竟然很宽容的默许了这一行为，并微笑着和她打了招呼。

她在一旁看了暗暗吃惊。她发现这女孩化着漂亮的彩妆，华丽的皮裙衬得她大方而自信。但更诧异的是，她竟有点羡慕这位女生居然能和别人的导师关系这么好，简直像是朋友或哥们儿了。这对腼腆的她来说，真是天方夜谈，想都没法想的事。她略有点自卑的退进了人声鼎沸的小礼堂。但胸口还是积郁着一种汹涌的落差感——为什么自己不能像那个女孩一样充满自信呢？怕和老师“搭话”不正是一种缺乏自信的表现么。

这时礼堂里的帷幕徐徐拉开，大家用期盼的掌声欢迎两位主持人，据说还是班长从音乐系请来的“大腕儿”。她抬起头，看到了才熟悉了的“皮裙子”那灿烂而自信的笑容，一点也不觉得惊奇。晚会正式开始了。她在暗淡的灯光下，注视的别人的欢乐，心情慢慢沮丧。离她很远的地方，端坐受邀请的老师们。不知为什么，从刚才门口那个犀利的眼神开始，她变的越来越关注他。他在远处燃着一支烟，星星火火显得很安静，小小的舞台上有些许柔和的橙黄色光散射下来，打在老师们那一圈儿，她渐渐适应了这光线，从柔和的光中瞥见他笔直的裤缝折射出儒雅的银灰色。舞台依然喧腾，一拨又一拨的师生被邀请同台演唱或者同台说些笑话，气氛很融洽，大家像真的过年一样又笑又闹。

礼堂的节目结束后，班长又带领大家掀起晚会的高潮，集体边跳兔子舞边向礼堂左边的舞池、吧台转移。这时的大学老师完全没了平日里的严肃，个个开心的像老小孩，相互勾肩搭背说笑着也去了学校舞厅。

她在人群中被欢乐感染了，和宿舍的姐妹们边喊“兔子”边跑向舞池四周的桌子旁坐下。她暂时顾不上关注他了。大家坐定后才发现班长真是煞费苦心，桌上摆满了吃的喝的，就等师生一起举杯畅饮。她端起酒杯，嗅到一股红酒的芳香，仿佛下定决心似的一仰头倒进嘴里。随即她又倒满了一杯，和大家一起举杯时也喝了。同宿舍一个女孩拉她去楼下的洗手间，她们得以从喧闹的环境中暂时逃脱出来，边笑边互相摸对方的脸颊，她们的脸红扑扑的闪烁着节日盛会所特有的兴奋的光泽。她掏出手机看时间时发现有未接来电，共打了 5 遍她都没听见。她急忙回电话过去，同宿舍女孩等不急先回去了。她站在空无一人的走廊里，猎猎的凉风吹拂在滚烫的脸颊上，她听见电话那端有人轻声压抑的哭泣——是一个高中女友失恋了。她很清醒的安慰着她，突然电话那端恶狠狠的叫骂："都是因为你！你为什么今年 3 月份要来我这里，害的我男朋友陪我们爬山时魂都勾去了！他的数码相机里都是你的身影！你这个祸害！我没有你这朋友！"

"嘟……嘟……"电话挂断，没有任何解释的机会。再打过去已经关机。她的心情彻底败坏。

舞厅里依旧人声鼎沸，她推门而进时没人注意她的眼角挂泪。这时聚光灯和周围的吸顶灯突然打开了，班长和他都被强行推上舞台，大家一哄而笑"逼迫"他俩跳一支华尔兹。班长通红着脸嗫嚅着说自己什么都不会跳。后来他勉强带着班长跳了两步，确实班长真的不会。他也有点束手无策。不知谁小声提议，让她来跳，同宿舍的姐妹恍然醒悟，一起尖声推荐让她来跳！她舞跳的最棒！团支书及时将追光灯对准角落里毫无防备的她，大家都疯子般掌声雷动怂恿她上台去和他共舞一支华尔兹。她浑身如电流通过一样颤栗起来，因为从来没像今天这样受众人瞩目。她抬头看到他在舞台中央很宽宏的伸出了手，伸向了她。她慢慢鼓起了勇气，人群立即分出一条狭窄的通向他的小路，她也伸出了手向他走去。追光灯追随着她，她那玫瑰色毛衣在橙黄灯光下异常温馨。女生们低头窃语"哇，她今天真好看！""楚楚动人！"

他接过她的手随旋律跳了起来。一圈未完时，他说："你一直在发抖。别紧张，我只是你的老师，而不是别的。"但他还是夸奖了她的舞技，因为在这么紧张的状态下，她都一次没踩到他的脚。她终于鼓足勇气在他耳边说：“老师，你还不知道我叫什么吧？”他呵呵一笑：“笑话！我不但知道你叫什么，还常在报纸上见到你的心声。”她的内心旋即升腾起一股暖流，她惊讶、感动的几乎说不出话来。她嗅到了近距离里他西服上的烟草味儿。从那刻起她开始对烟草气息敏感。

从舞池中下来，她晕乎乎的。手中被人塞了把开心果。女生们围住她，开始讨论他们俩刚才优雅的华尔兹。她们略带嫉妒的盘问她和导师共舞的感受。她说她至始至终没勇气正视过他的眼睛。他又回到老师圈子里了。但这时的她，心里却无限舒朗起来，因为她终于知道，导师了解的是精神世界的她，那个腼腆却内秀的女孩。她一点也不羡慕那个“大腕儿”女主持了。

晚会结束后，所有灯光全部亮起来。他们很默契的相互对视了一眼。她读懂了他眼神里满含的欣赏。她回味起走廊上的猎猎凉风，感到苏醒之后的惬意。一种从未有过的被呵护的感觉越来越浓烈，原来他一直在默默关注着自己，使得原来暗淡的生活像傍晚的灯光渐次亮丽起来。

(20100307《苍梧晚报》情感驿站A14版）

爱，掩在伤心处

金珠儿，一个看起来自由松散又恬淡文静的自由撰稿人。她常常穿宽松飘逸的长裙，将头发随意挽着用一块手帕系着，专心的在电脑前敲打文字。

她的男友荣最欣赏她端坐于书桌前的样子，看似慵懒的装束，漫不经心的姿势，可半天过去了，她还是那副手不释卷的神情。

荣特别佩服金珠儿身上流露出的那种宁静却不失淡定的淑女气

息。金珠儿从不大吼大叫，至少他们认识的两年来还没红过脸。

荣是知名网站的高级软件师，收入颇丰，而且只要定时开发出所需软件，工作时间安排可以因人而异。荣多次劝金珠儿现在就可以放弃写作在家“养尊处优”，他一个人去工作完全可以养活她。金珠儿都微笑着婉拒了。她说现代的女人不可以没有自己的事业，更不能没有追求。

她的作品很受好评，她经常用稿费为荣买高档衬衣和领带，偶尔也为自己添件漂亮衣裳。她不常出门，所以也不化妆，不戴首饰。

荣是在百货公司电梯“邂逅”金珠儿的。那天下午金珠儿怀抱着一只精致的青瓷空花盆正往电梯外走，荣急匆匆进电梯去三楼购买U盘。荣的力气很大，他把金珠儿手里的花盆撞到电梯扶手上，摔落在光滑的大理石上，一瞬间粉身碎骨。金珠儿吓坏了，连连后退，系的很松的手帕从头发上滑下来，一头乌黑的长发也披散开来……后来荣面红耳赤的道歉，陪金珠儿又去二楼买了只一模一样的青瓷花盆，并把受惊的金珠儿送回了家。

他们由此相识并交往了。荣无不得意地认为这是上天的旨意。他这个莽撞青年当时对金珠儿的印象可谓一句诗来形容——荆钗布裙，不掩国色。他说，金珠儿的一头乌黑长发让电梯里的锃亮不锈钢墙面顿时黯然失色，掩面哭泣。

金珠儿特意去买的青瓷花盆是为了栽培她的白兰花。所有的花中，她最喜爱白兰花。白兰花长在深山，性喜阴，所以很难养。但金珠儿用一颗耐心和恬静的性情使白兰花在青瓷花盆里养得很好，当她写作或看书累了，就会坐在白兰旁，默默地注视着它纤长葱绿的叶子，小小的洁白花朵，与白兰成为靠气息交流的朋友。

荣是个好热闹的人。他常常参加公司或朋友哥儿们间的聚会到很晚。喝得醉醺醺地回来，再晚金珠儿都会亮盏灯守候着，看点书或者在电脑前写作。桌子上照例泡了杯醒酒的浓龙井。

不过大部分时光都是荣下班后“嘭！”的推开家门，把书桌前或白兰花盆前静静沉思的金珠儿吓了一跳。然后他们互相笑笑，一会儿便彼此对坐着吃金珠儿做好的饭菜。荣渐渐习惯了家里的静寂，有时他连饭后爱看的足球赛都戒了，闷在沙发上浏览报纸，抽烟。偌大的客厅里都能听见他们彼此的轻微呼吸声。

荣有一次忍不住站在金珠儿背后看着她写稿，显示写到第２１３０字时，金珠儿才在显示屏里发现了身后的荣。抓耳挠腮的荣。

荣吞了一口干燥的唾液，说：珠儿，我们说说话吧。要不，出去走走？-

金珠儿莞尔一笑：好的，荣。我再写会儿就走。

往往等了半天，他们也只在家附近的小路上散散步。

荣说：珠儿，你怎么不和女友们走动走动？要不，我给你买条小狗？

金珠儿说：我的三个好朋友有两个已经出国了。都是 E mail 联系。还有一个嫁到外省去了，偶尔打打电话。我不需要小狗，有你就很幸福了。

荣说：可是这样你不会很孤独么？

金珠儿笑笑：不会的。写作者从来都不缺心灵间的交流。

……

荣发狠把金珠儿拽出门参加他的同事和朋友聚会。他常自诩自己的女友是最温文尔雅的淑女。他们当然全是不屑和怀疑。因为他们的女友个个艳惊四座，珠光宝气，时髦又俏皮。别忘了荣这个高级软件师的周围有的是业绩精英和时尚玩主。

金珠儿出场了。还是一袭宽松的戛地长裙，不戴任何首饰，长发用手帕系在脑后。带着归隐田园和久不接触社会的含羞草般的清新气息。

所有的男士都暗暗倒吸了口气，但碍于女友在场，只好不露声色；身边的浓妆艳抹的名媛女友们也都停止了趾高气扬的高谈阔论、把酒当歌，上下打量金珠儿，又偷偷互相打量开来，眼神中有不战自败的怅恨嫉妒和气急败坏。

金珠儿和大家颔首微笑过就安静在荣身边坐着，由他们笑闹。

这样去了几趟，荣的脸上挂不住了。因为那些刻薄的女友在他耳边对金珠儿评头论足，说她自命清高，说她不修边幅，说她土里土气不懂装扮……男士们都不置可否，又暗自叹羡着荣。

荣自作主张去为金珠儿买了很多首饰和化妆品，有的是托哥儿们的女友买的。

金珠儿很高兴的收下了，但也没有见她戴过一件，搽过一瓶。

终于有一天傍晚，金珠儿在为白兰花儿浇水，“嘭！”荣又莽撞的推门回来。他向金珠儿发了脾气，像个憋了一肚子委屈的孩子。他摔了金珠儿书桌上的几本旧书，扯坏了电脑的鼠标线，他冲过来准备砸金珠儿手边盆架上开得好好的白兰花儿，被金珠儿冷静但泪汪汪的眼睛无声的喝退了。他双手捂着头痛苦地蹲下呜呜哭了。

他还是深爱着并默默欣赏着金珠儿的。只是让一个爱热闹的男人怎么掩盖日日积蓄的冷清和压抑呢。

金珠儿也蹲下叹息着说：荣，我们相识的那一刻，在电梯里你把我的花盆摔碎时我就预感，要是我们因此能交往下去，也迟早要分手的。因为我们太互补了。

荣抬起泪眼，拉住金珠儿说：珠儿，你别离开我。至少我爱你。我们可以用时间慢慢调整！

金珠儿含泪点点头。

是的。时间是治愈一切的良剂。时间也无情地使相爱的人历经一次次误解和不经意的中伤，只到年华老去。爱，被掩埋到时光的深渊里。-

（又名《爱你太沉重》2010 年第 5 期 A 南京《青春》杂志微型小说大赛栏目选登；20100328《苍梧晚报》A14 情感驿站）

聊开了，走近了

一、我是公认“神秘”剩女

单位里大家都知道我是大大的剩女，三十好几还嫁不出去。我每天把自己穿的像黑寡妇，上班目不斜视下班神秘失踪。我不交朋友，自我封闭。周末就在家闭门当宅女。饿了电话叫外卖，倦了倒床就睡，乏了出门拐弯租几张文艺类电影碟一看一整天。

一开始别人都热心替我说媒，越说我越抗拒，干脆臭骂一顿那多事的人。三回两回遭骂者再不给我张罗，但还是有好当红娘的熟人顶着被我骂的风险硬是要啃下我这个硬骨头。可我铁了心不配合。于是拖到了吹灭三十四根蜡烛后还是单身。

这一切的缘由我不说，别人也休想知道。我不过是在和自己打个赌。我打赌我会等来远在瑞士留学的大庄。当然，他一定会回来的，只是恐怕要从我一直憧憬的机场、鲜花、拥抱变成了形同陌路。

二、我为什么坚持做剩女

大庄出国之前信誓旦旦承诺：等他学成归来立即成亲。第一年时我们格外想念对方，隔三岔五煲电话写伊妹儿航空信和 QQ 视频聊天；第二年伊妹儿航空信和 QQ 视频聊天都嫌麻烦，直接电话嗯啊几声算报平安；第三年大庄接电话时已经显得很不耐烦并中途换了好几次号码，说是换房东了，有几次因为大庄换了号码差点中断联系，他还告诉我在国外学习安排的紧一直没配手机。最伤人的是他有意无意直截了当的说：唉！跟你说了你也不懂！我人在千里之外，这里的情形瞬息万变，已经不是我刚来时的状态了……第四年几乎不再联系了！我也有脾气和自尊，总不至于大庄如此嫌恶的口气还忍耐得了。干脆不主动给他打国际长途了，而大庄也仿佛通晓我的意思般选择了不了了之。有时看着沉默的电话机有种欲哭无泪之感。

可大庄的母亲是我中学老师，她很看好我们的恋情。得知大庄变心后她频频打电话骂儿子心硬翅膀硬又不放心我时常打电话安慰我。可远水救不了近火，更何况一个男人的变心怎么能够轻易就拉的回头呢？终于在我过完三十二岁生日不久后，大庄的母亲亲自登门垂泪告诉我大庄他似乎在瑞士自己谈了一个算是同校留学生的女子，她见我不信，就掏出几封大庄寄到家里的简易家书摊在我的书桌上。有一封信里夹了好几张圣诞节聚餐的照片。大庄的近照我竟然要靠这样的方式目睹！我边强忍泪水边端详照片中的大庄，他比出国前胖了，脸上表情也知足了不少，以前我挺喜欢他那种愤青般眉头紧锁的气质已经荡然无存。每张照片中都有一位紧紧依偎在他旁边的长发高个女子。“她是大庄现任女友吧。”我指着照片中的唯一女性用疑惑眼神望向大庄母亲，她点头默认了。

从接到大庄托母亲婉转告诉我的分手信息起我竟渐渐有了轻微抑郁症的倾向。两年里我开始漫长的情感疗伤。按医生嘱咐要不断接触社会不断涌入人群不断发泄不良情绪不断散心。于是我按医嘱每个季度定期去全国各地旅行，花光了这几年所有准备置办嫁妆的钱。还好，轻度抑郁被稳住了。34 岁生日那天清晨情绪极度低落的我又去见了医生，他告诉我：你现在虽然还是郁郁寡欢一副高兴不起来的样子，可身体各项指标已经趋近健康了。傍晚时抑郁情绪会大有好转，这时最好能约朋友出去转转多谈心多运动。总之得多与人交流！千万别一个人闷在房间里懒懒散散！医生向我投来鼓励的眼神。

走在回去的路上心里既轻松又有点空落。我的生日该怎么过呢？先上班再说吧！

三、剩女身边的环境

于是，我折回去上班了。我在一家印刷厂负责财会。不知怎么最近单位的宋宇也被同事们提名为大龄剩男了。一开始我不怎么关注宋宇，可大家提到剩男剩女都会将我与他绑定在一起长吁短叹，似乎要撮合我们两个。共事了好几年竟然都没好好注意过宋宇的长相，真是中大庄的毒太深！我在心里嘲笑自己。

宋宇就坐我斜对面的办公桌。一向早起上班的他今天恰巧还没来，我快速走到他办公桌前浏览了一遍他台板下的几张生活照。没想到宋宇看似一个没人要的大龄剩男其实还很耐看。光洁的额头下一张饱满的长方脸。“从未对长方型脸的男子有过什么触动。”我心里这么想着回到自己的办公桌。刚坐下宋宇来了，办公室其他人也随之鱼贯而入。他似乎一路小跑来上班的，有些气喘的主动向我打招呼：“梁云你早！对了我半小时前在出租车里见你从医院跑出来。一大早哪里不舒服吗？”我一听吃惊的抬头看着他：“没……没有哇！你看错人了吧！”要是被他们知道我刚刚好转的病是轻微抑郁症那可怎么得了！千万要暗示宋宇别再问！我神色慌张的向他使了个“别再问”的眼色就垂头假装继续核对我的报表。

一个上午相安无事。下午正上着班，手机短信震动了，已经快一个世纪没有人给我发短信了，我狐疑的打开那条短信。是一个短号发来的，只有一句话“梁云：抑郁不可怕，可怕的是走不出那个伤害你的人的圈套！”我翻出单位集团短号名册开始查那条短信的主人。刚查了一行就合上了名册，知道我得轻微抑郁的目前恐怕只有宋宇了。他一大早不是间接提醒过我吗？果然我微怒着朝宋宇望去时他正向我挥挥手机。我手机又震动了，上面显示：“下班后我想约你到迪欧，有话想说。”这时我想起上午医生让我傍晚多走动多谈心的一番话。我发了个“嗯”字过去。这也是几年来我首次下班后没有直接回家。

四、因为无独有偶所以剩女动摇了

等办公室老陈老王和老张陆续下班走了后，宋宇收拾了包和我一前一后出门进了迪欧咖啡。时值隆冬，咖啡馆的人气没有羊肉馆旺，寥寥几位情侣般青年男女与散坐在各处的商务人士形成了咖啡馆常见一景。

我埋在柔软沙发里，眼神空漠等着服务员端来我点的蓝山与宋宇点的拿铁。

“我来咱们单位快五年了，跟你呆一个办公室也快三年了吧。”宋宇先声夺人。

“……”我绕着手上印有迪欧字样的餐巾纸。

“其实我半年前就知道你得抑郁症的事了，因为给你治疗的心理医生是我爸。”宋宇诚恳的说。

“……”我并不十分吃惊，还是一副兴致不高的样子看着他，等着下文。

“我爸说你是他见过的最快走出阴影的女患者。也有男人患抑郁的，但几乎好不了。因为我们男人比较固执吧。”宋宇说着从包里拿出两个小本本。

两个小本本都打开了，被他推到我的眼前，我瞄着它们也比较着它们的不同。其中一本上面贴着双人照，照片上端坐着的女人穿着淡紫色正统的短袖，男人穿着非常随意的黑圆领汗衫，虽不太般配但两人都笑的非常灿烂。再仔细一看发现那男子竟是年轻了八九岁的宋宇。另一本上只有一张单人照，上面是老了几岁面露颓丧之气的宋宇。

我好奇的问：“这是什么证书?为什么两个人最后变成一个人？”

宋宇苦笑一声说：“你合上它们看封面就知道了。”

我合上两个本本，前一本印着结婚证三个大字，后一本印着离婚证三个大字。我不由自主的打了个寒颤。

“从没见过结婚证和离婚证。这是第一次亲眼见到。没想到结婚证上是贴双人照，离婚证上只贴单人照。我……一直以为你和我一样是……是剩男剩女。没想到你早就出入过了围城。”几年来轻度抑郁的我首次一口气说了这么多话。

“是呀!”宋宇长叹一声，“我借调到你们单位但档案却在本单位，所以没人知道我已经是结婚又离婚的人了。哈……没资格当剩男了。”他故作轻松，“我也抑郁过，更自杀过，割腕吃安眠药去外面寻死……都没成功。我爸妈警惕得很。婚后两年我和前妻商量没要孩子。前妻有一天莫名去了趟云南之后跟别人跑了，后来我追到云南千方百计找到她，硬是把婚给离了。男人的面子、尊严、家庭、幸福全没了，像个丧家犬跑回来，浑身都是伤，心脏也像是被机关枪打了好多洞。在云南我跟那男人打了好几架，但我没忍心打前妻。她那时已经怀孕了，她哭着骂我一点儿也不爱她，告诉我肚子里的孩子也不是我的。那段时间我肝肠寸断，没顾得上辞职也没跟家里打招呼就失踪了，一个人提着烈酒上了火车，不知道去哪里也不知道什么地方可以容得下我……婚姻维持了不到四年，我却觉得耗尽了四十年的时光。到了湘江边上一个小站稀里糊涂下了车，醉了吐了哭了摔倒了别人都当我是疯子。我对着黑天里的月亮哭喊，心仿佛撕裂，痛不欲生。我不知道为什么妻子会背叛我，也不明白女人的心为什么这么狠这么冷酷这么朝三暮四……当我横躺在下了霜的铁轨上时盼着自己睡着了天下雨下雪了，而深夜的火车呼啸而过将我的灵魂瞬间升至天堂。”宋宇低沉又暗暗激愤的叙述着，眼中泪光点点。

我不知如何安慰，伸手拍拍他的胳膊。为他的坦诚，也为他作为被伤害者的一番倾诉。某种意义上来说我们都是被抛弃的。只是似乎他伤的更深。

“后来呢？谁救了你?”我问。这时咖啡来了，我错拿了拿铁，喝了一口后服务员告诉我这杯不是我的。宋宇毫不介意将蓝山咖啡推到我面前，端起被我喝过的拿铁也尝了一口。

“两个上了年纪的老大妈。说是家就在小站附近。走亲戚刚回来的她俩握着手电照路，边大声拉家长边往家赶。见我躺在铁轨上，一开始以为我死了吓得不敢再上前，后来胆大的一位大妈摸了我的脑门还很热鼻息也正常，俩人叫醒我。一听我口音是异乡人便拉起我去她们家隔壁的一个鳏夫家借了一宿。清醒后我很惭愧，觉得自己为了一段失败的婚姻结束生命是种特别自私特别对不起父母亲人朋友的行为。回家后我戒了酒，也没再让父母担心过。好像那一次出走后人就突然变得沉稳变得通达了，心中不再沉溺痛失‘小我’，我还有家人也还有朋友，受伤的心也会慢慢痊愈。我爸爸也曾偷偷给我配过抗抑郁的药，也给我看过有关抑郁的书。我总觉得心疗比药疗更为关键。”宋宇看着自己的手掌不疾不徐的说。

“你跟我说自己的遭遇，是为了鼓励我吗？”我搅动剩了一半的咖啡。

“我第一次在我爸那里见到你的病历时挺震惊，后来总算恍然大悟。以前一直以为你孤傲冷漠。你给人的印象确实很林黛玉也很神秘，一开始以为那是天性，后来见了病历才揭晓，原来你是在和轻度抑郁做抗争。为了配合治疗你向我爸聊起过自己的情感历程，我也略知一二。其实大庄的背叛也有他的无奈之处。距离是能产生美，不过一旦距离超越那个有限的界限就会适得其反，令相爱的双方越走越远。我以前的错误是以为和妻子没有距离所以忽略了她的感受。对她漠不关心。对待婚姻随意而散漫。”宋宇仿佛在开导我又似乎在自我检讨。

“谢谢你的一番话。让我觉得很温暖。办公室老张说他在书上看到一句话，说‘要把恋人当朋友’，不要以为是知己是夫妻是最亲爱的人就忽略了礼节忽略了拥抱赞美和恭维。我们亚洲人说‘我爱你’很难，但夸奖爱人，关心爱人，支持爱人这些都是在表现爱。”我也受了宋宇的感染说出了自己的感悟。

“一开始给你发短信时还很犹豫，怕你因为病情被知晓后拒绝我。现在看来是男人就该勇敢点。”宋宇笑了。

“我快好了，你父亲是个好医生。难怪你的抑郁也早就不见了，原来你比别人少一些固执。”我也笑了。

“这周末有时间吗？想约你看电影。不知道我这个伪剩男有没有荣幸？”宋宇收起了两个小本本。

“如果你爸不打电话要我去复诊的话。”我轻轻点头。

“走吧！暂时别透露给办公室老陈老王和老张。”我们一起走出了迪欧咖啡馆。

这个夜晚真好!是个没过生日胜过过生日的夜晚。我竟忘记了叹息。也将大庄遗忘了好半天。街上有人哼起李圣杰的情歌：分开也是另一种明白，我给你最后的疼爱是手放开。

(2011 年第三期长春《爱情故事》杂志)

因为爱所以宽容

我和简小凤是在女子跆拳道俱乐部认识的。简小凤是某报业集团内刊编辑，而我是职业学校一名体育老师。简小凤和我是搭档练的，所以一来二去就熟了。

我问她为什么要学跆拳道，她说因为有时下班天都黑了，男朋友从不来接她，所以她琢磨着学点防身之术。我嘴上呵呵一笑，心里却叨咕:“她男朋友怎么这么不当心自己的女朋友？”简小凤反问我为什么也学跆拳道，我说因为学校好多学生都会点，上课向我提出练跆拳道的要求，所以我就跟着形式走，也出来学两招。

简小凤颇有些艳羡的说:“我上次看到你男朋友骑摩托来接你的，他好帅啊。我想你也不会是为了防身学的，你男朋友对你多好啊!”我哈哈大笑,“那是我堂哥，我男朋友还在他娘亲的肚子里呢!”她又说:“反正你比我强，好歹有个关系比较好的堂哥还来接你呢。”我没有再说什么，那天其实堂哥是去接她女朋友的，谁知人家有饭局了，只好顺路来接我的，但同时我隐约觉得简小凤的爱情好像并不幸福。

有一天下午，教练让我们练习踢沙包，我看到简小凤有些气急败坏的狠踢着面前的大沙包。不仅踢，她还响亮的边踢边喊：“嗨!

嗨！嗨！”就像在发泄着什么。面前被踢的也不再是一个没有生命的沙包，而像是刚刚企图耍流氓的臭阿飞被教训着。训练中途休息，我们擦擦汗，去吧台那边歇会儿，喝点水。简小凤的气色不好，胸口剧烈的收缩，额头上全是汗。我关切的说：“小凤，你今天情绪不对啊，是不是单位有人排挤你？”她摇摇头，说：“其实是因为我男朋友，他气坏我了。”说着竟然趴在我肩膀上嘤嘤的哭了起来。我拍拍她，安慰她。她又说：“今天我根本没上班，也没向我们主编请假，还是主编主动打电话问我的。我男朋友他一大早就起来了，这很反常，因为他平时都喜欢睡懒觉，安两个闹钟都叫不醒的，只有我好言劝他才肯起来上班，有时连早饭也来不及吃，居然还跟我发脾气。”我忍不住插了一句：“你男朋友坏习惯这么多？”她无奈的继续说：“对，这些小毛小病我都可以容忍他。但今天太反常了，他不仅早起了半小时，还精心挑选起了衣服。要知道平时都是我把他要穿的衣服递到他手上，他也不管，胡乱的穿起来了事。”我在心里暗暗乍舌，有这么缺乏自理能力的男朋友在身边，难怪下班了也不管自己女朋友的死活，他自己还要人照顾呢。简小凤平静了些，说：“他穿上了难得穿的西服，还打了领带，对了，领带还是我帮他打的。我当时还问他，说你今天穿这么隆重去会见什么重要客户？他在广告公司上班。”简小凤突然无比伤心的又趴在我的肩头——那儿已经被她的泪水浸湿——她恨铁不成钢的说：“他根本不搭理我，一个人漂漂亮亮的走了，早饭都没吃！我追了出去，我倒要看看他今天玩的是哪一出！”

于是简小凤连班也不上了，扔下手中的早饭悄悄出门了。她男朋友上了辆的士，简小凤二话不说也招手拦了辆的士紧随其后。到了一家茶餐厅，前面的的士停了下来，她男友付钱下车，正了正领带，微笑着抬脚进去了。“当时我的感觉就是五雷轰顶，我躲在后面的出租车上，差点哭出来。因为他这副样子，一定是去见一个女人！我就知道……女人的直觉最准了。”小凤喃喃的对我诉说着。

简小凤也付钱下车，在不被发现的范围内跟踪着她男朋友。茶餐厅里人不多，时间还很早，没到上班高峰期呢。只见她男友径直走到一个烫着卷发的颇有风韵的女人那桌，坐了下来。两人谈笑风生，边吃边聊。他男朋友压根就没注意到她会跟在身后，恐怕也不会想到简小凤会来。倒是茶餐厅的服务小姐提着菜谱来了，在简小凤身后礼貌的介绍起来："早上好，请问你要点什么早餐，我们这里有小笼包、汤包、馄饨……"简小凤被吓了一跳，很伤心的逃出了茶餐厅——她没有勇气和魄力站出来，站到他们的桌前质问他们，质问她男朋友。她垂泪对我说："我真怕失去他啊。"

我有些愤愤不平："那你也不能这么眼睁睁看着他投入别的女人的怀抱呀！你也太没骨气了吧！"简小凤说："是，是，我是没骨气，就是因为我太爱他了，我太在乎他了。上大学那时是我先追求的他，我写情书给他的，他没答应，我就天天去食堂为他打饭，送到他们画室。半个月坚持下来，他们设计班的哥们都默认了我是'嫂子'，他也只好就范，因为他太懒，也被我的贤惠感动了，有人天天像丫鬟似的端着饭伺候还甘愿当女朋友，这美事上哪里找去，何况我也不算丑。"我开始对面前这哭得梨花带雨的小女子刮目相看起来，她为了追求自己想要的爱情，不惜牺牲一个女子可贵的矜持和脸面，终于精城所致，金石为开。而我呢，向来性格刚毅，却一味的在感情面前裹足不前，之前偷偷暗恋的男子眼睁睁看着他步入婚姻的殿堂，新娘当然不是我。同时我又对简小凤的男朋友充满好奇，我在想，到底是什么样的美男子值得小凤这么死心塌地的追上他，对他好呢？

简小凤回家后半天不吃不喝，专等她男朋友回来跟她好好解释，主编打来电话也佯装自己身体不舒服，在电话里哼哼唧唧把主任蒙混过去了。他倒是下午就回来了，一回来便倒头就睡。简小凤红着眼睛，坐在床边可怜楚楚的问他上午去哪里了。他倒是老实，一五一十的竹筒倒豆般全倒出来了，说是和高中女同学吃早饭了，那同学高二就转学去了加拿大，如今海外归来对他还有些眷恋。简小凤听了心如刀绞，问他怎么办。他很轻描淡写的说，女同学回国后办了家不错的广告公司，还聘请了加拿大一些关系较好的设计师来，现在生意日益红火，正想让他也过去帮忙呢。他女同学的意思是，如果他同意过去，加薪不说，至少给辆车作为奖励。当然这里面有女同学的一份爱，倒不是简小凤的男友真有那么大的实力。面对这么大的诱惑和抉择，她男友当然说要考虑考虑。但简小凤急了，她连哭带闹的让她男友立即打电话给那女同学回绝这差事。她哇哇大哭着说："咱不要那车成吗？我这就去和我们主编说我节假日不休息，可以拿很多加班费，还有奖金！牛奶会有的，车也会有的，我不让你去那女同学身边！"……我完全可以想像简小凤当时怎么使出浑身解数的死缠烂打的纠缠她男朋友，和当年的穷追猛赶如出一辙。我偷笑着问："小凤，那你男朋友什么态度？"她不哭了，狠狠的说："他这死鬼，装哑巴似的躺在那里一动不动，现在还躺着呢！"我说："也许他还没考虑好吧，你这么急迫的催他下结论小心适得其反，更使他往那温柔风韵的女同学身边靠啊！"小凤听了，立即警觉的点点头，又苦恼的垂了头一声不吭。

这时教练吹哨子，我们的跆拳道训练也结束了。我拉起简小凤，准备用我的摩托载她回去，顺便去认识认识她男朋友，劝说两句。谁知，我们刚走到门口，一个年轻男人上前拽住小凤就走，我差点没使出跆拳道的招数给他一脚。小凤抬头突然一脸惊喜着说："大熊你怎么来了？"她停下来向我介绍："这是我男朋友，熊理业。"我这才醒悟，原来这看上去有点蛮横无理的家伙就是她今天整整跟我唠叨一下午的男友，仔细看看，长的不算英俊，脸上还留有刚睡醒的蒙胧状态，眉目之间却很有个性，像一个人——周杰伦，小眼睛，很有才华的样子。他向我点点头，有点不好意思的说："刚才你误以为我是流氓了吧？"我大度的说："没事，对简小凤好点就行，她哭一下午了。我这就走了，你难得来接她一次，你们聊吧。"熊理业很郑重也很幽默的对我说："放心，交给我吧，谢谢你的照顾，再见。"我转身踩摩托车油门时，听到身后的简小凤破涕为笑，熊理业低着嗓子教训她："你羞不羞！还哭，还哭！走，回家！"我满意的轰鸣而去，能破天荒来接简小凤，证明熊理业心中早就有了答案。

他们走到这一步，也不容易，打打闹闹，哭哭啼啼，一路风雨，一路坎坷也一路欢笑。他们深陷其中，别人却看得很清楚，爱情确实是需要彼此宽容才能走下去，就像简小凤宽容熊理业的赖床、懒惰、不懂怜香惜玉，而熊理业宽容简小凤的死缠烂打、无端猜忌和过度溺爱。

期望能有幸吃到他们的喜糖。我想，一定能在不久后实现。

(20100516《苍梧晚报》情感驿站)

柳蓉：那一年的难以张扬

一、

2003 年初夏，我参加了高考。卫成和我一个班，我们在文科班同学了两年。

高考前一天下午我们整个高三年级都住进了 A 市紫云宾馆。我和秦双双同住在四楼标准间里。听说男生住在前面一栋楼，大胆的女生在房间里用内部电话跟对面的男生聊起了天儿。

晚上班主任带领我们去二楼的大会议室上自习。男女生这下有了交流的机会。那时我还不知道卫成就坐在我后面。

卫成在高考前一个月曾托秦双双向我递过情书，被我回绝了。之后他又递了一次，我当场撕了。

说心里话，卫成长得很英俊，但他不是我喜欢的类型，况且我一心只想考取理想的大学。

我正在默背《离骚》，后排有人捅了我一下，塞过来一张纸条。我狐疑而紧张地四下张望，没发现老师朝这儿看过来。展开一看，是卫成的字迹——下自习后有话对你说，请一个人来。

我毫不迟疑地写了句——高考结束再说。递到后面，我转身看到卫成在假装看书，语文书的封面都倒了。不一会儿，纸条又来了，我有点恼火，捡起纸条再次展开——给我最后一次机会！盯着字里行间的可怜劲，我斟酌了一会儿，提笔写下——等明天语文考完再说。

接下来，没有下文了。我想，大概卫成也不想影响彼此人生中的重要考试吧。

自习在九点半结束。散场时，秦双双去找她男朋友了。我一个人先回房间。正打算开灯，这时沙发前的台灯突然亮了，卫成端坐在沙发上扭亮了开关，他正微笑着看着我。我吓得差点喊起来。

我厉声责问："你怎么有我房间的钥匙？"卫成不紧不慢地说："我表姐就是紫云宾馆的领班。"我又惊诧地问："你不是和我一起下的自习课吗？怎么这么快就坐这儿来了？"卫成不屑一顾："别忘了我是长跑冠军。"我故意沉住气，"你这么急着找我干什么？"卫成指着床头柜上的一堆零食说："我可不希望我卫成的女朋友挨饿！"虽然有些感动，但我还是将一堆花花绿绿的零食往他身上一推，跑出了房间。转身的一刹那，我看到卫成的眼睛里闪烁着星星点点的泪花，可我顾不上这些。

二、

三天的高考，在一片紧张和恍惚中过去了。等待发榜的日子里，我曾反复考虑过卫成和我的将来。坦率说，卫成无论长相还是成绩都算不错，虽然他不是文科班的尖子生，却在计算机方面十分精通。可我始终觉得我们之间几乎是一条平行线，并且将永远平行下去。

很快，高考成绩下来了，我忐忑地拨通了查分电话，电话里传出的是缓慢而冷酷的电脑录音："您的高考总分为——"我紧张地挂断了电话，紧闭双眼，双手瑟瑟发抖。妈妈斥责道："这孩子！连个分数都不敢查，是自己努力考出来的，多少分我们都不会怪你的。"我又鼓起勇气，刚准备拨号，电话竟然响了起来，妈妈连忙夺过话筒，一接竟然是卫成打过来的，他平静地说："我替你查了分数。你记一下吧。"我在妈妈狐疑的目光下握住笔一一记下自己的各科分数。还好，成绩还算满意，我靠在墙上松了口气，其实接到卫成的电话，我内心还是非常感动的，毕竟在发榜的关键时刻，他想到了我。

接下来是毕业聚会，刚好赶上卫成的生日。他邀请了我，但我没去。我非常了解他，如果我去了，卫成一定以为我默许了我俩的关系。我委托秦双双替我送去一个精致的 U 盘。我知道卫成一定喜欢这个投其所好的礼物。

果然不出我所料。那天晚上，卫成喝得醉醺醺地来找我。

卫成坚定地盯着我："你铁了心了吗？"我也坚定地说："我愿意我们一直以好朋友相伴！"半晌，卫成说："那你后天填报志愿时一定要让我和你在一个城市，一定！"我明显感觉到他那略带哭腔的声音里有种妥协后的绝望。

我轻轻应了一声："一定！"和卫成在昏黄的路灯下分手。填报志愿时他果然安静地坐在我对面，我每慎重填下一所大学，他就跟着填上。结果我们的志愿表一模一样地交到了教育局。

三、

8 月底的一天，卫成又找到我，递给我火红的录取通知书。我感激地接过通知书，看到自己被 C 市的环境资源学院录取，而他则是 B 市的文理学院。真是造化弄人，我们最终还是分道扬镳了。卫成说："没事的，反正两个城市只有 80 多公里，坐车不过 1 小时。"他的话语间流露出一种要在大学期间经常来找我的意思。可从 9 月份入学一直到元旦都没有他的一丝音讯。

一个寒冷的周末，我穿着厚厚的羽绒服准备去市图书馆，突然有一个裹得像"企鹅"的人拍着我肩膀惊喜地道了一声"嗨"，"我正要去找你！"我连忙解开遮在脸前的围巾，定睛一看，是好几个月不见的卫成。他变黑了，也变瘦了，但精神头比高考时好很多。

"今天带你去个好地方。"说着，卫成把我拉上了出租车，来到一个叫"琼花新村"的小区里。下了车，卫成带我直奔 15 栋 102 室。

打开门后，他很得意地告诉我，现在以他的计算机水平，基本上不需要去学校上课了，直接在C市租下一间房子，替一些网吧清理一些黑客，攻破电脑技术难题。趁他去厨房为我倒水的间隙，我好好打量了他的“小家”，虽然不算大，但整理得倒是井井有条，餐桌上还摆了盆水仙。

卫成端来一杯咖啡，这使我不得不怀疑他是不是交了女朋友。因为高中时卫成曾说过他最讨厌咖啡的苦味儿。大概看我疑惑的目光落在卧室门口，他索性推开门坦率地说：“我女朋友在里面睡觉呢。”我惊诧不已：“你都交女朋友啦？”他说：“你不信进去看看，她正睡得香呢。”眼前的一切使我陷入了尴尬的境地，早知道这样，我根本不可能随他来这里，可他却全然不觉，竹筒倒豆子般自说自述起来，“自从上了大学，我才知道大学生活又是一片天地。可没有你的身影大学了无生趣，我决定搬到你读书的城市。于是在刚开学的那两个多月，我拼命钻研计算机。那两个多月，每天敲击键盘，我一次都没剪过指甲，因为全秃了。总算出了点成绩，我把别人在大三大四时才要考的等级证书全考了！”我被他卧薪尝胆的精神感动得不知道说什么好。

他继续说：“后来，系里看到了我的成绩，给我开了特例，准许我可以不用修课，只要按时参加例行考试就行。我自由啦，哈哈！现在，我离你真近呀！可我觉得自己的心却离你越来越远了！”我站了起来，凝视着卫成的脸：“你不觉得你变得难以捉摸了吗？放着好好的女朋友不去照顾，把我拉到你这里来，听你说这些看不见摸不着的痛苦！”他凑近我，用一种类似呓语般的声音兴奋地说：“难道你吃醋了？天哪！你居然会为我吃醋！知道为什么我要找这个女朋友吗？因为她不仅和你一个学校，而且……你不觉得她和你长得非常神似吗？”说着，他将我拉到穿衣镜前，穿衣镜左边贴着他女朋友的照片，镜子里是我那张惊恐委屈的脸。我们确实有些相似之处。今天这一切可能是卫成早就策划好了的。他要达到羞辱我的目的吗？我感觉自己像野地里的一只翠鸟，十分不和谐地闯入禁地，两眼一抹黑，栽到地里。泪水夺眶而出，我头也不回地冲出了这个伤心地。

四、

接下来的两年，我再没有和卫成有过半点来往。我换了邮箱、手机号码。为了躲避卫成，我连高中同学也不联系了，所有旧友音讯全无。

2005年春节，我回家和父母团聚，意外地碰见了高中时的班长，寒暄了两句。她说在QQ里听秦双双说，卫成很久不去学校上课了。连考试也不参加，学校只好让他休学一年。去年夏天，卫成因为女朋友意外怀孕需要一笔钱，竟然帮不法网站摧毁同行的资料库，后来这些网站搜集到了确凿的证据将他告上了法庭，他成了阶下囚。

我叹惋地看着班长。班长说："这么大的事在同学中都传开了，你居然不知道？"我苦笑一声说："确实不知道。"班长说："那个女孩和你还有点像，现在住在卫成家等着他出狱后结婚呢。唉，真是个可怜的女孩，还没结婚却生了孩子，背后被人指指点点，未婚夫还是个蒙上污点的网络黑客……"我承受不住，蹲在地上，头痛欲裂……

（20100704）《苍梧晚报》A13版情感驿站）

无处安放的青春

一、

我的老家在苏北的一个小县城。

虽然我是一个女孩，父母却竭尽全力培养我，一定要让我到大城市生活。

考大学时，家境已经有些窘迫，所以我没有选择北京、上海等费用高昂的学校和专业，而是选择了与家乡相隔并不太远的省会。

好不容易3年大专毕业，我却一下子迷茫起来。老家是不想再回去了，去京沪等大城市奋斗又缺乏底气。多少名校毕业的学生还谋不到一个称心的职位，何况我一个小小的大专生？毕竟在省会生活了3年，有了些熟悉和留恋，和家人商量再三后我决定留在这座城市开始自己的生活。

二、

大学毕业后，我一直没找到称心如意的工作。在陌生的城市里，没有亲人的鼓励，也没有知心的朋友。但我不甘心把自己重新丢回家乡的小镇。于是，开始在这座城市里继续艰难地寻找落脚点。

利用毕业前打短工，我攒了点钱。

正好毕业没有地方去，我从学校搬到一处简陋的小屋，租住了下来。屋子仿佛鸽笼一样小，但我还是心满意足地住了下来。掉了油漆的小饭桌被我罩上了一张红白相间的格子桌布，插了一束塑料花，永久而廉价地向我展示着超越现实的美丽，尽管房间简陋，但我已经很欣慰。

小屋里没有单独的卫生间，洗脸、WC必须去二楼。而洗衣服则得去一间单独的洗衣房：很矮，光线很暗，只有两个水龙头。下水道常常破裂，水滴滴嗒嗒往下漏。第一天来的时候，我不熟悉环境，洗完澡穿上干净的裙子端着衣服去洗，出来的时候裙子已经被喷上斑斑锈迹，只有自认倒霉。

谁知过了几天，当我忍受着夏日傍晚的酷热，套上围裙、手套去洗衣服时，发现洗衣房的地竟然被擦干净了，还搁了几块红砖头垫在低洼处。我心存感激，以为是老板自己看不过去才处理的。但当我适应了洗衣房昏暗的光线后发现了一个高个子的男子弓着腰在默默洗着衣服。我走了过去，心想，估计也是新来的房客吧。我一过去，他就回头冲我明朗地笑了笑，说：“你也洗衣服啊。”我点点头，笑着说：“看我，这么热的天还要武装成这样，没办法，前几天漏水已经把我的一条裙子给毁了。”我很奇怪，为什么一贯对人淡漠的我会在初次接触时就和他攀谈起来，如同多年的老邻居一般。也许人和人之间是要讲究磁场的吧。

他连忙说：“你快脱了围裙吧。我已经修好了下水道！”我这才明白，原来是他在默默做着好人好事，心里甚是感激。脱了围裙、手套，立即觉得凉爽多了。

但我始终连他叫什么都不清楚。

一周过去了，白天我忙着到处找工作，只有晚上回来匆匆洗完澡后，偶尔在洗衣房遇见他。我们的聊天仅限于洗几件衣服的时间。

一天晚上，我拖着疲倦的身体从繁华的大街上回到冷静幽僻的巷口小屋里。找工作又一次遭到了拒绝，我伤心地躺在小床上，连澡都没心情洗，一筹莫展。

迷迷糊糊中听到那个男子的房间里传来几声拨弄吉他的声音，越来越清晰，可能他走了出来，坐在走廊上弹了起来。很忧伤的曲子，缓慢而动情地拨动了我的心弦。一种离愁和对前途的渺茫袭上心头，我悲从中来，差不多快落泪了。

后来，我的门被轻轻推开，他走了进来。新理了头发，穿着淡蓝色的衬衣在我的视线中模糊地站着。

他对我说：“你别伤心了，我请你喝酒吧！”我像受了委屈的孩子，突然找到了大人的慰藉，放声哭了起来，好像是要把最近的遭遇都发泄出来，越哭越伤心。我内心觉得不好意思但又无法控制。他惶恐地拍了拍我，陪我坐下，手足无措的样子又让我破涕为笑。

我们走了出去，坐在院子里的小圆桌旁，就着一弯细细的娥眉月和满天的星斗，一边扇着扇子，一边喝着啤酒，像梦呓一般各自诉说着生活的酸甜、青春的惆怅。两颗疲惫的心得以舒缓交流。

三、

他叫汪雨，曾经是一所音乐学院的年轻教师。半年前爱上了自己班里的一个学古筝的姑娘。但那个姑娘的父亲因工作升迁去了国外，她也因此办理了签证，和她父亲一同去国外发展。当蒙在鼓里的他终于鼓起勇气向姑娘表白时，那姑娘轻蔑地扬扬手中的出国护照说自己要去国外寻找爱情。而对于刚参加工作的他来讲，那点可怜的工资怎能追随姑娘去国外？又怎能满足她法国式的浪漫，英国式的古典呢？受了这样严重的爱情挫败，他辞去了音乐学院的教师工作，离开了伤心地。现在在各大酒吧赶场了。白天睡觉，晚上吃完饭洗了澡，就出去工作。

而我，图书管理专业毕业，到现在还没有找到工作。这城市大大小小的图书管理员岗位已经饱和了，我只有频频碰壁。

我们喝着喝着，唱起了歌。汪雨起身进屋拿来了吉他。月光下，我们一个弹，一个清唱。回忆过去各自的青春岁月，缅怀着，叹息着。

第二天，我们继续各自忙碌的生活。也许有些人相遇后只有做朋友的缘分。我们并没有一见钟情，也没有日久生情。因为一个人当生存都得不到保障的时候，根本没能力去谈爱情。

我们每天在洗衣房相遇，说说彼此的近况，不好也不坏，日子在平淡中悄悄地变化着……

四、

终于有一天，我等来了一个公司的录用电话，让我去管理企业的历史资料库。我高兴地换上最得体的职业装。

踏出门时，回头看看汪雨的小屋：他的床空着，洗衣房里传来哗哗的水声。

我在心里暗暗赞叹他的勤劳整洁。晚上回来，我也请他喝了酒，我们没有像上次那样伤感，很开心地说了许多有趣的事。

汪雨说，人只要对自己不失去信心，就会看见曙光。

我深信不疑，就如同那昏暗潮湿的洗衣房，被汪雨修整得干净而通透。我想，他那样的人，就算再落魄，也会过得很安宁。

半年后，我离开了那个小屋，搬到公司分给我的公寓。

汪雨帮我收拾好了行李，淡淡地握了手，把我送上车，便继续回到小屋。

我们的告别就像邻居偶尔出一次远门，还会回来一样。事实上，这以后我的生活慢慢改善，但再也没有见过汪雨。

也许他还在不停地奔波于城市的夜色中，用喧嚣调整他的情感伤痕；也许他终于找到归宿，平淡而悠然地过着他的生活。

然而，我始终忘不了那昏暗洗衣房里汪雨明朗灿烂的笑容。

（20100725《苍梧晚》A13 情感驿站）

爱上“村姑”梅童

一、

热闹的民俗音乐剧开场半天了，我靠在宽大的沙发上睡得迷迷糊糊。

女友梅童看得津津有味。我有时候很惧怕她，因为现在，没有几个姑娘会像她那样固执地热爱一些传统的民俗，比如民间小调、唢呐、还有窗花、剪纸等等。她天生就像一个淳朴的村姑，错投了城市的胎。

然而，我恰恰就喜欢梅童这种生在闹市却出淤泥而不染的品质。她只是在精神上追崇自然，返璞归真。她的穿着打扮完全是个合格的城里人，流行在哪里，她就跟到哪里。比如发型，今天流行离子烫，她就去拉一头瀑布般丝滑的直发，非常养眼；明天流行起烟花烫，她又毫不犹豫地把直发弄成烟花烫，细细密密的卷发，也很洋气。

总之，她让我在朋友圈子里很有面子。没有哪个男人不想自己的女友“出得厅堂”。梅童如同明星般闪耀登场，常常艳惊四座，连哥儿们的女友都忍不住围上她，问这问那。

二、

照理，这样一个打着灯笼都难找的尤物，我早该心满意足了。可是，梅童她却有个我认为致命的弱点———“入不得厨房”。这是我的胃最不能忍受的，胃一抗议，心里就有点沮丧。

周末下班后约会。梅童照例把我带到她那充满乡村特色的单身公寓里。坐在沙发上，摆上可乐、瓜子、杂志，塞给我一只遥控器。然后，她坐在对面，拉出茶几下一只色彩斑斓的竹制箩筐，高高兴兴地拿起剪刀，开始摆弄那一箩筐花花绿绿的剪纸。

一会儿，我就腻烦了可乐、瓜子、杂志的乏味，电视机压根就没开。我百无聊赖地盯着梅童，她白皙的脸上洋溢着痴迷的专注，两只水汪汪的大眼睛心无旁骛地审视着手中变化着的剪纸。

“要说这大眼睛当初怎么就那么迷人地看向我呢？”我开始干扰梅童的“村姑剪纸活动”，我说：“梅童，我饿了。”梅童头也不回：“桌上有可乐、瓜子，冰箱里有蛋糕，自己拿，别见外。”我说：“我才不要吃这些呢！我要吃你做的饭。要不，我们出去逛街，到美食城吃去！”梅童有点心不在焉：“不去，麻烦。一会儿我打电话叫外卖。我那‘厨艺’，你也领教过几回了，还不死心啊！”我继续说：“不吃外卖。你别剪了，我们出去吧，啊？”梅童无语。

我凑过去，准备偷袭，强制她停下手头的剪纸。梅童毫无察觉地惊喜道：“看，涛子！这窗花剪得漂亮吧？哈哈！”我只好强言欢笑地打量一眼，的确很美。是个“云南姑娘”的剪纸，她头上的饰物有很多镂空，仿佛真的能听见头上银饰叮叮当当轻快作响。

我赞美了一句，梅童终于放下剪刀，冲我笑了笑，令我沮丧的心情“柳暗花明”了。她走到墙边，把“云南姑娘“小心翼翼地包上塑料薄膜，贴在了满是窗花、剪纸的墙面上。

梅童在镜子前理理她的蕾丝荷叶边裙子，轻松地说：“走，涛子！我们逛街去！”我立即心花怒放，“呼”地站起身，挽着她的手臂出门了。

“梅童啊梅童，我堂堂一个七尺大男儿，怎么就对你那么言听计从呢？郁闷！”我边走边斜眼默默“抗议”旁边低我半头却一直趾高气昂的梅童！唉！都怪我太溺爱你了呀，梅童丫头！

三、

路过我们公司楼下，梅童突然开始警觉起来，一把搂住了我的腰。平时她可是非常保守和害羞的，从不在公共场合卿卿我我，这回怎么了？她像个真正的村姑，一门心思地守着自己心爱的男孩一样，态度绝对“恶劣”地抵制一切“外来入侵”。

可这真让我欢喜让我忧呀！我已经看到了我们单位的几位美女，仪态万千地向我走来。大概是刚刚交完工下班，正准备向我这个提前开溜的上司打招呼吧！天哪！我早就尴尬万分了。梅童面若桃花却暗藏杀气地紧盯着我和几个渐渐走过来的美女。她们似乎也嗅到了女人身上特有的浓浓醋味儿，一边招手，一边有点哆嗦地小声齐喊：“嗨！涛哥，和你女朋友逛街啊？”我连忙像推出某知名广告品牌一样推出了“准内人”梅童，说：“呵呵，这就是我常跟你们提起的，我的未婚妻———梅童！”梅童面不改色微笑着，暗地里却得意洋洋地捏捏我的手，以示鼓励。她们见状，立即满脸笑容：“啊！……哎呀，涛哥的未婚妻真是漂亮！恭喜恭喜，郎才女貌！”

四、

一阵嘻嘻哈哈后，终于送走了几位“地雷式”的危险人物，梅童却故意耍起性子：“涛子，我什么时候答应做你的未婚妻啦？”大眼睛亮闪闪地瞪着我。

“真是一波未平，一波又起。”我急中生智，冲进街边花店花重金买了一大束“蓝色妖姬”，当街向梅童求起婚来。

我振振有词地说：“让今天傍晚的夕阳为证，不久将出现在天际的星月为盟！我——涛子，愿意此生奉行‘打不还手，骂不还口’

的大丈夫道德准则，来照顾你！梅童姑娘，嫁给我吧！”梅童有点不好意思，接过“蓝色妖姬”，笑而不语。这时已经有几个行人被我洪亮的嗓音、浪漫的表白吸引了过来。我见梅童迟迟不答应，不由得着急起来，头上都冒汗了。没想到梅童竟然一改往日细声细语的淑女形象，用“村姑”般热情的大嗓门激动地说：“涛子！我答应你了！今后我会好好把研究农村文艺的心思用来提高我的厨艺的！呵呵！”我欣喜若狂，真是时来转运呀，没想到“村姑”梅童不仅答应了我的求婚，还愿意为我“入得厨房”！我高兴地拉着梅童，忘情地吻起了她。周围聚集了越来越多的人，人群中响起来了齐刷刷的掌声。

(20100822《苍梧晚》A14 情感驿站)

浪迹天涯的音符

我一直愿意出去转转。并不仅仅因为我是个意志坚强的流浪音乐人。

我终于走了。却选择了一个自己最讨厌的傍晚，大雨滂沱。我湿淋淋的走在路上。

雨砸在我脸上，混淆了泪水。一个自以为是的男人的不轻弹的泪水。

心爱的破吉他背在背上。我们形影相吊。

似乎大地有意要把我衬托的很乖张。七月的天，婴儿的脸。我默默走了半小时，暴雨突然止步，彩虹和久违的夕阳相继出现。我的脑海中浮现了一句苍凉的边塞诗“大漠孤烟直，长河落日圆”。被风雨侵蚀得越来越冷的我，渺小的站在城郊巨大夕阳下，全身都充满了虔诚。

为什么我要突然忧伤？见鬼去吧，需要这残阳可怜什么！我毅然缩紧身体，往前方奔赴。

终于到了一处村庄。我卸下吉他，靠在一棵老槐树上喘着气。一路小跑已经风干了我湿淋淋的衣裳。人，只要内心火热罢！

找个地方住了下来。手机被我丢在家里卧室枕头下面。次日吃早饭时，我想起了母亲。她一定非常焦躁的等待我回来。不顾了，先流浪再说。我继续收拾了简单的包袱，弹拨了几声吉他，又上路了。

说实话，我害怕母亲忧郁而隐忍的眼神，这眼神我在父亲找她要离婚签字见过。很刻骨铭心。我不愿意这样，但一个漂泊的浪子为自己的前程出路而愁肠百节时，根本顾及不上这些细枝末节。我已经委托最铁的哥儿，在我离开家的第二天，上门告诉母亲我的出走，并让她安心等待儿子的凯旋归来。

从一出生我就叛逆，所以父亲总是不喜欢我。他的冷漠对每个人都造成阴影。注定了一旦他仕途一片大好后，会抛弃发妻和愚笨的孩子，娶了高干家的丑陋千金。

当我接触到幼儿园一架破旧的手风琴上时，我尚愚笨的双眼居然放光了。可能也是前缘注定，我和音乐有千丝万屡的关联。

母亲很支持我天天不读书捧着到处搜罗的乐谱研究，但却常常为了昂贵的音乐器材而发愁。

一开始我特别痴迷钢琴。我觉得钢琴是世界上最尊贵优雅的乐器，它能从坐姿上就体现演奏着的儒雅和深厚的音乐才华。那黑白简约的冰冷的琴键在修长洁白的具有艺术魔力的手指间跳跃着高山流水般痴醉的音符。

可是因为母亲的离异，家境衰退。我只好放弃对弹钢琴的奢望。钢琴曲是多么优雅，而支撑这份优雅的岂能是潦倒之徒！

母亲坚决不需要父亲隔三岔五的救济。他那是救济么？分明是赎罪罢了！我憎恨一切达官！但我尊敬母亲的选择。我虽然叛逆，也只是坚持自己的爱好。

我只爱音乐。音乐无国界，音乐不需要任何言语的表达，除了聆听，其他一切根本多余！

还好有个心肠很好的音乐老师，他理解了我的执著追求，同时发现了我在音乐上的天赋。他把自己大学时代心爱的吉他送给了我，并鼓励我继续追求下去。我接受了他的馈赠。相对于乐器店昂贵崭新的吉他，这把破旧的吉他无疑更加珍贵，因为它凝聚了一个老师加知音的援助和激励。我太需要这些纯洁的精神安抚和物质周济了。

我还在路上。我将一直在路上。

大雨过后是晴天。我一直走向另一座陌生的城市。

不知道这座城市是否像我和母亲所呆的城市那样缺乏音乐元素，但我依然会走下去。我像山里放羊的孩子，心中坚定一个信念：这山没有嫩草，翻过去，再翻过去！

总会有我的立足空间的。一个不拒绝美妙音符的地方就在不远处……

我时常走着走着就伫足在路边，弹起我心爱的吉他。好让浪迹天涯的游子心被远方的母亲听到。

流泪的玉手镯

油菜花盛开的季节。项岩，一个沉默而心地善良的大男孩。他的面容混合婴儿和成熟男子的复杂气息，很特别。他从小生活在一个海滨小城市。

他从城市的大学毕业回来，带回一个漂亮的大城市里来的姑娘。他说这是他的女朋友，慧心。他的家里有个同样漂亮温柔的小姑娘。

只是两个姑娘的气质类型截然不同。项岩的女朋友是高而苗条的女子，家里的姑娘是妈妈领养的，娇小而乖巧的夕夕。夕夕叫项岩哥哥，不但年龄比项岩小两岁，心理上特别依赖这个不是亲人盛过亲人的哥哥。项岩有时候感觉夕夕并不是特别的需要他的实际帮助，而是喜欢与他在一起，如果半天没有见到项岩，夕夕会嗔怪他的。他感到压力，也许只是不准确的直觉。

项岩并不是刻意将夕夕和慧心拿出来比较。确切的说，他喜欢夕夕，但也仅仅处于一种类似于亲情的喜爱。而慧心是他大学里的同窗，慧心用温柔大方的知识气质打动了项岩。当项岩见到回眸一笑的慧心时，几乎是对她一见钟情，虽然那时候慧心并不是对项岩回眸一笑。

项岩的母亲是个极其温婉瘦弱的女子。她怜悯一切弱者，却不知道，她自己给人的感觉也是弱不禁风，娇小的样子。当年是她结识了夕夕贫困潦倒的生父母，领养了夕夕。背井离乡的夕夕父母还有三个孩子拖累。母亲只有项岩一个儿子，从小对待夕夕就如同自己的亲生闺女般疼溺。连项岩那不拘言笑的父亲都受他母亲的影响，格外喜欢夕夕。可是夕夕被领养时已经八九岁大了，在愚昧的家庭里，她得不到及时的教育，不曾上学识字。后来项岩父亲把夕夕送到他单位所属的机关小学读书。夕夕已经开始对学习失去了兴趣。勉强学到了初中毕业就要求回家帮项岩母亲料理家务。项岩父母都拗不过夕夕，只好让她闲置在家陪项岩母亲。夕夕虽然不精于读书，却非常的贤惠，表现在对家务事的无限热爱和无微不至上。只要是夕夕照顾的花花草草，都在阳台上姹紫嫣红的盛开着，只要夕夕洗的衣裳，都像新买的一般干净，而且叠的整整齐齐。项岩的父母看在眼里，喜在心头。连附近的足不出户的人家都要来参观他们家的美丽的阳台。

夕夕，那么娇小，却在项岩家扮演着默默奉献的重要角色。她从来不抱怨生活，也许从小食不果腹的苦日子在她幼小的心灵上产生了巨大的阴影。她隐忍，知足。项岩的母亲常常觉得自己比真正生了个女儿还心满意足。她感叹好人有好报。不过项岩母亲不知道，夕夕内心深出，日久生情地爱着她的唯一的儿子。

项岩把女朋友慧心带回家来，说实话也令他父母不知所措。喜忧参半。喜的是儿子有了自己心爱的伴侣。忧愁的是，这样快速发展的自由恋爱有种种不如意的地方，只是现在儿子眼睛里只有爱情。

慧心在项岩家住了下来。安心的享受夕夕的悉心照顾。一开始，她以为夕夕只是男友项岩家一个称职而乖巧的小保姆。偶尔暗暗惊叹夕夕和这家主人关系的如此亲切程度。慧心有了闲情逸致时跟夕夕在厨房学习做菜，她惊乍的跳着躲开油锅里沸腾四溅的油，撞翻了身后的小菜筐，夕夕洗了一上午的菜全部倾倒在地板上。慧心稍微歉意的走开了。夕夕默不做声的蹲下身子，慢慢拣起来。项岩母亲去公园锻炼回来，把一切看在眼里，微微皱皱眉头，没有说什么。她又忍不住，说：夕夕，孩子。妈妈来帮你拣。依偎在沙发上的慧心又暗暗吃了一大惊，她不知道，这娇小沉默被自己使唤的“小保姆”竟然是项岩的妹妹，而在院子里打球的项岩却一直瞒着她！

午饭后，她气愤的拉着项岩来到远处的沙滩上，质问着项岩。项岩解释：夕夕是母亲领养的孩子，一直叫母亲妈妈。只是家里来了生人，夕夕不愿意流露感情。她是个口讷的好姑娘。就这些。

慧心破涕为笑。她想，领养的怎么能和亲生的比呢。难怪每天不停的伺弄花花草草，煮饭洗衣。她不知道，这是夕夕通过勤劳来感恩项岩父母的恩宠。城市的姑娘哪里会明白这些微妙的人情冷暖呢？她们只知道争夺属于或者不属于自己的爱情。

项岩也看出了慧心和夕夕的莫名隔阂。就主张和慧心在海滩上为夕夕购买一件女孩子喜欢的礼物。慧心满心答应，为夕夕买到了一件漂亮古朴的玉手镯。

慧心和项岩在海滩上尽情的玩耍，谈情说爱。不知不觉已经到了夕阳西下。黄昏的海滩，非常的绚丽夺目。海浪轻轻拍打着他们奔跑、卷起裸露的小腿。慧心被项岩追的“咯咯”的笑。他们忘记了时间。

当海滩安静下来，慧心慵懒的搭着项岩的肩，俏皮的遮阳帽衬托着漂亮的脸庞。她眯缝着眼，看到了海滩另一端远远站立着一个娇小的身影。也向他们平静的望着。项岩觉察出了什么，回头看着走近的娇小身影，是夕夕。夕夕说：项岩哥哥，慧心姐姐，妈妈要我叫你们回去吃饭了。天很晚了。海风吹拂着夕夕柔顺的长发，夜晚特有的宁静衬托着夕夕恬静的微笑。项岩摸摸夕夕的头发，高兴的说：“夕夕，你慧心姐姐送你一件礼物。”说着从慧心手里拿过那只古朴美丽的玉手镯。散发着玉器独特幽雅绿色的玉手镯让夕夕忍不住开心的笑了。她拉着慧心的手，不住的笑。玉手镯戴在夕夕的手上，很漂亮。慧心也沉默的笑了，她扶正了头上的也是今天项岩刚刚给她买的精致的太阳帽，淡淡说："是你项岩哥哥要买的，你快谢谢他吧。"说着，独自走在前面，离开了冷静下来的海滩。

项岩拉着妹妹微凉的手，往家的方向走，奇怪的看着前面慧心的背影。

夕夕掩饰不住的用清澈发亮的眼睛盯住哥哥项岩的眼睛说："哥哥，是你要送我玉手镯吗？真的么？"项岩心不在焉的说："是的，妹妹。"

后来，夕夕更加卖力的洗哥哥项岩的衣服。阳台上的花儿足足发展到到装不下，由项岩父母分别拿去送人了。被送花的人家纷纷赞不绝口，要偷偷见见这能干的小姑娘。后来，夕夕就嫁到了一户殷实的人家，那个男子特别爱夕夕栽种的娇气的君子兰，也爱上了沉静的夕夕。

项岩和慧心后来还是顺利结婚了。但项岩渐渐厌倦了慧心越来越大的小姐脾气。还有，慧心始终耿耿于怀当年夕夕为项岩洗的衣服，她觉得夕夕用了似乎超出兄妹之情的心。人到中年的项岩开始渐渐悟出了当年夕夕对他的一片暗慕的苦心。不过夕夕已经嫁为人妻，远远看到她提篮买菜，越发的沉静典雅。

多年后，项岩为了工作中的调研活动，走访了他所处的小城市的每个角落。一个老者，流着泪，拿出了一个古老丝绸包裹着的玉手镯，说自己年轻时辜负了一位心爱的姑娘，娶了另外的不相干的女子为妻。那心爱的姑娘忍痛离去，还给了他当时买来送她作为定情信物的玉手镯。项岩吃惊的说：谁告诉你玉手镯是定情信物的？！老者还沉溺在悲伤的往事中，他喃喃的说：自古，我们这里就有这风俗。难道你也曾辜负过心爱的姑娘？

项岩内心如惊雷般滚过历历往事，那起风了的海滩上，妹妹夕夕微凉的手和异常清澈执著注视他的眼睛。夕夕说："哥哥，是你要送我玉手镯吗？真的么？"

项岩呆立在破败的柳絮飞扬的风中，凝视着往事里的玉手镯，暗暗流着莫名的泪。

烟灰色衬衫·浓黑眉毛

“叶云，你的电话。”同事递来话筒，表情告诉我是头儿陈总。

抓起听筒，显示器上果然是陈总的号码。他让我去陪一个重要客户吃饭。他知道我酒量很大，在商场谈判中有时心也非常狠。

在同事们既幸灾乐祸又有些嫉妒我受器重的唧唧喳喳中，我已走出公司，准备赴这顿不得不面对的“商业鸿门宴”。

推开门，西装革履的陈总和那个从苏州来的客户已经坐在席间。眼前一亮的是，这位客户竟只简单穿了件烟灰色衬衫，衣领最上面纽扣有两颗没有扣，领带没打，令我觉得有种久违了的朋友间的随意和亲切。

他们招呼我过去坐，一起谈谈笑笑，在谈笑间偶尔巧妙的涉及些需要斡旋的业务合同。

陈总那小而发亮的眼睛时常向我发送信号，我们一个劝酒一个乘机提些有利条件，每次都搭档的天衣无缝，珠联璧合。回到公司，人们面对一些被我俩顺利签定的“钉子合同”都“尊称”我为“冷面合同杀手”。渐渐的，再狡猾再唯利是图的商业客户都被我在推杯换盏间说服的一锤定音，爽快干脆地签下了合同。

今天，陈总那狡黠的小眼睛依然没有放过这颇具儒雅气质的苏州商人黎青山。连我都于心不忍这远道而来的江南商人就这样醉醺醺、糊涂地在合同上签定“不平等”合同。一签上名，就意味着合同第五项中关于分股分红问题的故意文字歧义迫使黎青山不但直接损失五万元利润，今后也将在同等劳动获利中只享有微薄经济利益，即使发现了也无处喊冤。

几杯酒下肚，黎青山已经有点思维混乱了，他用食指抚摩着自己的太阳穴，有些害怕又有些欣赏的对我说：“叶小姐真是好酒力！我都脑袋轰轰了，你却面不改色。”他的手一看就知道属于常年坐在舒适写字楼的干燥苍白。我很有风度的笑笑，又端起酒杯一饮而尽，说：“黎总大老远跑来我们这小城做生意，我们理所当然要尽地主之宜。生意要做，朋友更要交嘛！”黎青山见我一个女流之辈如此大气，也只好干脆一饮而尽，他的鬓角和耳朵慢慢都红了。

陈总见此刻气氛刚刚好，立即逐项搬出了合同事宜，以三寸不烂之舌将双方利益都阐述的天花乱坠。黎青山迷醉着眼睛，愣愣地注视这这时看起来非常真诚、信誉化的陈总。黎青山咬着嘴唇，像是在思考数学题的男孩。

一瞬间，我既想笑，又开起一股乘人之危的惭愧来。

最终，还是一锤定音。

陈总得意的扶着喃喃的黎青山出了酒店门。

喃喃的说着醉话的黎青山，抬起头很真诚地对我说：“叶小姐，你的性格真好！我还从来没有接触过像你这样冷静伶俐的女孩呢！”我夹着刚刚成功签有他大名的合同，呵呵一笑。“另外”，他又转身，认真的看着我，“你的眉毛我也很喜欢，浓黑漂亮的像今天的蛾眉月！”我抬头看看星空，秀气的弯弯月亮的确很亮的挂着。

傻瓜，眉毛浓黑的女人，心可也是很黑的。至少我确信自己是这样的。

站在楼下等待着陈总将黎青山扶进提前预定的房间，我在猎猎夜风中渐渐清醒。我早已厌倦了人与人之间的虚伪欺骗。黎青山那书生气的样子终于使我更加坚定了某种决心。

陈总下楼了，手里提了只袋子。他赞许了我今天的出色表现，并说黎总已安排妥当睡下了，不过他的衬衫被酒渍弄脏了，希望由我来清洗、熨烫平整送还给他，以表示我们公司在细处的诚意。

我如获释放地默许这一小小要求，接过衣袋回家了。

连夜洗干净衬衫，烘干。那烟灰色衬衫散发着洗衣液的甘菊清香和男人特有的淡淡烟草味。我用心的熨平每一处衣角、褶皱，叠成四四方方放进衣袋。

像完成了一桩心愿，我难得塌实地沉沉睡去。

第二天，我敲开了黎青山的门，拎着衣袋，里面有他的早就被叠好的烟灰色衬衫。他穿着睡衣准备吃早餐，手里拿着一份《财经早报》。见到我，恢复常态的脸上带着微笑。接过我归还的衬衫，有点惊讶，有点感动，又有点不好意思的搔搔短发。

从黎青山处告辞，我径直走向公司，毫不犹豫地递上了一大早打印出来的辞呈。

眉毛浓黑的女子，对自己也是苛求完美的，尽管曾经有过错。

雾里看花的红颜

记得我念叨过缘分这解释，经常挂嘴边的是关于汪曾祺一篇文章《双灯》里的说辞——什么是缘，缘就是爱。

其实，我并没有真正读过《双灯》。据说这是汪老描写的关于一个美丽的女鬼和书生的凄惨爱情故事（我们这些凡夫俗子看着他们凄惨，却一定被汪老一枝生花的妙笔写的很淡雅，很“大写意”，这也正是我为什么这么痴迷汪老作品的原因）。其实是有一个我以为对于我来说重要的人，他写信向我提过汪老的这部作品里的这句有禅意的话。

我虽在记忆方面一向懒散，却把这句话牢牢刻在了心上。原因好像很简单——我以为这个重要的人，他和我是有缘的。

那是个深秋的傍晚。我闲来无事，去家附近的博物馆看书画展。这书画展为期一周，我去的傍晚已经是它的最后几小时展览了。

从家踱步过去，一路上放学回家的学生、下班潮流……真是车水马龙。不过我都不在乎，正好散散心。医生说我刚做过阑尾割除手术，最好不要剧烈运动，不过可以适当散步。不是说“饭后百步走，活到九十九”嘛。我已经吃了点中午留下的鸡汤拌饭。七成饱时，人最舒服。

老妈净说我就会在吃食上下功夫，非把自己养的比唐朝人还富贵。其实我是想说：民以食为天。黎民百姓，每天蝇头小利的算计着自己的工资，苦哈哈的，再不用点美食犒劳自己的胃，岂不活的委琐了点？再说我也没怎么挑食，就是在咱家的天天饮食上提的意见和建议多了点罢了。

到了博物院。寥落的门前立着块欢迎参观书画的红纸招牌。那招牌上的红纸好像日夜守卫在门口一样，饱经沧桑，一角还留下半只男士皮鞋肮脏的鞋印。

本来以为进去后一定没人。那守在展厅门口的阿姨已经围起口罩小心扶着笤帚打扫起墙角的烟头。我一幅幅的看过去。徜徉在大大小小的书法或绘画的镜框前。仔细看着他们的书画主题、用色。其实包括绘画者的名字都有值得玩味的地方。有的镜框反光，我就慢慢蹲下或者侧过脑袋找不反光的角度看。丝毫忘记了周围。只是粗略看过展厅大概除我之外没有什么人，至于犄角旮旯什么的也顾不上看了。我看过小幅金鱼图、大幅牡丹图、山水烟渺图，也看过了仿古作旧的工笔腊梅图、大手笔的书法、甲古文似的枯笔书法、各种篆刻印章。也看到了一幅白描拉车老者图，其作者名为“吴来者”——太有意思了。默念两声，我琢磨大概这画家借用的一句诗“前无古人，后无来者”来隐喻自己的超凡脱俗。这颇自命不凡的名字不大可能出自他父辈之手吧。

记得我学画那会儿，我们老师教导过：画品如人品。这老话确实不错。但你们得记住，有时候画品再好你也成不了名的话，不妨改改名字。这画家、作家的名字有时跟起房子看风水地一样重要！有的画画的，那名字起的土不说，还低调晦涩加恶俗，一看就知他老子生他那会儿赶上三年自然灾害了，名字里要么带“福”，要么带“贵”，要么带“旺”。所以，一个高雅脱俗的名字确实能唤起作画者对艺术的原始悟性呀！

我边欣赏书画边回忆当初老师的戏噱之言。走到一幅画面雄浑气魄的雾中黄山图面前，我不由的深吸一口气，道出一句：“真是黄山归来不看岳呀！”谁知旁边居然传来一句爽朗的应和之声：“五岳归来不看山。哈哈。”我寻声转身，一个长相斯文的“金丝眼镜”友好的看着我。我也回报一个稍显吃惊的微笑，得病以来难得的微笑。

这样我们算认识了，而且是邂逅在中国文化气息浓郁的书画展厅里。在我看来冥冥中似有月老垂青于“附庸风雅”并喜爱结交长友的我。后来他邀请我去附近的茶楼雅座喝了杯龙井。他一开始提议我去几步远的欧洲风格咖啡厅喝蓝山，我说还是将中国品位进行到底吧。他听了欣然抬脚随我去了茶楼。低头瞥见他那锃亮的皮鞋踏出使人心情愉快的节奏。我对他的好感从一开始的附和吟诗一路飚升。

本来以为他也是随意参观的文艺爱好者，没想到他竟也涉足画界，还谦虚的说自己只是闲时偶尔涂抹两笔。我们自然围绕自己赏慕的中外绘画名家侃侃而谈，眼波流转中，我体会到了一种久违的找到知己的幸福感。在龙井的氤氲香雾中初次建立了互为肝胆的朋友之情。虽然他远在 180 公里之外的小镇，可五湖四海皆兄弟的我也是充满着女侠般的豪放气的带着他在引以为豪的旅游胜地四处走走看看，最后再妥善的送他上车。他没问我是否恋爱，我也没问他。彼此很放心的成了好朋友。

两个月后，我完全康复。可以和远道而来的他喝点啤酒。我们摒弃了一切斯文，一人一瓶，高兴地吹起了“喇叭”。平常三瓶扎啤都不在话下的我好像自从开个刀就有所退步，喝了两瓶多点，头就有些晕了。他二话没说，劝下我手中的“喇叭”，拦了辆的士送我回家，扶着有点重的我照样乐呵呵的，并不皱一丝眉头。我虽然头晕，可脑袋清醒的很，记忆中我们的言辞和相互在绘画见解方面的默契已经达到了某种难得知音的地步，但尽管这样，他还是非常尊重我的，少有的一位君子，凡事女士优先，像他鼻梁上架着的金丝眼镜一般斯文得体。

他轻重有度的扶我进了出租车，给了路费，报上我的住址，又转身轻轻将我露在外面的手腕抬到车内，关上车门向我挥手示意到了再给他电话报平安。猎猎的春风吹拂着他在霓虹下的五光十色的短发，让我突然想起刚结束不久的大学时光，虽然他大我五岁应该算个学长校友。我心里一动，从来没有和他握过手，这种微妙的感觉一定很值得期待。都说看起来大大咧咧的女孩敢作敢为，其实未必。像我，可以所向披靡的和任何男生吵架，却在感情上裹足不前。何况内心萌芽的是友谊是爱情还不知道呢。

俗话说：来而不往非礼也。翌年，我也去了他的家乡做客。他招呼三五好友宴请我的“拨冗”光临。我们玩的很开心，还用数码相机纪录下一队人马在山头、公园、水上游艇欢聚的集体笑脸。晚上在他一个中学好友家中设宴摆酒继续叙旧。有兄弟醉醺醺的亮出了自己女朋友所赠“定情信物”——一只挂在胸前的翡翠观音。那兄弟面露孩子般得意神情。谁知他很不服气的立即也亮出自己脖子上“宝物”——一块晶莹剔透的茶水晶——那是我去连云港游玩时正好碰上连云港水晶节买来送他的。我吃了一惊，脸也红了。众兄弟揪住他问起这“信物”的来由，他认真的梗着脖子说：这是个红颜知己送的，我很珍惜她。他说这话时并不看我，也没向大家道出那红颜就是近在眼前的我，仿佛说的是别人，大概大家也都这么认为。可我也终于明白了他给我俩设定的关系。我的心里反而亮堂了许多，虽有些许遗憾。

吃完饭有人提议跳舞，搬来音响和舞曲唱片。他先请了一个女同事跳起了四步，最后邀请我共舞，自然的握着我的手，漫步在优雅摇摆的舞曲里。我们没有多余的话，只有音乐和彼此相当默契的舞步相随。偶尔相视，微微一笑。舞尽人散，他带我去他整洁的公寓，从柜子里拿出一套散发樟脑丸气味的新被子为我铺好。自己把床上他盖的被子搬到客厅沙发去睡。睡前还敲开我的门从床头取走一部厚厚的书，走时道声晚安，顺手从门里面摁下双保险的按钮。我笑盈盈的看着他的举动，暗想他的心可真细，怕我担心着他什么。一大早我醒来，开窗透进灿烂阳光，推门去刷牙时路过客厅，看见他躺在沙发上睡态坦然，书掉在地板上，沙发旁的台灯一夜未熄。

后来我把这事告知闺中密友，她嗟叹这是位真正的绅士呀，放弃了多可惜！我轻笑，红颜多好啊，可以那么不近不远的挂念对方值得敬重的那点好。柴米油盐的生活一定会磨损我们之间的那份珍重！

……

这以后我交了个男朋友，他知道了很高兴，还特意请我们吃了顿饭，送了张他自己的画给我们。我把他的画装裱起来挂在卧室，是幅淡墨水仙。我们还是一如既往的经常通信，聊聊文艺和美术。逢年过节时互相寄份写满祝福的贺卡。

我快结婚时他正好在苏州开会，提前一周就快递来一份特别的贵重礼物——一对纯手工的精品苏绣枕头，细腻逼真的鸳鸯戏水刺绣，连背面也绣着富丽堂皇的龙凤呈祥。我穿上婚纱那天他也如约赶来了，没赶得上扮演他一直想当的伴郎，临时找了我的远方表弟做伴郎。敬我们酒时，醉眼里含着似有似无的泪花。我男友戴着大红花，兴高采烈的催促他："什么时候喝大哥你的喜酒啊！"他呵呵一笑："快了，快了。"

雾里看花，水中望月。总有一天雾散花开，抬头见月。然而最值得怀念的却是那种朦胧中的好感。红颜知己，也是难觅的一种缘。

别不相信爱情

其实我一开始就没有把这个人放在眼里。不是我傲慢，是根本不认识。

正巧开会前他坐在我旁边，并凑巧告诉我说他手机没电了，结果他只好很"谄媚"的跟我借了手机打。好在通话时间不超过三分钟便还给我了。我一边咬牙盯着他贴在电话一端的左耳一边在心里念叨：千万别打太长时间，要知道我的手机里还剩几块钱了。若给我打停机了，我同宿舍女友，另一公司的前台邹姗姗晚上联系不上我可就麻烦了。

我们开会都是坐在一张大的椭圆会议桌旁。除了王头儿和一位在外地出差的二把手位置是固定在正中心的，其余座位都是谁先来谁坐下。我刚来这公司没几天，对一切的人事都不太熟悉，所以来得很早。看着陆续进来的还不算熟的同事我呆呆想着晚上该跟姗姗去哪里解决晚饭问题。

"你手机挺可爱的。一看就是女孩子用的。"他浑厚的嗓音在我耳边响起。这人真后知后觉！我心想：电话早还给我了，怎么还惦记着？有点没话找话吧。反正会议还没正式开始，权当又认识一位新同事吧。我慢慢掏出夹克口袋里的手机放在掌心端详：“别人都说它有点土。除了粉红色有点讨喜。机型是老式的，还厚的跟松糕鞋一样。就是通话效果还不错。”说完这话我看了他一眼。没想到他竟被逗笑了，笑的很开心，看表情还挺真诚。他又说了句：“你的品味跟我有点像。”说完变戏法般拽出一只白色电脑包，从我的桌肚里！他拉开电脑包拉链露出里面厚砖头一般的白色笔记本电脑。这回轮到我笑了。我一边笑他的幽默一边嘲笑自己错坐了他原本就占好的位置。我的笑声吸引了对面几个女孩的注意。我看到她们露出了不可思议的惊诧表情。

我觉得他有点意思了，就多看了他两眼——黑黑的眉目，高高的鼻梁，半新的银灰西装，眼镜后面一双清秀的眼睛。年龄大概在30出头。

正当他要对我的笑给些说法时，我的手机响了。是个陌生号码。我接通后里面传来异常柔和的女性声音:“喂，还是铁君在接电话吗，你晚上回来记得到凤翔老店买条上次我看中没来得及买的苏格兰围巾。等你回来！”“喂！不好意思，我不是什么铁君，你是哪位？”我有点糊涂是不是这女的打错了。这时旁边的他有些歉意的示意我把电话给他，温和的应允了几句就挂了。我恍然大悟这女的极有可能是他女友或者妻子。而他的名字理所当然就是铁君了。他还我电话后坐在正中心的王头儿清清嗓子发话开会了。于是他竟然坐到头儿旁边的空座位上去了。他坐稳了后朝我微笑了一下，又说：“熊芳，麻烦把那台电脑递给我。谢谢!”大家刷的一下把目光都看向我。目光聚集下我有些惴惴不安的把电脑递给了他。这回终于正式开会了。我一边狐疑他怎么知道我名字一边纳闷他的职务该不会是传说中的二把手吧？

开完会这个谜团还是没揭晓。因为整个会议都是一把手王头儿在主持。铁君莫非真是出差回来的二把手？可他也没发言呀！

我带着问题匆匆下班走了。走廊里碰见一起开会的办公室两位女孩。女孩张兰见我一来就“夸”我：“行呀熊芳！刚来没几天就钓了金龟婿，把咱们公司二把手逗的那个开心呀！”“就是就是！我可是头一回见他这么笑！平时都挺严肃呢！尤其他出差前闹财政危机那阵子！”另一位女孩琦琦连忙帮腔！我一脸无辜解释：“冤枉冤枉！我可真不认识他！更不知道他就是二把手！他说要借我手机打一下我就借他了。结果发现他电脑就在我抽屉肚里，原来是我占了他位置！所以……”正说着我们到了底楼。张兰和琦琦根本不听我的“解释”，大步流星边走远边笑我“媚力无敌”！

晚上我跟姗姗一边吃着火锅一边说着今天有点奇怪的事。大大咧咧的姗姗说：“嗨！你就当啥事都没有。对那二把手铁君不卑不亢就行了。吃菜吃菜！”姗姗是我进公司前在一家很有声誉的出租中介所认识的。我们合租在一起互相有个照应。

吃完火锅出来，夜风中我们两个女孩的脸上红扑扑的。心情很不错。姗姗提议先步行一段路。我们边走边唱着大学时代流行的歌曲。走着走着身边驶来一辆悄无声息的黑色奥迪，车窗摇下来，一看竟是二把手铁君。他还是那件银灰色西服，低低说了句：“我说前面的身影这么熟悉的，原来是熊芳啊！你还没回去？两位姑娘上车吧，载你们一程。”姗姗高兴的说：“说曹操曹操到！你就是铁君吧！要是诚意要送我们回去，可要上高速走二环。跟你家是顺路吗？”铁君露出与在公司不同的爽朗表情说：“怪不得我耳朵发烫，原来两位姑娘在议论我！既然要送你们回家还怕什么绕路！请吧！”晓风首当其冲一拉车门钻进去又拽我进去关上门。

车里温暖如春，流淌着萨克斯名曲。铁君握着方向盘暂默不语。我注意到副驾驶上放有一个缎面盒子，十有八九里面是电话里的柔声女子提到的苏格兰围巾。不知怎么竟有一股说不出的酸涩涌上心头。几年前男友冯徐倒是和我般配，大学毕业后都来自普通家庭的我们一起去了大城市打拼。辗转了 A 城 B 市后冯徐竟提出分手与一位富家女迅速结为伉俪飞去海南三亚度起了蜜月，我完全懵了也伤心欲绝了。这件重大的爱情事故彻底击碎了我对男人的信任与对婚姻的憧憬。当我从被冯徐抛弃的阴影中渐渐走出来时正是当下在 C

市铁君所在的公司刚立足没几天。

我不知道铁君的爱情是否圆满。从现在的迹象看出也许很美很殷实。姗姗有点吃不消高雅乐曲的灌输。她打破了寂寞冲着专心驾驶的铁君问:“你怎么知道熊芳的名字的？她才刚到你们公司没几天呀!”我掐了姗姗一下，同样的问题我也憋在心里，但绝不会像姗姗一样口无遮拦想问就问。铁君老实回答:“她进公司的人事档案在我手里。”“哇！原来你分管人事！生杀大权呀!”姗姗故意朝我吐吐舌头。我也朝她眨了眨眼睛。估计这一幕早映在后视镜上了。

铁君终于正视姗姗:“熊芳，这位伶牙俐齿姑娘也是我们公司的吗？”我说:“啊……不是，是对面公司的前台。她叫邹姗姗。”

姗姗有些得意:“怎么，管着熊芳还不过瘾，还想管我呀!”说完咯咯笑个不停。那气氛被姗姗弄的有点像在逗闺蜜的男友。我的脸有些发烧。还好车内光线昏暗，除了自己没人感觉到。铁君却并不在意，边打着转向灯边问我:“你俩是我们C市本地人吗？”姗姗一听赶紧接茬:“你想做地导周末带我们逛逛C市啊！看来熊芳档案你压根没好好研究哇！明摆着不是本地人!”铁君忍不住回头看看姗姗，但他那低音似乎永远四平八稳:“姗姗要是调到我们公司专门跟难缠的客户吃饭签合同挺合适。一张嘴就能抵住人!”姗姗放肆一笑仰面躺倒在靠垫上由衷感叹:“我要是摊上你这么个好领导就烧高香喽！可惜我在我们公司已经做了好几年，走了多可惜！再说合同离到期还早呢，不然真去你们公司啦!”

由于性格不如姗姗那般放得开。一路上我没怎么说话。

铁君将我们送到门口后果然调转车头走了。姗姗望着他的车背影说:“人真不错，明知绕路还送我们回家。他不会看上你吧？哎！刚才在车上忘了替你问他有没有女朋友了！真是的!”

次日在公司倒没见着铁君。

每次拿起我的厚手机打给姗姗时都会不由想起他说我们品味相同又拿出他的厚笔记本电脑加以佐证的事。挺有趣。和我以前遇到的公司主管截然不同。也许是因为铁君还很年轻吧。

晚上在公司加班到九点后终于下班了。姗姗已经在不远处火锅店点好菜等我了。我风风火火到了屏风后的9号桌，愣住了。在座的除了姗姗还端坐着一天未见的铁君。见我一来，铁君起身为我拉开椅子。姗姗立即为自己开脱："我申明，是他刚才在窗户外面看见我了才进来的，不是预谋好的哦！来来，先喝杯果汁润润肺！"铁君替我斟满杯中的果汁说："今天本来我是去外地办事，后来有客户约就没去。正好见姗姗等你吃饭，我也进来凑热闹，顺便尽地主之谊。"

我坐下后忍不住问了一句："铁……铁主管。你是不是有事找我帮忙？"

"还真是被你说中了。"铁君不好意思般说出缘由，"听说你会画漫画，请你给我妹妹的孩子画几张素描稿，回去给她自己上颜色玩。这孩子呀天天缠着我要给她画这画那。都没辙了！"

姗姗听得认真："你妹妹？！就是上次熊芳借电话给你，后来又有女的打过来的那位？"

铁君有些吃惊："你怎么什么都知道？"说完递给我一个意味深长的眼神。那眼神的意思明显是：熊芳呀熊芳，我把你当自己人，你怎么什么都跟姗姗说？！

收到这样的眼神，我有种既惭愧又欣喜的感觉。铁君的反问正好消除了我的猜疑。原来那条围巾不是给女友买的。也许他还单身。

急性子的姗姗又问："铁大主管，你听谁说我们熊芳会画漫画的？"

这回铁君神秘了一把："不告诉你！"

"没劲！"姗姗听完立即揉皱面前的餐巾纸嘟起了嘴。我们被她猴急的样子惹笑了。

一周后我将精心画好的十多张A4大小的素描卡通画交给了铁君。他虚掩着门，架着腿正打手机。见我一来，他合上手机说："看看你的来电显示。"我忙翻出手机一看，原来恰是铁君的未接电话，而我没听见，正在来他办公室的路上……这么说无意间我和铁君上演了一回心有灵犀？！

"画都在这里了。打我电话还有什么事？"我风尘仆仆又忠心耿耿般问道。

铁君春风满面的把画郑重放进自己的公文包。从椅子上一跃而起拉起我的手，深情的说："打你电话就是为了告诉你一个重要的决定！"

我在心里哆嗦了一下，连忙抽出自己的手，忽闪着迷惘却预感着幸福时刻即将来临的眼睛等着他的下文。

"答应我，做我的女朋友！"铁君一字一顿。

我心潮澎湃但却努力抑制激动的心情："为什么选择我？"

"因为这个！"铁君掏出手机放在我的眼前。厚重的机身，仔细一看竟和我的是一个牌子一个型号。唯一不同的是我的手机是粉红色。他的是漆黑色。

"还因为我在招录人事档案堆里第一眼看到了你的与众不同。你的眉眼很倔强，履历写的有才华、漫画得过奖，真正相处起来却很随和、谨慎甚至有些谦卑。你像一种动物！"铁君虔诚的对我说。第一次见他在我面前滔滔不绝的用男低音倾诉这么长的句子。

我红着脸问他："什么动物？"

"兔子！像可爱又不懂自己有多可爱的兔子！小心的守着属于自己的一片草地，怕强敌更怕失去，总是以守为攻。却浑然不知你的那种矜持和无端忧郁彻底打动了很多人。"

"哪有！"我被铁君一席话感动的差点落泪。这是自被冯徐抛弃后第一次有异性如此面对面赞美过我。如果这样的表白出现在几年前冯徐抛弃我不久后，我会为此潸然泪下。

铁君又拉上我的手，继续说道："你知道我妹妹是谁？"

一听这话我吃惊的摇摇头看着铁君。

"邹珊珊。"他微笑着公布最不可思议的答案。

尽管对铁君的答案有过一闪念间不太肯定的心理准备，我还是惊讶极了！"邹珊珊不是和我一样从外地来C城打拼的单身女孩？"我实在不敢相信铁君亲口说出的真相。

铁君从饮水机给我接了杯纯净水。我坐在沙发上时他在我对面也坐了下来，摆出长谈的姿势。

"邹姗姗随我妈姓，比我只小了3岁。今年29岁。而且姗姗早就组建了幸福的家庭，有一个活泼爱动的6岁女儿。我随我爸姓，32岁了至今没遇到令自己动心的另一半，除了今年老天眷顾我，让我遇到了你！自从公司的招聘档案归我管之后似乎丘比特立即想起了被遗忘的我，一箭射中我和你。姗姗得知你的事后改不了爱凑热闹的坏毛病，非要‘冒充’外地漂妹，去出租中介打听你的合租信息，这么着如愿以偿跟你同吃同住了好一段时间，把六岁的女儿也托付给了我和我妹夫。她告诉我不但我迷上了你，连她也特别喜欢和崇拜你的为人和才华。于是时不时替我出一些馊主意撮合我们俩擦出火花……上次借你手机就是打给她。为了不使你听出她的声音她还把另一部手机的通话效果捣鼓成了温柔女中音。对不起了熊芳，这么‘骗’你都是因为我爱上了你……”铁君似有些不忍我被他和姗姗蒙在鼓里，“我保证以后不会了！”

我听着这些肺腑之言顿时目瞪口呆！难怪姗姗时不时硬是请我吃高档餐馆还说是收了公司塞给前台的封口费，难怪姗姗对铁君“一见如故”还大言不惭出言不逊，难怪铁君刚出现在我视线内就不坐在自己该坐的位置上而是“天机算尽”坐在我习惯坐的位置还提前用他的笔记本电脑塞到抽屉肚里“占座”，难怪姗姗有时候故意跑出出租屋躲着我打电话给一个尖声稚气的小女孩……我只当姗姗阅历比我深，工作经验比我老道，原来她真的比我年长比我想的周到……她已经是一个六岁女儿的妈妈了！

铁君单膝跪地，用比刚才还真挚的语气告诉我：“世界上再也不会出现第二个冯徐了！我会让你比我妹妹邹姗姗更幸福的！”

“我妈妈说：‘芳芳，要是遇到比你大四岁的男人向你表白时一定要答应他。因为算命先生算到那人就是你的真命天子！”我虽原谅并变相答应了铁君的求爱，可还是一如既往的选择那种既矜持含蓄又颇费脑力的表达方式。我想这应该是铁君为什么觉得我与众不同的原因之一吧。

(2013年第一期齐齐哈尔《青年文学家》杂志)

细节与冷暖

1962 年 11 月 18 日在日本上映了一部平淡中带有浓浓伤感的家庭主题电影《秋刀鱼之味》，讲的是一家之主的平山，岁数已经到了人生的“秋天”，他育有两子一女，大儿子成家独立，女儿道子自从平山妻子去世就一直照顾平山和小弟，耽误了嫁人。平山似乎也安享这一切，直到某次几个平山的大学同学一起宴请贫穷潦倒的大学老师单飘，改变了平山的想法，急着帮助道子嫁人的故事。单飘老师吃着昔日学生宴请的鳗鱼赞不绝口，不由得喝多了，平山他们送喝醉的老师单飘回家，看到往日美丽的单飘的女儿友子为了照顾年老体衰的父亲终身未嫁，变得憔悴不堪，平山这才醒悟，不能误了女儿道子的终身大事，帮忙张罗女儿的婚事。

平淡无奇的东方家庭故事，剧情随着人物渐次出场娓娓道来，秋风秋景中禅悟时光老去的悲剧况味。只觉得那顿昔日学生宴请大学老师的戏，寒酸卑微的老教师，饱经沧桑的面容，抱着日式圆木碗，一边品咂有声地尝着碗内的鳗鱼汤，一边情不自禁地感叹这是什么鱼，怎么会这么好吃！一个个年过半百的学生都宽容地笑了，告诉老师这是鳗鱼，并又让老师多尝了一碗，年迈而少见多怪的老师于是感恩戴德，好像三岁孩子一样直白、欢喜地吃了两碗，喝了许多酒，酩酊大醉被学生送回家中。家中常年照顾老师父亲的女儿友子一脸不满地接管了醉酒后的父亲……父亲醉后却也在后悔误了友子一辈子。而昔日学生平山又打心底感叹友子现在的衰老和当年的风华正茂。看完这个情节，无端想起清代吴敬梓讽刺小说《儒林外史》，同样的人间百态，他们都不动声色地用自己的高妙细腻的方式来陈述着世间的冷暖。

(2018.1.15 《新民晚报》夜光杯 17 版)

养女点滴

上班路上。最近寒流来袭，骑车特冷。等红绿灯发现一个家长妈妈送孩子上学，把自己高大的女儿塞在电驴前挡风被里面，还让她蜷坐在一张小板凳上，女儿反手抱着妈妈的腿。妈妈冻得鼻子通红，身后还背着一只大书包。看到这一幕，突然很感动，其实，我们跟动物世界里的企鹅没啥区别，都是父母把小宝贝护在自己最温暖的怀抱里。

昨晚临睡前，九个月大的女儿萌萌坐在我怀里，右手无意间张成反向“c”形，我比划了一个跟她一模一样的动作摆在她的手旁边，她看到后愣了几秒，自顾自发出咯咯咯的笑声，关键人家想了一会儿，又笑了，情商绝对可以。真想用自己的“瞳孔录像机”把这一幕录下来，小婴儿的机智反应确实逗到我了。

养育女儿虽辛苦，其中乐趣就在点滴之间。

(2017.12.1 《镇江日报》乐活·养生 12 版 —— 2018.2.18 大年初三 女儿“抓周”发表于《新民晚报》夜光杯)